btb

Aus Freude am Lesen

btb

Buch

Richter Sir John Fielding ist ein wahres Genie seines Fachs. Ausgestattet mit einem verblüffend feinen Gehör, gefürchtet für seinen großen detektivischen Spürsinn und bewundert wegen seines messerscharfen Verstandes hat er nur eine Schwäche: Er ist blind. Trotzdem versteht er es, selbst die allerschwierigsten Fälle mit größter Bravour zu lösen. Doch der mysteriöse Mordfall des ebenso wohlhabenden wie berüchtigten Adeligen Lord Richard Goodhope scheint Sir Fielding vor ein unlösbares Rätsel zu stellen. Denn Goodhope wird hinter den verschlossenen Türen seiner Bibliothek mit einer Pistole neben seinen Füßen tot aufgefunden. Alles deutet auf einen Selbstmord hin. Fielding aber glaubt nicht daran und beginnt Nachforschungen über Richard Goodhopes zwielichtigen Lebenswandel anzustellen. Die Untersuchungen scheinen nirgendwohin zu führen. Bis Sir Fielding sämtliche Beteiligten zum Tatort bestellt – und sie mit einer schockierenden Auflösung des geheimnisvollen Mordes konfrontiert.

In bester englischer Tradition läßt Bruce Alexander seine Charaktere in der dichten und aufregenden Atmosphäre des historischen London agieren und dabei in glänzender Manier die vertracktesten Mordfälle klären.

Autor

Bruce Alexander ist das Pseudonym eines erfolgreichen und renommierten englischen Autors. »Hinter geschlossenen Türen« ist der erste Band seiner neuen Serie um den scharfsinnigen Richter Sir John Fieldung, den Halbbruder des berühmten englischen Schriftstellers Henry Fielding.

Bruce Alexander

Hinter geschlossenen Türen

Roman

Deutsch von
Elke vom Scheidt

btb

Die amerikanische Originalausgabe
erschien 1994 unter dem Titel
»Blind Justice« bei G. P. Putnam's Sons, New York.

Umwelthinweis:
Alle gedruckten Materialien dieses Taschenbuches
sind chlorfrei und umweltschonend.

btb Taschenbücher erscheinen im Goldmann Verlag,
einem Unternehmen der Verlagsgruppe Bertelsmann

1. Auflage
Deutsche Erstveröffentlichung Juni 1996

Umschlaggestaltung: Design Team München
unter Verwendung eines Photos von AKG;
W. Hogarth, ›Der Tanz‹, 1728
Satz: IBV Satz- und Datentechnik GmbH, Berlin
T. T. · Herstellung: Ludwig Weidenbeck
Made in Germany
ISBN 3-442-72012-5

FÜR JUDITH

1. KAPITEL

In welchem sich Sir John Fielding als gerechtester aller Richter erweist

Da man mich oft gebeten hat, diese Erinnerungen an meinen Umgang mit dem verstorbenen Sir John Fielding, dem gefeierten Richter[1] aus der Bow Street, der Öffentlichkeit zugänglich zu machen, beginne ich nun mit der Niederschrift. Ich habe mich entschlossen, nicht nur die meisterhafte Ermittlungsarbeit zu schildern, für die er zu Recht gerühmt wird, sondern auch die großartigen Charaktereigenschaften, die ihm solche Leistungen ermöglichten. Er war in der Tat ein Mann von bemerkenswerten Fähigkeiten. Obwohl er seines Augenlichtes – für die meisten Menschen wohl der wichtigste aller Sinne – beraubt war, führte Sir John ein beispielhaftes Leben. Die Neuerungen, die er von Amts wegen einführte, sind natürlich unvergessen. Zusammen mit seinem Halbbruder Henry selig, dem Schriftsteller und Juristen, rekrutierte und bestallte er jene Gruppe verdienter Persönlichkeiten, die für alle Zeit als Bow Street Runners bekannt werden sollte. Es handelte sich um eine Londoner Polizeitruppe, welche Diebe fing und eine Stadt, von der einer ihrer strengsten Kritiker erklärt hatte, man sei in ihr gezwungen, »sich sogar am hellichten Tage so fortzubewegen, als zöge man in die Schacht«, selbst zu nächtlicher Stunde sicher machte.

In seiner Eigenschaft als Richter hielt Sir John täglich Sit-

1 Englisch »magistrate«: Berufsrichter für Straf- und gewisse Zivilsachen niederer Ordnung und für Ermittlungen von schweren Straftaten. (A. d. Ü.)

zungen ab und ließ gegen die armen Teufel, die ihm vorgeführt wurden, größte Gerechtigkeit walten. Er bedachte jeden mit seiner ganzen scharfsinnigen Aufmerksamkeit und befragte Zeugen und Angeklagte gleichermaßen unvoreingenommen. Fand er es hinreichend begründet, ordnete er selbstverständlich eine Bewährungsfrist an, ehe es zum Prozeß vor einer höheren Instanz kam. Es entsprach seinem Wesen, daß die bloße Anschuldigung, ein Mann habe ein Verbrechen begangen, für ihn nicht ausreichte, um diesen vor die Richterbank in Old Bailey zu schicken. Im Unterschied zu vielen seiner Amtskollegen verlangte Sir John Beweise. Er forderte Aussagen von Augenzeugen, denn er schätzte das, wozu er selbst nicht imstande gewesen wäre, höher als alles andere. Wenn jemand vor ihm erschien, der die Kühnheit besaß, als Wahrheit auszugeben, was er nur gehört hatte oder vermutete, so bekam dieser Unwürdige sogleich Sir Johns scharfen Zungenschlag zu spüren und wurde seiner Wege geschickt. Tatsächlich ließ der Richter mehr Gefangene gehen, als er zum Prozeß vor höheren Instanzen weiterschickte. Er war niemals nachsichtig, aber immer genau. Besonderes Augenmerk (wenn man einen solchen Begriff auf jemanden anwenden darf, der des Augenlichts entbehrte) richtete er auf jene sogenannten *unabhängigen* Diebesfänger, Meister des falschen Zeugnisses und des Fallenstellens, die die Angewohnheit hatten, Unschuldige als schuldig auszuliefern. Dieses finstere Erbe aus den Tagen des berüchtigten Jonathan Wild habe ich am eigenen Leibe erfahren, denn, um die Wahrheit zu sagen – ich selbst, Leser, erblickte den guten Sir John zum ersten Mal von Angesicht zu Angesicht, als ich mich unter der Anklage des Diebstahls vor die Richterbank in der Bow Street gezerrt sah.

Ich bitte Sie, lassen Sie sich von meinem Bekenntnis nicht so sehr schockieren, daß Sie diese Eloge beiseite legen; bald nämlich wird sich zeigen, daß ich zwar angeklagt war, daß aber jene, die mich beschuldigt hatten, selbst die Diebe waren. Was sie mir nehmen und zerstören wollten, war mein guter Name.

Es entspricht also den Tatsachen, daß ich, Jeremy Proctor, heute selbst Mitglied des Anwaltsstandes, einen Gerichtssaal zum ersten Mal als Beschuldigter erblickte. Wie ich dorthin gelangte, werde ich kurz mitteilen, obwohl mich die Erinnerung an jene schrecklichen Umstände noch dreißig Jahre später schmerzt. Dennoch, hier meine Geschichte:

Ich wurde im Jahre 1755 in der Stadt Lichfield geboren, die auch Geburtsort des großen Lexikographen Samuel Johnson war. Dort verdiente mein Vater, der das Druckerhandwerk erlernt hatte, als Gehilfe eines Meisters seiner Zunft, eines gewissen John Berkeley, ehrenhaft den Lebensunterhalt für sich und seine kleine Familie. Wir waren nur zu viert: mein Vater, meine Mutter, mein Bruder Matthew, zwei Jahre jünger als ich, und ich selbst. Im Sommer 1765 wurde Lichfield von einer Typhusepidemie heimgesucht, der meine Mutter und mein Bruder zum Opfer fielen. Da er nun nur noch zwei Mäuler zu stopfen hatte und von Natur aus unternehmend war, zog mein Vater im Jahr darauf mit mir und seinen Ersparnissen in das Dorf Stoke Poges; er hatte beschlossen, sein Glück mit einer eigenen Druckerei zu versuchen. Er hätte einen besseren Ort wählen sollen.

Zu Anfang prosperierte sein Geschäft, da er von den Pfarreien der Gegend, einigen Kaufleuten und dem Gutsherrn zahlreiche Aufträge erhielt. Vor allem lebte die Werkstatt von Handzetteln, Programmen und Ankündigungen dieser oder jener Art. Er unterrichtete auch mich in seinem Gewerbe, und bis zum heutigen Tag ist meine Fertigkeit in der Schriftsetzerei für meine Kollegen Anlaß zum Staunen, da die meisten von ihnen sich auf keinerlei Handwerk verstehen. Mein Vater lehrte mich schreiben und rechnen, und als ich knapp dreizehn war, hielt er es für seine Pflicht, mir auch etwas Latein beizubringen sowie alles, was er von der französischen Sprache wußte. Und das war nicht wenig. Obwohl selbst Autodidakt, hegte er reges Interesse an der Sprache und Literatur unserer Nachbarn jenseits des Ärmelkanals. Allerdings war ein solches Interesse an französischen Angelegenheiten in England immer mit einem gewissen Risiko verbunden, und das galt auch für meinen Vater; es erwies sich letztlich als sein Verderben und brachte ihm den Tod.

Da er selbst eine Art Freidenker war, hegte er eine große Leidenschaft für die Schriften des Philosophen und Dichters, der sich Voltaire nannte. Er war an einem Punkt angelangt, an dem er beweisen wollte, daß er in seiner Kunst Besseres zu leisten vermochte als die täglich herausgegebenen Handzettel, und so entschloß er sich, ein Pamphlet zu drucken. Weil er nicht den Anspruch erhob, ein Schriftsteller zu sein, und zweifellos auch, weil er die Ansichten von Monsieur Voltaire verbreiten wollte, machte sich mein Vater daran, ein Pamphlet des Franzosen zu übersetzen, dessen Titel mir entfallen ist. Das so entstandene Werk, das er »Ein Aufruf zum Denken« nannte, hoffte er für ein paar Pennies, das Stück zu verkaufen. Der es jedoch in erster Linie als Muster seiner Druckkunst betrachtete, verteilte er es freigebig im Dorf und sorgte insbesondere dafür, daß seine regelmäßigen Kunden ein Exemplar in die Hand bekamen. Dazu gehörten, wie ich bereits erwähnte, gewisse Mitglieder des lokalen Klerus. Ihnen allen mißfiel das Pamphlet; nicht wie es gedruckt war, was sie kaum schätzten, und auch nicht die Übersetzung, die sie noch weniger schätzten, sondern eher die Ansichten des Monsieur Voltaire, den sie für einen Atheisten und Unruhestifter hielten. Einer äußerte sich meinem Vater gegenüber scharf über den Inhalt der Schrift, und mein Vater war so unklug, mit ihm darüber zu debattieren.

Dieser Mann, Mr. Pettigrew mit Namen, der einer Kongregation von Brüdern der Low Church vorstand, fühlte sich durch das Pamphlet ganz besonders verletzt, und mit ihm ließ sich mein Vater unvorsichtigerweise auf einen heftigen Streit ein; unvorsichtig deshalb, weil Pettigrew (ich kann mich nicht überwinden, die respektvolle Bezeichnung Mr. weiterhin zu verwenden) eines Sonntags eine Predigt gegen den Atheismus im allgemeinen, Voltaire im besonderen und meinen Vater ganz persönlich hielt. Ich weiß nicht, was er sagte, denn ich habe damals ebensowenig am Abendmahl teilgenommen wie heute, aber es reichte aus, um die Gemeinde zu erzürnen und sie anzustacheln, als Horde von Racheengeln über uns herzufallen. Die Leute marschierten schnurstracks zur Druckerei, pochten an die Tür und begehrten Einlaß. Mein Vater ermahnte mich, in den oberen Räumen zu bleiben, und ging tapfer nach unten, in der Absicht, den Mob zu beruhigen und zu vertreiben. Doch kaum war er vor ihnen erschienen, da fielen sie über ihn her und mißhandelten ihn gnadenlos. Von oben sah ich, ich muß es gestehen, schändlicherweise zu, wie die Leute ihn schlugen, bis er bewußtlos war; dann stießen sie ihn beiseite und drangen in unsere Werkstatt ein. Drinnen zerschlugen sie die Druckerpresse und kippten die Setzkästen aus. All das hörte und erriet ich nur noch, denn ich hielt mich in einem unserer beiden oberen Zimmer versteckt. Als alles zerstört war, kühlte die Wut des Mobs ein wenig ab. Die guten Leute von Stoke Poges traten den Rückzug an, schleiften jedoch den benommenen, reglosen Körper meines Vaters hinter sich her.

Als ich ihn das nächste Mal erblickte, hatte man ihm das Halseisen angelegt. Man hatte ihn vor den örtlichen Richter geschleppt, der Blasphemie beschuldigt, selbstverständlich schuldig gesprochen und zu einer Woche Pranger verurteilt. Er sollte am folgenden Sonntag freigelassen werden, woraufhin er dann in die Kirche gehen und Gott, die Gemeinde – und natürlich Pettigrew – um Verzeihung sollte anflehen können. Doch mein Vater überlebte den Dienstag nicht. Was wissen Sie, Leser, von dieser grausamen und erniedrigenden Bestrafung, die in einigen finsteren Ecken des Reiches noch immer praktiziert wird? Es ist kein Spaß, wie manche zu denken scheinen, wenn Kopf und Hände eines Mannes zwischen zwei Holzblöcken festgeschraubt werden und sein Gesicht Zielscheibe jeglichen Schmutzes ist, mit dem die Rohlinge des Dorfes ihn zu bewerfen geruhen.

Ich besuchte ihn ein einziges Mal während dieser Zeit. Sorgfältig reinigte ich sein Gesicht mit dem Schoß meiner Jacke von Unrat und Schlamm. Er blickte dankbar zu mir auf und erklärte mir, wie sehr es ihn bekümmere, in dieser Lage gesehen zu werden. Sein Gesicht war eine einzige blutunterlaufene Masse, so sehr hatte der Mob ihn geschlagen. Es wies auch frische Schnitte und Prellungen auf von den Steinen, die sie nach ihm geworfen hatten. Obwohl er kaum bei Sinnen war, ermahnte mein Vater mich eindringlich, das Dorf zu verlassen. »Hier hast du nichts zu erwarten, Jeremy«, sagte er. »Sperr das Haus ab, vernagele die Werkstatt. Geh zu John Berkeley in Lichfield. Dort werden wir uns treffen.«

Ich nickte und versprach flüsternd zu tun, worum er mich gebeten hatte; dann nahm ich Abschied und rannte weinend davon, als eine Bande von Dorfbuben sich näherte. In einiger Entfernung hielt ich inne, schaute mich um und sah, wie die johlende, lärmende Menge Schmutz und Steine auf die arme, zwischen die Balken gebeugte Gestalt schleuderte. Das war das letzte Mal, daß ich meinen Vater lebend sah. Bevor ich noch meine Vorbereitungen für die Reise nach Lichfield getroffen hatte, erreichte mich die Botschaft, daß mein Vater tot sei: zu Tode gesteinigt. Überbringer der Nachricht war der fette Diakon, Kercheval mit Namen. Mit spöttischem Blick ließ er mich wissen, daß ich nun Waise sei und vor den Magistrat gebracht werden solle, damit meine Zukunft geregelt werde. Ich erinnere mich, wie mir der wilde Gedanke durch den Kopf schoß, daß ich nun den Platz meines Vaters im Halseisen einnehmen müsse. Doch als wir aufbrachen, hatte ich genügend Voraussicht, mein kleines Bündel mit Habseligkeiten und die darin eingerollten Münzen aus unserer Geldkassette mitzunehmen. Kercheval packte mich grob und stieß mich vor sich her. Beim Öffnen der Tür lockerte er unklugerweise seinen Griff, und ich riß mich los und gab Fersengeld. Ich rannte auf die Felder zu, als sei der Teufel persönlich hinter mir her und nicht ein tolpatischer, schwerfälliger Diakon, den bei der Jagd fast der Schlag traf. Im Nu hatte ich ihn abgehängt und lief auf ein Wäldchen zu, in dem ich mich zu verstecken hoffte. Als ich es erreicht hatte, verschwendete ich keinen Gedanken mehr daran, dort zu bleiben, denn nun konnte ich die Straßenkreuzung einsehen, den Ort des Prangers, und erkannte, daß das, was Kercheval gesagt hatte, tatsächlich der Wahrheit entsprach. Der Körper meines Vaters war aus dem Halseisen befreit worden und lag neben der niederträchtigen Vorrichtung; sie hatten ihm das Hemd über den Kopf gezogen, um sein Gesicht zu verhüllen. Einige Dörfler umringten ihn und unterhielten sich kopfschüttelnd. Ob er von einem scharfen Stein getötet worden oder unter dem Gewicht von Schlamm oder Unrat erstickt war, kann ich nicht sagen. Es bestand jedoch kein Zweifel, daß er tot war. Und so setzte ich meinen Weg fort, gehend, laufend, mich vor Wanderern versteckend. In dieser Nacht schlief ich auf einem Feld. Erst am nächsten Tag erfuhr ich, daß der Weg, den ich eingeschlagen hatte, nicht nach Lichfield führte, sondern nach London.

Wie ich die Metropole erreichte, soll hier nicht im einzelnen berichtet werden. Gesagt sei nur, daß die Reise nahezu eine Woche dauerte und daß in diese Woche mein dreizehnter Geburtstag fiel. Ich traf körperlich und geistig vollkommen erschöpft in London ein; zwischen mir und der blanken Not standen nur ein paar Shilling. Was sollte ich tun? Ich hatte den vagen Plan, bei einem Drucker Arbeit zu suchen, doch ich hatte nicht die geringste Vorstellung, wie und wo ich das bewerkstelligen sollte. Und selbst wenn ich genaueres gewußt hätte, so hätte mich doch der Anblick einer so großen Stadt mit den Straßen voller Menschen alles vergessen lassen. Meinen ersten Tag in London verbrachte ich mit Umherwandern; mein Bündel mit beiden Händen fest umklammernd, drängte ich mich durch das Gewühl. Ich erinnere mich, daß ich einen Mann höflich fragte, wo ich einen Drucker finden könne; zur Antwort erhielt ich einen solchen Schwall von Schimpfwörtern, wie ich ihn noch nie zuvor gehört hatte. Hatte ich den

Mann beleidigt, allein indem ich ihn aufhielt? Während ich noch darüber nachdachte, näherte ich mich einem anderen und stellte ihm die gleiche Frage. Er antwortete bereitwillig, aber er redete auf eine Weise, die ich nicht verstehen konnte. Mir zuliebe sprach der Mann reinstes Whitechapel, doch mein Verständnis war so gering, daß er ebensogut eine fremde Sprache hätte benutzen können – selbst Französisch wäre mir vertrauter gewesen! Ich schnappte nur den Ausdruck »Flight Straight« auf und fragte mich, wie ich das Fliegen (Flight) wohl bewerkstelligen sollte, geradeaus (Straight) oder in Kurven. Doch vielleicht meinte er, ich solle geradeaus weitergehen.

Sie können sich meine Erleichterung vorstellen, als ich, verwirrt an einer Straßenecke stehend, meinerseits von einem Mann angesprochen wurde. Er wirkte ziemlich grobschlächtig, aber einigermaßen freundlich; auf seinem Gesicht lag ein festgefrorenes Lächeln. »Du siehst ganz annehmbar aus, Junge«, sagte er zu mir.

»Das hoffe ich«, erwiderte ich.

»Würdest du dir gern einen Shilling verdienen?«

Da ich wußte, daß mein Vorrat an Bargeld auf nicht viel mehr als diese Summe geschrumpft war, antwortete ich begeistert: »O ja, das würde ich sehr gern, Sir.«

Er erklärte, für einen Mann in seiner Bekanntschaft sei eine Besorgung zu erledigen, die flinke Füße erforderte. »Kannst du laufen, Junge?«

»Ja, Sir«, sagte ich, »wie der Wind.«

Darüber lachte er herzlich und führte mich ein kurzes Stück die Straße entlang. Unwillkürlich bemerkte ich den kräftigen Stock, den er in einer Hand trug und mit dem er bei jedem Schritt fest auf den Boden stampfte. Das fand ich seltsam, denn er ging sicheren Fußes und zeigte kein Anzeichen von Lahmheit. Im Gehen erklärte er mir, ich hätte nichts weiter zu tun, als schnellstens ein Päckchen zu einer Adresse zu bringen, die man mir nennen werde. Ich teilte ihm mit, daß ich fremd in der Stadt sei und London nicht gut kenne, doch er sagte, man werde mir den richtigen Weg zur angegebenen Adresse schon weisen.

»Werde ich auf diesem Weg an einer Druckerei vorbeikommen, Sir?« fragte ich. »Ich suche Arbeit als Lehrling.«

»Da hast du Glück, Junge, zwei Häuser weiter ist eine.« Dann hieß er mich plötzlich stehenbleiben und zeigte in eine dunkle Gasse. »Da«, sagte er. »Geh zum Ende dieser Gasse, dort triffst du einen Mann namens Slade, er wartet vor dem Cock and Bull. Sag ihm nur, du seist der Junge, den Bledsoe schickt.«

Ich nickte. »Werden Sie mich nicht weiter begleiten?«

»Nein, ich muß mich um meine eigenen Angelegenheiten kümmern.« Und er wandte sich ab und ging in die Richtung davon, aus der wir gekommen waren.

Ich stand da, sah ihm nach und fand die ganze Sache recht seltsam. Doch ich war neu in London und begierig, einen Shilling zu verdienen; also bog ich in die Gasse ein und suchte das Cock and Bull. Es war, wie er mir gesagt hatte. Draußen vor dem Wirtshaus lehnte gleichgültig eine Gestalt an der Hauswand. War dies der genannte Slade, dem so sehr an schneller Lieferung gelegen war, daß er bereit war, für einen Boten einen Shilling zu bezahlen? Seine Haltung erschien mir eigenartig.

Doch als ich näher kam und die mir von Bledsoe aufgetragene Formel wiederholte, richtete er sich auf und nickte mit gewissem Interesse. Dann zog er ein Päckchen von einigem Umfang in einer Art wollener Tasche aus seiner Jacke. Er reichte es mir und sagte: »Hier, Junge. Du mußte dies auf schnellstem Weg zu einem gewissen William in der Threadneedale Street bringen, einem Makler. Das ist eine Meile von hier, am Shoreditch; da, wo du hergekommen bist, mußt du scharf links einbiegen. Kannst du eine Meile laufen?«

»Ja, das kann ich, Sir.«

»Dann zeig es mir.«

Ich zögerte. »Und der Shilling, Sir? Mr. Bledsoe sagte, ich bekäme einen Shilling.«

Darüber lachte Slade – ein wenig gereizt, wie mir schien. »Du wirst dort bezahlt. Und nun fort mit dir!«

Ich schalt mich wegen meiner Dummheit (wie sonst hätten sie die Ablieferung sicherstellen sollen?), drehte mich um und machte mich eilends auf den Weg, das Päckchen fest unter den Arm geklemmt. Als ich das Ende der Gasse erreichte, wandte ich mich nach links, wie man mir gesagt hatte, und bahnte mir so schnell wie möglich einen Weg durch das Gewimmel; bei einem Schritt stieß ich ein Fischweib an, beim nächsten einen Bänkelsänger; ich bewegte mich so rasch vorwärts, wie die Menge es nur zuließ. Dann, ganz plötzlich, wurde ich von den Füßen gerissen und landete im Rinnstein. Als ich wieder zu mir kam, hörte ich jemanden schreien: »Haltet den Dieb, haltet ihn!« Ich fragte mich, wem das Geschrei wohl gelte. Als ich aufblickte, sah ich, daß sich um mich eine Gruppe von Menschen scharte, die nicht gerade freundlich aussah, und ganz vorn stand niemand anderer als Mr. Bledsoe, der noch viel weniger freundlich dreinschaute als alle übrigen. Er schwenkte seinen Stock in meine Richtung, ich lag noch am Boden, und mir kam der Gedanke, daß er mich mit diesem Stock zu Fall gebracht hatte. Doch warum hätte er das tun sollen? Als ich mich aufrichtete, um zu protestieren, hob er das Ding über seinen Kopf und schlug hart auf mich ein.

Und das, geneigter Leser, ist alles, was mir von meiner Übertölpelung im Gedächtnis geblieben ist.

Als ich das Bewußtsein wiedererlangte, spürte ich als erstes ungeheure Schmerzen im Kopf, dann wurde ich eines großen Tohuwabohu um mich her gewahr. Meine Augen erblickten eine Szene, wie ich sie noch nie zuvor gesehen hatte: Sie rief mir die Gaunereien und die Verruchtheit Londons ins Gedächtnis, die ich aufgrund der Lektüre von »Das Leben der Verurteilten« und anderer billiger Bücher dieser Art zu kennen glaubte. Huren und schmierige Schurken waren hier versammelt. War ich in ein Treffen von Dirnen und Taschendieben geraten oder vielleicht nolens volens nach Bedlam transportiert worden? Das schrillte Gezeter und Gegacker um mich her versetzte mich in größtes Erstaunen.

Ich versuchte mich zu erheben, um einen besseren Überblick über diese seltsame Versammlung zu gewinnen, und wurde sofort grob auf den Platz zurückgestoßen, auf dem ich saß. Ich wandte mich demjenigen zu, der mich gefangen hielt, und stellte fest, daß es niemand anderer war als Bledsoe, der mich als Opfer seiner böswilligen Scharade benutzte. Hinter ihm saß Slade, sein Partner und Mitverschwörer. Ich hatte keine Chance, diesen beiden zu entkommen, denn Bledsoe hatte seine große Hand um meinen Nacken gelegt und hielt mich mit eisernem Griff gepackt. Er beugte sich in meine Richtung, blies mir seinen übelriechenden Atem ins Gesicht und sagte: »Guter Junge. Mach uns keine Schwierigkeiten, dann beziehst du keine Prügel.«

»Aber ich...«

»Sei still!« unterbrach er mich und umklammerte meinen Nakken noch fester. »Es wird nicht mehr lange dauern.«

Und so war es in der Tat. Ich saß noch einige Minuten elend da, bis ich schließlich merkte, daß das bißchen Aufmerksamkeit, welches die rohe Menge aufbrachte, dem vorderen Teil des großen Raumes galt, wo zwei Männer in unterschiedlicher Höhe den übrigen zugewandt saßen. Der höher sitzende Mann war in ein ernstes Gespräch mit einem anderen vertieft, der allein vor ihm stand. Plötzlich unterbrach er sich und schlug mit einem Hammer auf den hohen Tisch, an dem er saß. Der Bursche, mit dem er eben noch eindringlich gesprochen hatte, wurde von zwei stämmigen Männern abgeführt, die aus den seitlichen Zuschauerreihen traten. Der andere Mann, der etwas niedriger als der erste an einem kleinen Tisch saß, erhob sich und schrie: »Bledsoe, Thomas, unabhängiger Diebesfänger. Führen Sie Ihren Gefangenen vor.«

Nun wurde ich auf die Füße gerissen und von eben diesem Thomas Bledsoe in aller Eile durch den Mittelgang gestoßen, bis ich schließlich vor den beiden Männern stand. Der weniger bedeutende, der uns einen Augenblick zuvor aufgerufen hatte, sah mich ernst an und fragte nach meinem Namen.

»Jeremy Proctor, Sir.«

Der Mann mit dem Hammer beugte sich vor und neigte sich mit interessierter Miene in meine Richtung. Aus der Nähe war sein Antlitz furchterregend. Das eher runde Gesicht trug einen feierlichen Ausdruck. Doch nicht seine Züge fand ich erschreckend, sondern die Tatsache, daß mir seine Augen vollständig verborgen blieben. Als ich zu ihm aufblickte, sah ich, daß ein Streifen schwarzer Seide sie bedeckte. Er trug einen Dreispitz, deshalb hatte ich diese Augenbinde aus der Entfernung nicht erkannt. Ich begriff, daß er blind war. Endlich sprach er. »Wie alt sind Sie, Proctor?«

»Soeben dreizehn, Sir.«

Bledsoe packte meinen Nacken fester und schüttelte mich. »Nenn ihn M'lord – vergiß das nicht.«

Von hinten erfolgte ein Schwall von Kommentaren und Kichern, so daß der blinde Mann gezwungen war, erneut mit seinem Hammer auf den Tisch zu schlagen, bis die Ordnung wiederhergestellt war. »Lassen Sie den Jungen reden, wie er will«, sagte er. Und dann zu mir: »Du wirst des Diebstahls beschuldigt. Was sagst du dazu?«

»Sir?« Sofort spürte ich, wie der Griff in meinem Nacken eisern wurde. »Ich meine M'lord?«

»Diebstahl – Stehlen. Was sagst du? Schuldig oder nicht schuldig?«

»Oh...« Erst jetzt erfaßte ich, in welcher Zwangslage ich mich befand. Ich zögerte einen Augenblick, hatte aber sofort Angst, dies könne mir als Unentschlossenheit ausgelegt werden. Und so schrie ich beinahe zu meiner Verteidigung: »Nicht schuldig!«

Das strenge Gesicht des blinden Mannes verzog sich zu einem amüsierten Lächeln. »Sehr gut«, sagte er. »Gerichtsdiener, schreiben Sie nieder, daß Jeremy Proctor sich für nicht schuldig im Sinne der Anklage erklärt.« Und dann, mit einem Seufzer: »Und nun, Bledsoe, erzählen Sie Ihre Geschichte.«

Es war eine Geschichte – und eine Lügengeschichte dazu. Unter falschem Eid sagte Bledsoe als Zeuge aus, er sei zufällig über den Shoreditch geschlendert, als er plötzlich großen Lärm und Diebesgeschrei gehört und dann eine Gestalt bemerkt habe – »diesen Burschen hier« –, die, von einem Mann verfolgt, in höchster Eile aus der Chick Lane gekommen sei. Er habe keine andere Wahl gehabt – so sagte er wenigstens –, als den Übeltäter mit allen verfügbaren Mitteln zu fassen. Er habe den Burschen mit seinem Stock zu Fall gebracht und ihn, als er sich wehrte und erneut zu fliehen suchte, bewußtlos geschlagen und geradewegs in die Bow Street gebracht.

»Das ist Ihre Aussage?«

»Jawohl, M'lord.«

Obwohl alles in mir sich gegen das auflehnte, was ich soeben gehört hatte, war ich vernünftig genug, mich zu beherrschen. Ich wartete und hoffte, der blinde Mann werde alles durchschauen. Dieser rief nun: »Gibt es irgendwelche Zeugen?«

»Es gibt einen, M'lord«, trumpfte Bledsoe auf. »Eben den, den er bestohlen hat, einen Mann namens William Slade.«

»Er möge sprechen.«

Der Mann, der mich vom Cock and Bull aus auf diese nutzlose Mission geschickt hatte, trat vor und legte falsches Zeugnis gegen mich ab. Er behauptete, er sei gerade aus dem Wirtshaus getreten, seine Tasche in der Hand, als er »von diesem jungen Verbrecher« angefallen worden sei, der ihm die Tasche entwunden und sich eilends davongemacht habe. Er habe ihn verfolgt und ihm nachgerufen und sei soeben in den Shoreditch eingebogen, als er gesehen habe, wie der junge Dieb »von diesem heldenhaften Gentleman hier« – Bledsoe – zu Fall gebracht wurde. Der Gentleman habe ihm seine Tasche zurückgegeben und ihn aufgefordert, ihn zum Gericht in der Bow Street zu begleiten, um den Missetäter vor John Fielding zu bringen, den Inbegriff der Rechtsprechung.

Letzteres erzeugte bei dem blinden Mann, den ich nun als Sir John kannte, eindeutig Gereiztheit. Er brummte, schnaufte und sagte: »Bitte, ersparen Sie uns das.«

»Aber, M'lord, ich wollte nur...«

»Sie sagen, Sie haben Ihre Tasche wieder?«

»Ja, das habe ich, und ich bin froh darüber, denn sie enthielt eine beträchtliche Summe.«

»Händigen Sie sie dem Gerichtsdiener aus.«

Slade schaute zweifelnd zu Bledsoe, der mit einem scharfen Nicken antwortete. Widerstrebend tat Slade, wie ihm geheißen. Der Gerichtsdiener machte sich unverzüglich daran, den Inhalt der Tasche zu durchwühlen.

»Nun, Master Proctor«, sagte Sir John, »du hast die Zeugenaussage gegen dich gehört. Was kannst du zu deinen Gunsten sagen?«

»Nur die Wahrheit, Sir«, antwortete ich. Und dann gab ich einen schlichten und klaren Bericht von den Ereignissen, die ich Ihnen, Leser, bereits geschildert habe, nur in etwas abgekürzter Form.

Als ich geendet hatte, schien es mir, als sei Sir John erfreut über meine Aussage. Er nickte, schwieg einen Augenblick und beugte sich schließlich vor, als wolle er mich genauer betrachten. »Du kannst dich gut ausdrücken, mein Junge, aber du bist nicht von hier. Ist das richtig?«

»Ja, Sir – M'lord.«

»›Sir‹ ist eine angemessene Form der Anrede. Und woher stammst du?«

»Ich bin in Lichfield geboren.« Den Ort, den ich verlassen hatte, wollte ich nicht erwähnen.

»Lichfield? Nahe, nahe, aber ich hätte dich noch etwas näher bei uns angesiedelt. Sagen wir Penkridge oder vielleicht Stoke Poges?«

Ich war erstaunt. Konnte er anhand meiner Art zu sprechen so präzise feststellen, wo ich herkam? Doch er hatte mich ertappt, und ich sah keinen anderen Ausweg, als mich zu der

Halbwahrheit zu bekennen. Mit gesenktem Kopf sagte ich: »In den letzten Jahren war ich in Stoke Poges.«

»Aha!« krächzte er entzückt. »Wieder richtig erkannt, nicht wahr? Es gibt keinen Mann in London, der jemanden anhand seiner Redeweise so einzuordnen vermag wie ich!« Er stieß ein röhrendes, triumphierendes Lachen aus. Doch dann wurde er ganz plötzlich wieder ruhig und ernst. »Vermerken Sie«, sagte er zu dem Gerichtsdiener, aber die Worte waren an den ganzen Raum gerichtet, »der Junge hat nichts Falsches gesagt. Als ich ihn fragte woher er stamme, antwortete er, er sei in Lichfield geboren, und ich bin sicher, daß das stimmt. Er denkt wie ein Rechtsanwalt, was sowohl ein Segen als auch ein Fluch ist. Aber mir fällt auf, Master Proctor, daß du dem Gericht verheimlichen wolltest, daß du aus Stoke Poges nach London gekommen bist. Warum das?«

»Nun, ich…«

»Bist du von zu Hause fortgelaufen? Fürchtest du die Vergeltung deines Vaters?«

»Mein Vater ist tot, Sir. Es gab nur ihn und mich.«

»Wie kam er zu Tode?«

»Er…« Ich zögerte, unfähig, darüber zu sprechen. Da ich jedoch Angst davor hatte, gar nichts zu sagen, zwang ich mich, beinahe im Flüsterton fortzufahren: »Er wurde zu Tode gesteinigt.«

Ein Murmeln erhob sich in der Menge. Sir John saß einen langen Augenblick schweigend da, dann sagte er: »Gesteinigt, sagst du? Am Pranger?«

»Ja, Sir.« Ich wußte, daß Tränen in diesem Moment unangebracht waren, und so bemühte ich mich, sie zurückzuhalten.

»Und da bist du fortgelaufen?« fragte er leise.

»Ja.«

Plötzlich spürte ich Bledsoes wütenden Griff wieder im Nakken. Er packte härter zu als zuvor, und ich konnte einen Schmerzensschrei nicht unterdrücken; er fauchte mir zu: »*M'lord!* Ich hab' dir *gesagt*, du sollst M'lord sagen.«

»Bledsoe!« rief Sir John von der Richterbank. »Tun Sie diesem... Gerichtsdiener? Mr. Marsden?«

»Ja, Sir John?«

»Berührt er den Jungen?«

»Er hat die Hand im Nacken des Jungen.«

Ich spürte, wie der Griff sich lockerte.

»Lassen Sie ihn los«, sagte Sir John zu Bledsoe. »Treten Sie einen Schritt beiseite.« Ich beobachtete, wie der Mann, der mich gefangen hatte, unsicher zurücktrat, und mußte seinen wütenden, drohenden Blick ertragen, bis der blinde Richter wieder das Wort ergriff: »Mr.... Mr. Slade? Ist das Ihr Name?«

»Ja, Sir, M'lord.«

»Ich interessiere mich für die Tasche, die Ihnen, wie Sie sagen, gestohlen wurde. Sie enthielt, wie Sie sagten, eine stattliche Summe Geldes.«

»Nun ja...«, erwiderte Slade hinhaltend, »für einen armen Mann wie mich...«

»Gerichtsdiener, wie hoch war der Betrag?«

Der kleine Mann, der an dem Schreibtisch in der Nähe saß, griff in den wollenen Beutel und förderte ein paar Münzen zutage. Nachdem er sie gezählt hatte, rief er laut: »Zwei Shilling Thrupence und ein Farthing.«

»Ist *das* Ihre stattliche Summe?« fragte Sir John und zog eine höchst erstaunte Miene. »Nein, Sir, ich nenne diesen Betrag belanglos. Und für zwei Shilling Thrupence und einen Farthing verlangen Sie von mir, daß ich diesem dreizehnjährigen Jungen wegen eines schweren Vergehens den Prozeß mache?«

Slade nahm all seinen Mut zusammen, blies sich sichtbar auf und trat kühn einen Schritt auf die Richterbank zu. »Aber, M'lord, es geht doch um ein Prinzip, nicht wahr? Ich meine, wenn dieser Junge für seine Untat nicht bezahlen muß, wohin soll das führen? Er wird sein verbrecherisches Leben fortsetzen und seinen Gefährten ein schlechtes Beispiel geben.«

»So treten Sie also für die Prinzipien der Justiz ein? Sie beharren auf Ihrer Anklage?«

»Das tue ich in der Tat, M'lord.«

»Dann soll die Gerechtigkeit auf allen Seiten zum Zuge kommen. Gerichtsdiener, was enthält die Tasche dieses Mannes sonst noch?«

Wieder kramte der kleine Mann in der Tasche, und schließlich kippte er ihren Inhalt auf den Tisch. Er sah sich das Durcheinander einen Augenblick an und rief dann: »Ein überaus schmutziges Sacktuch.« Die Menge hinter mir brach in lärmendes Gelächter aus. Sogar ich mußte lächeln, wenngleich das in Anbetracht meiner Situation vielleicht unangebracht war. Der Gerichtsdiener wartete, bis es wieder ruhiger wurde, und fuhr dann fort: »Außerdem einen Brief, einige Quittungen für Güter und ein Kontobuch.«

»Ausgezeichnet!« sagte Sir John. »Nun sagen Sie uns, an welchen Namen der Brief adressiert ist und auf wen die Quittungen ausgestellt sind – aber nein, warten Sie! Lassen Sie mich raten. Könnte es sein, daß der Name zufällig Will Sayer lautet?«

»Jawohl, so lautet er.«

Die Stirn über dem schwarzen Seidenband legte sich für einen Augenblick in konzentrierte Falten. »Wie erklären wir nun die Diskrepanz zwischen dem Namen, den dieser Mann vor Gericht angegeben hat, und dem, der auf den Dokumenten steht, die er bei sich trug?«

»Ich habe sie für einen Freund aufbewahrt!« rief der Mann, der sich mir als Slade vorgestellt hatte. Angst stand ihm ins Gesicht geschrieben.

Sir John nickte freundlich. »Das könnte die Sache sicher erklären. Doch da bleibt noch eine Frage. Wie war es möglich, daß ich den Namen erriet? Könnte es sein, daß ich diesem Will Sayer schon früher begegnet bin? Könnte es sein, daß er vor noch nicht neun Monaten als Hehler vor diesem Gericht erschienen ist? Er wurde überführt, für schuldig befunden und verurteilt, doch neulich erreichte mich die Nachricht, er habe sich aus Newgate freigekauft. Und nun steht hier ein William

Slade, der die Dokumente von Will Sayer bei sich trägt – *und der mit derselben Stimme spricht wie Sayer.* Ist das Zufall oder *Täuschung?*« donnerte er.

Darauf erhob sich plötzlich ein Tumult im Gerichtssaal. Slade – oder Sayer, als der er nun erkannt war – schaute sich wild um, als sinne er auf Flucht. Wie zur Antwort auf dieses Ansinnen trat ein großer Mann aus der Menge und stellte sich neben den falschen Ankläger, dem er einen Knüppel von furchterregender Größe zeigte. Sir John rief die Anwesenden mit dem Hammer zur Ordnung, beugte sich vor und sagte zu dem Mann, der vor ihm stand: »Glauben Sie, Sir, daß ich, weil ich nicht sehen kann, auch mein Gedächtnis verloren habe? Für jemanden wie mich ist die menschliche Stimme ein so sicheres Merkmal zur Unterscheidung von Menschen wie für andere das Gesicht. Vielleicht noch sicherer. Mr. Marsden?«

»Ja, Sir John?«

»Erkennen Sie den Mann vor uns?«

Der Gerichtsdiener musterte Sayer und schüttelte schließlich den Kopf. »Ich kann nur sagen, daß er mir bekannt vorkommt. Es treten so viele vor uns.«

»Ja, da ist wohl wahr. Aber nun zu Ihnen, Mr. Slade-Sayer; Sie haben bezüglich Ihres Namens einen falschen Eid abgelegt, und damit ist meiner Auffassung nach Ihre gesamte Zeugenaussage wertlos. Zumindest haben Sie Ihre Verachtung für dieses Gericht gezeigt. Wollen Sie noch immer Anklage gegen diesen Jungen erheben?«

Alle Augen waren auf den Mann gerichtet, doch er sah niemanden an. Mit gesenktem Kopf sagte er leise: »Nein, M'lord.«

»Bleibt die Angelegenheit des Mr. Bledsoe, unseres unabhängigen Diebesfängers. Der gesunde Menschenverstand sagt mir, daß Master Proctors Bericht über die Ereignisse, die für sein Erscheinen hier gesorgt haben, der Wahrheit entspricht. Vielleicht möchte er selbst Anklage erheben. Doch mangels Zeugen würde seine Sache eine schwache sein. Möchten Sie, Mr. Slade-Sayer, als Zeuge gegen Mr. Bledsoe auftreten?«

Ich richtete, wie Sayer, meine Aufmerksamkeit auf Bledsoe. Der Blick, den er seinem Meineid-Partner zuwarf, war der wildeste, den ich je gesehen habe. Eine Morddrohung lag darin. Sayer entging das nicht. Er sagte schlicht: »Nein, M'lord.«

»Das dachte ich mir. In Anbetracht von Mr. Bledsoes Ruf haben sie vermutlich eine weise Entscheidung getroffen. Doch unter den gegebenen Umständen habe ich keine andere Wahl, als Sie wegen Mißachtung des Gerichts zu sechzig Tagen Haft zu verurteilen.« Zur Bekräftigung ließ Sir John seinen Hammer auf den Richtertisch fallen, womit das Urteil offiziell wurde, und Sayer wurde von dem großen Mann mit dem Knüppel abgeführt. Nun standen nur noch Bledsoe und ich vor dem Richter.

»Mr. Bledsoe, nehmen Sie das als Warnung. Wenn Sie jemals wieder vor mir erscheinen, um ein Kopfgeld für einen armen Unglücklichen zu kassieren, den Sie übertölpelt haben – wie es meiner Überzeugung nach mit diesem Jungen geschehen ist –, dann werde ich Ihnen auf die Schliche kommen, Sir, und ich werde Sie von unserem Mr. Bailey, der ein größerer und weitaus besserer Mann ist als Sie, öffentlich auspeitschen lassen. Und ich werfe Sie für mehr Jahre in das Gefängnis von Newgate, als Sie oder ich zählen können. Eines jedoch werde ich nicht tun« – und das sprach er merkwürdigerweise in meine Richtung –, »ich werde Sie nicht in ein Halseisen zwängen und steinigen lassen, denn das ist für keinen Menschen eine angemessene Strafe, nicht einmal für einen so traurigen Fall wie Sie. Die Klage gegen Master Proctor ist selbstverständlich abgewiesen...«

Als er mit einem Hammerschlag auch dieses Urteil offiziell machte, geriet der Raum erneut in solchen Aufruhr, daß ich als einziger hörte, wie Sir John Fielding die Worte hinzufügte, die mein Leben verändern sollten: »Und er wird der Obhut des Gerichts überantwortet.«

2. KAPITEL

In welchem ich auf Stellungs-suche gehe

Was hatte er im Sinn? Das soeben ausgesprochene Wort, »überantwortet«, das mir unbekannt war, klang in meinen jungen Ohren nach »Übergabe« und hatte etwas von Zwang an sich. Obwohl ich es kaum verstand, gefiel es mir nicht.

Da ich nicht wußte, was ich sonst tun oder wohin ich gehen sollte, blieb ich einfach vor der Richterbank stehen und wartete. Ich starrte zu dem blinden Mann empor, der wenige Augenblicke zuvor meinen falschen Ankläger entlarvt und mich vor dem Gefängnis gerettet hatte. Was war dieser Sir John Fielding für ein Mensch? Seine Gesichtszüge ebenso wie seine Handlungen ließen ihn freundlich erscheinen. Während er darauf wartete, daß der nächste anhängige Fall aufgerufen wurde, lag ein beinahe amüsierter Ausdruck auf seinem Gesicht. Er neigte den Kopf leicht zur Seite, und man hätte meinen können, er starre auf irgendeinen fernen Punkt hinter der Menge.

Seine Haltung veränderte sich in keiner Weise, als der Gerichtsdiener sich erhob, um den letzten Fall des Tages aufzurufen. Doch der kleine Mann – Mr. Marsden mit Namen, wie ich bald erfahren sollte – erblickte mich, als er sich anschickte, seinen Ruf ertönen zu lassen, und so lehnte er sich noch einmal zu Sir John hinüber, um ihn daran zu erinnern, daß ich noch immer vor ihm stand. Es trat eine kurze Pause ein, denn der Richter dachte nach; dann beugte er sich vor und sagte Marsden etwas ins Ohr. Der Gerichtsdiener nickte und wies mit einer großartigen Geste auf die Sitzreihe hinter mir, wo ich Platz nehmen sollte. Zwei Dirnen rückten beiseite. Und so saß ich zwischen ihnen und war mir vage ihrer heimlichen, abschätzenden Blicke bewußt, während ich meine Aufmerksamkeit auf Sir John und sein Gericht konzentrierte.

Marsden rief eine gewisse Moll Caulfield, ihres Zeichens Straßenhändlerin, vor die Richterbank, dazu ihren Ankläger, einen Gemüsegroßhändler aus Covent Garden, Isaia Horton mit Namen. Es ging um eine einfache Geldangelegenheit. Die Tatsachen war unstrittig. Die Witwe Caulfield hatte bei ihrem Lieferanten Horten einen erheblichen Betrag anschreiben lassen und war, aufgrund von Unglück oder schlechter Geldeinteilung, mit der Tilgung ihrer Schulden in Rückstand geraten. Jetzt wollte Horten ihr nicht nur keinen weiteren Kredit gewähren und ihr auch gegen Barzahlung nichts mehr verkaufen, sondern verlangte auch, sie solle ihre Schulden vollständig begleichen oder ins Schuldgefängnis geschickt werden.

»Und auf welchen Betrag beläuft sich die Schuld, Sir?« fragte Sir John.

»Auf drei Shilling Sixpence.«

»So wenig? Und welchen Vorteil haben Sie, wenn die Frau ins Gefängnis kommt? Dort wird sie kaum Gelegenheit finden, Sie zu bezahlen.«

»Als Exempel, M'lord. Ich habe sie lange genug durchgeschleppt. Alle anderen, die mir etwas schulden, sollen erfahren, daß mit mir nicht zu spaßen ist.«

»Ah, ein *Exempel!* Unser Mr. Slade-Sayer war ebenfalls sehr auf ein Exempel bedacht, wie ich mich erinnere. Sagen Sie, Mr. Marsden, ist das Gericht noch im Besitz der Tasche dieses Mr. Sayer, der sich Slade nannte?«

»Jawohl, M'lord.«

»Und welchen Betrag enthielt sie?«

Der Gerichtsdiener hob die wollene Tasche vom Fußboden auf, kramte erneut darin herum und zählte. »Zwei Shilling Thrupence und ein Farthing.«

»Nun, das reicht ja beinahe, um die Schuld zu begleichen, und da Mr. Sayer keine unmittelbare Verwendung für den Betrag haben wird, verfüge ich, daß das Geld Moll Caulfield ausgehändigt wird, und zwar als Akt der Mildtätigkeit von seiten Mr. Sayers. Wir berücksichtigen dies und verringern seine Strafe auf dreißig Tage. Doch es fehlt immer noch eine kleine Summe. Das Gericht nimmt dies zur Kenntnis und ...« Er griff in die voluminöse Tasche seines Rocks und förderte zwei Münzen zutage, die er dem Gerichtsdiener Marsden überreichte. »Das Gericht spendet ihr einen Shilling und Thrupence. Den Farthing mag sie zum Ausgleich für ihre Unannehmlichkeiten behalten.«

»Gott segne Sie dafür, Sir John«, sagte Moll Caulfield weinend.

Ein Lächeln glitt über seine nüchterne Miene. »Das hoffe ich, Moll. Das hoffe ich wirklich.«

»Und Liebesäpfel für Sie, wie Sie sie gern haben, von heute an«, versprach sie.

Er nickte. »Und nun, Mr. Marsden, teilen Sie das Geld aus. Die Schuld ist beglichen. Der Fall ist abgeschlossen. Die Sitzung ist beendet.« Er schlug mit dem Hammer nur einmal, aber mit großer Endgültigkeit auf den Richtertisch. Dann erhob er sich, stieg sicheren Schrittes von seinem Podest und verschwand durch eine Tür auf der Rückseite des großen Raumes.

Zufrieden standen die Zuhörer ebenfalls auf und strömten auf die Türen zu. Ich blieb sitzen. Die Dirnen brachen auf, sagten mir Lebewohl und wünschten mir Glück. Ich beobachtete, wie der Gerichtsdiener dem Gemüsehändler Isaiah Horton drei Shilling Sixpence überreichte und Moll Caulfield, Straßenhändlerin, ihren Farthing aushändigte; dann winkte er mich zu sich.

»Sir John möchte dich in seinen Amtsräumen sehen«, sagte er, drehte sich um und wies mir die Richtung. »Durch diese Tür, junger Herr, und über den Gang.«

Ich dankte ihm und machte mich sogleich auf den Weg. Ich

klopfte an und wurde aufgefordert einzutreten. Um die Wahrheit zu sagen, es handelte sich um einen ziemlich schlichten Raum. Ein paar juristische Bücher standen in einem Regal. An den Wänden hingen weder Bilder noch sonstiger Zierat. Und Sir Johns Erscheinung hatte sich sehr verändert. Er hatte Dreispitz und Perücke abgelegt und saß mit wirrem Haar an einem Tisch, die bestrumpften Füße auf einen Stuhl gelegt, der vor ihm stand. Auf dem Tisch sah ich nur eine Flasche mit Starkbier. Der erste Laut, den er zur Begrüßung ausstieß, war ein lautes Rülpsen. Doch darauf folgten sogleich die Worte: »Ah, Master Proctor, nicht wahr? Komm, komm, setz dich hierher.«

Er gab dem Stuhl einen sanften Stoß und ließ seine Füße zu Boden gleiten. Ich nahm den Platz ein, den er mir freigemacht hatte, und versuchte, meine Dankbarkeit für seine großzügige Behandlung meines Falles zum Ausdruck zu bringen. Doch mitten in meiner kleinen Rede brachte er mich mit einer Handbewegung zum Schweigen.

»Ganz unnötig, ganz unnötig«, sagte er. »Unser Mann, Bledsoe, war der Hauptanstifter in dieser Angelegenheit. Ich bin auf der Hut, wann immer er vor mir erscheint. Merk dir meine Worte, ich werde ihn bald im Gefängnis haben.«

»Ja, Sir John.«

»Seinetwegen brauchst du dir keine Sorgen mehr zu machen. Du mußt an deine Zukunft denken.« Er hielt einen Augenblick inne, um nachzudenken, und um seine Überlegungen zu beflügeln, gönnte er sich einen Schluck aus der Flasche. »Was fangen wir mit dir an, junger Mann?«

»Sir?«

»Dein Vater ist tot, und du hast sonst keine Angehörigen, wenn ich das richtig verstanden habe.«

»Keine, von denen ich wüßte.«

»Ich bin sicher, daß du nicht den Wunsch hegst, nach Stoke Poges zurückzukehren.«

»Oh, ganz und gar nicht, Sir«, sagte ich aufrichtig. »Allein der Gedanke, ich könnte...«

Wieder brachte er mich zum Schweigen. »Kein Grund zur Sorge, glaub mir, mein Junge. Aber du kannst hier in London nicht auf dich gestellt bleiben. Dies ist eine gefährliche Stadt, Master Proctor. Du bist heute in aller Unschuld vor mir erschienen und wurdest des Diebstahls beschuldigt. Wenn du dir hier selbst überlassen bleibst, könntest du in sechs Monaten wieder vor Gericht stehen, dann aber nicht mehr so unschuldig.«

In meiner Unwissenheit war ich schockiert über das, was ich für seine geringe Meinung von mir hielt. Daher versuchte ich ihn zu überzeugen: »Sir John, ich würde mich niemals so erniedrigen, daß ich stehlen könnte. Lieber würde ich verhungern!«

»Ach, Jeremy Proctor, laß mich dir einen Rat geben. Wenn du ihn dir gut merkst und sorgfältig bedenkst, was darin enthalten ist, dann könntest du den Weg zur Weisheit einschlagen. Mein Rat lautet schlicht und einfach: Sag niemals nie. Du kannst unmöglich wissen, in welche Umstände das Schicksal dich stürzen wird, und ebensowenig kannst du sicher sein, wie du unter diesen Umständen reagieren wirst.« Bei diesem Schlußwort beugte er sich mit ernster Miene vor, so daß sein Gesicht nur wenige Zoll von meinem entfernt war. Trotz des schwarzen Seidenbandes, das die Partie zwischen Nasenrükken und Augenbrauen bedeckte, hatte ich das deutliche Gefühl, er starre mir direkt in die Augen; auch später sollte ich noch gelegentlich so empfinden. Doch dann lehnte er sich plötzlich zurück, ergriff die Flasche und genehmigte sich einen weiteren tiefen Schluck. Nachdem er getrunken hatte, hob er die Flasche in meine Richtung und ermahnte mich nochmals: »Merk dir meine Worte«, sagte er. »Sag niemals nie.«

Die Vorstellung, daß mein Schicksal so sehr in jemand anderes Hand lag, gefiel mir nicht, doch wenn es schon so sein mußte, dann konnte ich mir niemanden vorstellen, dessen Händen ich mehr vertraut hätte als denen von Sir John.

Sein mächtiger Kopf, der sich unter der Last seiner Gedanken leicht gesenkt hatte, hob sich nach und nach, und er sprach zu mir, als treibe ihn eine Phantasie um: »Hast du dir je gewünscht, zur See zu fahren?«

»Warum... warum, nein«, stammelte ich.

Er seufzte vernehmlich. »Das dachte ich mir. Als ich in deinem Alter war, hatte ich keinen anderen Gedanken, keinen anderen Traum. Und dann bin ich tatsächlich zur See gefahren, und... Ach, aber das ist eine andere Geschichte, noch dazu eine sehr alte.«

Das kam mir seltsam vor. Er schien so vollständig in dem, was er war – ein Richter, ein blinder Mann –, daß ich ihn mir gar nicht anders vorstellen konnte.

»Ich habe Jungen, die in einer ähnlichen Zwangslage waren wie du, zur See geschickt«, fuhr er fort. »Wobei, wie ich einräumen muß, einige älter waren als du und begierig auf dieses Leben. Ich möchte keinen Jungen zur See schicken, den es nicht dorthin zieht.«

»Vielleicht würde ich mich daran gewöhnen«, kam ich ihm entgegen.

»Vielleicht.«

Ich zögerte, da ich nicht wußte, ob das, was ich vorschlagen wollte, angebracht war. Doch schließlich sagte ich: »Gibt es irgendeine Möglichkeit, wie ich Ihnen von Nutzen sein könnte? Ich bin gut im Rennen. Ich kann lesen, Sir, und habe eine gute Handschrift. Und ich kann sogar ein wenig Französisch.«

»Ho! Französisch, was du nicht sagst!«

»Und ich kann Typen setzen.«

Das ließ ihn innehalten. »Da haben wir vielleicht etwas. Natürlich hat dir das dein Vater beigebracht, der unglückliche Drucker, nicht wahr?«

»Ja, das hat er, Sir.«

»Nun, Jeremy, ehrlich gesagt, ich bin stolz darauf, daß ich von niemandem – von keinem Mann und keinem Jungen – besondere Hilfe brauche, um mein Tagwerk zu erledigen. Kurz, ich muß das großzügige Angebot deines persönlichen Dienstes ablehnen – wenn auch, wie ich gestehe, nicht ohne zu zögern. Nein, ich glaube aufrichtig, daß deine Arbeit als Lehrling bei einem Drucker deinen Talenten und deinem Hintergrund besser entsprechen würde.«

Ich fand es nur richtig, Sir John davon in Kenntnis zu setzen, daß ich schon bei meiner unseligen Begegnung mit Bledsoe auf der Suche nach einer Druckerei gewesen war, um mich nach einer Anstellung zu erkundigen. »Mein Vater sagte, ich sei mit dem Winkelhaken so schnell wie manche Gesellen. Er... er hat mich gut unterrichtet.«

Sir John streckte die Hand nach mir aus, tastete ein wenig, fand meinen Arm und berührte ihn sanft. »Das bezweifle ich nicht, mein Junge.« Dann wurde er abrupt ganz geschäftsmäßig. »Ich kenne da einen Mann. Er ist weniger als ein Freund und mehr als ein Bekannter. Aber er hat großen Einfluß im Druckgewerbe. Ein Wort von ihm, und du würdest in einer Druckerei unterkommen. Ich bitte ihn nicht gern um einen Gefallen, aber bei solchen Anlässen muß man seinen Stolz hintanstellen. Also, Jeremy Proctor, morgen wird genug Zeit für solche Angelegenheiten sein. Morgen ist Dienstag, dann sitzt Mr. Saunders Welch in diesem Gerichtssaal. Der Oberste Richter hier in der Bow Street hat einen ganzen Tag für sich allein, und einen Teil davon wird er deinem Fall widmen. Du hast sein Wort darauf. Bis dahin habe ich ein freies Bett auf meinem Dachboden, und du bist mir als Gast hochwillkommen.«

So geschah es. Sir John rief Benjamin Bailey zu sich und schickte mich in seiner Obhut auf einen Rundgang. Als wir beide auf die Straße traten, stellte ich fest, daß der Tag schon zu Ende ging. Dennoch sah ich mir mit Interesse alles ringsum an, und besonders Covent Garden erregte meine Aufmerksamkeit. Ich hatte nicht geahnt, daß ich hier in der großen Stadt so viel ländliches Grün finden würde. Ich fragte Mr. Bailey, ob es viele solcher Plätze in London gäbe.

»Nur diesen einen«, sagte er, »und das ist auch gut so.«

»Wieso das, Sir?« fragte ich.

»Tja, mein Junge, die Wahrheit sieht so aus: So mancher Schurke kann sich zwischen den Buden und Ständen verstekken, wenn die Nacht hereinbricht. Und die Gassen, die auf den Platz führen, sind vielfach so schmal, daß der Bezirk schwer in Schuß zu halten ist.«

»In Schuß zu halten?«

»Zu überwachen. Von niedrigen Elementen freizuhalten. Und Tatsache ist, daß hier Adelige leben und der Gerichtshof so nahe ist, tja, manchmal ist es wirklich unangenehm, ja, das ist es.«

Ich zweifelte nicht an Mr. Baileys Fähigkeit, mit dem fertig zu werden, was er die niedrigen Elemente nannte. Er war offensichtlich ein intelligenter Mann, aber das Bemerkenswerteste an ihm waren seine Größe und seine Kraft. Er war über sechs Fuß groß und muß zwölf Stone oder mehr gewogen haben, und in seinen besten Zeiten (die damals noch nicht lange zurücklagen) hätte er dem großen Daniel Mendoza persönlich einen ansehnlichen Ringkampf zu liefern vermocht. Doch mir gegenüber zeigte er sich bei dieser Gelegenheit und auch später stets außerordentlich freundlich.

Als es dunkel wurde, schien der Menschenstrom in den Straßen erheblich spärlicher zu werden. Mir fiel auf, daß einige Passanten eine weiten Bogen um uns machten, während andere, die Bailey von Ansehen und Namen kannten, ihn fröhlich grüßten. Sie schienen sich durch seine Gegenwart beruhigt zu fühlen – wie, das gestehe ich, ich selbst auch.

»Ist sein Haus in der Nähe?« fragte ich, nachdem wir eine gewisse Strecke zurückgelegt hatten.

»Welches Haus, mein Junge?« Mr. Bailey schien alles zu registrieren, was auf der Straße vor sich ging. Achtsam blickte er immer wieder nach rechts und links.

»Ich meinte Sir Johns Haus.«

»Ach so, ja, Sir John. Er wohnt da, von wo wir aufgebrochen sind, über dem Gericht. Ich dachte, ich verschaffe dir einen

Überblick über die Umgebung. Aber jetzt hast du genug gesehen, nicht?«

Wir kehrten um und gingen zur Bow Street zurück; ich bewunderte die weiträumige Begrenzung des Garden und fragte mich, was alles er wohl beherbergen mochte. »Hat er immer hier gewohnt? Sir John, meine ich.«

Ich merkte, daß Mr. Bailey kurz zu mir herunterlächelte. »Tja, nun«, sagte er, »das kann ich eigentlich nicht sagen. Früher vielleicht mal eine Zeitlang am Strand. Hier in der Stadt wohnte er, bis zu seiner Heirat, mit seinem Bruder zusammen, der vor ihm Richter in der Bow Street war; aber er wurde krank und starb. Die beiden waren es, die die Runners zusammenstellten.«

»Die Runners?«

»Ja, die Bow Street Runners, Konstabler, eine feine Truppe von Diebesfängern, wie nur je eine die Strolche in die Flucht schlug. Wir beherrschen die Straßen von London, mein Junge. Oder vielmehr, Sir John beherrscht sie durch uns. Wir sind stolz darauf, daß man sich hier auch nach Einbruch der Dunkelheit gefahrlos bewegen kann – jedenfalls weitgehend.«

Mr. Bailey blieb unter einer Straßenlaterne stehen und grinste zu mir herab. »Ich stelle fest, daß wir beide nicht richtig miteinander bekanntgemacht worden sind. Gestatte, daß ich mich dir in aller Form vorstelle, Master... Master Proctor, richtig?«

Ich nickte etwas verlegen.

»Also, Master Proctor. Ich bin Benjamin Bailey und kein geringerer als der Captain der Bow Street Runners. Stehe zu Ihren Diensten, *Sir!*« Mit einem eleganten Salut verriet er seine militärische Schule. Dann beendete er seine Vorstellung mit einem deutlichen Augenzwinkern.

Ich war ganz entzückt – in der Tat so entzückt, daß ich auf meine ungeübte Weise versuchte, seinen Salut zu erwidern. Und Mr. Bailey machte sich an Ort und Stelle daran, meinen Gruß zu korrigieren, hob meinen Ellbogen und drückte meine

Hand flach, bis er zufrieden war. »So«, sagte er, »aus dir machen wir schon noch einen Runner.«

Das wollte ich nur zu gern glauben, und mein Herz hüpfte. »Wie alt muß ich dafür sein?«

Er sah den Eifer in meinen Augen und belehrte mich sogleich: »Nun, ein bißchen älter, fürchte ich, und etwas größer. Aber so weit wirst du schnell genug sein.«

Mein Arm sank herab, mein Mut ebenfalls. Doch Mr. Bailey wollte davon nichts wissen. Er gab mir einen Klaps auf die Schulter und hieß mich weitergehen. »Ach, Master Proctor, ich war auch einmal so jung wie du. Und ich erinnere mich gut, daß ich es wie du gar nicht erwarten konnte, erwachsen zu werden. Heute weiß ich, daß das falsch war.«

»Falsch? Wie das, Mr. Bailey?«

»Ich hätte warten können.«

Wir bogen in die Bow Street ein. Schweigend gingen wir ein Stück weiter, ehe Mr. Bailey sagte: »Ich habe gehört, er sei eine Zeitlang in der Navy gewesen.«

Meine Gedanken waren anderswo. »Er? Wer?«

»Nun, Sir John, mein Junge. Von ihm hatten wir doch gesprochen, oder?« Er zwinkerte mir zu, doch dann fuhr er in ernsterem Ton fort: »Dort hat er sein Augenlicht verloren. Man erzählt sich viele Geschichten darüber, aber ich weiß nicht, welche die wahre ist.«

Er führte mich zurück zur Bow Street Nummer vier. Als wir in die Halle traten, bemerkte ich eine Ansammlung von Männern, von denen einige ebenso kräftig und imposant wirkten wie Mr. Bailey selbst. Sie unterhielten sich mit gedämpften Stimmen, als bereiteten sie sich auf etwas vor. Mr. Bailey führte mich zwei Hintertreppen hinauf. »Wird Sir John von seiner Frau erwartet?« fragte ich.

»Lady Fielding ist krank. Von ihr wirst du nicht viel sehen«, sagte Mr. Bailey seltsamerweise. »Aber da gibt es Mrs. Gredge. Und von der wirst du eine Menge sehen – mehr, als dir lieb ist, das verspreche ich dir.«

Ich wußte nicht, was ich davon halten sollte, aber inzwischen hatten wir einen Treppenabsatz erreicht. Mr. Bailey klopfte kräftig an die Tür. Ein Augenblick verging, und plötzlich ertönte von innen ein so lautstarkes und anhaltendes Keifen, daß ich dachte, es handele sich vielleicht um eine zahme Krähe. Doch der Lärm nahm zu und war schließlich als sprudelnder aufgeregter Wortschwall zu erkennen. »Wer ist da? Wer, frage ich? Ich werde diese Tür keinem Fremden öffnen! Geben Sie sich zu erkennen, oder Sie warten bis morgen früh!«

»Ich bin's, Benjamin Bailey«, rief er, »und ich bringe Ihnen einen jungen Gast, Sir John schickt ihn.«

Ein schwerer Riegel wurde zurückgeschoben, und die Tür öffnete sich langsam – nicht mehr als einen Fußbreit. Der ergraute Kopf einer Frau erschien, sie betrachtete zuerst Mr. Bailey und dann mich mit äußerster Skepsis. Dann sagte sie zu Mr. Bailey: »Oh, Sie sind das? Der Nachtwächter.« Sie hatte in der Tat ein schneidendes Organ. Ihre Stimme klingt noch heute in meinem Ohr, etwas zwischen dem Krächzen einer Krähe und dem Schnarren eines Papageis. In vieler Hinsicht war sie eine gute Frau, doch ihre Redeweise und ihre Herrschsucht mußten selbst die besten Männer abstoßen, und zu denen zählte mein Gefährte dort auf dem Treppenabsatz gewiß.

»*Nicht* der Nachtwächter«, berichtigte er sie, »sondern Bailey von den Bow Street Runners.« Dem wütenden Glitzern seiner Augen entnahm ich, daß er gern mehr gesagt hätte.

»Wie Sie wollen, wie Sie wollen«, sagte sie geringschätzig. Und dann, mit dem Finger auf mich zeigend: »Wer ist das?«

»Er heißt Jeremy Proctor und ist ein feiner Bursche«, sagte Bailey unumwunden. »Sir John weist Sie an, ihm ein Bett herzurichten, denn er wird heute nacht Ihr Gast sein.«

Sie öffnete die Tür etwas weiter, allerdings nicht, um mich willkommen zu heißen, sondern um mich besser sehen zu können. Offenbar gefiel ihr nicht, was sie sah. Sie schürzte die Lippen und rümpfte die Nase, während sie mich musterte. »Er ist schmutzig«, sagte sie schließlich.

»Wie auch immer«, sagte Mr. Bailey, »er ist Ihr Gast für die Nacht.« Er gab mir einen letzten Klaps auf die Schulter, lächelte mir zu, wandte sich um und eilte die Treppe hinunter.

Sie sah ihm einen Augenblick nach und richtete den Blick schließlich wieder auf mich. »Nun…«, sagte sie endlich, »komm herein.« Nie, so schien mir, war Eintritt widerwilliger gewährt worden.

Kaum stand ich in der Wohnung, schlug sie die Tür zu und führte mich durch den kurzen Gang zu einer Stelle, an der hell ein Kandelaber brannte. Dort inspizierte sie mich genauer. Sie nahm mir die Mütze ab und wühlte in meinem Haar. Sie bog meinen Kopf hin und her, musterte scharf meine Ohren und meinen Hals und zerrte dann an meinem Kragen, um zu prüfen, wie er darunter aussah. Endlich war sie mit dem Schubsen und Ziehen fertig. Sie trat stirnrunzelnd zurück und sagte: »Du hast in diesen Kleidern geschlafen.«

Es stimmte. Das hatte ich. »Ja, Mrs.…«

»Mein Name ist Mrs. Gredge. Du kannst mich Ma'am nennen.« Dann fügte sie scharf hinzu: »Und nicht anders.«

»Ja, Ma'am.«

»Zieh sie aus.«

»Sie ausziehen, Ma'am? Meine Kleider?«

»Ja, Jeremy. Ich werde Wasser für ein Bad wärmen. Ich lasse dich so schmutzig, wie du bist, nicht zwischen saubere Laken kriechen. Also tu, was ich sage.«

»Aber…«

»Kein Aber. Mach schon. Ich werde nichts sehen, was ich nicht früher schon gesehen hätte. Ich habe selbst drei Jungen großgezogen.« Sie sah mich gereizt an und gab endlich nach. »Also gut, ich werde in der Küche eine Decke aufhängen, wenn du so viel Wesens darum machst. Aber merk dir, ich werde kommen und nachsehen, ob du dich gründlich wäschst. Deine Ohren und dein Hals sind schmutzig. Mich schaudert in der Tat, wenn ich daran denke, wie der Rest aussehen mag.« Ich hegte nicht den Wunsch, ihr den Rest zu zeigen.

Mir blieb nichts anderes übrig, als ihre Anweisungen zu befolgen. Nachdem ich etwas kaltes Hammelfleisch und ein paar Stücke Brot gegessen hatte, zog ich mich in der Speisekammer aus, während sie die Wanne füllte. Ich reichte ihr meine Kleider heraus, und sie nahm sie, ohne auch nur einen Versuch, ihren Widerwillen zu verbergen. Dann wartete ich, bis sie die Küche verlassen hatte, und tauchte in die Wanne.

Mein Vater hatte sich nicht sonderlich um Reinlichkeit gekümmert. Seine Werkstatt hatte er blitzsauber gehalten, und unsere Wohnräume waren halbwegs geputzt, doch er hatte nicht oft gebadet und keine Notwendigkeit gesehen, mich dazu anzuhalten. Daher war ich nicht so geübt, wie ich hätte sein können, aber ich gab mir große Mühe mit meiner Reinigung. Und ich muß gute Arbeit geleistet haben, denn als ich mich Mrs. Gredge präsentierte, die Wolldecke um die Taille geschlungen, äußerte sie widerstrebend halbe Anerkennung.

»Nun«, sagte sie, »so wird es gehen. Sir John schickt nicht oft streunende Katzen wie dich in seine Wohnung, und als ich dich zu Gesicht bekam, habe ich daran gezweifelt, daß er diesmal eine weise Entscheidung getroffen hat. Doch jetzt, da ich dich sauber sehe, denke ich, es wird gehen. Komm mit.«

Sie führte mich zwei weitere Treppen hinauf, eine Kerze in der Hand, einen Finger an die Lippen gelegt. Wir stiegen bis auf den Dachboden, am dritten Geschoß vorbei, und gelangten durch einen schmalen Gang zu einem kleinen Giebelzimmer, welches von der Straße aus kaum zu sehen gewesen war. Der Raum war gerade so hoch, daß Mrs. Gredge, die damals ungefähr meine Größe hatte, und ich aufrecht stehen konnten. Ein Mann von der Statur Mr. Baileys jedoch hätte sich bücken müssen. Das Zimmer enthielt ein Bett und einen Tisch, einige zerbrochene Möbel, die man in eine Ecke geschoben hatte, eine alte Truhe und an einer Wand einen großen Stapel Bücher. Letztere erregten meine Aufmerksamkeit. »Gehören die Sir John?« fragte ich und überlegte, wieso ein blinder Mann so viele Bücher besitzen sollte.

»Sie gehörten seinem verstorbenen Bruder. Er hatte mehr Bücher als Wörterbuch-Johnson persönlich – mehr, als gut für ihn war, das kannst du mir glauben. Wenn der Mann nicht all seine Zeit statt mit dem Gesetz mit Lesen und Schreiben verbracht und sich mit gesünderen Dingen beschäftigt hätte, wäre er vielleicht noch am Leben.«

»Ja, Ma'am.«

Sie zündete eine Kerze an, die auf dem Nachttisch stand. »Ich bezweifle, daß du eine weitere Decke brauchen wirst«, sagte sie, »aber falls doch, dann hast du ja die, die du trägst.« Damit drehte sie sich um und ließ mich stehen. Ich hörte, wie sich ihre Schritte auf der Treppe entfernten.

Ohne einen Augenblick zu zögern, ging ich zu den Büchern. Sie waren zwar ein wenig staubig, aber sonst in gutem Zustand, ohne Schimmel oder Fäulnis. Ich ließ meine Hände über die Buchrücken gleiten und legte den Kopf schief, um die Titel zu lesen. Es waren Bücher jeder Art – Geschichte, Geographie, Berichte von Reisen in ferne Länder, Romane, Gedichtbände und alle möglichen wissenschaftlichen Werke. Hätte ich damals gewußt, wer Sir Johns verstorbener Bruder gewesen war, so hätte ich anhand dieses Bücherstapels das Ausmaß und die Vielfalt seiner geistigen Interessen erkennen können. Seine Bibliothek sagt mehr über einen Mann aus als sein Haus oder seine Kleidung.

Eher zufällig wählte ich ein Buch aus, einen Bericht über das Leben in den amerikanischen Kolonien, nahm es mit ins Bett und schlüpfte zwischen die Musselinlaken – ein Luxus, den ich beinahe vergessen hatte, seit meine Mutter gestorben war; warm unter der Decke geborgen, begann ich zu lesen. Ich interessierte mich für das Buch, doch fast eine Woche beschwerlichen Reisens und ein so ausgefüllter Tag, daß ich mich kaum noch an alles erinnern konnte, hatten mich mehr erschöpft, als mir bewußt war. Ich hatte erst wenige Seiten gelesen, als ich in tiefen Schlaf fiel.

Ich erwachte ruckartig. Obwohl das Morgenlicht, das durch das schmale Fenster hereinfiel, mich blendete, war es eher der Lärm, der mich abrupt hochfahren ließ. »Nun schau doch bloß, was du getan hast, Junge! Bist beim Lesen eingeschlafen, ja? Und hast die Kerze ganz herunterbrennen lassen! So eine Schande! Talgkerzen, wie Sir John sie kauft, sind so teuer – und du hast eine vergeudet. Schau doch!«

Ich schaute also – von Mrs. Gredge, die natürlich die Quelle dieser Anschuldigung war, zum Tischchen neben dem Bett. Und es stimmte tatsächlich. Da stand, was von der Kerze übrig war, zu einem Stumpf zusammengeschmolzen; der Kerzenhalter war ein verkrusteter Kegel weißer Wachsströme.

»Hat dir niemand beigebracht, daß...«

»Mrs. Gredge!« donnerte von unten eine Stimme herauf, es war die von Sir John.

Sie ließ von mir ab; diese schimpfende Krähe von einer Frau schien plötzlich sanftmütig wie ein Zaunkönig. »Ja... Sir John?«

»Lassen Sie den Jungen in Frieden. Sie haben mit Ihrem Zornesausbruch mich und meine arme Frau geweckt. Hören Sie sofort auf.«

»Wie Sie wünschen, Sir John.« Sie wandte sich wieder mir zu, ebenso verärgert wie zuvor, aber nun deutlich leiser. »Nun, du hast Unrecht getan, und ich habe es dir gesagt. Hier. Ich habe dir deine Sachen gebracht.« Sie ließ das Kleiderbündel, das sie unter dem Arm trug, auf das Bett fallen. Ich hatte das Bündel zuvor nicht einmal bemerkt, so überwältigt war ich von ihrer Anklage. »Zieh dich an, dann kannst du frühstücken.« Und damit ging sie, ebenso plötzlich wie am Abend zuvor.

Ich kroch aus dem Bett und untersuchte meine Kleider. Alles, was sich waschen ließ, war gewaschen worden. Die anderen Sachen – Jacke und Hose – waren so gut ausgebürstet, daß die meisten sie als sauber bezeichnet hätten. Ich zog mich rasch an und eilte nach unten, dem versprochenen Frühstück entgegen.

Nachdem ich mich an Brot und Butter sattgegessen hatte, ließ mich Mrs. Gredge verschiedene Arbeiten im Haus erledigen, Wischen und Schrubben, und es gelang mir, sie zufriedenzustellen. Doch bald hatte sie nichts mehr zu tun für mich, und ich durfte mich wieder in meiner Dachstube niederlassen und zu meinem Buch zurückkehren. Mrs. Gredge machte sich unten leise schlurfend zu schaffen. Für den größten Teil des Vormittags herrschte eine Stille im Haus, die darauf schließen ließ, daß seine Mauern Krankheit beherbergten. Ich erinnerte mich dieser Stille aus den letzten Lebenstagen meiner Mutter in Lichfield und fragte mich, wie ernst Lady Fieldings Krankheit wohl sein mochte.

Doch kurz vor Mittag erklang aus dem Stockwerk unter mir eine ganze Symphonie von Geräuschen – Schneuzen, Niesen, Spucken, Ächzen, gefolgt von einem langen Plätschern im Nachttopf. Endlich hatte Sir John sich erhoben, um sich der Welt zu stellen. In Anbetracht von Lady Fieldings Zustand fand ich diese Geräusche tröstlich. Wieder verging Zeit; ich vernahm die Stimme von Mrs. Gredge aus dem ersten Stock und die von Sir John im Stockwerk unter mir, hörte, wie sie freundlich und leise miteinander redeten. Besucher kamen und gingen, einer von ihnen war unverkennbar Benjamin Bailey. Endlich, gegen Ende des Tages, wurde ich in das Studierzimmer gerufen.

Der Richter des Gerichtshofs in der Bow Street saß bequem an einem Schreibtisch, auf dem keinerlei Papiere lagen. Als ich durch die offene Tür trat, wandte er sich nach mir um, denn er bemerkte meine Anwesenheit sofort. »Ach, Jeremy«, sagte er, »gut ausgeruht und gut gefüttert, wie ich annehme.«

»Ja, Sir John. Vielen Dank.«

»Nicht nötig. Mrs. Gredge berichtete mir von deiner Bereitwilligkeit, Arbeiten im Haus zu verrichten. Dafür danke ich dir. Sagen wir, du hast deinen Unterhalt verdient. Ihr einziger Einwand – ich erinnere mich, daß sie ihn heute morgen laut vorbrachte – war, daß du eingeschlafen bist und die Kerze hast herunterbrennen lassen. Ich finde das in keiner Weise anstößig. Der Preis einer Kerze ist nichts im Vergleich zur Bildung eines Geistes. Du hast das Wenige entdeckt, das vom Büchervorrat meines Bruders da oben noch liegt, nehme ich an.«

Ich fuhr zusammen. Hatte ich Unrecht getan, indem ich mich bediente? »Wieso, ja, ich hoffe, daß...«

»Aufrichtig gesagt, Jeremy, es freut mich, daß du davon Gebrauch gemacht hast. Ich weiß, daß mein Bruder, wenn er noch unter uns weilte, entzückt wäre. Meine eigene Bibliothek ist, wie du siehst, sehr viel bescheidener und hat mit der Praxis der Rechtsprechung zu tun. Einige dieser Bücher gehörten ihm ebenfalls. Er war ein bemerkenswerter Mann, ein ausgezeichneter Anwalt, ein großartiger Richter und ein wunderbarer und unterhaltender Schöpfer von Romanen und Theaterstükken.«

»Wie war sein Name, Sir John?«

»Henry. Henry Fielding. Genaugenommen war er mein Halbbruder. Seine Mutter war nicht die meine. Hast du schon einmal von ihm gehört?«

»Mein Vater besaß ein Buch von ihm, das er mit großem Vergnügen las, mir aber zu öffnen verbot.«

Darüber lachte Sir John herzlich. »Das dürfte *›Tom Jones‹* gewesen sein.

»So war es, Sir. Die Geschichte eines Findelkindes.«

»Mehr oder weniger, Jeremy, mehr oder weniger.«

»Er... er muß ein Mann von großer Geisteskraft und Gelehrsamkeit gewesen sein.«

»Henry? Oh, das war er in der Tat. Aber er war mehr als das – etwas, das gemeinhin selten ist. Er war ein guter Mensch. Er war zwei Frauen ein guter Ehemann – nicht gleichzeitig, wie ich dir versichern kann –, ein guter Vater und der beste Bruder, den ein Mann sich wünschen kann. Ich studierte mit ihm die Gesetze.« Sir John zögerte und fügte dann hinzu: »Er gab mir mein Leben.«

Er hatte sich von mir abgewandt, und mir kam es so vor, als

seien seine letzten Worte nicht an mich, sondern an ihn selbst gerichtet. Er schwieg einen Augenblick gedankenverloren, doch dann riß er sich von seinen Grübeleien los und sagte: »Nun, genug davon. Wir müssen zu Abend essen, wir beide, und deinetwegen einen Mann aufsuchen. Und ich dachte daran, dir etwas von London zu zeigen, bevor die Sonne untergeht.«

Nachdem Sir John sich die Zeit genommen hatte, sich oben zu verabschieden und Mrs. Gredge zu sagen, wir würden vielleicht spät zurückkehren, brachen wir also zu unserem Ausflug auf. Von der Bow Street aus gingen wir nicht in die Richtung, aus der ich am Vorabend in der Gesellschaft von Mr. Bailey gekommen war, sondern in die entgegengesetzte. London hatte mehr zu bieten, als ich mir erträumt hatte, und mein Führer zu all dem war ausgerechnet ein Blinder. Obwohl mir dies rückblickend seltsam vorkommt, wie es Ihnen wohl auch seltsam erscheinen mag, war es das nicht, denn er schritt nicht wie ein Blinder dahin, sondern wie jemand, der alle Sehenswürdigkeiten der großen Stadt kennt. Er trug einen Spazierstock bei sich, und benutzte ihn, wie jeder andere Mann es auch getan hätte; er ging sicheren Schrittes und in schnellem Tempo. An Straßenkreuzungen jedoch verlangsamte er seine Gangart, streckte den Stock aus, prüfte den vor ihm liegenden Weg, tappte auf das Kopfsteinpflaster und lauschte an der Ecke auf den Verkehr von Droschken, der auch um diese Zeit noch lebhaft war.

An der ersten Kreuzung, die wir erreichten, berührte ich Sir Johns Ellbogen, um ihm anzuzeigen, daß der Weg frei sei; ich wollte ihm nur behilflich sein. Doch er schüttelte entschlossen den Kopf in meine Richtung und sagte: »Nein, Jeremy, bitte. Ich suche mir meinen Weg lieber allein. Wenn du mich nicht gerade vor dem sicheren Tod durch ein Pferdegespann oder vor großer Verlegenheit durch einen Haufen Dung bewahren willst, mußt du der Versuchung mir zu helfen widerstehen. So, sind wir bereit?« Und damit trat er kühn auf das Kopfsteinpflaster und führte *mich* über die Straße.

Die Vorübergehenden schienen keine besondere Notiz von ihm zu nehmen, nicht aus abgebrühter Gleichgültigkeit, wenngleich einige einfach in ihre eigenen Angelegenheiten vertieft vorbeieilten, sondern offenbar eher, weil die meisten daran gewöhnt waren, ihn in ihrer Mitte umhergehen zu sehen. In den nahegelegenen Straßen wurde er von etlichen Passanten und Ladenbesitzern respektvoll gegrüßt, was er freundlich erwiderte, den Grüßenden fast immer beim Namen nennend.

»...auch Ihnen einen guten Tag, Dame Margaret.«

»Oh, Joseph! Ich hoffe, das Geschäft geht gut.«

Et cetera.

Wir setzten unseren Weg fort und bogen schließlich in den Haymarket ein, der mich durch seine Größe und die überaus modisch gewandeten Passanten überraschte. Die Frauen waren gepudert und geschminkt und für mein junges Auge recht hübsch; und sie trugen die prunkvollsten Kleider, die ich je gesehen hatte. Bereitwillig boten sie ihr Lächeln dar.

Irgendwie mußte Sir John mein Interesse wahrgenommen haben. »Hast du bemerkt, wie viele Frauen hier ohne Begleitung unterwegs sind?«

»Ja, das habe ich, Sir John. Wer sind sie?«

»Unglückliche«, sagte er und trieb mich vorwärts.

Obwohl das keine zutreffende Beschreibung ihres Zustands zu sein schien, widersprach ich Sir John nicht. Mir fiel jedoch auf, daß er einige der Frauen recht gut zu kennen schien. Eine, die ich als etwas älter als die übrigen erkannte, hielt ihn sogar am Arm fest, und nachdem sie einige Scherzworte ausgetauscht hatten und ich ihr vorgestellt worden war, senkte sie die Stimme und sagte in ernsthaftem Ton: »Ich wollte Ihnen nur sagen, Sir John, daß ich einen Brief von Tom bekommen habe – aus dem fernen Indien. Er bat mich, Sie an ihn zu erinnern.«

»Ah, Kate, wie gut, das zu hören! Und wie geht es dem Jungen?«

»Recht gut, glaube ich. Er behauptet, in dem Jahr, das er nun fort ist, um drei Zoll gewachsen zu sein – obwohl ich das kaum glauben kann.«

»Oh, das ist durchaus möglich. In diesem Alter schießen sie nur so in die Höhe.«

Sie neigte den Kopf in meine Richtung. »Ist er auch für die Navy?«

»Jeremy? Nein, ich glaube nicht. Der Junge betreibt ein Handwerk, und ich sähe gern, daß er das fortsetzt.«

Sie wandte sich direkt an mich: »Was ist das für ein Handwerk, Jeremy?«

»Drucken, Ma'am.«

»Nun, in Sir John hast du einen feinen Vertreter deiner Interessen. Es gibt keinen besseren.«

»Das weiß ich, Ma'am.«

»Sie sind zu freundlich, Kate«, sagte er zu ihr.

»Reden Sie mir nicht von Freundlichkeit, John Fielding. Also, wie Sie mit Tom verfahren sind, war mehr, als ich jemals...« Ihre Stimme bebte. Durch all ihre Schminke hindurch sah ich, daß sie den Tränen nahe war.

Er schien leicht verlegen wegen ihres Gefühlsausbruchs, scharrte mit den Füßen und klopfte mit seinem Stock auf den Gehsteig. Offenkundig wollte er weitergehen. »Sie werden stolz auf ihn sein können, Kate.«

»Das glaube ich. Ja, das glaube ich. Also... nur noch eine Sache.«

»Worum geht es denn, Kate?«

»Ich bin in eine respektablere Unterkunft in der Berry Lane Nummer drei gezogen. Es gibt einen Seiteneingang, der ganz diskret ist. Ich würde mich freuen – und geehrt fühlen –, wenn Sie an einem Wochentag einmal nachmittags zum Tee kämen. Nur als Freund«, fügte sie hinzu, »damit ich Ihnen meine Dankbarkeit zeigen kann.«

»Sehr freundlich von Ihnen. Ich werde unter allen Umständen versuchen, Ihrer Einladung nachzukommen.«

Dann eilte sie mit einem Gruß und einem Segenswort davon. Ohne mir etwas zu erklären, ging Sir John plötzlich weiter, und ich mußte laufen, um ihn einzuholen. Eine ganze Weile schwieg er, und ich fragte mich, ob er überhaupt wußte, daß ich neben ihm ging. Schließlich wandte er sich an mich: »Vielleicht hast du dich gewundert, Jeremy, als ich diese Frauen vom Haymarket als Unglückliche bezeichnete. Ich führe Katherine Durham als Beispiel an – eine intelligente Witwe guter Herkunft, die gezwungen ist, diesem Leben auf der Straße nachzugehen. Das ist in der Tat eine traurige Angelegenheit.«

»Und ihr Sohn war einer von denen, die Sie zur See geschickt haben?«

»Ja, das war er, und es war nicht leicht, das zu arrangieren. Er und seine beiden Kumpane waren eines Diebstahls schuldig, bei dem das Opfer schwere Verletzungen erlitt. Sie wollten diese Jungen wahrhaftig hängen, Jeremy, und keiner von ihnen war älter als du.«

Der Gedanke bereitete mir äußerstes Unbehagen. »Aber Sie haben sie zur See geschickt?«

»Zwei von ihnen.«

Ich wagte nicht zu fragen, was aus dem dritten geworden war.

Er blieb stumm, bis wir aus dem Haymarket in die Pall Mall einbogen. Bei dem Anblick stieß ich einen leisen Schrei aus, und seine Miene hellte sich beträchtlich auf: »Ach, ja, ich wollte, daß du das siehst. Ist es nicht schön? Und es *riecht* auch gut. So vieles in London könnte ebenso aussehen, und so weniges tut es.«

Ich schaute mich um und erblickte Bäume und Blumen – Gärten, wie ich sie nie zuvor gesehen hatte – und feine Herrschaften, wie ich sie mir nie vorgestellt hatte. Sie waren elegant gekleidet, aber nicht so prunkvoll wie die Kurtisanen und ihre Galane, die ich auf dem Haymarket gesehen hatte. Wir passierten sorglos einherschlendernde Damen und Herren; hier und da standen kleine Gruppen dekorativ an einer Ecke und unterhielten sich in gedämpftem Ton. Selbst der Verkehr der Pferdewagen unterschied sich beträchtlich von dem, was ich anderswo gesehen hatte. Hier schienen nur Kutschen und Einspänner erlaubt. Ich entdeckte keine Lastfuhrwerke oder Karren.

Wir gingen die Pall Mall auf einer Seite hinauf und auf der anderen wieder hinunter, was mir einen Blick auf Green Park und St. James und viele feine Häuser ermöglichte. Alles war so viel eindrucksvoller, als ich erwartet hatte, daß ich mir wie ein Tölpel vorkam. Selbst Sir John, von dem ich angenommen hatte, er sei gut gekleidet, wirkte einfach im Vergleich zu den uns umgebenden Herrschaften. Und hier schien man ihn mit einer gewissen kühlen Gleichgültigkeit zu behandeln. Man nahm wenig Notiz von ihm, und keiner grüßte. Wenn man ihn beachtete, so geschah das in Form unhöflich starrender Blicke. Deshalb war ich, obwohl beeindruckt, sehr erleichtert, als wir schließlich in Richtung Charing Cross gingen und den Weg zum Strand nahmen.

Dort hatten wir Schwärme von Leuten vor uns, den großen Ozean der Menschheit in voller Flut. Sir John blieb am oberen Ende der großen Straße stehen, lauschte, schnupperte, nahm alles in sich auf. »Ist das nicht phantastisch?« fragte er. »Diese riesige Menschenmenge vor uns, alle verschieden und doch alle menschlich und daher gleich. Ist es nicht großartig? Ein Mann, der viele närrische und ein paar kluge Dinge geschrieben hat, sagte einmal, wenn ein Mensch Londons müde sei, dann sei er des Lebens müde, denn in London gebe es alles, was das Leben zu bieten hat.«

»Das muß eines von den klugen Dingen sein, die er gesagt hat.«

»So ist es. Er ist übrigens ein Mann, den wir deinetwegen aufsuchen werden.«

»Wer ist es denn, Sir John?«

»Samuel Johnson.«

»Der *Wörterbuch*-Johnson?«

»Eben der, mein Junge, ein Mann von vielen bewundernswerten Qualitäten, wenn auch in mancher Hinsicht überschätzt.«

»In welcher Hinsicht?« Ich hatte nur Gutes über ihn gehört – von meinem Vater, der schließlich ebenso wie Johnson aus Lichfield stammte.

»Hauptsächlich in bezug auf seine Intelligenz. Er fühlt sich qualifiziert, zu jedem Thema zu sprechen, einschließlich des Gesetzes, wo es ihm jedoch an den Grundlagen fehlt, und wenn er spricht, erwartet er, daß Hinz und Kunz ihm *zuhören.* Der Mann ist ein Langweiler, und er tut das, was alle Langweiler tun: er spricht *zu* dir, nicht *mit* dir. Selbst in der Literatur, wo er als großer Richter gilt, ist sein Urteil durchaus fehlbar. Mr. Johnon – oder *Dr.* Johnson, wie er sich nennt – besaß die Kühnheit und Unvernunft, schlecht über meinen Bruder und sein Werk zu schreiben.«

Sie, Leser, werden letzteres als wahren Grund für Sir Johns beherrschte Feindseligkeit gegenüber Dr. Johnson erkennen, was ich viele Jahre lang nicht konnte. Man hätte in Sir Johns Gegenwart eher den König schlechtmachen als seinen verstorbenen Bruder kritisieren dürfen.

»Aber sputen wir uns, Jeremy«, sagte er. »Es dämmert, und wir müssen versuchen, ihn da zu finden, wo er oft sein Abendbrot einnimmt, in einem mittelmäßigen Speiselokal, das von Schreiberlingen und ihren Herren frequentiert wird und als Cheshire Cheese bekannt ist.«

Und so tauchten wir in das Gewühle auf dem Strand und ließen uns von der Menschenflut treiben; unterwegs machte er mich auf die Geschäfte für den Adel aufmerksam. Ich war daher ziemlich überrascht, als kurz darauf ein fauliger Gestank meine Nase erreichte, der mich an manches erinnerte, was ich auf dem Lande gerochen hatte. Unwillkürlich stieß ich einen erstaunten Laut aus.

»Endlich riechst du es, nicht wahr?«

»Ich wünschte, ich würde es nicht riechen, Sir!«

»Das ist der Fleet River, wie man ihn nennt, eher ein Bach, der in die Themse fließt. Genaugenommen ist er eine Art Abflußgraben unter der Fleet Street, an einigen Stellen offen; eine davon liegt ganz in der Nähe. Der Gestank nimmt ab, wenn wir uns von hier entfernen, also laß uns schneller gehen.«

Endlich hieß er mich vor einer kleinen Gasse haltmachen, deren Eingang von der Straße aus kaum zu sehen war. »Hier ist es, glaube ich, oder?«

Ich schaute in die Gasse hinein, und in der Dämmerung erkannte ich ein Schild mit der Aufschrift Cheshire Cheese. Ich teilte ihm dies mit. Wieso kannte er diesen Ort so gut?

»Johnson wohnt gleich um die Ecke an einer Gassenkreuzung, und er nimmt hier seine Mahlzeiten ein. Seine Haushälterin ist, wie man sich erzählt, im Unterschied zu Mrs. Gredge eine schlechte Köchin. Ich habe keine Lust, an die Tür dieses Mannes zu klopfen und ihn um einen Gefallen zu bitten, aber ich dachte, wenn wir ihn in diesem Speiselokal treffen und mit ihm reden würden, wäre es einfacher, dich ihm vorzustellen und ihm deine prekäre Lage zu erklären. Er ist nicht ohne gute Eigenschaften. Ich bin sicher, daß er sich bewegen läßt, dir zu helfen.«

Und damit betraten wir das Cheshire Cheese, doch unmittelbar hinter der Tür hielt er mich erneut an. »Noch eines, mein Junge. Wenn wir Johnson treffen, ist er möglicherweise in Gesellschaft eines gewissen James Boswell, eines Gecken und Libertins, der sich selbst als Rechtsanwalt bezeichnet. Er ist zu Besuch hier und hat sich wie ein Neunauge an Johnson geheftet. Ich erwähne das deshalb, weil Boswell ein Schotte aus Edinburgh ist und die Sprechweise seiner Landsleute hat. Du darfst in keiner Weise über ihn lachen oder dir sonst etwas anmerken lassen, denn er ist *sehr* eitel.« Ich versprach das, und wir traten ein.

Obwohl es draußen fast dunkel war, schien es im Inneren noch düsterer zu sein. Sir John fand einen Kellner und fragte nach Dr. Johnson. Man teilte ihm mit, der Lexikograph sei zwar noch nicht erschienen, werde aber erwartet; Mister Boswell warte im Chop Room auf ihn. Wir wurden gleichfalls dorthin geführt. Der Mann, den ich zutreffend für James Boswell hielt, sprang auf die Füße und begrüßte uns – oder vielmehr den Richter – sehr demonstrativ. In Wirklichkeit war sein Akzent nicht sehr auffällig. Gewiß, an seinem gerollten »R« und der nasalen Tönung, die er fast allen Vokalen gab, war er zu erkennen. Ich fand ihn jedoch nicht im geringsten amüsant.

Wenn Dr. Johnson ein Langweiler war, was sollte ich dann von diesem Mann halten, der laut und wortreich behauptete, sein Freund zu sein? War er ein Geck? Zweifellos, und außerdem ein Klatschmaul und ein Klugschwätzer. Ich bin mir der Tradition bewußt, die uns auferlegt, von den kürzlich Verstorbenen gut zu sprechen, und im wesentlichen halte ich mich daran, doch ich sah diesen James Boswell so oft die Zeit und Geduld von Sir John erschöpfen, daß ich in meinem Herzen wenig Gutes über ihn zu sagen finde. Schlimmer noch, später, als junger Mann, hörte ich persönlich, wie er den Oberrichter aus der Bow Street schlechtmachte, und ich zögerte nicht, ihn dafür sofort zur Verantwortung zu ziehen. Doch ich greife vor. Ich kann nicht behaupten, daß mein erstes Urteil so ausgeprägt und eindeutig war. Damals empfand ich ihn einfach als anstrengenden und langatmig redenden Menschen, so begierig, einen guten Eindruck auf Sir John zu machen, daß er den Richter ständig um dessen Meinung fragte und dann, ehe diese auch nur halb geäußert war, mit seiner eigenen einfiel.

Auf diese Weise diskutierten sie verschiedene Themen, vor allem den berüchtigten John Wilkes, das Parlamentsmitglied, das wegen Anstiftung zum Aufruhr ins Gefängnis gesperrt worden war. Boswell teilte Sir John mit, Wilkes sei kürzlich *in absentia* wieder ins Parlament gewählt worden, und schwor, dem Mann solle unverzüglich das Halseisen angelegt werden, doch bald stellte sich heraus, daß seine Einwände gegen den aufrührerischen Wilkes im wesentlichen darauf zurückgingen, daß letzterer sich beleidigend über die Schotten geäußert hatte.

»Stimmt es, daß er zu Ihnen kam, um die blasphemischen Papiere zurückzubekommen, die die Regierung Seiner Majestät beschlagnahmt hatte?«

»Nun, ja«, sagte Sir John, »er...«

»Diese Unverschämtheit besaß er? Also, wenn Sie mich fragen, ich...«

Et cetera.

Von Wilkes kamen sie auf die Franzosen und dann auf Boswells Buch über Korsika, das er schamlos anpries; über eine Stunde verbrachten sie auf diese Weise. Inzwischen war ich ziemlich ausgehungert. Sir John mußte das gemerkt haben, denn es gelang ihm, Boswell lange genug zum Schweigen zu bringen, um für mich ein Steak und Nierenpastete und für sich Rinderbraten zu bestellen. Mittlerweile war das Lokal ziemlich voll, doch Dr. Johnson ließ sich nicht blicken.

Sir John erwähnte das Boswell gegenüber, indem er nur sagte, er habe erwartet, den Lexikographen hier zu treffen. Ob man noch mit ihm rechne?

»Ja, in der Tat wurde und *wird* er erwartet«, sagte Boswell. »Es wird nicht mehr lange dauern.«

Endlich kam unser Abendessen. Und kurz darauf traf zu meiner großen Überraschung niemand anderer als Benjamin Bailey ein. Ich hatte kaum drei Bissen von meiner Pastete gegessen, als seine großgewachsene Gestalt den Türrahmen des Chop Room füllte. Er zog den Kopf ein, trat ein und kam direkt an unseren Tisch.

»Mr. Bailey«, rief ich aus, »warum...«

Er berührte meine Schulter, vielleicht in der Absicht, mich zum Schweigen zu bringen. Jedenfalls hatte es diese Wirkung. Dann beugte er sich nieder und sprach eine Weile leise zu Sir John. Ich beobachtete, wie sich der Ausdruck des Richters veränderte; zuerst war er schockiert, dann zeigte er Entschlossenheit. Am Ende der geflüsterten Rede nickte er und erhob sich.

»Entschuldigen Sie mich, Mr. Boswell, aber wir müssen schleunigst aufbrechen.«

»Was gibt es, Sir John?« Boswells Interesse war geweckt. »Aufruhr? Wilkes?«

»Nichts so Ernstes. Die Angelegenheit gehört zu den üblichen nächtlichen Aufgaben eines armen Richters.«

Und damit gingen wir; Mr. Bailey voran, Sir John dicht hinter ihm. Ich murmelte Boswell, der mich in keiner Weise beachtet hatte, einen Abschiedsgruß zu, schnappte mir ein paar Scheiben Brot vom Tisch und rannte davon, um die anderen einzuholen. Ich erreichte sie an der Tür. Sir John ging gerade an einem stämmigen, rotgesichtigen Mann mit großer Nase vorbei, der ihn mit Namen grüßte und sich anschickte, ein Gespräch mit ihm zu beginnen.

»Im Augenblick keine Zeit, verzeihen Sie«, platzte Sir John heraus. »Aber später möchte ich etwas mit Ihnen besprechen.«

Während wir in die Fleet Street eilten, fragte ich nach der Identität des Mannes an der Tür.

»Ach, der«, sagte er. »Das war Johnson.«

»Eine Pferdedroschke erwartet uns«, rief Mr. Bailey, der uns vorausgeeilt war.

Die Droschke stand tatsächlich bereit. Bailey hielt in strammer Haltung den Schlag. Fehlte nur der Salut. Als ich ebenfalls einstieg, wandte ich mich neugierig um und fragte ihn: »Was ist los, Mr. Bailey? Was ist passiert?«

»Mach dir keine Gedanken, Junge. Und nun hinein mit dir.«

Nach einem Wort an den Kutscher sprang auch Bailey in die Droschke, und wir fuhren los.

»Ich denke, wir können es Jeremy ebensogut sagen, da er uns begleiten muß«, sagte Sir John. Und dann zu mir: »In Lord Goodhopes Residenz hat es eine Schießerei gegeben. Anscheinend ist er selbst das Opfer.«

3. KAPITEL

In welchem saubere Hände den Stand eines Mannes beweisen

Wir stiegen aus der Droschke, zuerst ich, dann Mr. Bailey, zuletzt Sir John. Obwohl sie kein Wort miteinander gesprochen hatten, erfuhr ich bald genug, daß das Haus, vor dem wir gehalten hatten, in der St. James Street lag, innerhalb jenes Bezirks von Westminster, der damals der Rechtsprechung von Sir John unterstand.

Es war tatsächlich ein großartiges Haus, im vorigen Jahrhundert erbaut, und kann noch heute als solches gelten, denn es steht noch immer an dieser Straße, wenn auch inzwischen durch andere, noch prachtvollere übertroffen. Als ich kürzlich die Details dieser Angelegenheit überprüfte, um den vorliegenden Bericht zu schreiben, bestätigte sich, was damals jeder wußte, daß nämlich die Familie Goodhope über große Besitzungen und ein Herrenhaus in Lancashire verfügte, daß aber Lord Goodhope den größten Teil seiner Zeit in London zubrachte, manchmal in Gesellschaft von Lady Goodhope, häufiger aber ohne sie.

Obwohl wir in solcher Hast zu dem Haus gefahren waren, hatte Sir John es nicht sonderlich eilig, an die Tür zu gehen. Während Mr. Bailey den Kutscher anwies, er solle warten, stand der Richter ruhig auf dem Gehsteig, den Kopf leicht in den Nacken gelegt. Ich beobachtete ihn und dachte, wenn sein Gebrechen nicht wäre, würde ich annehmen, daß er im dämmrigen Licht der Straßenlaterne die Residenz der Goodhopes betrachtet.

»Mr. Bailey!« rief er.

Der Diebesfänger eilte an seine Seite. »Zu Ihren Diensten, Sir John«, sagte er.

»Würden Sie mir das Haus beschreiben, das wir gleich betreten werden?«

»Tja, es ist groß. Wirklich groß.«

»*Wie* groß, Mann?«

»Drei Stockwerke hoch«, sagte Bailey, »wenn man das Erdgeschoß mitzählt. Aber breit, Sir, sehr breit.«

Statt zu fragen, *wie* breit, wandte Sir John sich an mich als Zeugen: »Vielleicht kannst du etwas dazu beitragen, Jeremy.«

»Ich werde es versuchen, Sir.« Und das tat ich. Ich wies auf die Ziegelbauweise und auf die Tatsache hin, daß die oberen Geschosse fünf Fenster breit waren, mit jeweils etwa einem Yard Abstand dazwischen und zu den Hausecken. Im Erdgeschoß nahm eine große Doppeltür, zu der drei Stufen führten, den Platz des mittleren Fensters ein.

»Sehr gut«, sagte Sir John. »Und welches der Fenster ist erleuchtet?«

»Keines, Sir, soweit ich sehen kann. Alle Fenster scheinen mit Läden verschlossen.«

»Ah, gut. Sie halten sich also an die alten Sitten.« Damit ging er auf das Haus zu, den Gehstock leicht vorgestreckt, und tastete nach der untersten Stufe. »Mister Bailey, klopfen Sie kräftig an diese Doppeltür, damit man weiß, daß wir eingetroffen sind.«

Eiche traf auf Eiche, als Bailey dreimal mit seinem Stock an die Tür klopfte. Während wir darauf warteten, daß jemand öffnete, zwinkerte und lächelte er mir zu, als wolle er mir versichern, daß er mir meine bessere Beschreibung des Hauses nicht verübelte. Er war weder der Größe noch der Gesinnung nach ein kleiner Mensch.

Es verging kaum eine Minute, dann öffnete sich die Tür einen Spalt, und man sah den Ausschnitt eines männlichen Gesichts.

»John Fielding ist gekommen«, verkündete der Richter, »um das Unglück zu untersuchen, das dieses Haus getroffen hat.«

Beide Türflügel wurden weit geöffnet, und wir traten ein. Der schwarzgekleidete Butler, der in meinen Augen wie ein Gentleman aussah, führte uns in einen Wohnraum jenseits der geräumigen Vorhalle. Dort erwartete uns Lady Goodhope. Sie erhob sich und ging direkt auf Sir John zu. Obwohl das Licht der einzigen Kerze im Raum eher schwach war, sah ich, daß sie nach der Tagesmode gut, wenn auch diskret gekleidet war, eine ziemlich dünne Frau mit einem Gesicht, das nicht so sehr große Schönheit, sondern eher eine gewisse Reinheit ausstrahlte. Mir fiel auch auf, daß ihre Augen trocken waren.

»Es ist sehr freundlich von Ihnen, Sir John, daß Sie gekommen sind, noch dazu so schnell. Ich hoffe, daß meine Nachricht Sie nicht allzusehr gestört hat.«

»Alles andere kann warten.« Er streckte die Hand aus, fand ihre, drückte sie mitfühlend und führte sie an die Lippen. »Ich bin erschüttert über das, was ich gehört habe. Mein Beileid.«

Lady Goodhope hatte weder Mr. Bailey noch mir auch nur einen Blick geschenkt. Sie fragte nicht nach dem Grund unserer Anwesenheit, sondern starrte Sir John an und wartete.

Nach einer kurzen Pause nahm Sir John den Faden wieder auf. »Wir müssen natürlich die sterblichen Überreste in Augenschein nehmen. Mr. Bailey wird mir dabei helfen; wie Sie sehen, bin ich selbst nicht dazu imstande. Und wenn es nicht zuviel verlangt ist, Lady Goodhope, würde ich gern von Ihnen hören, wie Sie von der Tat erfuhren. Das können wir allerdings aufschieben, bis Sie sich dazu in der Lage fühlen.«

»Ich bin durchaus dazu in der Lage, danke.«

»Sie möchten also sprechen?«

»Ja«, sagte sie unverblümt. »Bringen wir es hinter uns.«

Benjamin Bailey holte einen Stuhl für Sir John, und nachdem Lady Goodhope wieder Platz genommen hatte, setzte auch er sich. Sie waren keine fünf Fuß voneinander entfernt und saßen einander gegenüber.

»Als ich den Schuß hörte...«

»Ich bitte um Verzeihung«, sagte Sir John, »aber ich werde Sie von Zeit zu Zeit unterbrechen müssen, um gewisse Tatsachen festzustellen. Das muß ich auch jetzt tun. Um welche Zeit hörten Sie den Schuß? Wo waren Sie? Was taten Sie in diesem Augenblick? Berichten Sie bitte so detailliert wie möglich.«

»Ja, natürlich«, sagte sie. »Ich verstehe.«

»Dann fahren Sie fort.«

»Es ist schwer, die Zeit genau zu bestimmen«, begann sie erneut. »Es war keine Uhr in der Nähe, und ich habe auch seither keine gesehen. Um ehrlich zu sein, ich habe keine Ahnung, um welche Uhrzeit es war.«

»Mr. Bailey, haben Sie Ihre Uhr bei sich?«

»Jawohl, Sir John.« Mr. Bailey trat in das Licht der Kerze, nahm die eiförmige Uhr aus einer kleinen Tasche in seiner Hose und verkündete: »Es ist drei Minuten vor acht.«

»Danke, Mr. Bailey. Nun, Lady Goodhope, wenn Sie zurückdenken, was würden Sie sagen, wieviel Zeit seit dem schicksalhaften Augenblick verstrichen ist?«

Sie schwieg einen Moment. »Etwa eine Stunde, würde ich meinen. Minutenlang herrschte Verwirrung, die ich noch beschreiben werde, aber nachdem ich sicher wußte, was geschehen war, schickte ich einen Lakaien mit der Nachricht in die Bow Street.«

»Daran haben Sie gut getan. Datieren wir das Geschehen also auf sieben Uhr, jedenfalls war es nach Einbruch der Dunkelheit.«

»Ja.«

Etwa um diese Zeit, dachte ich, hatte der Stutzer Boswell im Cheshire Cheese mit seiner Litanei begonnen. Was für eine Zeitverschwendung!

»Sehr gut. Und wo hielten Sie sich auf?«

»Ich war oben in meinen Gemächern. Ich habe gelesen.«

»Sie und Lord Goodhope hatten getrennte Räume?«

Sie zögerte. »Ja, die haben wir. Hatten wir.«

»Bitte, fahren Sie fort.«

»Ich hörte einen scharfen Knall, wenn auch etwas gedämpft. Ich wußte nicht gleich, worum es sich handelte, denn ich bin nicht mit Feuerwaffen vertraut. Ich dachte, unten sei vielleicht etwas gefallen, und so legte ich mein Buch beiseite und ging nachsehen. Auf halber Höhe der Treppe kam mir Potter entgegen.«

»Potter?« fragte Sir John.

»Der Butler. Er hat Ihnen die Tür geöffnet.« Dann fuhr sie fort: »Potter war in sehr erregter Verfassung. Er hatte das Geräusch, das ich gehört hatte, ganz richtig als Schuß erkannt und wollte meine Erlaubnis, die Bibliothek zu betreten.«

»Aus der das Geräusch gekommen war?«

»Ja.«

»Warum brauchte er dazu Ihre Erlaubnis? Ich würde meinen, wenn er tatsächlich so alarmiert war, hätte er sofort eintreten müssen.«

»Er erbat meine Erlaubnis, weil es notwendig war, die Tür aufzubrechen. Ich erteilte sie natürlich, und...«

»Lord Goodhope hatte sie von innen abgeschlossen?« Das schien Sir John ein wenig zu verblüffen.

»Ja, das hatte er.«

»Tat er das jedesmal?«

»Nicht jedesmal, aber häufig.« Sie hielt inne und seufzte. »Lord Goodhope war... etwas geheimniskrämerisch in seinen Gewohnheiten.«

»Ich verstehe. Also gaben Sie die Erlaubnis, und der Butler versuchte, die Tür aufzubrechen.«

»Es war keine leichte Aufgabe«, sagte sie. »Das war die Verwirrung, von der ich eben sprach. Ich stand wartend dabei, ganz außer mir vor Angst, während zuerst Potter und dann Ebenezer, der Lakai, es erfolglos versuchten. Endlich dachten sie daran, ein Holzscheit aus dem Kamin in der Halle zu benutzen. Damit brachen sie schließlich das Schloß auf, und die Tür öffnete sich.«

»Und da sahen Sie den Leichnam Ihres Gatten.«

»Ich konnte... einen Blick darauf werfen.«

»Sie haben den Raum nicht betreten?«

»Ich trat durch die Tür, sah, was ich sah, und wich zurück.«

»Und was sahen Sie?«

»Ich sah die Gestalt eines Mannes. Überall war Blut, und ich hatte den Eindruck schrecklicher Entstellung. Der Körper lag so da, daß er nur tot sein konnte. Daraufhin schickte ich Ebenezer in die Bow Street.«

»Sie selbst haben sich also den Leichnam nicht so genau angesehen, daß Sie sicher sein konnten, daß es sich um Ihren Gatten handelte?«

»Ich konnte es nicht«, sagte sie. »Ich kann es nicht. Potter jedenfalls identifizierte ihn mit Sicherheit, und Ebenezer bestätigte das.«

»Ich verstehe«, sagte Sir John. »Und was taten Sie, nachdem Sie den Lakaien weggeschickt hatten?«

»Ich begab mich in dieses Zimmer und wartete auf Sie. Ich war die ganze Zeit hier.«

»Sie haben niemanden sonst benachrichtigt?«

Diese Frage schien sie einigermaßen zu verwirren. Endlich fragte sie: »Wen denn?«

»Oh, zum Beispiel Freunde, die Ihnen vielleicht in einer solchen Stunde beistehen könnten.«

»Ich habe keine Freunde in London«, sagte sie schlicht. »Richards – Lord Goodhopes – Freunde waren nicht die meinen.«

Sir John nickte und erhob sich. »Natürlich«, sagte er zu ihr, »werde ich Sie nicht bitten, die Bibliothek noch einmal zu betreten.«

»Potter wird Sie begleiten.«

»Das wird das beste sein. Aber ich bitte Sie, hier zu bleiben, bis wir unsere Untersuchung beendet haben. Vielleicht ergeben sich noch weitere Fragen. Wir verlassen Sie also einstweilen, und ich danke Ihnen für Ihre Hilfe bei dieser schmerzlichen Angelegenheit.«

Er wandte sich um und ging geradewegs auf die Tür zu. Wir folgten ihm. Hinter uns rief Lady Goodhope den Butler mit einer Stimme, die fast unziemlich laut schien. Doch der Ruf wäre nicht nötig gewesen. Potter stand an der Tür zum Wohnraum, so geräuschlos und unauffällig, als habe er gelauscht.

»Zu Ihren Diensten, Sir John.«

»Potter?«

»Eben der, Sir.«

Er war ein stämmiger Mann von wenig mehr als mittlerer Größe. Wie er sich mit gefalteten Händen verbeugte, war er der Inbegriff von Servilität.

»Führen Sie uns bitte an den Tatort.«

»Sehr gern, Sir John. Hier entlang.«

Der Butler legte die Hand um Sir Johns Ellbogen, da er ihn so durch den langen Gang zu führen gedachte. Doch Sir John schüttelte die Hand ab, wie er zuvor auf der Straße meine abgeschüttelt hatte. Er zeigte mit seinem Gehstock nach vorn und sagte: »Sie führen. Wir folgen Ihnen.«

Potter sah fragend zu Mr. Bailey, der mit einem entschlossenen Nicken antwortete. Dann setzte er sich in Bewegung, wobei er sich so oft besorgt umwandte, daß er schließlich selbst gegen einen im Weg stehenden Stuhl prallte.

»Vorsichtig«, sagte Sir John.

»Äh, ja, gewiß.«

Ein paar Schritte nach seinem Mißgeschick blieb der Butler vor der letzten Tür stehen, die von der Halle abging. Sie war offen und hing leicht schief, halb aus der oberen Angel gelöst.

»Gleich hier, Sir John, zu Ihrer Linken.«

Nach einem winzigen Zögern trat der Butler ein und wartete. Doch der Richter ließ sich Zeit; er betastete das zersplitterte Holz des Türpfostens und das zerbrochene Türschloß.

»Ha!« sagte Sir John. »Gut, daß Sie sie überhaupt öffnen konnten, Mr. Potter. Das ist ein sehr kräftiges Schloß. Hat Ihnen jemand dabei geholfen...?«

»Einer der Lakaien, Ebenezer Tepper.«

»Ist er da?«

»Eigentlich müßte er da sein. Soll ich ihn rufen?«

»Nicht jetzt. Vielleicht später.«

Der Butler, der gleich hinter der Tür stand, schaute unbehaglich nach links. Etwas wie ein Schauder überlief ihn. Rasch wandte er sich ab, einen Ausdruck gequälten Abscheus im Gesicht. Dort mußte die Leiche von Lord Goodhope liegen, für uns noch außer Sicht.

»Um welche Zeit hörten Sie den Schuß?«

»Genau um sieben«, sagte er mit großer Gewißheit.

»Wie können Sie so sicher sein?«

»Ich habe eine Uhr.«

»Und die haben Sie sofort zu Rate gezogen? Das erscheint mir seltsam. Ich hätte angenommen, Ihr erster Gedanke wäre gewesen, die Tür zu öffnen und nachzusehen, ob Sie Ihrem Herrn helfen können.«

»Oh, das war auch der Fall!«

»Aber Sie hielten sich damit auf, auf die Uhr zu sehen?«

»Jetzt erinnere ich mich!« Inzwischen war der Mann ziemlich aus der Fassung geraten. »Als Ebenezer und ich das Holzscheit aus dem Kamin in der Nähe der Eingangstür holten, fiel mein Blick auf die Uhr auf dem Kaminsims.«

»Und sie zeigte sieben Uhr an?«

»Äh, nein, kurz danach. Sie zeigte auf kurz nach sieben.«

»Also ziehen Sie nur den Schluß, daß der Schuß um sieben abgefeuert wurde.«

»So ist es, Sir«, sagte er ernüchtert.

»Und wie lange haben Sie und Ebenezer Tepper gebraucht, um die Tür mit Hilfe des Holzscheits aufzubrechen?«

»Nur sehr kurze Zeit, Sir.«

»Und wo ist das Scheit, das Sie benutzten?«

»Gleich hier, auf dem Fußboden. Wir warfen es beiseite, als wir ins Zimmer eilten.«

»Und der Leichnam liegt noch genauso da, wie Sie ihn fanden?«

»Ganz genauso, Sir.«

»Sehr gut, Potter. Das wäre alles.«

»Sir?«

»Wir sind fertig«, sagte Sir John. »Danke. Sie können gehen.«

»Ich dachte...« Er zögerte. »Jawohl, Sir. Wie Sie wünschen, Sir.«

Mit einem verlegenen Blick auf Sir John und dann auf Mr. Bailey und mich glitt er an uns vorbei und durchquerte rasch die Halle.

»Ich werde zweifellos später noch Fragen an Sie haben«, rief Sir John ihm nach.

Der Butler drehte sich nur halb um, nickte und ging weiter.

»Also gut, Mr. Bailey, treten wir ein und machen weiter. Jeremy, wenn du willst, kannst du warten. Du kannst aber auch hereinkommen. Zweifellos wirst du noch Schlimmeres zu sehen bekommen, wenn du in London bleibst.« Mit diesen Worten betrat er das Zimmer.

Mr. Bailey folgte ihm. »Achten Sie auf das Holzscheit, Sir. Es liegt direkt vor Ihnen.«

Sir John berührte es mit seinem Gehstock und nickte. »Wie er gesagt hat.«

»Sie waren ziemlich streng mit diesem Potter, Sir.«

»Ja, vermutlich, aber der Mann hatte vorher offenbar an der Tür gelauscht und beschlossen, präzise zu bezeugen, was seine Herrin nur vermutete. Er weiß nicht genauer als sie, um welche Zeit der Schuß fiel, mit oder ohne Uhr. Ich habe ihn ein bißchen eingeschüchtert, weil ich ihn nicht in der Nähe haben wollte, weder direkt bei uns noch hinter der Tür.«

»Er wird nicht zurückkommen.«

»Nein. Also, kommen Sie, Mr. Bailey. Beschreiben Sie mir den Raum.«

Die beiden entfernten sich von der Tür und aus meinem Blickfeld, während ich noch in der Halle stand. Ich fühlte mich seltsam beklommen. Wenn ich heute auf meinen damaligen

Seelenzustand zurückblicke, denke ich, daß es der kurz zuvor erlebte Tod meines Vaters war, der mich hemmte. Das und vielleicht auch der Ausdruck im Gesicht des Butlers, als er in den Raum geschaut hatte. Doch bald überwand ich mein Unbehagen, straffte die Schultern und marschierte in die Bibliothek.

Insgesamt müssen wir zu dritt fast eine halbe Stunde mit der Besichtigung dieses Raumes zugebracht haben. Sir John setzte sich gleich auf einen Stuhl, den Mr. Bailey ihm genau in die Mitte des Zimmers gestellt hatte, und fing an, uns herumzuschicken und in rascher Folge Fragen nach den Ausmaßen des Raumes zu stellen. (Er war groß: fast ein Rod im Quadrat.) Sir John wollte wissen, ob es sich um eine richtige Bibliothek handelte. Gab es Bücherregale? Wie groß waren sie? Waren sie mit Büchern gefüllt? Wenige Bücher oder viele? Gab es einen Kamin? Welcher Größe? Wie war der Raum ausgestattet? Was waren für Möbel vorhanden, und wo genau standen sie?

Er verlangte genau beschriebene Details von uns, wie er sie von jedem Zeugen gefordert hätte. Vielleicht sogar noch genauer. Er beklagte Mr. Baileys Neigung zur Verallgemeinerung, schalt ihn gelegentlich und forderte ihn auf, in Hand- und Fingerbreiten zu rechnen, wenn er sich mit Fuß und Zoll nicht zurechtfand. Auch ich wurde zur Arbeit herangezogen und kletterte im Raum herum, um die Fenster zu untersuchen. Wie ich feststellte, waren alle geschlossen und versperrt.

Natürlich war noch eine vierte Person anwesend, der Tote. Er saß still hinter seinem Schreibtisch, den Kopf in den Nacken gelegt; sein Blut hatte sein Kinn und seinen Hals benetzt und war auf sein Hemd und die Jacke getropft. Es war mir gelungen, ihn nicht direkt anzusehen, während ich umherlief und Sir Johns Aufforderungen folgte. Doch schließlich kam der Moment, da wir alles, was an dem Raum bemerkenswert war, festgestellt hatten, und so konnten wir unsere Aufmerksamkeit nur noch auf den toten Mann am Schreibtisch richten.

Leser, ich scherze nicht, wenn ich Ihnen sage, daß dies der toteste tote Mann war, den ich je erblickte. Die Haltung seines Kopfes hatte mir zunächst die Natur seiner Wunde verborgen. Doch als ich schüchtern hinter Mr. Bailey nähertrat und das entstellte Gesicht der Leiche sah, war ich zuerst erstaunt und dann fasziniert von der Zerstörung, die ein einziger Schuß angerichtet hatte. Nachdem ich mich einmal gezwungen hatte hinzusehen, konnte ich den Blick kaum noch von ihm wenden.

Was die Sache besonders unwiderstehlich machte, war Mr. Baileys präzise Beschreibung der Wunde. Er hatte, wie ich erfahren sollte, sein halbes Leben in einem Regiment der Guards zugebracht. Ich werde dessen Namen nicht nennen, denn bei Mr. Baileys Abschied hatte es gewisse kleine Unregelmäßigkeiten gegeben. Er hatte in Nordamerika gegen die Franzosen gekämpft. Er verstand etwas von Wunden: Es wäre nicht übertrieben, ihn als Kenner zu bezeichnen. Sir John hatte diesmal keinen Grund, sich über seine Beschreibungen zu beschweren. Kein Chirurg hätte bessere Arbeit leisten können.

Wenn ich versuchen darf, seine Schilderungen aus dem Gedächtnis und gestützt auf kindliche Notizen, die ich mir kurz danach machte, zu wiederholen, lautete sein Kommentar etwa folgendermaßen:

»O Gott, das sieht übel aus, Sir John. Ich würde sagen, der Lauf der Waffe war nahe, aber nicht direkt am Gesicht, als der Schuß abgefeuert wurde. Die Haut weist zahlreiche schwarze Pulververbrennungen auf. Die Kugel ist eine Daumenbreite vom Nasenrücken entfernt eingedrungen, zwei Daumenbreiten unter dem rechten Auge. Sie ging schräg aufwärts, machte Porridge aus der Nase und durchtrennte den Nerv zum linken Auge, als sie ins Gehirn eindrang. Der Ladepropf traf ihn genau zwischen die Augen. Aber es ist nicht allzuviel Blut geflossen. Ich habe ähnliche Wunden gesehen, die stärker geblutet haben.«

»Der Sehnerv des linken Auges?« warf Sir John ein. »Nicht des rechten?«

»Jawohl, Sir, der Schußkanal verläuft schräg, sozusagen.«

»Diagonal?«

»Sie sagen es, Sir John.«

»Woher wissen Sie, daß der Sehnerv durchtrennt wurde?«

»Das linke Auge steht ein bißchen vor. Es hängt nicht heraus, aber es steht in einer Weise vor, die nicht normal ist, wenn Sie mir folgen können.«

»Ja, Mr. Bailey, das kann ich.« Sir John schwieg einen Augenblick. »Gibt es eine Wunde, die darauf hinweist, wo die Kugel ausgetreten ist?«

»Jawohl, die gibt es, Sir. Die Kugel hat seine Perücke zur Seite geblasen. Wenn ich sie ganz abnehmen dürfte, könnte ich es besser sehen.«

»Ja, natürlich, Mr. Bailey. Tun Sie das.«

Mit einer raschen Bewegung zog Mr. Bailey die Perücke vom Kopf des Toten und warf sie auf den Schreibtisch. Der Kopf des toten Mannes vollführte einen grotesken Hüpfer.

»Also, hier«, begann Mr. Bailey, »haben wir eine Stelle etwa eine halbe Handbreit über dem linken Ohr, seitlich, wo etwa zwei Daumen breit die Schädeldecke weggeblasen ist. Irgend etwas Scheußliches läuft da heraus. Das hat keine Duellpistole angerichtet, sondern eine Militärwaffe.«

»Und wo *ist* die Waffe, Mr. Bailey?«

»Ah, schauen wir nach. Sie liegt nicht auf dem Schreibtisch, also muß sie...« Er bückte sich, und ich tat es ihm nach. Die Pistole lag zu Füßen dessen, was einmal Lord Richard Goodhope gewesen war, der Griff auf dem Boden, der Lauf über seinem linken Fuß. Ich staunte, als ich die Hände des Toten einfach in seinem Schoß liegen sah, die makellosen Hände eines Gentleman. Er wirkte ganz friedlich.

Mr. Bailey hob die Pistole vorsichtig auf und untersuchte sie, während er sich erhob. »Ja, sie war hier, Sir, auf dem Fußboden. Es ist, wie ich sagte, eine Militärwaffe von einem Kaliber für Kugeln, die gut daumenbreit sind, fast einen Zoll, sozusagen.«

»Gut, gut. Könnten Sie jetzt vielleicht den Weg der Kugel verfolgen und feststellen, wo sie in die Wand eingedrungen ist? Wenn sie das getan hat. Vielleicht könntest du dabei behilflich sein, Jeremy.«

Ich war behilflich, wenn auch nicht maßgeblich. Es war Mr. Bailey, der die Stelle an der Einkerbung erkannte, die die Kugel hinterlassen hatte. Er zog sein Messer aus der Scheide an seinem Gürtel und bohrte das verzogene Bleistück aus der Wand.

»Ich habe sie, Sir John.«

»Da Sie nichts dergleichen erwähnt haben, Mr. Bailey, nehme ich an, daß er keinen erklärenden Brief hinterlassen hat.«

»Der Schreibtisch ist leer, Sir.«

»Ich denke, dann ist unsere Arbeit hier getan. Nehmen Sie die Pistole an sich.«

Er erhob sich von seinem Stuhl und führte uns aus der Bibliothek. Mit seinem Gehstock berührte er das Holzscheit, wandte sich an dieser Stelle nach links und trat hinaus in die Halle. Ich verließ den Raum als letzter, und an der Tür konnte ich der Versuchung nicht widerstehen, einen letzten Blick auf die groteske Gestalt am Schreibtisch zu werfen. Zum ersten Mal betrachtete ich Lord Goodhope in gewissem Sinne als Person und nicht einfach als toten Mann. Was, so fragte ich mich, konnte jemanden in so privilegierten Verhältnissen veranlassen, der eigenen Person so großen und endgültigen Schaden zuzufügen? Ich rätselte noch über diese Frage, als ich mich den anderen anschloß.

»Achten Sie auf den Stuhl dort rechts«, sagte Sir John, als wir durch die Halle gingen, und kicherte vor sich hin. »Manche Leute scheinen damit Schwierigkeiten zu haben.«

Wir erreichten die Tür des Wohnraumes. Der Butler, Potter, war nirgends zu sehen, und so wies Sir John Mr. Bailey an, er solle klopfen. »Aber leise, Mann«, fügte er hinzu. »Bitte, leise.«

Lady Goodhope erschien an der Tür. »Sind Sie fertig?« fragte sie.

»Ja, M'lady. Wir haben den Raum gründlich inspiziert, ebenso die tödliche Wunde von Lord Goodhope. Er starb, wie Sie sicherlich vermutet haben, durch einen Pistolenschuß, der direkt ins Gehirn ging. Der Tod muß sofort und, soweit man das beurteilen kann, schmerzlos eingetreten sein.«

»Ich verstehe.«

»Vorerst wurde kein erklärender Brief gefunden, aber es könnte immer noch einer entdeckt werden. Ich hielt es unter den gegebenen Umständen für unangebracht, seinen Schreibtisch zu durchsuchen. Sollte ein Brief gefunden werden, so muß ich Sie bitten, mir dessen Inhalt mitzuteilen. Falls nicht, möchte ich Ihnen den aufrichtigen Rat geben, sich Lord Goodhopes Konten anzusehen. Lassen Sie sie von jemandem überprüfen, dem Sie vertrauen können. Wenn Sie es wünschen, kann ich Ihnen einen Namen nennen.«

»Ja, danke, aber was wollen Sie damit sagen, Sir John?« Sie schien wirklich nicht zu verstehen.

»Nun, daß Lord Goodhope sich die Wunde selbst zugefügt hat, daß er von eigener Hand starb. Und ich versichere Ihnen, in den meisten Fällen ist der tiefere Grund für solch drastisches Handeln irgendein finanzielles Problem.«

»Darf ich Ihnen eines versichern?« Sie wirkte absolut ruhig und völlig beherrscht.

»Natürlich. Was denn?«

»Mein Mann – das heißt, mein verstorbener Mann – hätte *niemals* Hand an sich gelegt, ganz gleich, welche Probleme er hatte.« Sie sprach diese Worte mit einer geradezu einschüchternden Gewißheit aus.

»Aber«, wandte Sir John ein, »die Tür war versperrt. Sie haben gesehen, welche Mühe Ihre Leute hatten, sie aufzubrechen. Es gibt keine weitere Tür. Alle Fenster waren versperrt. Die Waffe, aus der der Schuß abgegeben wurde, lag zu seinen Füßen. Wie könnte es etwas anderes sein als Selbstmord?«

»Ich bestreite Ihre Feststellungen nicht, aber ich lehne Ihre Schlußfolgerung ab.«

»Sie gehen also theoretisch von einem Mord aus?«

»Ich habe keine Theorie«, sagte sie schlicht. »Wie ich Ihnen schon sagte, ich war nur kurz in diesem Zimmer. Ich zweifle daran, daß ich es noch einmal betreten werde. Aber ich *weiß* einfach, daß er sich *niemals* selbst getötet hätte.«

Zum ersten Mal, seit ich ihn kannte, war Sir John Fielding sprachlos. Er stotterte ein wenig. Ich hörte ein »Warum...« und ein »Nun ja...«, doch weiter kam er nicht. Seine Hände vollführten unsichere Bewegungen.

Lady Goodhope, die während dieses Gesprächs in der Tür zum Wohnraum gestanden hatte, neigte leicht den Kopf und trat einen Schritt zurück. »Danke für Ihr Kommen, Sir John. Ich bin Ihnen dankbar für Ihre Bemühungen. Und jetzt, wenn Sie mich entschuldigen wollen, möchte ich allein sein. Auf Wiedersehen.« Damit wandte sie sich ab und schloß die Tür.

Sir John stotterte weiter vor sich hin. Er kochte. Man sah förmlich den Dampf unter seiner Perücke hervorquellen.

Wie durch Zauberei erschien nun Potter auf der Bildfläche, reichte Sir John seinen Dreispitz und öffnete beide Flügeltüren für uns. Auf seinem Gesicht lag der Anflug eines Lächelns. Mr. Bailey und ich wechselten einen halb besorgten, halb verwirrten Blick.

Erst als wir auf dem Gehsteig vor der wartenden Droschke standen, fand Sir John wieder Worte, und nun sprudelten sie nur so. Ohne sie zu verfluchen, rief er Gottes Urteil auf die gesamte Frauenwelt nieder. Insbesondere ließ er sich über deren grundlose Gewißheit aus, ihre Weigerung, kalten Tatsachen ins Auge zu sehen, die Gleichgültigkeit gebildeter Frauen gegenüber einfacher Logik et cetera. Und er schloß mit einem verbalen Schnörkel, den zu zitieren auch ich inzwischen Gelegenheit hatte: »Wenn Gott die Frauen wirklich zu unseren Gefährtinnen bestimmt hat, wie die Bibel uns sagt, dann hätte Er sie mit einem Gehirn ausstatten sollen, das dieser Aufgabe gewachsen ist.«

Und damit verstummte er.

Wir alle schwiegen einen Augenblick, dann räusperte sich Mr. Bailey und sagte: »Ich werde Sie jetzt verlassen, Sir John. Ich bin mit meinen Runden schon im Rückstand. Wahrscheinlich schlafen alle Wachleute in ihren Häuschen. Zeit, sie aufzuwecken.«

Sir John war zerstreut und gab nicht gleich eine Antwort. Vielleicht hing er weiteren frommen Gedanken über die Absichten des Schöpfers im Hinblick auf Frauen nach. Doch schließlich kam er zu sich. »Ja... ja, natürlich, Mr. Bailey. Sie machen sich am besten auf den Weg. Und vielen Dank für Ihre Hilfe.«

»Nicht der Rede wert. Auf Wiedersehen, Sir John, auf Wiedersehen, kleiner Jeremy.«

Ich murmelte einen Gruß und sah zu, wie er in der dunklen Straße verschwand.

»Er hat den schwereren Beruf«, sagte Sir John. »Wenn wir die Straßen sicher machen könnten, wäre das drei Lord Goodhopes wert.« Dann, im Begriff, sich in die Droschke zu hieven, fügte er hinzu: »Oder zehn.«

Nachdem er dem Fahrer die Adresse in der Bow Street zugerufen hatte, lehnte er sich zurück. Noch immer war er grüblerisch. Schließlich sagte er: »Eine eigenartige Frau.«

»Hat sie sich ungewöhnlich ausgedrückt?« Ich hatte das wohl bemerkt, aber angenommen, daß sich möglicherweise alle adligen Frauen so verhielten. Ich konnte in solchen Angelegenheiten kein Urteil fällen.

Sir John dachte darüber nach. Das Pferd trottete dahin. Dann sagte er: »Vielleicht ein wenig wie eine Ausländerin – wenn auch natürlich in sehr gutem Englisch.«

»Oh, ja, Sir, sehr gut.« Ich dachte zurück und erinnerte mich an einen Besucher, den wir einmal bei uns in Lichfield gehabt hatten. »Würden Sie sagen... französisch?«

Er überlegte. »Ja«, sagte er, »etwas Französisches, nicht so sehr in der Aussprache, aber in ihrem Sprachrhythmus.« Wieder hielt er inne. »Sehr gut, Jeremy. Ich muß das nachprüfen.«

Wir verfielen erneut in Schweigen, bis er sagte: »Aber zweifellos eine Lady, in jeder Hinsicht. Von großer Würde.«

»Sie hat keine Träne vergossen, Sir John.«

»Ja, das habe ich gespürt.«

Wieder lauschte ich dem regelmäßigen Klappern der Pferdehufe auf den Pflastersteinen. Irgendwie erinnerte mich dieser Tribut an Lady Goodhope, an die Würde, die sie gezeigt hatte, an ihren toten Ehemann an seinem Schreibtisch in der Bibliothek. Was fiel mir dazu ein? Sicher hatte es nichts mit dem entstellten Gesicht zu tun. Das war keine Erinnerung an ihn. Doch dann kam mir ungerufen das Bild seiner Hände in den Sinn: wie sie friedlich in seinem Schoß gelegen hatten. Ich dachte darüber nach. »Stimmt es eigentlich«, fragte ich ziemlich schulmeisterlich, »daß man einen Mann von Stand immer an seinen Händen erkennt?«

»Mag sein. Worauf willst du hinaus, Junge?«

»Nun, Lord Goodhope, Sir. Er hatte sehr saubere Hände – polierte Nägel, kein einziger Fleck.«

Das schien Sir John plötzlich aufzuwecken. »Lord Goodhope hatte saubere Hände, sagst du?«

»Ja, Sir, sehr sauber.«

»*Beide* Hände?«

»Beide Hände, Sir, soweit ich mich erinnere. Und ich bin sicher, daß ich mich richtig erinnere.«

Plötzlich pochte er mit seinem Stock auf den Boden der Droschke. »Ich verdammter Narr!« stieß er hervor. Dann sagte er: »Und Mr. Bailey sei auch verdammt, weil er das nicht bemerkt hat.« Er klopfte mit seinem Stock schrecklich laut an die Decke der Droschke und rief dem Fahrer zu, er solle kehrtmachen und uns wieder zu dem Haus fahren, von dem wir gekommen waren.

Beim zweiten Mal gelang es uns nicht ohne weiteres, Zutritt zum Wohnsitz der Goodhopes zu erhalten. Potter wollte uns zunächst gar nicht einlassen und sagte, Lady Goodhope habe sich bereits zur Nacht zurückgezogen. Sir John sagte, er brauche sie nicht zu sehen, er sei lediglich zurückgekehrt, um Lord Goodhopes Leichnam noch einmal zu untersuchen. Potter teilte ihm daraufhin mit, die Leiche sei soeben aus der Bibliothek entfernt worden, man bereite sie für den Sarg vor, der am Morgen eintreffen werde.

Ob dieser Nachricht plötzlich in heller Aufregung, drängte sich Sir John an dem Butler vorbei ins Haus, und ich folgte ihm auf dem Fuße. »Wir *müssen* den Leichnam sofort sehen!« brüllte er.

»Ich muß Lady Goodhope um Erlaubnis bitten«, jammerte Potter.

»Sie müssen nichts dergleichen«, erwiderte der Richter. »Darf ich Sie daran erinnern, daß wir uns hier im Bezirk Westminster befinden, in dem ich das Gesetz bin? Und jetzt bringen Sie uns zu ihm.«

Unter unablässigen Klagen führte der Butler uns durch die Halle und durch eine Tür unter der Haupttreppe. Von dort aus führte eine weitere Reihe von Treppen nach unten. Nachdem man ihm einmal Vorwürfe gemacht hatte, weil er seine Hilfe anbot, eilte Potter nun voran und war binnen Augenblicken verschwunden. Sir John setzte zögernd einen Fuß vor den anderen und murmelte dann, ich solle ihm helfen. Die Stufen waren schmal und steil und von unten her nur spärlich beleuchtet. Er hatte seine Hand auf meine Schulter gelegt; so schafften wir den Abstieg ohne Zwischenfälle und erreichten die Biegung auf halber Höhe der Treppe, wo wir unseren Führer verloren hatten.

Am Fuß der Treppe befand sich die Küche. Darüber wunderte ich mich; ich hatte nie zuvor darüber nachgedacht, wo ein so wichtiger Raum in diesen großen Häusern wohl untergebracht sein mochte. Außer uns drei Neuankömmlingen hielten sich vier Personen in der Küche auf: zwei Männer, die den Leichnam soeben nach unten getragen hatten, und zwei Frauen, Küchenhilfen, die sich anschickten, die Leiche zu waschen. In einem Kessel auf dem Herd wurde Wasser erhitzt. In der Mitte des Raumes lag der Leichnam von Lord Goodhope ausgestreckt auf einem langen Tisch, der aber doch nicht ganz ausreichte: Füße und Knöchel, jetzt nur in weißen Strümpfen, hingen über die Tischkante. Der Tote war bereits zur Leichenwäsche vorbereitet: ohne Schuhe, mit geöffneter Weste und aufgeknöpftem Hemd.

»Haben sie schon angefangen, die Leiche zu waschen?« flüsterte Sir John mir zu.

»Nein, Sir«, flüsterte ich zurück. »Ich glaube nicht.«

»Gut, und vielen Dank, Junge.« Dann klopfte er mit seinem Gehstock auf den Boden und wandte sich mit großer Autorität an alle Anwesenden: »In meiner Eigenschaft als Richter des Gerichtshofs Bow Street im Bezirk Westminster verbiete ich, diese Prozedur fortzusetzen. Der Leichnam wird nicht wie üblich gewaschen, bevor ihn nicht ein qualifizierter Chirurg in Augenschein genommen und seinen Bericht erstattet hat. Haben Sie das verstanden?«

Keiner schien willens, darauf eine Antwort zu geben. Schließlich hustete Potter und meldete sich zu Wort: »Verstanden, Sir John.«

»Sehr gut«, sagte Sir John und fuhr fort: »Ich rate dazu, den Leichnam an einen kühlen Ort zu verbringen und auf Anweisungen von mir oder dem Chirurgen zu warten, je nachdem, wer zuerst eintrifft. Haben Sie auch das verstanden?«

»Vollkommen«, sagte Potter, der sich ermannt hatte. »Es wird geschehen, wie Sie sagen. Ich versichere es.«

»In Ordnung, Mr. Potter. Ich mache Sie dafür verantwortlich.«

Die jungen Männer und Frauen, die sich in der Küche aufhielten, schienen aufzuatmen. Allgemeine Erleichterung trat ein. Vor allem die Frauen (eigentlich noch Mädchen, etwa in meinem Alter) schienen den Aufschub zu begrüßen. Eine von ihnen kicherte.

»Master Proctor!« Ich schrak zusammen, als ich so formell angesprochen wurde.

»Jawohl, Sir John«, sagte ich so würdevoll wie möglich.

»Ich möchte, daß du nun den Leichnam von Lord Goodhope untersuchst und feststellst, in welchem Zustand man ihn aus der Bibliothek nach unten gebracht hat.«

»Das will ich tun«, erwiderte ich und hoffte, ihn und vielleicht auch die Küchenmädchen mit der Förmlichkeit meiner Antwort zu beeindrucken; diejenige, die *nicht* gekichert hatte, war recht ansehnlich.

Solcherart ermächtigt, stolzierte ich einmal rund um den Tisch und richtete meine volle Aufmerksamkeit auf den Leichnam. Es machte mir nichts mehr aus, ihn zu betrachten, die zerschmetterte Nase, das hervortretende Auge: das war mir einerlei. Ich beendete meinen Rundgang neben Sir John.

»Ist der Leichnam so, wie du ihn vorhin gesehen hast?«

»Jawohl, Sir.«

»Unter besonderer Berücksichtigung unserer vorherigen Diskussion, Master Proctor: Sind die Hände sauber und fleckenlos?«

»Das sind sie, Sir.«

Er wandte sich an alle Anwesenden: »Sind sie gesäubert worden? Hat man dem Leichnam die Hände gewaschen?«

Jeder antwortete auf seine Weise, aber immerhin fielen die Antworten aller, die in der Küche waren, verneinend aus.

»Sehr gut«, sagte Sir John. »Bitte denken Sie an meine Befehle bezüglich der sterblichen Überreste. Im Laufe des morgigen Tages wird ein Chirurg hier erscheinen.« Er war im Begriff, sich abzuwenden, doch dann fiel ihm noch eine Einzelheit ein, und er fragte: »Ist Ebenezer Tepper, der Lakai, unter Ihnen?«

Eine Pause trat ein, doch dann meldete sich der jüngere der beiden Männer, ein etwa achtzehnjähriger, gesunder und kräftiger Bursche: »Ja. Ebenezer Tepper.« Er schien loyal zu sein.

»Danke, daß Sie sich gemeldet haben. Wir werden morgen früh wiederkommen. Bitte halten sie sich zur Verfügung, um Fragen zu beantworten.« Dann fügte Sir John noch hinzu: »Und Sie auch, Mr. Potter.«

Danach klopfte er mir auf die Schulter und ließ seine Hand dort liegen, während wir die Treppe hinaufgingen, über die wir gekommen waren. Potter folgte uns; er war jetzt nicht mehr so selbstsicher.

Als wir die Halle erreichten, ließ Sir John seine Hand fallen, blieb aber in meiner Nähe, während wir rasch auf die Tür zugingen. Doch ehe wir sie erreichten, hielt uns eine Gestalt zurück, die oben auf der großen Treppe erschien. Es war Lady Goodhope in einem so feinen Morgenrock, daß er auch als Ballkleid hätte dienen können.

»Sir John«, rief sie.

Er hielt inne und drehte sich nach der Stimme um.

Potter hinter uns blähte sich auf. »Ich bedaure das Eindringen dieser Herrschaften. Ich hatte keine Wahl, ich mußte sie einlassen. Er...«

Sie unterbrach ihn: »Keine Ursache, Potter. Sie sind rechtens hier.« Dann fragte sie: »Was haben Sie bei Ihrem zweiten Besuch gefunden, Sir John?«

»Ich habe zwei Dinge mitzuteilen und eine Frage zu stellen.«

»Wie lautet die Frage?«

»War Ihr Gatte Rechts- oder Linkshänder?«

»Wieso? Linkshänder; er war in allem eine Ausnahme.«

»Aha. Ich danke Ihnen.«

»Und was haben Sie mitzuteilen?«

»Erstens, daß ich morgen noch einmal kommen werde, um Ihre Hausangestellten zu befragen. Außerdem wird ein Chirurg kommen, um den Leichnam Ihres verstorbenen Gatten zu untersuchen.«

»Sind das die beiden Mitteilungen?«

»Nein, ich zähle sie als eine. Die zweite ist, daß Sie in der Tat recht hatten, Lady Goodhope: Es war kein Selbstmord.«

Was mir auffiel, war, wie wenig sich ihr Ausdruck und ihre Haltung veränderten. Sie nahm die Hand vom Treppengeländer und zog ihren Morgenrock am Hals etwas enger zusammen. Wenn das, was Sir John soeben gesagt hatte, irgendwelche Veränderungen in ihrer Miene hervorrief, so konnte ich sie nicht erkennen. »Ich danke Ihnen. Sie sind natürlich willkommen in diesem Hause, und Ihr Chirurg ebenfalls. Bitte halten Sie mich über die Ergebnisse Ihrer Untersuchung auf dem laufenden. Gute Nacht.« Damit drehte sie sich um und ging die Treppe hinauf.

Erst als wir in seiner Küche in der Bow Street saßen und zwei Tage alte Hammelkeule mit frischem Brot und Butter kauten, hielt Sir John es für angemessen, mich darüber zu unterrichten, was ihn veranlaßt hatte, seine Meinung so vollständig zu ändern. Inzwischen hegte ich selbst einen Verdacht, und so war das, was ich zu hören bekam, nicht mehr so überraschend.

»Du wirst dich erinnern, Jeremy«, sagte er, »daß Lord Goodhopes Gesicht Pulververbrennungen aufwies.«

»Eine Hälfte seines Gesichts war dunkel wie bei einem Mohren.«

»Das ist zwangsläufig so, wenn eine so feuerstarke Pistole aus so großer Nähe abgefeuert wird«, erklärte er. »Eine Menge Schwarzpulver ist nötig, um eine Kugel von der Größe anzutreiben, wie Mr. Bailey sie aus der Wand geholt hat. Und mit der Kugel tritt eine Menge Schwarzpulver aus, genug, um das ganze Gesicht zu schwärzen.« Er hielt inne. »Vielleicht ahnst du, worauf das hinausläuft?«

»Ich denke schon«, antwortete ich.

»Dann sag es mir.«

»Nun, wenn das Pulver vorn aus der Pistole kommt, zusammen mit… der Kugel, dann muß auch hinten etwas austreten; ich meine, es ist doch eine Explosion im Innern der Waffe, die die Kugel austreibt. Funktionieren Schußwaffen nicht so?«

Sir John lächelte nachsichtig und nickte. »Ja, das tun sie.«

»Die Explosion, die auch am hinteren Ende der Waffe zu spüren ist, würde also bewirken, daß die Hand beschmutzt wird, die sie hält. Lord Goodhopes Hände waren sauber, also hielt er die Pistole nicht, als sie abgefeuert wurde.«

»Ganz recht.« Er zog einen Streifen halb durchgebratenes Hammelfleisch vom Knochen, legte es auf ein Stück von Mrs. Gredges Brot und schob beides in den Mund. Er nahm sich Zeit, nachdenklich und schweigend zu kauen, und spülte den üppigen Bissen mit einem Schluck Bier hinunter; jedenfalls genug, um ihn zu einem männlichen Rülpser zu veranlassen.

»Ich nehme an«, sagte er schließlich, »daß du keine Erfahrung mit Feuerwaffen hast.«

»Oh, nein, Sir.«

»Und dein Vater? Hat er geschossen?«

»Auch er nicht. Er mochte Waffen überhaupt nicht.«

»Nach allem, was du über ihn sagst, muß er ein guter Mensch gewesen sein.«

»Ja, Sir, das war er. Das war er.«

»Nun, ich rechne es ihm hoch an, daß er der Vater eines aufgeweckten Jungen war und ihn auch gut erzogen hat.«

Ich brauchte einen Augenblick, um das zu erfassen. Dann wurde ich rot und dankte ihm. Danach sprach ich ein Thema an, das mich vorher schon beschäftigt hatte. »Ehe wir nach unserem zweiten Besuch gingen, fragten Sie Lady Goodhope, ob ihr Mann Rechts- oder Linkshänder war. Weshalb?«

»Denk darüber nach. Wäre er Rechtshänder gewesen, wäre die Wunde auf dem Nasenrücken und der Weg der Kugel schräg in die linke Gehirnhälfte ganz natürlich gewesen. Ein Linkshänder aber hätte, um dieselbe Wunde mit demselben Ergebnis zu erzielen, die Pistole in einem ganz unnatürlichen Winkel halten müssen, vielleicht hätte er sogar den Abzug mit dem Daumen betätigen müssen. Verstehst du? Möglich, aber unwahrscheinlich.«

Ich dachte darüber nach, hob sogar die linke Hand an mein Gesicht, um auszuprobieren, was er beschrieben hatte. Er hatte tatsächlich recht; es war möglich, doch unwahrscheinlich. »Aber als Sie sie danach fragten, Sir John«, sagte ich, »wußten Sie doch bereits anhand seiner sauberen Hände, daß Lord Goodhope den Abzug nicht betätigt hatte.«

»Richtig, mein Junge; nur ein Detail. Doch wenn es um Mord geht, ist es ratsam, möglichst viele Details zu sammeln. Es ist das Gewicht aller Beweismittel, das die Schuld nachweist, selten eine Tatsache allein.« Er trank einen weiteren Schluck Bier, ehe er fortfuhr: »Und morgen gehen wir wieder in die St. James Street, um weitere Einzelheiten festzustellen. Gebe Gott, daß wir die wichtigste von allen entdecken.«

»Und welche wäre das, Sir John?«

»Wie derjenige, der diese Tat begangen hat, sie verüben und anschließend aus dem Raum verschwinden konnte.«

4. KAPITEL

In welchem weitere verwirrende Einzelheiten ans Licht kommen

Leser, zu Ihrer Auflösung schreibe ich dies im letzten Jahrzehnt unseres Jahrhunderts nieder, und Sie können sich die Gesetzlosigkeit, die selbst noch im Jahre 1768 in Londons Straßen herrschte, vermutlich kaum vorstellen. Ich betone das, weil es, wenn es damals schon schlimm war, noch weitaus schlimmer war, als Sir John Fielding sein Amt als Richter am Gericht in der Bow Street übernahm. Das geschah 1754, ein Jahr vor meiner Geburt. Sein Bruder Henry hatte einen Plan für ständige, bezahlte Konstabler entwickelt, die von der Bow Street aus Tag und Nacht abrufbereit sein sollten. Doch nachdem dieser Plan vom Parlament angenommen worden und Sir Henry Fielding an tödlicher Wassersucht erkrankt war, hatte dieser die Umsetzung des Plans seinem Bruder überlassen und war nach Portugal abgereist, um dort zu sterben.

Die Straßen, so sagte Sir John, könnten durch »schnelle Benachrichtigung und sofortige Verfolgung« sicherer gemacht werden – und so war es auch. Doch wer immer glauben mag, das Verbrechen sei auf Dauer aus der größten Stadt der Welt zu verbannen, ist entweder naiv oder ein Narr. Der Kampf hört nie auf. Die unvermittelten Siege, die die Bow Street Runners (wie die Konstabler genannt wurden) erzielten, wurden immer wieder von Niederlagen gefolgt. Räuberbanden wurden zerschlagen, doch ihre überlebenden Mitglieder bildeten neue. Die Bagatelldiebstähle gingen weiter. Müßige Lehrlinge führten ein verbrecherisches Leben, um ihre Ausschweifungen,

Spiel und Hurerei, zu bezahlen. In dem Jahr, von dem ich schreibe, waren die Straßen zwar schon viel sicherer als zuvor, doch bei weitem nicht so sicher, wie sie es heute sind.

All dies sei vorausgeschickt, um die schockierende Neuigkeit zu erklären, die ich von Sir John persönlich am nächsten Morgen gleich nach dem Frühstück erfuhr. Ich hatte ihn schon sehr zeitig herumpoltern hören. Er war kurz ausgegangen und kehrte zurück, als ich auf Knien die Treppe schrubbte, worum Mrs. Gredge mich gebeten hatte. Ich hörte ihn die Treppe heraufkommen, drehte mich um und sah ihn ein paar Stufen unter mir.

»Jeremy?« fragte er.

»Ja, Sir John«, antwortete ich und sprang auf die Füße.

»Ich muß dich bitten, das, was du gerade tust, zu unterbrechen, um mich zu begleiten.«

Noch im Aufstehen sagte ich: »Wie Sie wünschen, Sir John.« Ich war im Grunde froh, vom Putzen abberufen zu werden. »Ich bin in einer Minute bereit.«

Und länger brauchte ich auch kaum, um meinen Putzeimer am Fenster zu leeren, beiseite zu stellen und meine Jacke zu suchen. Mrs. Gredge war nicht in der Nähe, um meine Entschuldigung oder Sir Johns Erklärung entgegenzunehmen, und sie würde schlecht von mir denken, wenn sie entdeckte, daß ich fort war.

Während ich Sir John folgte, erkühnte ich mich zu der Frage: »Was ist los?«

»Eine traurige Angelegenheit, fürchte ich«, sagte er. »Mr. Bailey wurde letzte Nacht mit einem Säbel angegriffen.«

»Lebt er?« fragte ich. »Ist es ernst?«

»Ja, er lebt. Ob es ernst ist oder nicht, müssen wir feststellen. Wir werden gemeinsam seine Unterkunft aufsuchen, um uns zu vergewissern.«

Und das taten wir; wir gingen durch Covent Garden mit seinen zahlreichen Gemüsehändlern zu den dahinter gelegenen Straßen. Ich merkte, daß Sir John etwas zögerlich wurde, nachdem wir Covent Garden passiert hatten. Endlich gestand er mir: »Ich kenne mich hier nicht so gut aus, Jeremy. Vielleicht wäre es am besten, wenn ich dir die Adresse von Mr. Baileys Unterkunft gäbe. Es ist Berry Lane Nummer zehn. Ganz in der Nähe, wie man mir sagte, gleich nordwestlich vom Garden. Vielleicht kannst du nach dem Weg fragen. Und ich hätte auch nichts dagegen, wenn du meinen Arm nähmest, falls du es auf dieser Terra incognita für nötig hältst.«

Wir erreichten Nummer zehn, und ich führte Sir John direkt vor die Tür. Mit seinem Gehstock klopfte er kräftig an. Eine Dame von vielleicht vierzig Jahren, plump und rothaarig, erschien in der Tür.

Sie war überwältigt, als sie den Besucher erkannte. »Oh, mein Gott, seine Lordschaft persönlich«, sagte sie. »Willkommen in meinem Haus, Lord John.«

Er lächelte amüsiert: »Madam, Sie erhöhen meinen Rang unnötig, aber ich danke Ihnen, daß Sie mich gleich erkannt haben. Sie werden erraten haben, daß ich gekommen bin, um Ihren Mieter, Mr. Bailey, zu besuchen und mich zu vergewissern, daß er genesen wird.«

Sie bat uns herein und zeigte uns, vor uns herscharwenzelnd, den Weg, wobei sie lauthals unsere Ankunft verkündete. Sozusagen über die Schulter teilte sie uns mit, sie habe Mr. Bailey in ihrem eigenen Schlafzimmer untergebracht, damit er es bequemer habe. »Für mich ist die Couch gut genug.«

»Sehr freundlich von Ihnen, Madam, wirklich.«

»Der Chirurg ist gerade bei ihm, Sir John.«

Sie blieb vor einer offenen Tür am Ende des Ganges stehen und forderte uns auf einzutreten.

Mr. Bailey saß bequem in dem großen Bett, unbekleidet bis zur Mitte, wo die Decke die Schicklichkeit wahrte. Um seinen linken Unterarm war ein großer Verband gewickelt. Und auf der linken Seite des Bettes saß auch der Chirurg: ein ziemlich junger Mann, noch keine dreißig, wie ich schätzte. Beide lächelten, als hätten sie gerade einen Scherz gemacht.

»Treten Sie ein, treten Sie ein, Sir John, und machen Sie Bekanntschaft mit meinem Chirurgen, Mr. Donnelly. Er ist der Vetter der Dame, die Ihnen die Tür geöffnet hat, Mrs. Plunkett.« Dann, als wolle er sichergehen, daß wir begriffen, alles habe seine Ordnung, fügte Mr. Bailey hinzu: »Witwe.«

Mr. Donnelly sprang vom Bett auf, schüttelte Sir John energisch die Hand und erklärte, es sei ihm eine Ehre, ihn kennenzulernen. Sir John stellte mich Mr. Donnelly und Mrs. Plunkett, die ebenfalls ins Zimmer getreten war, als »meinen jungen Schützling Jeremy Proctor« vor. Das machte mir Mut.

Darauf folgte ein Bericht von Mr. Donnelly über Mr. Baileys Wunde, die nicht oberflächlich sei – immerhin hatte er sie noch in der Nacht genäht –, aber auch nicht tief. »Was ihn gerettet hat, war seine Muskulatur, verstehen Sie«, erläuterte Donnelly, »die beträchtlich ist. An diesen Armen ist so viel Fleisch, daß der Knochen gut geschützt war.«

»Und die Nerven?«

»Um dazu etwas zu sagen, ist es noch zu früh. Seine linke Hand ist momentan etwas behindert, aber das war zu erwarten. Ich glaube nicht, daß der Schnitt tief genug war, um diesbezüglich viel Schaden anzurichten.«

»Oh, es geht mir gut, Sir John«, erklärte Mr. Bailey. »Einen Tag noch, dann bin ich wieder bei der Arbeit.«

»Ein bißchen länger könnte es schon dauern«, sagte Mr. Donnelly mit einem schiefen Lächeln. »Wir müssen auf Fieber und Wundinfektion achten. Ich werde täglich vorbeikommen.«

Dann begann er, die Gerätschaften seines Gewerbes einzusammeln und in seine Tasche zu packen.

»Falls Sie Zeit haben, Mr. Donnelly«, sagte Sir John, »wäre ich Ihnen verbunden, wenn Sie einen Augenblick warten könnten, während ich mit Mr. Bailey spreche. Unser Zusammentreffen hier könnte sich für mich als günstiger Zufall erweisen. Ich würde Ihnen gern eine ganz andere Angelegenheit vortragen.«

»Aber gewiß doch, Sir.« Er wandte sich an Mrs. Plunkett. »Vielleicht darf ich dich um eine Tasse Tee bitten, liebe Cousine?«

Und so gingen Vetter und Cousine in die Küche, während ich mich nach einem Stuhl für Sir John umsah. Ich fand einen, über dessen Lehne Männer- und Frauenkleider hingen. Ich legte sie auf eine Ecke des Bettes. Mir kam der Gedanke, daß dies vielleicht nicht Mr. Baileys erster Besuch in Mrs. Plunketts Schlafzimmer war und daß sie ihn möglicherweise nicht nur zu *seiner* Bequemlichkeit gastlich aufgenommen hatte.

Wie auch immer, Sir John setzte sich auf den Stuhl dicht bei seinem Chefkonstabler und fragte nach der Geschichte seiner Verwundung. »Der Bösewicht, der das getan hat, wird heute nachmittag vor mir erscheinen. Natürlich wird das Opfer des Raubs auch anwesend sein, aber ich muß Sie als den inhaftierenden Beamten unter Eid vernehmen. Erzählen Sie mir also, wer Sie wann und wo angegriffen hat, und Ihre Aussage wird bei meiner Gerichtsverhandlung als Zeugenaussage gelten.«

Und so erstattete Mr. Bailey, von Sir John, der Einzelheiten verlangte, häufig unterbrochen, Bericht über den Raub, die Verfolgung und die Festnahme. Es war kurz nach Mitternacht in der St. Martin's Lane, nicht weit von den berüchtigten Seven Dials, geschehen. Die Straße war zwar nicht menschenleer, aber auch nicht belebt. Es gab genügend dunkle, verlassene Ecken, an denen sich ein Dieb verstecken und einen Raubüberfall begehen konnte. Aus einer der Nebengassen hörte er einen Tumult, hörte jemanden weglaufen und dann den Schrei: »Raubüberfall! Haltet den Dieb, haltet ihn!«

Als der Übeltäter aus der Gasse kam, war Mr. Bailey nur zwanzig Yards entfernt. Er fügte dem Geschrei des Opfers sein »Im Namen des Gesetzes, stehenbleiben!« hinzu und hatte keine Mühe, den Dieb einzuholen. »Der Narr dachte, er könnte mich mit dem Säbel abschrecken, den er trug«, sagte Mr. Bailey. »Er schwang ihn über dem Kopf und beschrieb drohende Kreise in der Luft. Dann, als ich mich weiter näherte, behauptete er, er wisse das Ding zu benutzen, was sich als Lüge erwies. Er war bemerkenswert ungeschickt.«

»Aber was ist mit der Pistole?« unterbrach ihn Sir John. »Sie hatten sie doch aus der Bibliothek der Goodhopes mitgenommen, nicht wahr? Sicher hätten Sie den Burschen damit einschüchtern können, auch wenn sie nicht geladen war.«

»Das wäre möglich gewesen, Sir, aber ich war zuvor in der Bow Street vorbeigegangen und hatte sie dort gelassen. Ich trug zu meinem Schutz nur das Übliche bei mir.«

Mr. Bailey hatte also einen Eichenknüppel bei sich gehabt, der zwar sonst gegen einen Säbel nichts auszurichten vermochte, sich in diesem Fall jedoch als ausreichend erwiesen hatte. »Er kam auf mich zu und machte einen Ausfall«, fuhr er fort, »und ich sprang zur Seite und versetzte ihm einen ordentlichen Schlag auf die linke Schulter. Das reizte ihn so, daß er vorsprang und auf meinen Hals einhackte. Ich wich zurück, aber nicht weit genug, denn er traf mit dem Säbel meinen Unterarm. Dabei verlor er das Gleichgewicht, und ich brauchte nur einen Schritt vorzutreten, um ihm einen weiteren kräftigen Hieb auf den Kopf zu versetzen. Nach dem nächsten Schlag lag er auf der Straße.«

Das Opfer des Raubes, das Mr. Bailey dankbar und seiner Wunde wegen besorgt war, hatte es bewerkstelligt, von den Seven Dials aus eine Droschke zu holen. Alle drei, der verhaftende Beamte, der Verbrecher und das Opfer hatten sich daraufhin gemeinsam in die Bow Street begeben. Als der Übeltäter zu sich kam, hatte er sich in der Droschke wiedergefunden, die Spitze seines eigenen Säbels auf seinen Bauch gerichtet.

»Wie heißt er?« fragte Sir John.

»Dick Dillon oder so ähnlich, vielleicht Davey; es steht in meinem Bericht. Ein großer Kerl, aber ziemlich unbeholfen.«

»Und der gestohlene Betrag?«

»Etwas über zwanzig Guineas. Das Opfer, Hawkins mit Namen, hatte sie Dillon und anderen beim Spiel abgenommen und war töricht genug anzunehmen, sie würden ihn damit heimgehen lassen. Jetzt will er natürlich seine Börse wiederhaben.«

»Natürlich.« Sir John erhob sich und dankte ihm. »Was Sie mir gesagt haben, ist in der Tat ausreichend. Ich werde Sie wieder besuchen, vielleicht schon morgen. Jetzt bitte ich sie, mich zu entschuldigen, Mr. Bailey, denn ich habe mit Ihrem Chirurgen noch etwas zu besprechen.«

»Ein guter Mann, Sir John. Er legt feine Nähte. Fünf Jahre lang war er Schiffsarzt.«

»Bei der Navy?«

»Ja. Gerade ist er aus dem Dienst Seiner Majestät ausgeschieden.«

Gabriel Donnelly stammte aus Dublin und war der Sohn eines erfolgreichen Ladeninhabers, der im Hinblick auf seinen Sohn großen Ehrgeiz hegte. Der Arztberuf, zu dem der Vater ihn bestimmte, war den katholischen Iren damals wie heute buchstäblich verschlossen, es sei denn, sie gingen bei einem niedergelassenen katholischen Arzt in die Lehre. Da er keinen solchen Platz für ihn finden konnte und auf nichts Geringeres hoffte als auf eine Universitätsausbildung, kratzte der Ladenbesitzer seine Ersparnisse zusammen; so brachte er genügend Mittel auf, um seinen Sohn zur Ausbildung ins Ausland zu schicken. Wegen des Krieges kam Frankreich nicht in Frage, also sandte man ihn nach Wien. Es war eine lange und schwere Zeit für Gabriel, fern von daheim und der Sprache nicht mächtig, aber er absolvierte seine Studien mit Erfolg. Als er fertig war, mußte er erkennen, daß die einzige Anstellung, die ihm offenstand, die eines Schiffsarztes war. Die Royal Navy war bereit, über seine Religion hinwegzusehen, so groß war in den letzten beiden Jahren des Krieges gegen Frankreich der Bedarf an qualifizierten Chirurgen. Nun hatte er seine Dienstzeit absolviert, war nach London gekommen und hatte seine Ersparnisse eingesetzt, um eine chirurgische Praxis in der Nähe von Covent Garden zu eröffnen.

»Aber warum gerade in London?« fragte Sir John, als wir zusammen in die St. James Street fuhren.

Mr. Donnelly antwortete: »Die Stadt ist so groß, Sir. Ich dachte, sie würde in solchen Dingen weniger provinziell sein als meine Heimatstadt, und ein Mann meines Glaubens hätte hier eine bessere Chance.«

»Eine vergebliche Hoffnung, fürchte ich.«

»Es gibt viele Iren hier in London.«

»Ja, die gibt es in der Tat. Ein paar erscheinen jede Woche vor mir im Gericht in der Bow Street.«

Darauf wußte Mr. Donnelly nichts zu antworten. Er lehnte sich auf dem Sitz in der Droschke zurück und zuckte nur mit den Schultern, ausdrucksvoll wie ein Franzose oder Italiener.

Er hatte Sir John seine Geschichte erzählt, während wir in die St. James Street, zum Wohnsitz des verstorbenen Lord Goodhope, unterwegs waren. Nachdem ihm Sir John gesagt hatte, er benötige einen Chirurgen, und ihm etwas von seinem Verdacht erzählt hatte, hatte er zugestimmt, uns zu begleiten.

»Vielleicht hätten Sie in der Navy bleiben sollen«, meinte Sir John.

»Dort gab es für mich keine Zukunft.«

Sir John dachte darüber nach. »Vermutlich nicht«, räumte er ein. »Und ein Mann mit Ihrem Diplom verdient eigentlich auch einen besseren Posten als den eines Schiffschirurgen. Jedenfalls, Mr. Donnelly, werden Sie für die Behandlung von Mr. Bailey bezahlt werden.«

»Aber meine Cousine hat mich gerufen. Ich habe den Eindruck, daß Sie und Mr. Bailey gute Freunde sind.« Kein Lächeln zeigte sich auf seinen Zügen. Er akzeptierte die Situation, wie immer sie sein mochte.

»Seien Sie versichert«, antwortete Sir John, »daß das Gericht über ausreichende Mittel verfügt, für die Wiederherstellung seiner Konstabler zu bezahlen. Und übrigens auch für die Zeit, die Sie für die Untersuchung aufwenden, zu welcher wir uns jetzt in aller Eile begeben.«

»Nun, Sir John, ich werde nicht so tun, als seien mir die Gebühren, wie gering auch immer, nicht willkommen. Meine Tätigkeit als Chirurg hat bisher nicht viele Patienten angezogen.«

»Ich schätze mich glücklich, Ihnen begegnet zu sein.«

Die Kutsche hielt vor dem Wohnsitz der Goodhopes.

»Ah, da sind wir schon«, sagte Sir John. »Gleich können Sie Ihre Fähigkeiten unter Beweis stellen.«

»Ich vertraue darauf, daß ich das zu Ihrer Zufriedenheit tun werde.«

Wir wurden ohne Schwierigkeiten eingelassen. Potter sagte nichts, sondern öffnete uns einfach die Türen. Ich, der ich als letzter eintrat, bemerkte einen feindseligen Ausdruck in den Augen des Butlers. Doch der verschwand, als Lady Goodhope erschien, uns zu begrüßen. Sie war bereits angekleidet und trug, wie es angemessen war, Schwarz. Sir John stellte ihr Mr. Donnelly vor und teilte ihr mit, dieser müsse als Chirurg den Leichnam ihres Gatten untersuchen. Sie zögerte einen Augenblick, doch dann willigte sie ein und wies Potter an, den Chirurgen in den Keller zu führen. Mr. Donnelly verbeugte sich, dankte ihr und ging, um seine Arbeit zu erledigen; er ließ uns mit Lady Goodhope allein.

»Ich hoffe, dann ist Ihre Untersuchung abgeschlossen«, sagte sie, ein wenig verärgert.

»Lady Goodhope?« Sir John wandte sich ihr irritiert zu.

»Ich erwarte, daß ich nach Abschluß dieser Untersuchung Lord Goodhopes Tod bekanntgeben und seine Beisetzung vorbereiten darf. Ist das richtig?«

»Das können Sie tun, wann immer Sie wünschen«, sagte er. »Doch sagen Sie mir, was Sie als Ursache seines Todes anzugeben gedenken? Feigen Mord? Tötung?«

»Würden Sie es wagen, das bekanntzugeben? Warum sollte ich erwähnen, wie er starb?«

»Das ist üblich, und es wird sich bald herumsprechen. Die Dienstboten werden reden, wenn sie es nicht bereits getan haben.«

»Oh!« rief sie aus, ballte die Hände zu Fäusten und stampfte enttäuscht mit dem Fuß auf. Dann sagte sie: »Ich möchte es nur hinter mich bringen und nach Grandhill zurückfahren.«

»Grandhill, Lady Goodhope?«

»Unser Wohnsitz in Lancashire. Das ist *mein* Zuhause. Ich habe einen Sohn großzuziehen. Er ist erst acht Jahre alt und wird der nächste Lord Goodhope, wenn er die Volljährigkeit erreicht.«

»Ich vermute, daß Sie dieses Bedürfnis haben«, sagte Sir John, »aber gerade wenn man an den Jungen denkt, ist hier noch vieles zu klären.«

»Was meinen Sie?«

»Haben Sie meinen Rat befolgt und Lord Goodhopes Konten überprüft?«

»Nein, aber Sie drängten mich, das zu tun, als Sie noch überzeugt waren, es handele sich um Selbstmord.«

»Es wäre unter allen Umständen ein notwendiger Schritt. Wer war der Bankier Ihres Gatten? Sein Anwalt?«

»Ich habe keine Ahnung. Ich bin sicher, das läßt sich aus den Papieren in seinem Schreibtisch ersehen.«

»Sie haben noch nicht nachgeschaut?«

»Nein.« Ihre Stimme verriet sowohl Zorn als auch Resignation.

Sir John seufzte, trat einen Schritt auf sie zu und sagte mit leiser Stimme, beinahe im Flüsterton: »Wenn es kein Selbstmord war, wurde er ermordet. Sind wir uns darüber einig?«

»Vermutlich. Ja.«

»Wer könnte den Wunsch gehegt haben, Ihren Gatten zu töten, Lady Goodhope?«

»Mein Mann hatte politische Feinde, nehme ich an. Er war im Parlament aktiv und bei Hofe bekannt.«

»Gewiß. Ich kann mich erkundigen.«

»Und zweifellos gab es viele, die auch aus anderen Gründen glücklich gewesen wären, ihn tot zu sehen.«

»Und wer sollte das sein?«

Einen Augenblick schwieg sie. Doch dann hob sie den Blick und schaute mich zum ersten Mal direkt an. Endlich hatte sie mich bemerkt. »Wer *ist* der *Junge,* der immer an Ihrer Seite ist, Sir John?«

»Jeremy Proctor, Ma'am«, sagte ich mit einer Verbeugung, ehe Sir John antworten konnte.

»Das erklärt, wer er ist«, sagte Sir John. »Sollten Sie fragen, *was* er ist – nun, wir können ihn als meinen Gehilfen bezeichnen.«

Das gefiel mir noch besser als »mein Schützling«.

»Nun«, sagte sie, »schicken Sie ihn für ein Weilchen hinaus, und wir werden in meinem Wohnzimmer darüber reden, um wen es sich handelt.«

Er nickte und willigte ein, vielleicht ein bißchen widerstrebend. Dann sagte er: »Jeremy, geh in die Bibliothek und bereite alles für mich vor. Ich werde dort gleich die Dienstboten vernehmen.«

Ich schmollte ein wenig, weil man mich wie ein Kind weggeschickt hatte (das ich damals natürlich war), obwohl ich Sir John wegen seiner Handhabung der Angelegenheit keinen Vorwurf machen konnte. Außerdem war es geradezu himmlisch, von ihm als sein »Gehilfe« bezeichnet worden zu sein. Wenn er mich so genannt hatte, dann wollte ich genau das auch sein. Ich war entschlossen, alles zu tun, was man mir auftrug, und so machte ich mich daran, den Raum so herzurichten, wie er es verlangt hatte: Zwei Stühle sollten einander in der Mitte des Raumes gegenüberstehen, der bequemere war für ihn bestimmt. Und ich wollte noch mehr tun: Ich wollte ihm sehen helfen. Wenn das, was ich eher beiläufig bezüglich der Hände des Toten beobachtet hatte, sich für Sir John als so wichtig erwiesen hatte, dann würde ich ein wachsames Auge auf alle Widersprüche und Einzelheiten haben, die er möglicherweise als bedeutend betrachtete.

Sein Gespräch mit Lady Goodhope dauerte nicht lange, und

als er die Bibliothek betrat, hatte er Ebenezer Tepper im Schlepptau. Er forderte den jungen Lakaien auf, sich zu setzen, nahm mich beiseite und sagte mit so leiser Stimme, daß der Verhörkandidat nichts verstehen konnte: »Jeremy, ich möchte, daß du dir diesen Raum gründlich ansiehst und nach Plätzen Ausschau hältst, an denen sich ein ausgewachsener Mann verstecken könnte: ein Alkoven, ein Wandschrank oder auch eine Truhe. Denn gegenwärtig kann ich diese seltsame Abfolge von Ereignissen nur so deuten, daß derjenige, der die Pistole in Lord Goodhopes Gesicht abgefeuert hat, sich anschließend versteckte, bis die einzige Tür gewaltsam geöffnet wurde; daß er dann wartete, bis endlich niemand mehr im Raum war, und sich anschließend heimlich durch die einzige Tür, die es hier gibt, davonmachte.«

Ich nickte und flüsterte eifrig: »Ja, genauso könnte es gewesen sein!«

»Aber dann«, sagte er mehr zu sich selbst als zu mir, »stehen wir vor einem anderen Problem.«

»Und welches wäre das, Sir John?«

»Wie gelangte unser Mann überhaupt in den Raum?«

Er wandte sich ab und schüttelte zweifelnd den Kopf, während ich ihn zu dem Stuhl geleitete, den ich für ihn bereitgestellt hatte.

Er sagte zu dem jungen Mann, der ihm direkt gegenübersaß: »Wenn ich mich recht erinnere, heißen Sie Ebenezer Tepper.«

»Jawohl, Sir«, sagte Ebenezer mit einem nüchternen Nicken.

Sir John beugte sich plötzlich sehr interessiert vor. »Sie stammen doch aus Lancashire, nicht wahr?« fragte er.

»Jawohl, Sir, so ist es.«

»Tibble Valley?«

Ebenezer lächelte breit, erfreut, so genau erkannt worden zu sein. »Jawohl, Sir.«

»Nun«, sagte Sir John, »das ist interessant. Sagen Sie mir, Ebenezer, wenn Sie an die Ereignisse der letzten Nacht denken, an was erinnern Sie sich?«

»Ja. Die Lady rief mich gegen sieben herein...«

Ich kann seinen Dialekt nicht wiedergeben. Dazu besitze ich weder die Fertigkeit noch das Gedächtnis, und Sie, Leser, könnten dem sicherlich auch nichts abgewinnen. Gewiß haben Sie mitbekommen, daß ich wenig von dem verstand, was Ebenezer Sir John mitteilte. Ich konnte kaum glauben, daß der Bursche englisch redete, aber er wurde verstanden. Der Richter nickte weise und stellte ihm in angemessenen Abständen Fragen in anständigem Englisch. Er schien mit dem Lakaien genausowenig Schwierigkeiten zu haben wie zuvor mit Mr. Bailey, auch wenn er sich nun viel besser zu amüsieren schien.

Vielleicht war es ganz gut, daß ich es aufgab, das Gespräch zu belauschen, denn so konnte ich mich an die Aufgabe machen, die Sir John mir zugewiesen hatte. Ich tat, wie er gesagt hatte, untersuchte jeden Fußbreit der Bibliothek und hielt Ausschau nach Verstecken jeder Art. Zugunsten des verstorbenen Lord Goodhope muß gesagt werden, daß es sich um eine echte Bibliothek handelte. In den Regalen standen Bücher jeder Art, von denen einige mich bei meinem Rundgang aufhielten. Es gab tatsächlich so etwas wie Alkoven, nämlich da, wo die Regale von Fenstern unterbrochen waren, doch keiner schien groß genug, daß ein Mann sich darin hätte verbergen können. Die dicken Vorhänge, die vielleicht zugezogen gewesen waren, hingen dicht vor den Fenstern. Was von diesen Nischen von der Tür aus nicht zu sehen war, hatte man an dem Schreibtisch, an dem Lord Goodhopes Leichnam aufgefunden worden war, im Blick. Es war unwahrscheinlich, daß diese Nischen einem Mörder als Versteck gedient hatten.

Meine Durchsuchung war allerdings so gründlich (und, ich gestehe es, so häufig von den verlockenderen Büchern in den Regalen unterbrochen), daß ich erst die Hälfte geschafft hatte, als Sir John Ebenezer Tepper entließ und ihn bat, Potter hereinzuschicken.

Dann rief er mir zu: »Wie kommst du mit deiner Inspektion voran, Jeremy?«

»Bislang habe ich nichts gefunden.«

»Nun, such nur weiter. Vielleicht entdeckst du doch etwas.«

»Sir John, könnte ich Sie einen Augenblick sprechen!«

Das war nicht Potter, sondern Mr. Donnelly. Er kam in den Raum marschiert und ging schnurstracks auf den Richter zu.

»So lange Sie wollen, Mr. Donnelly«, sagte Sir John und stand auf.

Ich konnte der Versuchung nicht widerstehen, mich ihnen zu nähern, um zu hören, wovon die Rede war.

Der Chirurg sagte in drängendem Ton zum Richter: »Ich habe eine Bitte, die vielleicht ein wenig ungewöhnlich erscheinen mag.«

»Und worum handelt es sich, bitte?«

»Ich würde den Leichnam von Lord Goodhope gern zu weiteren Untersuchungen in meine Praxis bringen.«

»Oh?« sagte Sir John, den dieses Ansinnen etwas zu überrumpeln schien. »Ist die Wunde so schwer zu deuten?«

»Nein, die Wunde stellt kein Problem dar. Es ist bemerkenswert, wie gut Sie die beschrieben haben. Die Schlüsse, die Sie daraus zogen, sind, glaube ich, richtig. Er hat sich diese Verletzung nicht selbst zugefügt.«

»Was dann?«

»Da ist noch etwas anderes«, sagte der Chirurg, »eine Verfärbung der Zunge, die mir überaus merkwürdig erscheint.«

»Was könnte sie bedeuten?«

»Ich zögere mit der Antwort, Sir John, solange ich den Leichnam nicht eingehender untersucht habe.«

»Und das können Sie hier nicht?«

»Das wäre, nun ja, schwierig, fürchte ich.« Der Chirurg seufzte. »Was ich vorschlage, ist das, was man in meiner Studienzeit in Wien als *Obduktion* bezeichnete.«

»Sie müssen sich schon deutlicher ausdrücken, Mr. Donnelly«, sagte Sir John leicht verzweifelt. »Ich kann ein wenig Latein, noch weniger Französisch und überhaupt kein Deutsch.«

»Ich möchte eine Autopsie vornehmen.«

»Sie meinen das im medizinischen Sinne? Sie möchten, mit anderen Worten, Lord Goodhopes Leichnam aufschneiden und sein Inneres, seine Organe untersuchen?« Er pochte mit seinem Gehstock auf den Teppich, nicht ärgerlich, wie ich zuerst dachte, sondern um seinen nächsten Worten mehr Nachdruck zu verleihen. »Es liegt *nicht* in *meiner* Macht, hier ja oder nein zu sagen. Um ehrlich zu sein, wenn es sich um die Leiche irgendeiner armen Seele handelte, die man auf dem Gehsteig bei den Seven Dials gefunden hätte, hätte ich keine Einwände dagegen, daß Sie sie aufschneiden. Aber verdammt, Sir! Lord Goodhope ist schließlich *Lord Goodhope.* Ich bin nicht allein befugt oder vielleicht überhaupt nicht befugt, Ihnen dazu die Erlaubnis zu erteilen. Das muß Lady Goodhope entscheiden, und, offen gesagt, ich bezweifle, daß sie Ihren Vorschlag günstig aufnehmen wird.«

Wieder seufzte Mr. Donnelly tief wie ein unglücklicher Liebhaber. »Nun, Sir John, lassen Sie mich ihr mein Anliegen wenigstens versuchsweise vortragen.«

»Dagegen habe ich nichts einzuwenden, und ich wünsche Ihnen viel Glück. Sie finden sie im Wohnraum gleich gegenüber der Eingangstür. Zumindest bin ich ihr dort zuletzt begegnet.«

Gabriel Donnelly wandte sich um und verließ das Zimmer. Ich erspähte Potter an der Tür, der konzentriert alles beobachtete, was vor sich ging. Er hatte das Gespräch gewiß ebenso mühelos mitgehört wie ich.

Doch da rief Sir John dem Chirurgen nach: »Mr. Donnelly, zwei Dinge würde ich ihr klarmachen, wenn ich Sie wäre.«

»Und die wären, Sir?«

»Erstens, daß Sie kein Knochenbrecher von einem Barbier und Chirurgen sind, sondern Doktor der Medizin mit einem Diplom aus Wien. Und zweitens, daß, falls sie einwilligt, die Autopsie nur zu Ermittlungszwecken durchgeführt wird und nicht vor Studenten oder Lehrlingen zu deren Ausbildung.«

Mr. Donnelly erwog das einen Augenblick und sagte dann: »Einverstanden. Danke, Sir John, für Ihren Rat.« Und damit verließ er die Bibliothek durch die noch immer offene zersplitterte Tür, wobei er den Butler Potter kaum streifte.

Der Richter setzte sich wieder auf seinen Stuhl und rief: »Sie können jetzt hereinkommen, Mr. Potter.«

»Danke, M'lord.«

»Ein schlichtes ›Sir‹ reicht aus. Würden Sie sich jetzt bitte mir gegenüber hinsetzen? Ich habe noch ein paar Fragen.«

»Gewiß, Sir.«

»Nur einige wenige. Zuallererst: Gibt es einen Plan von diesem Haus?«

»Einen Plan, Sir?«

»Ja, natürlich, den Plan... eines Architekten, einen Entwurf, sozusagen.«

»Oh, ich verstehe, Sir. Nein, Sir, keinen, von dem ich wüßte.«

»Nun, es muß einmal einen gegeben haben.«

»Ja, Sir.«

»Vielleicht existiert er noch.«

Potter dachte einen Augenblick nach. »Ja, Sir.«

»Finden Sie ihn.«

»Sir?«

»Finden Sie ihn, sage ich. Fragen Sie Lady Goodhope, obwohl ich die Vermutung wagen möchte, daß Sie von ihr nicht viel erfahren werden. Aber Sie sind der Butler, nicht wahr?«

Potter richtete sich zu ganzer Größe auf. »Das bin ich in der Tat, Sir.«

»Dann kennen Sie alle Orte, an denen solche Papiere aufbewahrt werden könnten. Gehen Sie, schauen Sie sich die Dokumente an. Finden Sie den Plan des Hauses.«

»Äh, sehr wohl, Sir.«

»Meine nächste Frage«, sagte Sir John, »betrifft das Alter des Hauses. Wann wurde es erbaut?«

»Im vorigen Jahrhundert, Sir, soweit ich weiß.«

»Sehr gut, aber *wann* im vorigen Jahrhundert?«

Potter schien verwirrt, fast verärgert angesichts dieser Fragen. Doch er antwortete gehorsam und mit angemessenem Respekt vor der Stellung des Richters: »Nun, es ist schwierig, ohne den Plan des Architekten genau zu sein, doch soviel ich weiß, wurde es zu Beginn der Regentschaft des ersten Charles errichtet.«

»Wie Sie selbst andeuteten, Potter, wird sich all das herausstellen, wenn Sie den Plan finden.«

»Äh, ja, Sir.«

»Nun eine letzte Frage. Gehört zu diesem Haus ein Garten?«

»Ja, Sir, ein ganz reizender. Lady Goodhope achtet besonders darauf.«

»Gewiß«, sagte Sir John. »Gewiß. Und nun, Mr. Potter, führen Sie bitte Master Proctor in den Garten, damit er ihn sich ansehen kann, und seien Sie so freundlich, ihm alle Fragen zu beantworten, die er möglicherweise hat.«

»*Master* Proctor?« Der Butler sah sich im Zimmer um, als sei ich nicht anwesend.

»Ganz recht. *Master* Proctor. Wenn Sie jetzt so freundlich wären, an der Tür zu warten, ich habe ihm noch etwas zu sagen.«

Ich unterbrach die Untersuchung der Bibliothek, die, um die Wahrheit zu sagen, nicht viel weiter gediehen war, seit Ebenezer Tepper den Raum verlassen hatte, und trat an Sir Johns Seite. Potter ging, wie man es ihm befohlen hatte, zur Tür und blieb schmollend dort stehen.

Sir John streckte die Hand aus, faßte meinen Arm und zog mich dicht zu sich heran. »Jeremy«, flüsterte er, »du mußt dir diesen Raum von *draußen* ansehen. Achte auf verdächtige Verdickungen in den Mauern. Frag ihn, was du willst, aber versuche, nicht deutlich werden zu lassen, wonach du eigentlich Ausschau hältst. Und halte dich nicht zu lange dabei auf. Ich muß zurück, um die heutige Gerichtssitzung vorzubereiten. Verstanden?«

»Verstanden, Sir John.«

»Sehr gut, ich werde auf dich warten, vermutlich in der Halle vor der Eingangstür.«

»Ich werde nicht lange brauchen.«

Damit entließ er mich, und ich folgte Potter durch eine Tür unter der Treppe, gleich neben der, durch die wir am Vorabend in die im Keller gelegene Küche gelangt waren. Drei Stufen führten zu einer weiteren Tür ins Freie. Potter zog demonstrativ einen Schlüssel aus der Tasche, keinen ganzen Schlüsselring, sondern einen einzelnen Schlüssel, und sperrte die Außentür auf.

»War diese Tür letzte Nacht verschlossen?« fragte ich und ließ meine jugendliche Stimme so tief wie möglich klingen.

»Natürlich war sie das, *Junge!«* antwortete Potter grob. Kein Zweifel, es gefiel ihm nicht, einen Dreizehnjährigen umherführen zu müssen.

Doch er hatte die reine Wahrheit gesagt, als er den Garten als reizend bezeichnete. Auf der gesamten Fläche blühten üppig die verschiedensten Blumen. Die Anlage wirkte ursprünglich, natürlich, denn die Blumen waren nicht in Reihen oder Gruppen angepflanzt, sondern wuchsen fröhlich bunt durcheinander, Farben und Sorten mischten sich zu einer Fülle, wie ich sie noch nie gesehen hatte. Ein Weg führte zwischen ihnen hindurch. Potter trat beiseite und ließ mich nach Herzenslust schauen. Ich ging den Weg entlang, bis ich vor einer hohen Ligusterhecke stand. Potter folgte mir. Es gab dort ein Tor, das ich zu öffnen versuchte. Es war verschlossen.

»Und wohin führt dieses Tor?« fragte ich, meine ernste Haltung wahrend.

»Zu einem schmalen Durchgang zwischen den Häusern«, sagte er schnippisch wie eine zuschnappende Schildkröte.

»War es gestern nacht verschlossen?«

»Natürlich!«

»Haben Sie den Schlüssel?«

»Nein, den habe ich *nicht!«*

»Würden Sie ihn dann bitte holen, Mr. Potter?« Ich war selbst überrascht von meiner Kaltblütigkeit unter diesen Umständen. Potter seinerseits war schockiert angesichts meiner Bitte. Ich sah ihm an, daß er den Impuls verspürte, mich wegen meiner Anmaßung zu schlagen oder sich wenigstens zu weigern. Doch am Ende überlegte er es sich anders, zweifellos, weil ihm einfiel, daß ich mich als kein Geringerer denn als Sir John Fieldings Gehilfe in diesem Garten befand.

Es blieb ihm also nichts anderes übrig, als zum Haus zurückzugehen; über die Schulter rief er mir zu, er werde gleich wiederkommen.

Mehr als diese kurze Zeitspanne brauchte ich nicht, um die Inspektion vorzunehmen, mit der ich beauftragt war. Ich rannte zum Haus und spähte rechts um die Ecke, hielt Ausschau nach irgendeiner Erweiterung oder Verdickung der Mauern, nach irgend etwas Auffälligem.

Aber nein, da war nichts.

Dann ging ich an den Bibliotheksfenstern auf der Rückseite des Hauses entlang und blickte abwechselnd nach oben und nach unten. Es waren zwei Fenster, getrennt durch den Schornstein, der zum Kamin in der Bibliothek direkt hinter dem Schreibtisch gehörte, an dem ich die Leiche von Lord Goodhope zum ersten Mal gesehen hatte. Alles sah genauso aus, wie ich vermutet hatte, als ich den Raum sorgfältig von innen untersuchte.

Oder doch nicht?

Ich ging erneut den Gartenweg entlang und ließ dabei die Rückfront der Bibliothek nicht aus den Augen. Irgendwie hatte ich das Gefühl, da sei etwas zu sehen – wenn ich nur in der Lage wäre, es zu erkennen.

Wir saßen bereits wieder in der Droschke, Sir John und ich, als er danach fragte, was ich von außerhalb des Hauses gesehen oder nicht gesehen hätte. Er schien noch immer ein wenig verstört von der Mitteilung, die Mr. Donnelly ihm gemacht hatte.

Als ich ihn in der Halle wiedergetroffen hatte, war er in ein lebhaftes Gespräch mit dem Chirurgen vertieft gewesen. Sie hatten die Einzelheiten des Transports von Lord Goodhopes Leichnam erörtert. Mr. Donnelly hatte Sir John versichert, er brauche sich um die Details der Überführung nicht zu kümmern, das werde er selbst übernehmen.

»Sie allein, Sir?« hatte Sir John gefragt.

»Ich und einige Bedienstete«, hatte Mr. Donnelly geantwortet. »Heute morgen ist ein schlichter Sarg eingetroffen. Ein Rollwagen wird noch besorgt.«

»Dann haben Sie also bekommen, was Sie wollten. Ich gratuliere Ihnen, wenn ich auch gestehe, daß ich überrascht bin.«

»Sie war sehr liebenswürdig.«

»Und Sie waren offenbar sehr überzeugend.« Dann hatte er den Kopf in meine Richtung geneigt. »Jeremy? Bist du das, der da gerade gekommen ist?«

»Ja, Sir John.«

»Dann wollen wir uns auf den Weg zur Bow Street machen.«

So hatten wir unsere kurze Fahrt schweigend angetreten. Hätte nicht das schwarze Band seine Augen bedeckt und der Dreispitz seine Stirn verborgen, so wäre ich sicher gewesen, daß er die Stirn runzelte. Doch unter den gegebenen Umständen konnte ich das nur mutmaßen.

Wir waren schon viele Straßen von St. James entfernt, als er endlich sprach: »Also, Jeremy, sag mir, ob du vom Garten aus irgend etwas entdeckt hast.«

»Ich bin nicht sicher, Sir John«, antwortete ich offen.

»Nicht sicher? Komm, mein Junge, du hast scharfe Augen. Das hast du bereits bewiesen.«

»Aber ich habe nichts gesehen, was mir Gewißheit gäbe.«

»In dieser Phase«, sagte Sir John, »brauchst du keine Gewißheit, du mußt nur argwöhnisch sein. Was hat dich denn nun argwöhnisch gemacht?«

»Der Kaminabzug«, sagte ich. »Er hat eine eigenartige Form.«

»Der Kaminabzug? Hmm, das ist eine Möglichkeit. Wie ich mich aus deiner und Mr. Baileys sorgfältiger Beschreibung des Raumes gestern abend erinnere, befindet sich der Kamin, zu dem der Abzug gehört, direkt hinter dem Schreibtisch, an dem Lord Goodhope gefunden wurde. Ist das richtig?«

»Ja, Sir, richtig.«

»Wie sah er von außen aus? Auffällig tief? Etwas zu geräumig?«

»Nicht direkt. Er ist ausgebaut, ja, aber nach beiden Seiten. Er ist so angelegt, daß er unter den beiden Fenstern entlang verläuft.«

»Interessant. Das sollten wir morgen näher untersuchen.« Ich dachte, mehr werde er nicht sagen, aber dann raffte er sich auf und fragte nach dem Garten.

»Oh, sehr schön, Sir.«

»Komm schon, Jeremy, das kannst du besser. Beschreib ihn mir.«

Da hatte er natürlich recht. Ich hatte mich nicht geschickter angestellt als Mr. Bailey am Abend zuvor, als er aufgefordert worden war, das Haus zu beschreiben. Also dachte ich einen Augenblick nach, rief mir noch einmal das Bild des Gartens vor Augen und berichtete einfach, was ich sah.

»Er ist«, sagte ich, »etwa halb so tief wie das Haus, allerdings zu beiden Seiten breiter und von Holzzäunen eingegrenzt.«

Sir John nickte, forderte mich aber mit einer Handbewegung auf, fortzufahren.

»Es führt ein Weg mitten hindurch, an dem Blumen und kleine Bäume stehen. Es gibt zwei Bänke.«

»Und wohin führt der Weg?«

»Zu einem Tor in einer Ligusterhecke. Die Hecke ist etwa sechs Fuß hoch.«

»Und auf der anderen Seite des Tores?«

»Ein schmaler Durchgang. Potter schien etwas unwillig, das Tor zu öffnen; vielleicht lag das aber auch nur daran, daß er den Schlüssel nicht bei sich hatte. Ich bat ihn, ihn zu holen.«

»Das hast du getan?« Darüber lachte Sir John herzlich. »Das muß ihn in düstere Stimmung versetzt haben, was?«

Ich erinnerte mich an den glühenden Wunsch, mir diese Bitte zu verweigern, der so deutlich auf Potters Gesicht gestanden hatte, und stimmte in das Lachen ein. »Ja, das hat es wahrhaftig!« rief ich.

»Guter Junge. Aber sag mir, was für eine Art Durchgang ist das?«

»Nun, er führt bis zur Straße und ist möglicherweise breit genug für die Kutsche und Pferde, vielleicht aber auch nicht. Potter sagte, dort werde Unrat und Müll aller Art ausgekippt. Der Boden ist nicht gepflegt, und es riecht übel dort.«

»Hinter dem Haus gibt es keine kleineren Baulichkeiten?«

»Nein, Sir, keine.«

»Dann muß das gesamte Personal unterhalb der Treppe untergebracht sein. Nicht allzu komfortabel, darf man wohl sagen. Aber...« Hier brach er ab und wandte sich der Straße zu. »Ja, jetzt sind wir in Covent Garden. Es ist Zeit, daß ich meine offizielle Miene aufsetze.«

Ich schaute aus dem Fenster der Droschke und erkannte staunend, daß er recht hatte. Ich hatte gar nicht bemerkt, daß wir der Bow Street so nahe waren.

Als der Kutscher die Fahrt verlangsamte und das Pferd vor dem Gericht zum Stehen brachte, konnte ich die Frage nicht länger zurückhalten: »Sir John, woran konnten Sie erkennen, wo wir waren?«

»Jeremy«, erklärte er, »wenn ich unterwegs bin, mache ich einfach Gebrauch von meinen übrigen vier Sinnen. Ihr, die ihr sehen könnt, vernachlässigt alles übrige. Ich lasse meine Nase und meine Ohren arbeiten. Ich habe das Grün und den Erdgeruch der Gemüsestände gerochen und gehört, wie die Händler ihre Waren ausriefen. Du kannst mich beim Wort nehmen, Junge, es gibt keinen Ort in London, der wie Covent Garden klingt und riecht.«

Das hatte er wahrhaftig soeben demonstriert.

Nachdem der Droschkenkutscher bezahlt war, gingen wir getrennte Wege, er in seinen Gerichtssaal, und ich, ach je, zu Mrs. Gredge. Doch seine letzten Worte an mich waren eine Art Einladung. »Wenn du deine Aufgaben zu ihrer Zufriedenheit erfüllt hast, kannst du, wenn du möchtest, in meinen Gerichtssaal kommen und die Verhandlungen beobachten.« Erfreut nahm ich das Angebot an.

Doch da waren Treppen zu schrubben, zwei große Töpfe zu scheuern und einige Böden zu wischen. Als ich mit allem, was man mir aufgetragen hatte, fertig war, lockte es mich natürlich, mich einfach zu Sir Johns Gerichtssaal davonzumachen. Doch ich wußte, daß das unklug gewesen wäre, und so blieb ich an meinem Platz in der Küche; ich wagte nicht einmal, mich an den Tisch zu setzen, sondern beschäftigte mich damit, etwas Ordnung in das Chaos von Messern, Gabeln und Löffeln zu bringen, das ich in einer Schublade der Kredenz vorgefunden hatte. Ich wußte, daß Mrs. Gredge erst das Ergebnis meiner Bemühungen gutheißen mußte, ehe ich förmlich entlassen war.

Sie war nicht gleich zur Stelle. Nach dem Murmeln zu urteilen, das von oben zu mir drang, hielt sie sich in Sir Johns Schlafzimmer auf und versorgte Lady Fielding. Schließlich hörte ich, wie eine Tür geöffnet und geschlossen wurde, dann Schritte auf der Treppe, und Mrs. Gredge betrat die Küche. Sie schien sehr aufgewühlt.

Sie sank auf einen der Stühle am Tisch, stützte die Wange in die Hand und nahm kaum Notiz von meiner Anwesenheit. Nachdem ich länger als eine Minute gewartet hatte, scharrte ich ein wenig mit den Füßen und hüstelte diskret.

Ganz plötzlich blickte sie zu mir auf und sagte: »Ach, Jeremy, ein rasches Ende ist das beste, worauf unsereiner hoffen kann.«

»Ist Lady Fielding denn sehr krank?« Ihr Zustand war mir nicht erläutert worden. »Wann wird es ihr wieder bessergehen?«

»Sie ist in der Tat sehr krank«, sagte Mrs. Gredge. »Und daß es ihr jemals wieder bessergehen wird, ist nicht wahrscheinlich, fürchte ich.«

Verlegen wartete ich einen Augenblick, neugierig, aber scheu, die Frage zu stellen. Dann nahm ich all meinen Mut zusammen und fragte: »Welche Art Krankheit hat sie denn?«

»Sie leidet an irgendeinem schleichenden Verfall. Die arme, gute Frau schwindet einfach dahin.« Dann, als käme sie zur Besinnung, richtete Mrs. Gredge sich kerzengerade auf und fragte streng: »Und du, hast du die Aufgaben erledigt, die ich dir zugewiesen habe, Jeremy?«

»Ja, das habe ich«, erwiderte ich. »Die Treppen, die Töpfe, die Fußböden. Ich habe sogar das Besteck in der Kredenz sortiert.«

»Schön und gut«, sagte sie mit einem Seufzer. »Das hast du zweifellos ordentlich gemacht.« Dann fügte sie mit einem Anflug ihrer sonst üblichen Heftigkeit hinzu: »Falls nicht, wirst du noch von mir hören, darauf kannst du dich verlassen.«

»Jawohl, Ma'am.«

»Du kannst nach oben gehen und lesen. Besser, du tust das am Tage, als daß du nachts Kerzen verschwendest.«

»Ja, Ma'am. Aber, nun ja, Sir John hat gesagt, ich dürfe mich in seinen Gerichtssaal setzen und zuschauen.«

Sie schüttelte ein paarmal den Kopf. Ihr Gesicht spiegelte ihre Mißbilligung wider. »Dann geh hin, wenn du willst«, sagte sie, »obwohl ich mir nicht vorstellen kann, warum du den Wunsch haben solltest, Zeuge dieser Parade von menschlichem Elend und menschlichen Schändlichkeiten zu werden.«

»Nun ja«, platzte ich heraus, »weil Sir John es mir angeboten hat.«

»Ich verstehe. Dann geh nur.« Doch als ich mich der Treppe zuwandte, rief sie mir nach: »Jeremy!«

»Ja, Ma'am«, sagte ich, blieb stehen und wandte mich um.

»Er hält große Stücke auf dich. Sieh zu, daß du ihn nicht enttäuschst.«

Das versprach ich ihr. Dann ging ich die Hintertreppe hinunter.

Ein guter Teil des Nachmittags war verstrichen, als ich den Gerichtssaal betrat. Es waren nicht mehr viele Beschuldigte und Zeugen übrig, und die Menge, die ich später als Sir Johns übliches Publikum kennenlernen sollte, war auf wenige Personen zusammengeschrumpft. Es gab viele freie Plätze, und ich wählte einen, der nahe genug an der Richterbank lag, daß ich den Verfahren lauschen konnte, aber nicht so nahe, daß ich selbst Aufmerksamkeit auf mich gezogen hätte.

Sir John schien seine Gerichtsgeschäfte rasch zu erledigen. Als ich hereinkam, wurde gerade ein Gefangener abgeführt. Was er verbrochen hatte, wußte ich nicht. Es war jedoch offenkundig, daß ihm in Old Bailey der Prozeß gemacht werden würde. Ich betrachtete ihn mitfühlend, einen jungen Mann, nicht viel älter als ich selbst, denn ich wußte, es war nur Sir Johns Sinn für Gerechtigkeit zu verdanken, daß ich selbst vor zwei Tagen nicht nach Newgate geschickt worden war. Als nächstes fragte ich mich, ob dieser Mensch der berüchtigte Dillon sein mochte, der Mr. Baileys Unterarm mit einem Säbelhieb verletzt hatte. Falls er es war, so versicherte ich mir selbst, brauchte ich nicht ganz so mitfühlend zu sein.

Dann kamen zwei weniger gravierende Fälle vor den Richter: ein Streit über eine Besitzurkunde, den Sir John zugunsten des Urkundeninhabers entschied, und dann eine Beschuldigung wegen Taschendiebstahls. Der Ausgang des zweiten Falles war von einigem Interesse, weshalb ich ihn hier beschreiben möchte. Um das Vorgetragene kurz zusammenzufassen: Peg Button, ohne Beruf (in Wirklichkeit Freudenmädchen), hatte gegen elf Uhr vormittags in der Black Boy Alley einen Mann namens John Turley angehalten und ihm gewisse Vorschläge unterbreitet. Während er diese noch in Erwägung zog, spürte er eine leichte Bewegung in seiner Jackentasche und merkte, daß sie ihm ein seidenes Sacktuch entwendet hatte, das eine Guinea oder mehr wert war. Als er das feststellte, war sie aber bereits dabei, das Tuch an ihren Spießgesellen, einen Jungen von etwa zehn Jahren, weiterzugeben. Turley griff sich den Jungen und konnte ihm gerade noch den fraglichen Gegenstand entwinden, dann verschwand der Bursche um eine Ecke und lief die Straße hinunter. Die Frau jedoch, durch ihre Röcke behindert, war leicht zu fassen. Und nachdem sie gefaßt war, wurde sie auf direktem Wege vor das Gericht in der Bow Street gebracht, wo man sie des Diebstahls beschuldigte. Den Bericht lieferte Turley. Zeugen, die seine Aussagen bestätigt hätten, gab es nicht.

Sir John hörte sich die Geschichte geduldig an und fragte dann: »Was haben Sie zu dieser Anschuldigung zu sagen, Peg Button?«

»Nicht ich habe das Tuch genommen, Eure Lordschaft, sondern der Junge.«

»Kennen Sie ihn?«

»Ich sehe ihn gelegentlich.«

»Man hat geschworen, daß Sie es waren, die das seidene Sacktuch stahl, und der Junge soll es von Ihnen entgegengenommen haben. Was sagen Sie dazu?«

»Ich sage, daß der Gentleman sich geirrt hat, Sir. Ich habe gesehen, daß der Junge die Hand in die Tasche des Gentleman steckte, und versucht, ihm das Tuch zu entreißen, um es dem Gentleman zurückzugeben.«

»Logisch, das räume ich ein, ganz logisch. Aber warum wollten Sie dann weglaufen?«

»Weil er schrie, daß ich sein dreckiges Sacktuch gestohlen hätte, was nicht der Fall war, aber er schien fest davon überzeugt, das schien er.«

»Ist der fragliche Gegenstand im Besitz des Gerichts?«

»Ich habe ihn hier, Sir John«, sagte Mr. Marsden, der Gerichtsdiener.

»Ist das Tuch tatsächlich schmutzig?«

»Nun, es ist ein wenig steif von getrocknetem Schleim und Speichel.« Die noch anwesenden Zuhörer brachen in Gelächtter aus. »Es war wohl einmal weiß, aber jetzt ist es größtenteils gelb.«

»Haben Sie eine Erkältung, Mr. Turley?«

»Jawohl, Sir John.« Um seine Worte zu bekräftigen, hustete er ein- oder zweimal.

»Nun, zumindest haben wir den Eigentümer festgestellt.« Das hatte weiteres Gelächter zur Folge. Dann meinte der Richter nachdenklich: »Oder doch nicht? Mr. Marsden, würden Sie den einstmals weißen Gegenstand untersuchen und uns sagen, ob er irgendwelche besonderen Merkmale besitzt, die ihn unverwechselbar machen?«

Behutsam faltete John Marsden das Tuch auseinander und betrachtete es sorgfältig. »Zwei Initialen, Sir John, ein F. und ein A«, rief er schließlich.

»Nun, wie erklären Sie das, Mr. Turley? Wie kam das Tuch in Ihren Besitz?«

»Es war ein Geschenk, Sir John, ein Geschenk von jemandem, der mich nicht sehr gut kannte.«

»Nein, in der Tat, nicht sehr gut, nicht bei Namen jedenfalls.« Sir John schwieg eine Weile. »Offen gestanden«, sagte er schließlich, »habe ich meine Zweifel. Erstens hat der Ankläger selbst bezeugt, daß er das Tuch dem Jungen weggenommen hat, der dann entkam. Des Anklägers Version davon, wie der Junge in den Besitz des Tuches gelangt sein soll, wurde von der Beschuldigten einleuchtend bestritten. Und dann ist da noch die Frage nach dem Gegenstand selbst. Mr. Turley behauptet, er gehöre ihm, doch es gibt Gründe, diese Behauptung anzuzweifeln. Und so entlastet das Gericht Mistress Peg Button und erlegt Mr. Turley auf, ohne sein Sacktuch seiner Wege zu gehen. Das Gericht beschlagnahmt es. Wenn es einen Tag lang gekocht wird, kann man es vielleicht wieder in Gebrauch nehmen.«

Die Zuhörerschaft, die gewöhnlich auf Seiten der Beschuldigten war, spendete Beifall, als Turley sich abwandte und verärgert den Raum verließ. Mistress Button bedankte sich lautstark, doch dann forderte Sir John sie auf, noch einmal zu ihm zu kommen.

»Ja, Sir, Euer Lordschaft«, sagte sie mit breitem Lächeln.

Er beugte sich zu ihr nieder und sagte so leise, daß es nur in den ersten Reihen zu hören war: »Geh und sündige hinfort nicht mehr, Peg.«

Mit einem nüchternen Nicken zum Richter hin machte sie sich davon.

Dann folgte eine Art längerer Konferenz zwischen Sir John und Mr. Marsden, und schließlich stand der Gerichtsdiener auf und verließ kurz den Gerichtssaal. Als er zurückkam, ließ er die Tür offen und kehrte an seinen Platz vor Sir John zurück; erneut wechselten sie einige Worte. Dann richtete sich Mr. Marsden, ein eher kleiner Mann, zu voller Größe auf und brüllte: »Führt den Gefangenen vor!«

Durch die offene Tür am hinteren Ende des Gerichtssaals führten zwei Konstablers einen mit Ketten gefesselten Mann herein. Das mußte derjenige sein, der Mr. Bailey angegriffen hatte, Dick Dillon. Er war, wie man ihn beschrieben hatte, von großem Wuchs. Ob er einen unbeholfenen Gang hatte, war unmöglich zu beurteilen, denn er trug Fußeisen, mit denen sich sogar ein Tanzmeister ungeschickt bewegt hätte. Wütend sah er sich im Gerichtssaal um, wodurch er einen schlechten Eindruck auf die Zuhörerschaft machte. Die Wachen schoben ihn auf einen Platz vor der Richterbank, und er starrte den Richter herausfordernd an; dieser Blick war an den blinden Sir John allerdings verschwendet.

Francis Hawkins wurde aufgerufen und erstattete Bericht über den bewaffneten Raubüberfall, den Dillon begangen hatte. An der Stelle der Erzählung, an der Benjamin Bailey auf der Bildfläche erschien, übernahm Sir John den Fortgang. Er verkündete, er habe am Vormittag Mr. Baileys Aussage aufgenommen, und wiederholte sie aus dem Gedächtnis Wort für Wort, mit Ausnahme einiger Korrekturen von Grammatik und Diktion. Am Schluß erklärte er: »Der Gerichtsschreiber möge aufnehmen, daß dies die Zeugenaussage des verhafteten Beamten war.«

Darauf folgte ein langes, eindrucksvolles Schweigen. Endlich rief Sir John mit lauterer und tieferer Stimme als gewöhnlich: »Dick Dillon, was haben Sie zu sagen?«

»Was ich zu sagen habe?« wiederholte Dillon, als mache er sich über Sir Johns feierliche Frage lustig. »Was ich zu sagen habe, ist, daß ich deportiert werden möchte.«

»Mit anderen Worten«, sagte Sir John, »Sie ziehen es vor, nicht zu hängen?«

»Dick Dillon wird nicht hängen«, rief Dillon. »Er hat einen Handel vorgeschlagen.«

»Und was für ein Handel sollte das sein?« fragte Sir John.

»Können Sie mir versprechen, daß ich in die Kolonien deportiert werde?«

»Als lebenslänglich Gezeichneter? Als Sklave?«

»Das Risiko gehe ich ein.«

»Ich kann Ihnen nichts versprechen, Dick Dillon. Aber wenn Sie Informationen über kriminelle Angelegenheiten liefern, die zu Anklage oder Verurteilung führen, dann wird das bei Ihrem Prozeß und bei der Urteilsfindung berücksichtigt werden.«

»Ich will deportiert werden!« wiederholte Dillon.

»Und ich kann das nicht versprechen.«

»Dann rede ich mit dem falschen Mann, oder?«

»Zweifellos tun Sie das«, sagte Sir John. Dann machte er eine kurze Pause, um dem, was er sagen wollte, mehr Gewicht zu verleihen, und ergriff schließlich erneut das Wort: »Ich mache alle Anwesenden auf diesen Mann hier aufmerksam. Es gibt klare und ausreichende Beweise, um ihm unter der Anklage des Diebstahls den Prozeß zu machen. Die Zeugenaussage des Opfers und die hinterlegte Zeugenaussage des verhaftenden Beamten machen das deutlich. Wie wir jedoch alle wissen, gibt es Diebstahl und Diebstahl. Auf der einen Seite haben wir vielleicht einen zehnjährigen Jungen, der versucht, ein schmutziges Sacktuch zu stehlen; das ist natürlich verwerflich, aber nichts im Vergleich zum Verbrechen des Dick Dillon. Bei seinem Diebstahl war eine tödliche Waffe im Spiel, ein Säbel. Das Opfer, Mr. Hawkins, hatte Glück, mit dem Leben davonzukommen. Das ist nicht übertrieben, denn Chefkonstabler Baileys Aussage zufolge gab Dillon, zur Rede gestellt, klar seine Absicht zu erkennen, Mr. Bailey zu ermorden, und bei der folgenden Rauferei gelang es ihm, den Konstabler zu verwunden, ehe er überwältigt wurde. Das betrachte ich als sehr viel schwerwiegender, denn indem Dillon einen Vertreter des Gesetzes angegriffen hat, hat er das Gesetz selbst angegriffen. Das kann und darf nicht toleriert werden. Und so wird ihm der Prozeß gemacht, nicht nur wegen Diebstahls, sondern auch wegen Mordversuchs an einem Vertreter des Gesetzes, der rechtmäßig seiner Pflicht nachging. Ich glaube nicht, daß irgendein Richter oder die Geschworenen von Old Bailey diese Anschuldigungen auf die leichte Schulter nehmen oder mit Milde behandeln werden. Der Gefangene Dillon wird nach Newgate verbracht, wo er darauf zu warten hat, daß die Krone ihm den Prozeß macht.«

Sei es wegen des Inhalts seiner Worte, sei es wegen der Kraft seiner freien Rede, die Zuschauer auf der Galerie (nicht mehr als zwanzig Seelen waren noch anwesend) klatschten Sir John Fielding rundheraus Beifall. Er fand diese Kundgebung unziemlich, schlug mit der flachen Hand auf den Richtertisch und rief sie zur Ordnung.

Doch Dick Dillon sollte das letzte Wort haben. Als er den Gerichtssaal verließ, schrie er, so laut er konnte, über die Schulter. »Ich werde nicht hängen. Sie werden schon sehen!« Dann wurde er durch die Tür geschoben.

»Die Sitzung ist geschlossen«, erklärte Sir John. Er stand auf und verließ den Gerichtssaal ohne Zögern und ohne falschen Schritt; er nahm denselben Ausgang, durch den man nur wenige Augenblicke zuvor Dillon abgeführt hatte.

Als ich ebenfalls gehen wollte, hielt Mr. Marsden mich auf

und teilte mir mit, Sir John habe ihm aufgetragen, mir – falls ich erscheinen sollte – zu sagen, ich solle ihn nach der Sitzung in seinem Arbeitszimmer aufsuchen. Ich folgte also dieser Einladung, ging durch dieselbe Tür, erhaschte einen letzten Blick auf den berüchtigten Dillon und wurde, nachdem ich mich mit einem Klopfen bemerkbar gemacht hatte, hereingerufen.

Sir John saß ebenso gelöst da wie beim vorigen Mal, die Füße ohne Schuhe auf einen Stuhl gelegt, die Perücke beiseite geworfen. Er bot mir einen Platz an und fragte mich nach meiner Meinung über Dick Dillon.

»Er kam mir vor wie ein echter Schurke«, sagte ich.

»Mir auch«, antwortete er und fuhr, mehr zu sich selbst als zu mir, fort: »Ich frage mich, was er weiß, das ihn so zuversichtlich macht.«

Da ich keine Ahnung hatte, schwieg ich.

»Hast du«, fragte er, »die Unterscheidung begriffen, die ich in meiner Rede traf, als ich ihn nach Newgate schickte?«

»Zwischen seinem Diebstahl und dem Angriff auf Mr. Bailey?«

»Nein, Jeremy, ich meine die zwischen einem Taschendiebstahl und einem bewaffneten Raubüberfall. Weißt du, das Gericht macht da keinen Unterschied. Hast du den Fall gehört, der davor verhandelt wurde?«

»Ja, das habe ich, Sir John.«

»Nun, aller Wahrscheinlichkeit nach hat Peg Button dem Mann in die Tasche gegriffen und wurde ertappt, als sie das Tuch an den Jungen weitergab. Da stand einfach ihr Wort gegen seines. Hätte er den Jungen ergriffen und ebenfalls mitgebracht, dann wären, zumindest theoretisch, Mistress Button und der Junge angeklagt, verurteilt und gehängt worden.«

»Wegen eines seidenen Sacktuches?«

»Ja, im Wert von einer Guinea, wie der Eigentümer behauptete: Dieser Betrag ist in den Augen des Gesetzes hoch genug, um die Todesstrafe zu rechtfertigen.« Er schüttelte ernst und beinahe ungläubig den Kopf. »Ich bezeichne diesen Burschen, diesen Turley, als Eigentümer; wahrscheinlicher ist, daß er nur der Besitzer war. Vermutlich hat er das Tuch für ein paar Pence von einer Frau wie Peg oder einer ihrer jüngeren Kolleginnen gekauft, als er spürte, daß er eine Erkältung bekam.«

Ich war erschüttert von dem, was ich soeben gehört hatte. In dem, was diesen Leuten theoretisch gedroht hatte, sah ich meine eigene prekäre Lage von vor zwei Tagen widergespiegelt. Schließlich fragte ich Sir John: »Würden sie wirklich wegen einer so geringfügigen Sache gehängt?«

»Aller Wahrscheinlichkeit nach nicht. Kinder unter vierzehn werden nicht hingerichtet, wenn auch einige schon zum Tode verurteilt worden sind. Soweit ich weiß, ist in den Grafschaften in gewissen seltenen Fällen das Urteil auch vollstreckt worden. Wäre Mistress Button oder eine ihresgleichen gehängt worden? Auch unwahrscheinlich. Unsere Gesetze sind zwar die strengsten in der christlichen Welt, doch unsere Prozeßregeln begünstigen den Angeklagten. Jemand wie Turley müßte vor dem Gericht in Bailey wesentlich besser präpariert sein: Er müßte Zeugen für die Tat bringen, müßte beweisen, daß er Eigentümer des gestohlenen Gegenstandes war, müßte dessen Wert nachweisen und so weiter. Doch wenn sie angeklagt, für schuldig befunden und zum Tode verurteilt worden wäre, dann wäre Peg Buttons Urteil vermutlich auf Auspeitschen reduziert worden oder die Deportation zu einer der Kolonien, die sich Dillon wünscht: übrigens kein angenehmes Schicksal. In der Praxis wird nur etwa die Hälfte der Verurteilten...«

Ein Klopfen an der Tür unterbrach ihn.

Ärgerlich wandte er sich um. »Jeremy«, sagte er, »würdest du nachsehen, wer das ist? Wenn es nicht Mr. Marsden oder einer der Konstabler ist, schick ihn weg.«

Ich sprang von meinem Stuhl auf und stürzte zur Tür. Als ich sie einen Spaltbreit geöffnet hatte, erkannte ich das eifrige, erregte Gesicht von Mr. Gabriel Donnelly. Es wäre ohnehin schwierig für mich gewesen, ihm die Tür vor der Nase zuzuschlagen. In diesem Fall erwies es sich als unmöglich.

»Ich *muß* mit Sir John sprechen«, sagte er und drückte die Tür mit Gewalt auf.

»Wer ist das?« rief der Richter.

Nachdem er gegen meinen Willen eingetreten war, eilte Mr. Donnelly auf den Richter zu, beugte sich in dringlicher Haltung über den Schreibtisch und erklärte: »Ich bin's, Gabriel Donnelly, und ich bin gekommen…«

»Warum können Sie nicht warten, bis Sie in aller Form gemeldet werden?« fragte Sir John. Er hatte die Füße vom Tisch genommen und tastete nach seiner Perücke.

»Weil, verstehen Sie doch, meine Nachricht viel zu wichtig ist; nicht einmal so lange hätte ich warten können. Lassen Sie mich berichten, was ich sicher weiß. Ich habe die *Obduktion* durchgeführt; ich habe die meisten, wenn auch nicht alle Organe des Leichnams untersucht. Das Gewebe der Nieren war praktisch zerstört; die Leber war in schlechtem Zustand und hatte bemerkenswerte Läsionen. Die Magenwände waren schwer entzündet und wiesen ebenfalls Läsionen und geschwürähnliche Wunden auf. Die Speiseröhre…«

»Genug, genug! Was wollen Sie damit sagen, Mr. Donnelly?«

»Ich will damit sagen, Sir John, daß Lord Goodhope mit einem starken Ätzmittel, von dem ich eine Probe aus seinem Magen entnommen hatte, vergiftet wurde. Das und nicht die Schußwunde war die Ursache seines Todes. Ich bin mir meiner Sache sicher.«

5. KAPITEL

In welchem ich eine schockierende Geschichte zu hören bekomme und Mr. Boswell noch einmal begegne

Das gab den Dingen natürlich ein anderes Gesicht. Selbst ich sah sofort die schreckliche Diskrepanz, die sich aus Mr. Donnellys verblüffender Entdeckung ergab. Wenn Lord Goodhope vergiftet worden war, warum hatte man dann auf ihn geschossen? Wieso sollte es nötig gewesen sein, einen Mann zweimal zu töten? Oder konnte es sein, daß er das Gift selbst eingenommen hatte und dann in seinem Todeskampf von einer Kugel ins Gesicht getroffen worden war? Letzteres erschien gleich gar keinen Sinn zu ergeben. Doch was ergab unter diesen widersprüchlichen Umständen überhaupt einen Sinn?

Wenn schon durch meinen kindlichen Kopf solche Gedanken gingen, welche ernsthafteren Erwägungen mußten dann erst Sir John beschäftigen, nachdem der Chirurg seine Neuigkeit verkündet hatte? Er saß lange reglos wie ein Stein da, in sich selbst zurückgezogen, wie nur ein blinder Mann das kann. Sein Gesichtsausdruck veränderte sich nicht. Er verriet weniger Überraschung als vielmehr eine leichte Kränkung über diese zusätzliche Komplikation.

Mr. Donnelly, den das lange Schweigen ungeduldig machte, sagte recht impulsiv: »Haben Sie gehört, Sir John? Ich sagte daß er durch Gift getötet wurde.«

»Ich bin ja nicht auch noch taub«, erwiderte Sir John, griff entschlossen nach seiner Perücke und stülpte sie sich achtlos auf den Kopf. »Um genau zu sein, ich höre besser als die meisten Leute.« (Ich wußte, daß dies eine Untertreibung war.)

»Verzeihen Sie mir. Das war sowohl unnötig als auch unfreundlich.«

»Es spielt keine Rolle. Was natürlich eine Rolle spielt, ist, daß ich völlig falsche Fragen gestellt habe. So hatte ich beispielsweise der Zeit, zu der der Schuß abgefeuert wurde, einiges Gewicht beigemessen. Doch die ist jetzt kaum noch von Bedeutung, wo Sie mir sagen, daß er da bereits tot war.« Er hielt inne und fragte dann den Chirurgen sehr direkt: »Sie würden das vor Gericht beschwören?«

»Ja, das würde ich«, erwiderte dieser ohne Zögern.

»Können Sie mutmaßen, wie lange er schon tot war, als der Schuß abgefeuert wurde?«

»Nein, er hatte buchstäblich keine Nahrung im Magen. Doch nach Ihrer Beschreibung des Leichnams zu der Zeit, als Mr. Bailey ihn besichtigte, hatte die Leichenstarre noch nicht eingesetzt.« Zum ersten Mal, seit er sich an der Tür an mir vorbeigedrängt hatte, wandte sich Mr. Donnelly an mich und sagte: »Jeremy, als du den Leichnam gesehen hast, waren die Gliedmaßen noch beweglich, nicht wahr?«

»Auch der Hals?«

»Ja, das nehme ich an.«

Ich beschrieb, wie Lord Goodhopes Kopf auf ziemlich grausige Weise nach hinten gefallen war, als Mr. Bailey ihm die Perücke abnahm, um die Wunde hinter dem Ohr zu untersuchen. Dann fiel mir noch etwas ein. »Die Dienstboten hatten die Leiche in den Keller getragen. Dort lag er, flach ausgestreckt, als wir ihn das nächste Mal sahen. Also...«

»Ganz recht«, sagte Mr. Donnelly. »Keine Leichenstarre. Er kann nicht länger als vier bis höchstens sechs Stunden tot gewesen sein.«

»Eine lange Zeitspanne«, sagte Sir John und grübelte einen Augenblick still vor sich hin. »Ich verdammter Narr!« rief er plötzlich aus. »Ich war mit diesem Pistolenschuß so beschäftigt, daß ich nicht einmal festgestellt habe, *wann* er in die Bibliothek ging und in welchem Zustand er sich zu dieser Zeit befand, nichts von all dem. Bislang habe ich diese Ermittlungen hoffnungslos verpfuscht.«

»Ach«, sagte der Chirurg, »machen Sie sich keine Vorwürfe. Es war schlau eingefädelt, mit der Pistole und allem. Wer wäre darauf gekommen?«

»*Ich* hätte darauf kommen müssen«, sagte der Richter anklagend. Dann seufzte er und fuhr auf etwas konstruktivere Art fort: »Was also ist das Wenige, das wir wissen? Wenn er nichts im Magen hatte, ist es doch wohl unwahrscheinlich, daß ihm das Gift mit einer Speise eingeflößt wurde?«

»Da haben Sie ganz recht.«

»Vielleicht war es einer Flüssigkeit beigemengt: Jeremy, stand auf dem Schreibtisch eine Karaffe oder eine Flasche? Oder irgendwo sonst im Zimmer? Erinnerst du dich an etwas in der Art?«

Ich versuchte, mir ein Bild des Raumes in Erinnerung zu rufen, oder vielmehr mehrere Bilder, da Mr. Bailey und ich ihn so gründlich durchsucht hatten. »Nein«, sagte ich schließlich, »ich erinnere mich an nichts dergleichen. Aber sicher bin ich nur in bezug auf den Schreibtisch. Er war leer, es standen keinerlei Flaschen darauf.«

»Hmm. Das ist an sich schon ungewöhnlich.« Dann sagte er zu Mr. Donnelly: »Wissen wir, *welches* Gift ihn getötet hat?«

»Nein«, erwiderte der Chirurg zögernd. »Wie ich schon sagte, ich habe eine Probe der Flüssigkeit aus dem Magen genommen. Ich werde sie einem Chemiker übergeben, aber offen gesagt, sie war derartig mit Blut und Galle vermischt, daß sie möglicherweise nicht zu identifizieren sein wird. Das Gift hat jedoch solchen Schaden angerichtet, daß es sich um eine ätzende Chemikalie gehandelt haben muß, irgendeine Art von Säure: ein sehr schmerzhafter Tod.«

»Was werden Sie jetzt mit der Leiche machen?«

»Nun, ich werde sie zurückbringen, Sir. Ich habe Lady Goodhope versprochen, daß ich ihr den Leichnam ihres Gatten binnen weniger Stunden wieder überstelle, damit man ihn für die Beerdigung vorbereiten kann. Die Zersetzung hat schon begonnen, ist aber natürlich noch nicht sehr weit fortgeschritten.«

»Gut. Ich muß Sie bitten«, sagte Sir John, »darüber einen Bericht für mich zu schreiben. Erwähnen Sie alle Details, die zu hören ich zu ungeduldig war. Teilen Sie sämtliche Einzelheiten mit, die Sie anführen können, denn ich denke, daß dieses Dokument später an den Ankläger der Krone gehen wird.«

»Gewiß, das werde ich tun.«

»Was beabsichtigen Sie Lady Goodhope zu sagen?«

»Die Wahrheit. Alles andere wäre nicht nur schlicht falsch, sondern auch schwer zu halten. Sie wird es letztlich ohnehin erfahren.«

Sir John seufzte. »Sie haben natürlich recht. Aber bitten Sie sie, es für sich zu behalten. Und *wenn* Sie es ihr sagen, dann vergewissern Sie sich, daß keine Dienstboten lauschen. Der Butler ist in dieser Hinsicht besonders unangenehm. Es ist nicht nötig, daß die Sache gerade jetzt bekannt wird.«

»Ich verstehe, aber möchten *Sie* ihr das nicht *selbst* sagen? Kommen Sie nicht mit, Sir?«

»Nein, ich wollte mich eine Zeitlang meiner Frau widmen.«

»Ihrer Gattin, Sir John?« Ich fürchte, aus Mr. Donnellys Ton und Gesichtsausdruck ging deutlich hervor, daß er seine Information für wichtig genug gehalten hatte, um Sir John sofort wieder in die Ermittlungen einzubeziehen.

Dennoch war Sir Johns entschlossener Miene zu entnehmen, daß er keinerlei Absicht hegte, seine häuslichen Pläne für diesen Abend zu ändern.

Nun wandte er sich mit geradezu brutaler Direktheit an den Chirurgen: »Mr. Donnelly, ich mache Ihnen in dieser Sache keinerlei Vorwürfe, denn Sie wissen nichts über meine Privatangelegenheiten. Aber ich habe vor, Zeit mit meiner Frau zu verbringen, weil feststeht, daß ich dazu nicht mehr oft Gelegenheit habe werde. Einfach ausgedrückt, Sir, sie liegt im Sterben.«

Sofort überkamen Donnelly Selbstvorwürfe. Die Franzosen in ihrer bombastischen Art sagen *désolé,* wenn sie schlicht ausdrücken wollen, daß sie etwas bedauern oder bekümmert sind. Donnelly aber sah wirklich untröstlich aus. Sein Gesicht verzog sich derart, daß ich für einen Augenblick dachte, er werde weinen, aber das tat er nicht.

Er nickte und trat einen Schritt vom Schreibtisch zurück. »Sir, ich kann Ihnen gar nicht sagen, wie...«

Sir John wedelte mit der Hand, als wolle er eine Fliege verscheuchen. »Nicht nötig, Mr. Donnelly, nicht nötig, wir brauchen nicht weiter darüber zu reden. Sie konnten es ja nicht wissen.«

»Könnte ich helfen? Vielleicht, wenn ich sie untersuchen würde...«

»Und dazu Ihre Diplome aus Wien mitbrächten?« Sir John seufzte. »Entschuldigen Sie. Das war überflüssig. Nein, Sir, eine ganze Horde von Ärzten hat sie untersucht. Man hat Medikamente ausprobiert: Nichts hat geholfen.«

»An welcher Krankheit leidet sie, Sir John?»

»An einem Tumor, da sind sich die Ärzte einig, aber sie können sich anscheinend nicht darüber einigen, wo er sich befindet. Alle glauben jedoch, daß das Ende nahe ist, und ich selbst spüre das auch. Ich war gestern abend und heute morgen nicht bei ihr. Heute abend muß ich ihr Gesellschaft leisten.«

»Natürlich. Ich verstehe. Aber gestatten Sie mir wenigstens einen Besuch morgen früh.«

»Sie befindet sich in einem Zustand jenseits jeder Diagnose und Behandlung. Meine arme, liebe Kitty wiegt höchstens noch fünf Stones. Dabei war sie einst eine korpulente Frau.«

»Aber ich bin sicher, daß sie Schmerzen leidet. Vielleicht kann ich ihr etwas geben, um ihre Pein etwas zu lindern.«

Sir John schwieg einen Augenblick. »Selbstverständlich. Dann kommen Sie«, sagte er schließlich.

»Sie tun gut daran, im Gerichtssaal weiterzumachen«, sagte Mr. Donnelly. »Und diese Untersuchung...«

»Die zu keinem unpassenderen Zeitpunkt hätte kommen können, glauben Sie mir. Kein Wunder, daß ich sie so verpfuschte. Aber warten Sie, Sir. Ich habe zwar nicht die Absicht, Sie heute abend zu begleiten, aber ich möchte Jeremy mit Ihnen schicken. Er könnte eine größere Hilfe für uns sein, als Sie vielleicht annehmen.«

Mein junges Herz hüpfte bei der Aussicht auf diese neue Chance. »Wie denn, Sir John?« fragte ich. »Wie kann ich helfen?«

»Nun, indem du mit denen redest, die unter der Treppe wohnen. Du sollst mich nicht nachahmen und sie förmlich vernehmen. Unterhalte dich mit ihnen. Sie werden selbst Fragen haben, da kannst du sicher sein. Beantworte sie alle, ausgenommen solche, die mit dieser neuesten Erkenntnis zu tun haben, mit dem Gift. Das brauchen sie nicht zu wissen. Aber gib ihnen Informationen, damit du im Austausch auch welche bekommst. Sei mein Spion.«

»Ich werde es versuchen, Sir John.«

»Sind Sie damit zufrieden, Mr. Donnelly?«

»Ich würde mich freuen, Jeremy bei mir zu haben.«

So kam es, daß ich rittlings auf einem diskret verhüllten Sarg hinten auf einem Rollwagen saß, der von dem unverständlich redenden Ebenezer Tepper gelenkt wurde. Mr. Donnelly saß neben ihm und schien ihn auch nicht besser zu begreifen als ich. Er machte ein paar Versuche, sich mit dem Mann aus Lancashire zu unterhalten: eine Frage nach dem Weg und eine Bemerkung über die überfüllte Durchfahrtsstraße. Beides erfolgte in seiner üblichen Redeweise, bestem Englisch, das nach irischer Art etwas weich und singend klang. Ebenezer hatte keine Schwierigkeiten, ihn zu verstehen, doch seine Antworten, ziemlich lang und gewunden, stürzten den Chirurgen eindeutig in Verwirrung. Bei der zweiten warf Mr. Donnelly mir einen fragenden Blick zu. Als Antwort konnte ich nur mit den Achseln zucken. Danach versiegte ihr Gespräch.

So verbrachten wir den größten Teil der Fahrt schweigend; langsam zuckelten wir durch die Straßen, bis wir endlich, ganz in der Nähe der St. James Street, in eine schmale, ungepflasterte Gasse einbogen, die mir ziemlich vertraut vorkam. Ich brauchte einen Augenblick, um zu begreifen, daß wir von der Rückseite her zum Haus in der St. James Street gelangten und zwar auf dem engen Pfad, den ich kurz mit Potter gesehen hatte. Ebenezer bewies, was ich ein wenig angezweifelt hatte. Ich hatte den Durchgang für zu schmal gehalten, um einem so breiten Wagen Platz zu bieten. Im stillen nahm ich mir vor, die Beschreibung, die ich Sir John gegeben hatte, zu korrigieren.

Ebenezer hielt die Pferde vor dem Tor in der Ligusterhecke an. Mr. Donnelly rief mir zu, ich solle vom Wagen absteigen und das Gespann halten. Etwas widerstrebend gehorchte ich, während die beiden Männer den Sarg von der Ladefläche hoben und sich damit durch das Tor kämpften. Obwohl ich nach Londoner Maßstäben ein Landjunge war, hatte ich wenig Erfahrung mit Tieren. Bei den wenigen Gelegenheiten, da mein Vater es für nötig gehalten hatte, einen Wagen und ein Gespann zu mieten, hatte er diese ohne meine zweifelhafte Hilfe gehandhabt. Normalerweise waren wir zu Fuß gegangen wie die meisten Leute in Englands Städten und Dörfern.

So konnte ich also nur die Halfter dieser beiden riesigen Tiere festhalten und auf Ebenezers baldige Rückkehr hoffen. Eines war sanft, das andere nicht. Der Graue wurde unruhig und scharrte ungeduldig mit den Hufen, so daß die Räder des Wagens ächzten. Ich versuchte, freundlich und vernünftig mit ihm zu sprechen, aber er wollte nichts davon wissen. Ruckartig drehte er den Kopf und versuchte, mich in den Arm zu beißen.

Instinktiv sprang ich zurück, ließ die Zügel los und fiel gegen die Hecke – der Weg war so schmal. Ein dumpfer Aufprall ertönte, als meine Füße auf den Boden aufschlugen. Es war eines jener Details, denen man zunächst keine Bedeutung schenkt. Tatsächlich hatte ich in diesem Augenblick nichts anderes im Sinn, als die Zügel wieder in die Hand zu bekommen und dieses aufsässigen Grauen Herr zu werden. Die Angst machte mich kühn. Auf meine kindliche Art verfluchte ich ihn, nannte ihn einen Teufel und drohte ihm Dinge an, die auszuführen ich nicht erhoffen konnte. Harte Worte wirkten besser als freundliche. Ich klaubte die Zügel vom Boden und gab ihm einen Klaps. Als die Wagenräder zu ächzen aufhörten, wußte ich, daß ich den Sieg davongetragen hatte.

Erst da klang mir wieder das Geräusch im Ohr, mit dem meine Füße nach dem Sprung den Boden berührt hatten. Ich war mir nicht sicher, sondern hatte eher das Gefühl, es sei nicht ganz so gewesen, wie es hätte sein sollen. Ich wand mich zu dieser und jener Seite und versuchte, während ich die Pferde festhielt, einen Blick auf die Stelle zu werfen, wo meine Absätze sich in die Erde gegraben hatten. Der Boden dort sah nicht anders aus als da, wo ich jetzt stand. Aber es hatte sich hart angefühlt, ja, vielleicht ein bißchen zu hart. Probeweise hüpfte ich auf der Stelle, fand den Boden weicher und hörte keinen Aufprall. Diese eigenartige Übung verstörte jedoch die beiden Pferde, und so beschloß ich, sie nicht zu wiederholen, bis Ebenezer kam, was kurz darauf geschah. Am Ende jedoch schätzte ich nur die Entfernung von dieser Stelle bis zum Tor in der Hecke und merkte sie mir zur weiteren Untersuchung vor.

Von meiner schweren Aufgabe entbunden, ging ich durch das Tor und den Garten und betrat den Wohnsitz der Goodhopes durch die Hintertür. Dann erreichte ich über den Keller die Küche. Dort fand ich das Personal nicht, wie ich erwartet hatte, mit der Vorbereitung des Dinners beschäftigt; statt dessen saßen die Leute bei ihrer eigenen Abendmahlzeit an dem langen Tisch, auf dem am Vorabend Lord Goodhopes Leichnam gelegen hatte. Außer den beiden jungen Frauen, die ich gestern gesehen hatte, waren ein weiterer Diener, den ich als Henry kennenlernen sollte, sowie eine mir unbekannte Frau anwesend; sie war die älteste von allen, und ich vermutete zu Recht die Köchin in ihr. Wo Potter steckte, wußte ich nicht, doch ich war erleichtert, als ich seine Abwesenheit bemerkte.

Als ich eintrat, verstummte jedes Gespräch. Das war kaum überraschend, denn bei meinem letzten Besuch hatte ich mich in offizieller Eigenschaft ziemlich förmlich benommen. Doch nun näherte ich mich ihnen klugerweise ganz sanftmütig und bescheiden.

»Ich habe mich gefragt«, sagte ich zu den Versammelten, »ob ich vielleicht um eine Kleinigkeit zu essen bitten dürfte; mit einem Kanten Brot wäre ich höchst zufrieden.«

»Und wer bist du?« fragte die ältere Frau. »Von der Straße hereingekommen, was?«

»Keineswegs, Ma'am«, entgegnete ich. »Ich bin mit Mr. Donnelly, dem Chirurgen, gekommen.«

Eine der Küchenmägde, diejenige, die am Vorabend über Potters Verunsicherung gekichert hatte, flüsterte der Köchin mit ernstem Gesicht etwas ins Ohr, und deren Gesichtsausdruck wurde beträchtlich freundlicher.

»Nun«, sagte sie, »du redest wie ein Gentleman. Vielleicht sollte ich dich auch wie einen Gentleman füttern. Du kannst dasselbe essen wie wir; wir dinieren hier selbst wie Ladies und Gentlemen. Wir müssen das aufessen. Fleisch hält sich nicht ewig.« Sie hielt inne und musterte mich prüfend. »Wie wär's mit einem Kotelett?«

»Einem Kotelett von was?« fragte ich einigermaßen kühn.

»Von gutem englischen Hammel«, sagte sie.

»Gemacht!« erwiderte ich, als hätten wir einen Handel abgeschlossen.

Das hellte die Stimmung am Tisch auf. Mir wurde ein Platz freigemacht, und im Nu standen ein dickes Kotelett, etwas Bratensaft und ein Kanten Brot zum Auftunken vor mir. In der Tat ein üppiges Abendessen.

Binnen kürzester Zeit lachten und redeten meine Tischgenossen wie zuvor, doch nun richteten sich, wie Sir John vorhergesagt hatte, die meisten Fragen an mich, alle wollten mehr über das rasche und unerwartete Hinscheiden von Lord Goodhope erfahren.

»Er starb also nicht von eigener Hand?« fragte Henry, der Diener. Er hatte begriffen, was die beiden sauberen Hände seines Herrn vermutlich bedeuteten, und das den anderen mitgeteilt.

»Sir John glaubt das nicht«, sagte ich. Doch da benahm ich mich schon wieder offiziell und sprach für den Richter. »Was würden Sie sagen?« fügte ich hinzu.

»Na«, sagte er, »wenn ein Mann eine Pistole abfeuert, dann sieht man das gewiß an seiner Hand.«

Ich nickte bloß und schnitt mein Kotelett an.

»Was bist du für ihn?« fragte die, die gekichert hatte und sich nun als Annie vorstellte. »Für einen Konstabler wirkst du ein bißchen jung.«

Ich suchte nach dem richtigen Titel und erinnerte mich schließlich an den, den Sir John mir gegeben hatte. »Ich bin sein Gehilfe«, erklärte ich. »Sie haben vielleicht bemerkt, daß er gewisse Probleme mit dem Sehen hat.«

»Tatsächlich«, sagte sie, »das hätte ich mir fast gedacht – mit dem schwarzen Band über seinen Augen!«

Ihr frecher Kommentar löste mißbilligendes Gemurmel aus. Rasch griff ich ein, um zu zeigen, daß ich nicht gekränkt war.

»Ich helfe ihm, indem ich Einzelheiten beobachte und ihm mitteile«, sagte ich. »Dann setzt er seinen Verstand darauf an. Er ist ein großartiger Denker.«

»Ja«, warf die Köchin ein, »dafür ist er bekannt.«

»Warst du derjenige, der Lord Dickies saubere Hände bemerkt hat?« fragte Henry.

»Ja, das war ich«, sagte ich bescheiden und unterließ es, hinzuzufügen, daß ich die Bedeutung meiner Beobachtung nicht begriffen hatte.

»Das hast du schnell erkannt«, sagte er.

Und so war die ganze Runde am Gespräch beteiligt, während ich das verspeiste, was die Köchin zu Recht guten englischen Hammel genannt hatte, und die Fragen beantwortete, die die Gesellschaft mir stellte. Die einzige am Tisch, die schweigend verharrte, war Annies wesentlich ansehnlichere Gefährtin, die mir schon am Vorabend aufgefallen war. Sie blieb still und sprach nur mit den Augen. Etwas wie Angst lag darin. Konnte das Ehrfurcht sein? Ihre Bewunderung ließ mich förmlich anschwellen.

Die einzigen Fragen, die ich nicht beantwortete, waren die, die Sir John vorhergesehen hatte: Warum hatte der Chirurg Lord Goodhopes Leichnam fortgebracht? Was hatte der Chirurg entdeckt? Die erste stellte Henry, die zweite die Köchin. Ich beobachtete sie zweifelnd. Verstand sie etwas von Gift? So, wie die Dinge lagen, konnte sie im Falle einer Vergiftung in Verdacht geraten. Doch Mr. Donnelly hatte deutlich gemacht, daß der mörderische Wirkstoff Lord Goodhope nicht mit einer Speise eingeflößt worden war. Die Köchin schien sich unbehaglich zu fühlen. Ich hätte dieses Unbehagen gern gemildert, konnte es aber nicht, ohne Informationen preiszugeben, die zu enthüllen mir streng verboten war. Und so beantwortete ich die Frage der Köchin ebenso nur mit einem Achselzucken wie die des Dieners und erklärte, die Methoden von Ärzten und Chirurgen gingen über meinen Horizont und ich mäße ihnen wenig Gewicht bei – wie übrigens auch Sir John. Letzteres, das vielleicht nicht ganz gelogen war, schien sie zu erleichtern.

Dann überraschte mich die redselige Annie mit einer Frage, auf die ich ganz und gar nicht vorbereitet war. Sie wollte wissen, wieso ich mit Mr. Donnelly gekommen sei, wenn ich mit Ärzten so wenig im Sinn habe.

Ich druckste ein wenig herum und sagte dann wahrheitsgemäß: »Sir John hat mich geschickt.«

»Zu welchem Zweck?«

Ich zögerte.

»Komm schon«, sagte sie, »gib Antwort!« Wieder kicherte sie.

»Um die Bibliothek noch einmal zu überprüfen«, sagte ich, endlich mit einem Einfall gesegnet.

»Du bist nicht in der Bibliothek.«

Ich sah mich um, als würde ich mir meiner Umgebung erst jetzt bewußt. »Oh«, sagte ich ganz unschuldig, »tatsächlich nicht!«

Das brachte mein Publikum zum Lachen, wie ich gehofft hatte, und zu meiner Erleichterung ließen sie das Thema fallen. Doch ich hatte mein Hammelkotelett schon fast aufgegessen und noch immer keinerlei Informationen von ihnen bekommen. Bisher hatten nur sie mir Fragen gestellt.

Der Verlauf meines Besuches nahm allerdings eine andere Wendung, als vier weitere Dienstboten eintrafen; sie rochen nach Stall. Ebenezer war bei ihnen. Später ordnete ich die drei anderen als Kutscher, Pferdeknecht und Stalljungen ein. Ebenezer nickte, was ich als Gruß auffaßte, und war in keiner Weise überrascht, mich an diesem Tisch essen zu sehen. Die Köchin forderte die beiden Mädchen auf, ihre Stühle zu räumen, und fügte hinzu, sie werde sie vermutlich erst in einer Stunde zum Abwaschen brauchen. Die stille, hübsche Magd verschwand sofort durch eine offene Tür und warf nur einen feierlichen Blick zurück in meine Richtung. Ich war ziemlich angetan von ihr. Dann verharrte Annie an der Tür und nickte mir zu, ich solle ihr folgen.

Ich sah mich um. Keiner schien etwas dagegen zu haben oder es auch nur zu bemerken. Und so wischte ich meinen Teller mit dem letzten Bissen Brot sauber, stellte ihn zu anderen auf einen Stapel und schlenderte hinter Annie aus der Küche. Der angrenzende Raum war ein Gemeinschaftsraum und fast genauso groß wie die Küche; dahinter lag ein Gang mit kleinen Kammern, in denen die Dienstboten jeweils allein untergebracht waren.

Annie, drall und kühn, faßte meine Hand und zog mich zu einem etwas abgenutzten Sofa, auf dem ihre Küchengefährtin bereits Platz genommen hatte. Der Raum war mit lauter derartigen Stücken möbliert, die sicher aus den oberen Zimmern des großen Hauses stammten. Er war mit einigen wenigen Kerzen in den Ecken schlecht beleuchtet. Trotz der hier und da erkennbaren Versuche, ihn etwas heiterer zu gestalten (an den blaßgelben Wänden hingen Bilder), wirkte der Raum ziemlich trübselig. So groß er auch sein mochte, es war dennoch ein Kellerraum.

Ich wurde an ein Ende des Sofas plaziert, Annie saß zwischen mir und ihrer Gefährtin. Ich bat darum, vorgestellt zu werden. Als Annie nicht gleich reagierte, beugte ich mich vor, streckte die Hand aus und sagte dem Mädchen mit einem freundlichen Lächeln meinen Namen. Schüchtern berührte sie meine Hand und nickte.

»Aber wie heißen Sie?« fragte ich.

Sie antwortete nicht sofort, sondern wandte den Blick ab.

»Ihr Name ist Meg«, erklärte Annie.

»Kann sie nicht sprechen?«

»Manchmal.« Dann sagte sie, eindeutig in dem Bestreben, das Thema zu wechseln: »Hast du von Lady Goodhope gehört, ob sie vorhat, das Haus in London zu schließen?«

»Mir hat sie bestimmt nichts gesagt«, antwortete ich.

»Nein, aber weil du doch Sir John Fieldings Gehilfe bist und so, dachte ich, du hättest vielleicht gehört, wie ihre Pläne aussehen.«

Ich dachte einen Augenblick nach. »Nun«, sagte ich dann, »sie hat erklärt, ihr Zuhause sei dieser Ort in Lancashire. Und das klang, als wolle sie dorthin zurückkehren.«

»Das ist es ja, was wir alle fürchten. Dies war Lord Dickies Haus. Sie war nur ein paar Wochen im Jahr hier. Und Gott ist mein Zeuge, in der übrigen Zeit ging es hier ganz anders zu.«

»Was meinen Sie damit?« fragte ich, froh, endlich etwas in Erfahrung zu bringen.

»Na ja, dem Personal oben gefiel es dann, weil Lord Dickie manchmal drei bis vier Partys in der Woche veranstaltet hat, Dinnergesellschaften und andere Einladungen. Die Diener und Potter konnten sich dann in der Halle aufstellen, um ihre Trinkgelder einzusammeln. In solchen Zeiten haben sie in einer Woche so viel verdient, wie wir unten in einem Jahr bekommen.« Sie gab dem Mädchen neben sich einen kräftigen Rippenstoß. »Aber wir hatten unsere eigenen Methoden, was, Meggie?«

Bei dieser verbalen Attacke sprang das Mädchen mit Namen Meg vom Sofa auf und rannte aus dem Zimmer. Ob sie weinte oder nicht, hätte ich nicht zu sagen vermocht, denn sie war zu schnell verschwunden. Ich war ziemlich verblüfft und konnte nur die Stelle anstarren, wo ich sie zuletzt gesehen hatte.

»Das war gemein von mir«, sagte Annie. »Eigentlich wollte ich sie nur loswerden, aber das Mittel war nicht nett.«

»Ist sie stumm? Kann sie wirklich sprechen?« Ich dachte daran, daß sie durchaus aufgeweckt wirkte, aber schrecklich schüchtern und ängstlich.

»Meg ist halb verrückt, wenn nicht völlig.«

»War sie immer so?«

»Nein«, sagte Annie mit einem Seufzer. »Diese anderen Feste von Lord Dickie, das waren keine richtigen Dinnerpartys wie die mit all den Lords und Ladies. Solche gab es sogar ein paarmal, wenn Lady Goodhope hier war. Dann haben wir in der Küche vielleicht geschuftet! Nein, die meisten von Dickies Abenden waren das, was er seine ›Impromptus‹ nannte. Komisches Wort, nicht? Muß etwas Obszönes bedeuten, denn so ging es an diesen Abenden zu. Dickie ging ins Theater oder so und kam mit einer Horde von Gecken und deren Dirnen zurück. Dann klingelte er Connie heraus und verlangte ein Nachtmahl für alle. Spät noch Arbeit für uns. Nur, manchmal fehlten ihnen ein oder zwei Dirnen für die Nacht. Gelegentlich schickte er Potter los, um eine von der Straße zu holen. Aber dann gewöhnten sie sich an, Meg und mich aus der Küche herauszuholen. Es war unsere Jugend, die ihnen gefiel, verstehst du? Gewöhnlich kamen wir mit Lachen und Tanzen und dergleichen davon oder spielten in ihren Scharaden mit, aber manchmal auch nicht. Jedenfalls wurden wir gut bezahlt. Dann waren die Diener neidisch auf *unsere* Trinkgelder! Na ja, dieses ganze Geturtel zwischen Stutzern und Dirnen – man kann davon halten, was man will. Aber es fing an, Meg irgendwie zuzusetzen, weil es sündig war und all das. Eines Abends kam eine besonders wilde Horde. Lord Dickie hatte diese Neue, die Schauspielerin Lucy Kilbourne, bei sich, und nach dem Nachtmahl schickt er natürlich nach mir und Meg. Nur weigert Meg sich diesmal, nach oben zu gehen. Ich muß hin und es dem Herrn sagen. Ich hätte wohl besser erklären sollen, sie sei krank, aber das habe ich nicht getan; ich habe gesagt, daß sie nicht will. Das brachte ihn richtig in Wut. Er ging selbst nach unten, um sie zu holen, und zerrte sie mit sich fort. Dann schleifte eine ganze Gruppe von ihnen sie in eines der Schlafzimmer im oberen Stockwerk und benutzte sie auf schändliche Weise. Ich selbst war Gott sei Dank nicht dabei, aber ich hörte sie schreien und kreischen, und dann war sie plötzlich still, und ich dachte schon, sie hätten sie ums Leben gebracht. Ich brauche dir wohl nicht zu sagen, daß das die Party im Speisezimmer ziemlich gedämpft hat.«

Annie verstummte, als sei sie mit ihrer Erzählung zu Ende. Ich zog den naheliegenden Schluß: »Und das hat sich auf ihre Sprache ausgewirkt?«

»Ja, allerdings, und wie! Das ist schon fast einen Monat her, und seither hat sie nicht geredet. Ich habe sie nur ein- oder zweimal ertappt, wie sie vor sich hinmurmelte. Es ist also nicht so, als könnte sie nicht sprechen; sie will bloß nicht.«

Die Geschichte stürzte mich in tiefe Verwirrung. Erinnern Sie sich, Leser, ich war soeben dreizehn geworden. Die Erziehung durch meinen Vater hatte mich vor Geheimnissen wie denen, um die es hier ging, nahezu vollständig abgeschirmt. Ich hatte keine genaue Vorstellung davon, was sich zwischen Männern und Frauen abspielte, obgleich ich den starken Verdacht hegte, daß dieser Bereich meiner Unwissenheit groß und bedeutsam war. Ich hatte begonnen, Frauen als Frauen und Mädchen als Mädchen zu betrachten. Manchmal starrte ich sie an. Manchmal spionierte ich ihnen nach. Ganz allgemein war ich höchst neugierig geworden. Aber Annies Bericht über Megs

Qualen hatte einen dunklen Schatten über Angelegenheiten geworfen, die ich vorher als heimlichen Spaß betrachtet hatte. Ich hatte keine Ahnung, was so verletzend für sie gewesen sein mochte. Und obwohl ich überaus verwirrt war, hegte ich nicht den Wunsch, daß Annie mir die Dinge in allen Einzelheiten erklärte. Das wäre zu schmerzlich und peinlich für mich gewesen.

»Ich glaube, du gefällst ihr«, sagte Annie. »Deswegen ist sie so durcheinander.«

Wie sollte ich darauf antworten? Vor allem nach dem, was ich gerade gehört hatte?

»Aber mir«, sagte Annie, »gefällst du auch – und deshalb habe ich sie vertrieben.«

Und bei diesen Worten fing sie an, mich wie wild zu kitzeln.

Ich entzog mich dieser sportlichen Übung so schnell wie möglich und entschuldigte mich damit, daß ich tun müsse, wozu ich geschickt worden sei: meine Inspektion der Bibliothek fortzusetzen. Annie spielte die Gekränkte, doch als ich mich von ihr verabschiedete, packte sie mich und küßte mich auf die Wange: mein erster Kuß seit dem Tod meiner Mutter. Ich lief rot an und rannte beinahe aus dem Raum.

Als ich durch die Küche ging, fiel es mir endlich ein, mich mit einiger Verspätung bei der Köchin zu bedanken; dabei bemerkte ich wiederum neue Gesichter und fragte mich, wie viele Personen wohl in diesem einzigen Haushalt beschäftigt seien. (Insgesamt waren es, wie sich herausstellte, ein Dutzend.) Dann ging ich nach oben in die Bibliothek, wo ich endlich wieder ruhig durchatmen konnte.

Ich sah mich um. Seit meinem letzten Besuch schien sich wenig verändert zu haben. Die Tür hing noch immer schief in den Angeln und war offen. Doch zumindest das Holzscheit, mit dem sie aufgebrochen worden war, hatte man entfernt. Ich schlenderte müßig umher und bemerkte als erstes, daß der Schreibtisch leer war, wie ich ihn in Erinnerung hatte. Insbesondere standen dort weder Flaschen noch Karaffen oder sonstiges, und ich war sicher, daß er unverändert war. Dann machte ich mich auf die Suche nach Plätzen, an denen möglicherweise starke Getränke aufbewahrt wurden. Links vom Schreibtisch standen zwei Vitrinen. Eine enthielt Schreibmaterial und einen unordentlichen Stapel Papiere. Die zweite beherbergte alkoholische Getränke: drei Flaschen, eine Karaffe und verschiedene Gläser.

»Ach, da bist du ja, Jeremy!«

Ich drehte mich um und sah, daß Mr. Donnelly in der Tür stand. Dafür, daß er soeben einer Witwe einen Leichnam gebracht hatte, schien er bei bemerkenswert guter Laune.

»Ich habe den Platz gefunden, an dem die alkoholischen Getränke aufbewahrt werden«, sagte ich und machte damit um meine Entdeckung mehr Wind als nötig.

»Ach, tatsächlich«, sagte er und kam gelassen auf mich zu, »schauen wir uns die Sache an.«

Er kniete neben mir nieder, legte seinen Gehstock auf den Boden und griff in die Vitrine; eine nach der anderen nahm er die Flaschen heraus.

»Was haben wir denn da? Eine Flasche Portwein, eine Flasche schottischen Whisky, eine Flasche spanischen Brandy. Guter Fang, was?«

Er entkorkte sie und roch an jeder Flasche; dann schüttelte er behutsam den Kopf.

»Nein«, sagte er. »Von diesen hat ihn keine umgebracht, fürchte ich.«

»Aber«, fragte ich, »wie können Sie das wissen, solange Sie sie keinem Chemiker bringen oder selbst davon probieren?«

»Du möchtest, daß ich davon probiere? Ich gehorche dir mit Vergnügen.«

Als ginge es um eine Mutprobe, nahm er aus jeder Flasche einen Schluck und verkorkte sie anschließend wieder.

»So«, sagte er dann, »bist du zufrieden?« Dabei lachte er leise. Er war tatsächlich in ausgelassener Stimmung.

»Ja, das bin ich«, sagte ich, »aber wenn Sie sich geirrt hätten, wären Sie jetzt vielleicht tot oder lägen im Sterben.«

»Aber, Jeremy, ich konnte mich nicht irren, verstehst du? Zwei Dinge sprachen stark gegen die Möglichkeit, daß sich Gift in diesen Flaschen befindet. Erstens: Konzentration und Art des Giftes müßten so sein, daß es einen kräftigen und deutlich wahrnehmbaren Geruch hätte, selbst mit Alkohol vermischt. Ich frage mich, wie er es hat trinken können, ohne Verdacht zu schöpfen. Zweitens, und das hängt mit dem ersten Grund zusammen: die Konzentration des Giftes war so stark und ätzend und hätte so schnell gewirkt, daß das Opfer kaum Zeit gehabt hätte, die Flasche wieder in der Schrank zu stellen. Verstehst du?«

»Ja, durchaus, aber trotzdem erscheint mir der Versuch riskant.«

»Nun ja«, sagte er leichthin, »von Zeit zu Zeit müssen wir im Leben solche Risiken eingehen, meinst du nicht?«

Ich hatte keine Ahnung, was seine Stimmung so verändert hatte. Rasch stand er auf und deutete mit seinem Stock an, ich solle die Flaschen wieder an ihren Platz stellen, was ich tat. Dann machte ich die Schranktür auf.

»Also«, sagte er abschließend, »vielleicht haben wir Lady Goodhopes Gastfreundschaft zu lange in Anspruch genommen. Laß uns gehen, ja?«

Er ging voraus in die Halle und zur Eingangstür, wobei er seinen Stock wirbeln ließ, ein Bild des glücklichsten Mannes von ganz London. Potter stand an der Tür, reichte ihm seinen Dreispitz, verneigte sich und sah zu, wie wir uns auf den Weg machten.

Als wir draußen auf der St. James Street standen, hielt Mr. Donnelly inne und wandte sich mir zu. Ein breites Lächeln erhellte sein Gesicht.

»Ich habe nur eine Klage gegen die Witwe vorzubringen«, sagte er, »und die lautet, daß man mir nichts zu essen angeboten hat: weder Dinner noch Nachtmahl. Anscheinend fastet sie, die gute Frau, als Buße für *seine* Sünden. Ich muß dir also gestehen, Jeremy, daß ich großen Hunger habe. Hast du eine Ahnung, wo wir für nicht allzu teures Geld essen könnten?«

Ich dachte nicht lange nach, denn ich kannte in der Nähe nur ein einziges Lokal.

»Vielleicht«, schlug ich vor, »wäre das Cheshire Cheese passend.«

»Ausgerechnet! Das ist in der Nähe der Fleet Street, nicht wahr?«

»Ich glaube ja, Mr. Donnelly.«

»Dann weiß ich den Weg.«

Raschen Schrittes gingen wir los. Er hatte längere Beine als ich, und so mußte ich mich beeilen, um an seiner Seite zu bleiben. Doch ich konnte mithalten, und unterwegs erzählte er mir einiges von dem, was er während seiner Zusammenkunft mit Lady Goodhope erfahren hatte. Er war sehr zufrieden, jetzt zu wissen, was Sir John vernachlässigt hatte: den *Zeitpunkt,* zu dem Lord Goodhope die Bibliothek betreten hatte, und in welchem Zustand er sich befunden hatte.

»Es war etwa eine halbe Stunde, ehe man den Schuß hörte«, sagte er. »Lady Goodhope hat es nicht selbst gesehen, sondern nur zwei Quellen angeführt: diesen Potter, dem Sir John zweifellos zu Recht nicht traut, aber auch die Haushälterin, die ihn zufällig sah, als sie dic Treppe hinunterging. Beide stimmen darin überein, daß er in guter Verfassung zu sein schien; jedenfalls wirkte er nicht im geringsten wie jemand, der gerade Gift genommen hat.«

»Aber ist das nicht seltsam?« gab ich zurück. »Wurde er also innerhalb einer halben Stunde vergiftet und erschossen?«

»Es ist höchst verwirrend«, räumte er ein. Und nachdem wir eine Weile gegangen waren, fragte er mich nach den Gesprächen, die ich unter der Treppe geführt hatte.

»Nun«, sagte ich, »sie scheinen große Angst zu haben, daß das Haus hier in London geschlossen wird und sie sich die nächstbeste Arbeit suchen müssen.«

»Zu Recht«, sagte Donnelly. »Unter uns, Jeremy, Lady Goodhope hat mir anvertraut, daß sie diese Stadt überhaupt nicht mag und für immer nach Lancashire zurückkehren möchte.«

»Sie werden sehr enttäuscht sein«, sagte ich.

»Zweifellos«, meinte er abwesend. Dann fügte er, seine wahren Gedanken preisgebend, hinzu: »Sie hat mir bei diesem Besuch vieles anvertraut.«

Mehr verriet er nicht. Er verstummte und dachte nach; doch anscheinend heiterte ihn das, worüber er nachdachte, auf. Er ging immer schneller, so daß ich in Trab fallen mußte, um mit ihm Schritt zu halten. Als er meine Schwierigkeiten bemerkte, entschuldigte er sich wie ein Gentleman und verlangsamte seinen Schritt. Bald darauf begann er, etwas vor sich hinzusummen. Es war irgendeine irische Weise, ein Jig oder Reel von eindeutig heiterem Klang. Ich erinnerte mich, wie drängend er zuvor mit Sir John gesprochen hatte, und fand seine veränderte Stimmung überaus verwirrend.

Ich teile dies mit, um die Tatsache zu erklären, daß ich ihm die gewichtigeren Dinge, die ich bei meinem Gespräch mit Annie erfahren hatte, vorenthielt. Wie konnte ich einem so hochgemuten Menschen die schreckliche Geschichte von Megs Verstummen erzählen? Würde er mir überhaupt aufmerksam zuhören? Ich bewahrte Stillschweigen.

Es war lange nach Einbruch der Dunkelheit. Zahlreiche Droschken und Kutschen holperten durch die Straßen. Die Laternen in der Ferne funkelten wie Sterne. Als wir den breiten Strand hinuntergingen und uns einen Weg durch die Menge bahnten, die trotz der späten Stunde anzuwachsen schien, blies uns ein kalter Wind in den Rücken, und ich wünschte, ich hätte meinen schweren Mantel mitgenommen, als ich die Bow Street am Nachmittag verließ. Vielleicht waren die milden Frühlingstage, die ich auf meinem Weg nach London erlebt hatte, nun für eine Weile vorüber. Seltsamer Gedanke, daß alles, was geschehen war, sich in so kurzer Zeit abgespielt hatte.

Vieles in meinem Leben hatte sich seither verändert, und bald würde sich vielleicht noch mehr verändern.

Als wir das Cheshire Cheese betraten, war es voll besetzt mit essenden und trinkenden Menschen. Wir gingen durch die verräucherten Räume und suchten nach einem freien Tisch, da spürte ich plötzlich, wie mich jemand am Ärmel zupfte. Ich drehte mich um und entdeckte zu meiner Verblüffung, daß niemand anderer als der windige Mr. James Boswell mich berührt hatte. Er hatte mich nach dem gestrigen Besuch wiedererkannt und bestand darauf, daß wir uns an den Tisch setzten, den er allein belegt hatte. Seine Freundlichkeit hatte Methode, wie es bei solchen Menschen immer der Fall ist; bald stellte sich heraus, daß er vor Neugier brannte und unbedingt erfahren wollte, in welcher Mission Sir John am Vorabend abberufen worden war.

»Ich erinnere mich«, sagte er zu mir, »daß Sir John gehofft hatte, Dr. Johnson hier zu treffen. Sehr schade: Der bedeutende Lexikograph traf ein, als er gerade gegangen war. Und sein Aufbruch erfolgte in solcher Eile...?«

Mr. Boswell war bereits beim Essen. Er hielt inne, ein großes Stück Rindfleisch auf den Zinken seiner Gabel, und schaute abwechselnd mich und Mr. Donnelly fragend an.

»Es war eine ernste Angelegenheit«, sagte Mr. Donnelly.

»Oh, das bezweifle ich nicht, Mr....? Mr....?«

Ach, meine gesellschaftliche Gewandtheit war die eines Kindes. Ich hatte es versäumt, die beiden Männer miteinander bekannt zu machen, als wir uns setzten. Doch es gelang ihnen auch ohne meine Mitwirkung. Mr. Boswell stellte sich selbst mit großem Stolz vor, ja, er ging sogar so weit zu sagen: »Vermutlich haben Sie von mir gehört, Mr. Donnelly...?«

Mein Begleiter schien unbehaglich auf seinem Stuhl hin- und herzurutschen. Er schaute mich hilfesuchend an, doch ich konnte ihm nicht dienen. Schließlich schaffte er es, verlegen hervorzusprudeln: »Das nicht, nein, Sir, aber ich habe mich erst kürzlich in dieser Stadt niedergelassen.«

»Und ich habe erst kürzlich mein erstes Buch veröffentlicht! Gewiß haben Sie davon gehört! ›*Ein Bericht über Korsika*‹? Es wird viel diskutiert.«

»Ja, jetzt, da ich den Titel höre«, sagte Mr. Donnelly. »Natürlich, ich erinnere mich an Ihren Namen, Mr.... Boswell. Ich fühle mich geehrt, Sir.«

»Nicht doch«, erwiderte Boswell mit gespielter Bescheidenheit. »Aber Sie täten gut daran, es sich anzuschauen, wenn ich das sagen darf. Ich sehe, daß Sie Geschäftsmann sind. Ich habe als erster über den Kampf der Korsen um Unabhängigkeit berichtet. Ich sammelte meine Einsichten aus erster Hand bei einem ausgedehnten Besuch auf jener unruhigen Insel, wo ich Freund und Vertrauter des Anführers in diesem Kampf wurde, des Generals Pasquale Paoli.«

»Ich hatte ja keine Ahnung«, sagte Mr. Donnelly. »Dann sind Sie natürlich ein wirklicher Literat.«

»Ein Amateur«, sagte Mr. Boswell und schob sich endlich den Bissen Rindfleisch in den Mund (nachdem er länger als eine Minute damit herumgewedelt hatte).

In diesem Augenblick erschien ein Kellner, und Mr. Donnelly bestellte für sich ein Stück Rindfleisch wie das von Boswell und bestand trotz meiner Einwände darauf, daß ich ebenfalls eines bekam. Im stillen seufzte ich, unsicher, ob ich das gebührend würdigen konnte, schließlich hatte ich bereits ein gutes Abendessen in Form eines Hammelkoteletts zu mir genommen.

Doch dann, nachdem der Kellner gegangen war, kam der Schotte auf sein eigentliches Thema zurück: »Wie ich schon sagte, Mr. Donnelly, als Autor bin ich nur ein Amateur. Von Berufs wegen bin ich ein Mann des Gesetzes, Mitglied der Anwaltskammer von Edinburgh. Deswegen habe ich lebhaftes Interesse an dieser ernsten Angelegenheit von gestern abend. Sie haben sie selbst so bezeichnet.« Fragend schaute er in meine Richtung, und als er keine Antwort bekam, konzentrierte er sich auf Mr. Donnelly.

Dieser, vielleicht von Boswells Beharrlichkeit zermürbt, vielleicht aber auch (das ist möglich) in dem Wunsch, sich selbst eine gewisse Bedeutung zu geben, tat einen Seufzer, dessen sich ein Schauspieler nicht hätte zu schämen brauchen, beugte sich über den Tisch und sagte mit einem Bühnenflüstern: »Sie können es ebensogut heute erfahren, morgen wird ohnehin eine Notiz im *Public Advertiser* stehen.«

Boswell verfiel in den gleichen geheimnistuerischen Ton und reckte den Kopf über seinen Teller, so daß ihrer beider Nasen nur einen Fuß Abstand hatten. »Erzählen Sie es mir, Sir«, meinte er. »Bitte, erzählen Sie es mir.«

»Gestern abend ist Lord Goodhope gestorben.«

»Das ist ja eine bemerkenswerte Neuigkeit. Er war ein Mann in der Blüte seines Lebens, kaum zehn Jahre älter als ich, würde ich meinen. Woran starb er?«

Mr. Donnellys Blick, der gerade in diesem Moment in meine Richtung schweifte, erfaßte vielleicht meinen alarmierten Gesichtsausdruck. Er würde diesem Klatschmaul doch gewiß nicht alles erzählen, was er wußte! Seine Antwort war eine bittere Enttäuschung für Boswell.

Der Chirurg beugte sich noch dichter zu ihm und sagte: »Ein Unglücksfall.«

»*Unglücksfall?* Aber das ist keine Todesursache, Sir. Es ist ein… ein Euphemismus. Wofür?«

Mr. Donnelly lehnte sich zurück und warf mir einen Blick zu, den ich als beruhigend empfand. Dann sagte er zu Boswell: »Nun, ich zitiere nur aus der Zeitungsnotiz. Mehr darf ich nicht sagen.«

Boswell, der versuchte, seine Enttäuschung angesichts der von Mr. Donnelly gezeigten Diskretion zu verbergen, nickte und wandte sich wieder seinem Abendessen zu. In diesem Augenblick wurde unseres serviert. Männlich und, wenn ich so sagen darf, mit einer gewissen Hoffnung machte ich mich über die ansehnliche Scheibe Rinderbraten her, die man mir vorgesetzt hatte.

»Natürlich, ich verstehe«, sagte Boswell. »Sir John Fielding würde es nicht anders haben wollen. Ich nehme an, daß die Angelegenheit in der Tat ernst ist, wie Sie sagen, und gegenwärtig untersucht wird.«

»Es steht Ihnen frei, das anzunehmen. Morgen, wenn die Notiz erscheint, werden das viele Leute tun.«

Dann nahm Boswell die Flasche, die vor ihm stand, und goß Wein in die leeren Gläser auf dem Tisch. Er setzte zu einer Rede an, die meinen Respekt gewonnen hätte, wenn sie von jemand anderem gekommen wäre. Er war schließlich kein dummer Mensch, sondern nur – zu diesem Urteil gelangte ich später – sehr eitel, manchmal bis zur Narrheit.

»Denken wir über die Sache nach«, sagte er. »Wenn wir ›Unglücksfall‹, wie es oft geschieht, als *Unfall* deuten – das heißt, als ungeplantes und verheerendes Ereignis –, dann wäre es nicht nötig, das Wort zu verwenden. Es sei denn, natürlich, die Umstände des ›Unglücksfalles‹ – also des Unfalls – wären so peinlicher Natur, daß man sie nicht enthüllen könnte. Solche Anlässe gibt es. Doch sie sind nicht geeignet, den Richter des Gerichts in der Bow Street aus einem Speiselokal zu vertreiben, ehe er gegessen hat – und zwar noch *vor* der Ankunft von Dr. Johnson, den zu treffen er überhaupt nur in dieses Lokal gekommen war. Und dazu noch in *solcher Hast,* wie ich hinzufügen möchte. Ein derartiger Fall wäre gelassener gehandhabt worden. Nein, ich glaube, wir können unter diesen Umständen ›Unglücksfall‹ in seiner gewöhnlichen Bedeutung verwerfen. Es handelte sich bestimmt nicht um einen Unfall. Welche anderen Möglichkeiten gibt es? Selbstmord? Hatte Lord Goodhope Grund zu einer so extremen Tat? Er war bei Hofe bekannt und galt bis vor kurzem als Favorit des Königs – als Verteidiger der weniger auf Verteidigung orientierten Politik. Ein begabter Redner, wie ich hörte: teils Schauspieler, teils Polemisierer. Ich selbst habe ihn nur zweimal gesehen und gehört, und das nur aus einiger Entfernung. Aber ich sagte, *bis vor kurzem* sei er ein Favorit des Königs gewesen, nicht wahr?

Selbst in meiner fernen nördlichen Heimat erreichte mich das Gerücht, er sei in der königlichen Gunst gesunken. Den Grund behauptete mein Informant nicht zu kennen. Er wußte nur mit einiger Gewißheit, daß man Lord Goodhope die königliche Tür verschlossen hatte. Könnte das allein einen Mann veranlassen, sich das Leben zu nehmen? Kaum. Finanzielle Probleme? Eher wahrscheinlich. Er war ein Spieler, ein tollkühner Stammgast des Bilbo-Etablissements, wie Sie vielleicht wissen oder auch nicht. Doch er bezog erhebliche Einkünfte aus seinen Besitzungen in Lancashire. Seine Mittel waren zwar nicht unerschöpflich, aber gewiß nicht ohne Schwierigkeiten gänzlich zu verbrauchen. Er war kein armer Mann, und es war auch nicht wahrscheinlich, daß er je einer geworden wäre. Noch etwas anderes hält mich davon ab, Selbstmord anzunehmen. Vielleicht wissen Sie, was das ist, Mr. Donnelly?«

»Vielleicht.«

Es gefiel mir nicht, wie Boswell meinen Gefährten in seine Mutmaßungen einbezog. Es gefiel mir deshalb nicht, weil ich sicher war, daß es Sir John auch nicht gefallen hätte.

»Sie sind Ire, nicht wahr?«

»Darauf bin ich stolz, Sir.«

»Und auch römisch-katholisch? Wie ich hörte, ist Donnelly ein katholischer Name.«

»Ja, ich bin Katholik.«

»Wie ich flüstern hörte, war Lord Goodhope das ebenfalls.«

Welche Wirkung auch immer Boswell damit zu erzielen gehofft hatte, er verfehlte sie; der Chirurg saß einfach da und sah seinem Gegenüber lange in die Augen. Dann nickte er abrupt und wandte sich wieder seinem Fleischgericht zu. Das brachte Boswell ein wenig aus der Fassung. Bis dahin hatte er gemessen und eher in Andeutungen gesprochen, doch nun explodierte er förmlich.

»Also... also... natürlich verstehen Sie, was ich damit sagen will!« Er erhielt keine Antwort von Mr. Donnelly, und so polterte er weiter: »Seine Familie ist in Lancashire alteingesessen, und Lancashire, das *müssen* Sie einfach wissen, ist eine Brutstätte papistischer Loyalität. Das hat sich unter den Stuarts so entwickelt. Sie bekamen ihren Titel vom zweiten Charles und stiegen unter dem früheren George in der königlichen Gunst.«

»Sie sind sehr gut unterrichtet, Sir.«

»Also Mord! Es muß sich um Mord handeln! Selbstmord kommt nicht in Frage! Vor dem Gesetz kann Unglücksfall Tötung durch Unfall ohne Schuldzuweisung bedeuten. Warum nicht *mit* Schuldzuweisung? Unglücksfall durch Mord!«

Boswell schrie jetzt förmlich. An einigen Tischen in unserer Nähe waren die Gespräche verstummt. Die Gäste beugten sich auf ihren Bänken zur Seite, um zu belauschen, was als nächstes gesagt werden würde.

Mr. Donnelly kaute mit ernstem Gesicht weiter, schluckte seinen Bissen herunter und sagte schließlich: »Als ich Ihnen im voraus den Inhalt der morgigen Notiz mitteilte, was ich jetzt als Fehler betrachte, habe ich unbeabsichtigt ernsthafte Dinge der allgemeinen Diskussion preisgegeben. Doch ich habe Ihnen nicht freigestellt, sie öffentlich zu machen, Sir.«

Boswell schaute sich um und bemerkte die erwartungsvollen Gesichter. Er senkte seine Stimme zu einem Flüstern: »Bitte entschuldigen Sie. Ich fürchte, ich habe mich ein wenig hinreißen lassen. Aber ich nehme doch an, daß Sie als Rechtsanwalt verstehen, daß ich...«

»Ich bin *kein* Rechtsanwalt, Mr. Boswell.«

»Aber ich nahm an, daß Sie irgendwie mit dem Gericht in der Bow Street zu tun haben... Der Junge... Sir John... gestern abend...« Er verstummte ziemlich kläglich und suchte nach Worten, die ihn aus seinem Dilemma befreien würden. Schließlich gab er es auf und zwang sich zu einem Lächeln. »Welchen Beruf üben Sie aus, wenn ich fragen darf?«

»Ich bin Chirurg, bis vor kurzem war ich bei der königlichen Marine.«

Ein gewisses Glitzern trat in Boswells Augen. Ohne um Erlaubnis zu bitten, griff er nach der Flasche und leerte sie in Mr.

Donnellys Glas. Dann schwenkte er sie in Richtung Kellner und verlangte eine neue.

Wenn Boswell mich zuvor mit seiner gewaltigen Logik gegen meinen Willen beeindruckt hatte, so gab er sich jetzt als vermeintlicher Verschwörer und sah sich nach allen Seiten um, ehe er sprach. Wäre er doch nur genauso umsichtig gewesen, als er von Lord Goodhopes »Unglücksfall« redete!

»Ich habe natürlich nicht gewußt, daß Sie Chirurg sind«, sagte er. »Hätte ich das geahnt, hätte ich Sie natürlich nicht mit solchen Dingen behelligt wie gerade eben. Bitte, nehmen Sie meine Entschuldigung an.«

»Ich nehme sie an«, sagte Mr. Donnelly und trank einen kräftigen Schluck von Boswells Wein. Er rülpste mannhaft und schob seinen leeren Teller beiseite. Ich kämpfte noch immer mit dem meinigen.

»Doch ich hätte eine andere Angelegenheit mit Ihnen besprochen, und zwar eine medizinische, die mich in den letzten Jahren sehr gestört hat. Ich vermute, daß Sie ein Diplom besitzen. Sie sind kein... kein Barbier?«

»Mein Diplom stammt von der Universität Wien«, sagte Mr. Donnelly etwas aufgeblasen. Vielleicht sah er in Boswell einen potentiellen Patienten. »Welcher Art sind Ihre Schwierigkeiten?«

»Venerisch.«

Mr. Donnelly wirkte plötzlich so unbehaglich, daß ich mein englisches, lateinisches und französisches Vokabular durchging, um für dieses neue Wort irgendeine Bedeutung zu finden. Alles, worauf ich kam, war, daß es etwas mit der Göttin Venus zu tun haben konnte. War Mr. Boswell etwa liebeskrank? Irgendwie schien das nicht zu ihm zu passen.

»Bitte«, sagte Boswell, »lassen Sie mich erklären. Sie als Schiffsarzt müssen Beschwerden wie meine Dutzende, vielleicht Hunderte von Malen behandelt haben.«

»Nun, ich... ich...« Jetzt schien Mr. Donnelly um Worte verlegen.

»Lassen Sie mich erklären. Seit meinem neunzehnten Jahr hatte ich acht Anfälle, vielleicht waren es auch einige weniger. Das ist schwer zu sagen. Oh, glauben Sie mir, ich kenne die Symptome in ihrer vollen Ausprägung: die Entzündung, die Wundheit des Gliedes, die Schmerzen beim Wasserlassen, den scheußlichen Ausfluß. Glauben Sie mir, ich kenne das!«

»Sie meinen... Sie meinen...« Mr. Donnelly schien es an Worten zu fehlen.

»Einfach ausgedrückt: Tripper. Ja, Sir, Tripper. Nun gibt es da zwei Dinge, die mir Schwierigkeiten bereiten. Erstens habe ich Probleme damit, die Schübe zu zählen. Deutet zum Beispiel ein klarer Ausfluß ohne weitere Symptome bereits auf einen Anfall hin? Die Ärzte in Edinburgh sind darüber verschiedener Meinung.«

»Bitte, Sir, der Junge!« Er wies auf mich, obwohl ich keine Ahnung hatte, was das mit mir zu tun haben sollte.

»Nun ja«, sagte Boswell achselzuckend, als habe er in dieser Angelegenheit auf mich keine Rücksicht zu nehmen. »Zweitens«, fuhr er fort, »und hier wende ich mich wieder an Sie als Schiffsarzt, muß ich fragen, wie ich so etwas in Zukunft verhindern kann. Ich habe es mit Schutzhüllen versucht, aber die beeinträchtigen die Lust. Was schlagen Sie vor?«

»Haben Sie schon einmal...« An diesem Punkt stand Dr. Donnelly abrupt auf. »Haben sie schon einmal an *Abstinenz* gedacht, Sir?«

»Ach, ja«, antwortete Boswell, »Abstinenz. Irgendwie scheint das bei mir nie so recht zu funktionieren.«

»Jeremy, bist du mit dem Essen fertig?«

»Ja«, sagte ich, froh, endlich meiner Aufgabe entledigt zu werden.

»Dann laß uns gehen.«

»Oh, gehen Sie nicht«, bat Boswell. »Dr. Johnson hat versprochen zu kommen. Er ißt bei dieser langweiligen Mrs. Thrale, die mich nicht eingeladen hat. Wenn er kommt, werde ich Sie ihm vorstellen.«

»Diese Aussicht ist zwar verlockend, doch wir müssen uns nun verabschieden. Ich darf Ihnen versichern, daß unsere Begegnung für mich höchst interessant war.«

Boswell erhob sich, und die beiden Männer schüttelten einander die Hand. Dabei versicherte Boswell Donnelly, es sei ihm ein großes Vergnügen gewesen. Dann packte Mr. Donnelly mich beim Ärmel und zog mich aus den Cheshire Cheese, wobei er gerade lange genug innehielt, um im Vorübergehen die Rechnung zu begleichen.

Endlich waren wir wieder draußen auf der Straße, und wenn auch die Luft, die wir einsogen, vielleicht nicht so rein war wie die, die Mr. Donnelly gelegentlich in den österreichischen Alpen geatmet hatte, so war sie doch unendlich viel sauberer als die, die uns während der letzten Stunde im Cheshire Cheese umgeben hatte.

Mein Gefährte atmete sie in großen Zügen ein. Ich tat es ihm nach und fühlte mich gleich gesünder.

Dann gingen wir in die Richtung, aus der wir gekommen waren. Ein paar Minuten schwiegen wir. Dann wandte sich Mr. Donnelly mir zu und fragte: »Jeremy, wer *war* dieser schreckliche Mensch?«

6. KAPITEL

In welchem Mr. Clairmont von sich hören läßt und eine Entdeckung gemacht wird

Der nächste Vormittag, der sehr geschäftig war, begann mit Mr. Donnellys versprochenem Besuch bei Lady Fielding. Er klopfte sehr zeitig an. Mrs. Gredge führte den Chirurgen in die Küche, wo ich gerade beim Frühstück saß. Ich sprang von meinem Stuhl auf, weil ich das für höflich hielt, doch er bedeutete mir, ich solle mich wieder setzen.

»Möchten Sie etwas zu sich nehmen, Sir?« fragte Mrs. Gredge. »Im Augenblick kann ich Ihnen nur Brot und Butter anbieten. Aber wenn Sie möchten, schneide ich ein paar Scheiben von der Speckseite und brate sie Ihnen.«

»Nein, vielen Dank«, sagte er. »Aber würden Sie Sir John von meinem Kommen unterrichten? Ich nehme an, daß er auf ist?«

»Wach und munter. Ich glaube wahrhaftig, daß er kaum geschlafen hat. Sie hatte eine schreckliche Nacht, wirklich.«

»Nun, vielleicht kann ich da Abhilfe schaffen.«

»Das wäre ein Segen.«

Mit diesen Worten verschwand sie die Treppe hinauf. Der Chirurg hatte seine schwarze Tasche bei sich. Er stellte sie auf den Tisch und öffnete sie. Mit einem höchst professionellen Nicken in meine Richtung machte er sich am Inhalt der Tasche zu schaffen und förderte einen Mörser mit Stößel sowie ein großes, verkorktes Glas zutage.

»Sir John erwartet Sie hier«, rief Mrs. Gredge vom Treppenabsatz.

Mr. Donnelly wollte sich schon auf den Weg machen, doch dann fiel ihm etwas ein, und er drehte sich zu mir um. »Jeremy, würdest du ein guter Junge sein und etwas Wasser in einen Kessel füllen und aufs Feuer stellen?«

»Für Tee, Sir?«

»Eine Art Tee: einen Aufguß. Du brauchst den Kessel nicht ganz zu füllen. Ein bißchen Wasser reicht.«

Dann verschwand er die Treppe hinauf, während ich seiner Bitte nachkam. Ein paar Minuten später hörte ich die beiden Männer mit gedämpfter Stimme auf der Treppe sprechen – allerdings nicht so leise, daß ich sie nicht deutlich hätte verstehen können.

»Was ist das für ein Aufguß?« fragte Sir John höchst finster.

»Ein Tee aus Opium. Ich besitze beträchtliche Samenvorräte aus Indien.«

»Ich habe einen Ihrer ärztlichen Vorgänger danach gefragt. Er riet davon ab. Er warnte vor dem großen Risiko einer Sucht, die schwer zu befriedigen sein könnte.«

»Sucht? Ja, aber das spielt doch jetzt wohl kaum noch eine Rolle, oder?«

Sir John schwieg eine Weile. »Kaum«, stimmte er dann zu. Plötzlich aber fragte er: »Das wird ihr Leben doch nicht verkürzen, nein?«

»Glauben Sie mir, ich könnte es nie mit meinem Gewissen vereinbaren…«

»Verzeihen Sie mir die Frage.«

Das Wasser kochte bereits, als sie in die Küche traten. Mr. Donnelly nahm den Kessel vom Feuer und ließ das Wasser ein wenig abkühlen, während er seine Vorbereitungen traf. Dann wandte er sich an mich und sagte: »Jeremy, würdest du nach oben gehen und diese Frau holen? Wie heißt sie noch?«

Sir John blickte auf. Er hatte sich mir gegenüber an den Tisch gesetzt. »Mrs. Gredge«, antworteten wir beide gleichzeitig.

»Ich möchte, daß sie weiß, wie dieser Aufguß bereitet wird.«

Ohne ein weiteres Wort lief ich die Treppe hinauf, unterließ es jedoch, laut an die Tür zu klopfen. Ich pochte eher zaghaft und rief leise nach Mrs. Gredge.

Als sie erschien, sagte ich ihr, der Chirurg wünsche sie in der Küche zu sehen.

Da ertönte aus dem Inneren des Zimmers eine schwache Stimme. »Ist das der Junge? Ist das Jeremy?«

»Ja, Ma'am, das ist er«, sagte Mrs. Gredge.

»Ich würde ihn gern kennenlernen.«

Als sie an mir vorbeiging und die Tür weit öffnete, flüsterte Mrs. Gredge mir eindringlich ins Ohr: »Wage es nicht, sie jetzt aufzuregen!«

Schüchtern betrat ich das Zimmer. Im Bett, von den Laken fast vollständig verdeckt, lag eine winzige Gestalt, von dicken Kopfkissen leicht gestützt. Es war, als sei sogar ihr Kopf, das einzige, was ich von ihr sehen konnte, in der Nachthaube geschrumpft.

»Komm her«, sagte sie mit schwacher Stimme, die an ein krankes Kind erinnerte. »Ich möchte dich aus der Nähe sehen.«

Ich trat an ihr Bett. Ihr Gesicht, einst recht ansehnlich – ich hatte ein Porträt aus früheren Tagen gesehen, das Sir John stets bei sich trug – war durch die Krankheit so runzlig geworden, daß sie wie eine alte Frau wirkte. Später erfuhr ich, daß sie noch keine Vierzig war. Ihre Lippen waren schmerzlich verzogen.

Verlegen stand ich wer weiß wie lange da und versuchte, eine Verbeugung zustande zu bringen.

»Gut gemacht«, sagte sie. »Bist du ein guter Junge, Jeremy?«

»Ich versuche, einer zu sein, Ma'am... Lady Fielding.«

»Jack meint, du seist einer.«

Wer war Jack? Dann fiel es mir natürlich ein. Was sollte ich darauf antworten? Da ich es schlicht nicht wußte, tat ich das, was in solchen Situationen am besten ist: Ich bewahrte Stillschweigen.

»Für gewöhnlich weiß er Charaktere zu beurteilen, und so vertraue ich ihm auch diesmal. Jeremy, wenn er dich zum Sohn erwählt, dann möchte ich, daß du ihm ein guter Sohn bist. Hilf ihm so viel, als er dir nur gestattet.« Plötzlich verstummte sie; ein neuer, heftiger Schmerzanfall nahm ihr die Worte. Sie preßte die Lippen zusammen. Es erschreckte mich, sie anzusehen.

Dann verging der Krampf, und schließlich fuhr sie fort: »Er braucht einen Sohn. Ich konnte ihm keinen schenken. Sei nicht aufdringlich, aber hilf ihm und tu alles, worum er dich bittet.«

Gleichzeitig hörten wir, wie die drei anderen die Treppe heraufkamen.

»Ich werde tun, was Sie sagen, Lady Fielding.« Nur mit Mühe gelang es mir, die Worte hervorzupressen.

»Ich weiß, daß du das tun wirst. Ich bin froh ... daß ich Gelegenheit hatte, dich kennenzulernen.«

Sie kamen herein, Sir John, Mr. Donnelly und Mrs. Gredge. Ich trat vom Bett zurück und verließ den Raum, damit sie tun konnten, was immer sie zu tun vorhatten. Mr. Donnelly trug eine kleine, dampfende Tasse, auf die er sorgfältig achtete.

Mrs. Gredge faßte mich am Handgelenk und sagte im gleichen scharfen Flüsterton wie zuvor: »Du kannst jetzt gehen, Jeremy.« Dann lockerte sie ihren Griff und entließ mich.

Um die Wahrheit zu sagen, Leser, ich war froh, diesem Raum entkommen zu sein. Das Zusammentreffen und das kurze Gespräch mit Lady Fielding hatten mich überwältigt. Allein neben ihrem Bett zu stehen hatte beklagenswerte Erinnerungen an die Todesstunden meiner Mutter in mir geweckt. Sie hatte mir keine letzten Worten zu sagen gehabt, denn sie war ständig im Delirium oder gänzlich bewußtlos gewesen und hatte nicht einmal vom Tod meines Bruders erfahren. Mein Vater hatte sie bis zum Schluß gepflegt; seltsam daß weder er noch ich von dem Fieber infiziert worden waren.

Doch Lady Fieldings Worte hatten mich mit Ehrfurcht erfüllt, ja, mit etwas, das mit Schrecken verwandt war. In ihrem tieferen Sinn hatte ich ihre Bedeutung nicht erfaßt. Der Gedanke, man könne einen toten Vater gegen einen lebenden eintauschen, erschien mir nahezu ungeheuerlich. Trotz ihrer Schmerzen war sie offensichtlich im Vollbesitz ihrer Geisteskräfte gewesen; und dennoch schienen mir ihre Worte wie die mögliche Folge eines Deliriums. Kurz, ich war verwirrt und aufs äußerste bedrückt.

Dies erwähnte ich zur Erklärung des Zustandes, in welchem Sir John mich in der Küche antraf. Ich hatte am Tisch gesessen und geweint, doch als ich ihn erblickte, wischte ich mir die Tränen ab und versuchte das Weinen vor ihm zu verbergen. Fast wäre es mir gelungen, doch meine Nase verriet mich. Ich schnaubte zweimal leise.

Er kam direkt auf mich zu, tastete nach meiner Schulter fand sie und drückte sie.

»Tja, Jeremy Proctor«, sagte er, »das ist eine traurige Geschichte, nicht wahr? Unsagbar traurig.«

Als wir uns erneut in der Bibliothek des Goodhopeschen Hauses niederließen, waren Tischler damit beschäftigt, die Tür zu reparieren. Es handelte sich um zwei laute Gesellen, die pfeifend und witzelnd deutlich machten, wie gleichgültig wir und unsere Anliegen ihnen waren.

Fast zwei Stunden waren vergangen. Obwohl Mr. Donnelly, nachdem er Lady Fielding seinen Aufguß verabreicht hatte, sofort gegangen war – so sehr vertraute er dessen Wirkung –, war Sir John an ihrem Bett sitzen geblieben, bis sie in tiefen Schlaf fiel. Mrs. Gredge hatte verschiedene Aufgaben für mich gefunden – bis Sir John erschien, den Dreispitz auf dem Kopf, den Stock in der Hand, bereit zum Aufbruch.

Während wir zur St. James Street gingen, gab ich ihm einen zusammenfassenden Bericht über meine Feststellungen vom Vorabend. Ich war enttäuscht, daß er meiner Hoffnung, mittels meiner Erfahrung mit einem Gespann aufsässiger Pferde jenseits der Ligusterhecke den Geheimausgang aus dem Haus entdeckt zu haben, wenig Beachtung schenkte! »Ich glaube, da ist etwas«, erklärte ich, »vielleicht irgendeine Art von Platte, die einen Tunnel zum Haus verdeckt.« Er antwortete: »Ich glaube eher, daß es sich um eine Kohlenschütte oder vielleicht einen Eingang zur Senkgrube handelt. Du könntest dich heute vergewissern.« Zu meinem Bericht über Lord Goodhopes »Impromtus« hatte er lediglich zu sagen: »Zwar betrübt mich, was du mir erzählst, aber es überrascht mich nicht. Es bestätigt nur Lady Goodhopes Argwohn, von dem sie mir in deiner Abwesenheit erzählte. Ich möchte mit den beiden jungen Mädchen sprechen, wenn wir an Ort und Stelle sind.« Als ich schließlich versuchte, James Boswells schlaue Rede über die möglichen Bedeutungen von »Unglücksfall« wiederzugeben, und dabei etwas ins Schlingern geriet, bedeutete er mir, ich solle schweigen. »Genug«, sagte Sir John. »Der Mann ist zwar ein Laffe, aber kein Dummkopf. Und so, wie er in Gedanken den Weg zu Mord fand, wird es auch die Allgemeinheit tun, nur mit gröberen Mitteln. Sie suchen die Sensation, und Mord ist die größte Sensation. Ich hätte mir gewünscht, daß Lady Goodhope die Notiz nicht veröffentlichte, aber vermutlich mußte es sein. Tatsächlich war das, was Boswell über Goodhope sagte, ganz zutreffend. Ich hatte Gelegenheit, seine Lordschaft über ein Gesetz sprechen zu hören, an dessen Formulierung ich mitgewirkt habe, und er war überaus eloquent; bösartig in seinen Gedankengängen, aber nichtsdestotrotz eloquent. Was ihm an Argumenten fehlte, ersetzte er durch theatralisches Gehabe. Doch ich schwöre dir, der Mann hatte eine unvergeßliche Stimme.«

Und so erreichten wir die St. James Street, verschwitzt von unserem raschen Gang durch den frischen Frühlingsmorgen. Wenn er ein Ziel hatte, war Sir John ebensogut zu Fuß wie der weitaus jüngere Mr. Donnelly. Sein gebieterisches Klopfen an der Tür der Goodhopes wurde verspätet von niemand anderem als Ebenezer Tepper beantwortet, der nach ländlicher Sippe dienerte und die Tür weit aufriß.

Als Sir John nach Lady Goodhope fragte, sagte der Diener respektvoll: »Sie hat einen Gast, Sir.« Dann wies er mit großartiger Geste auf den nahen Wohnraum.

In diesem Augenblick erschien sie in dessen offener Tür, offenkundig ziemlich verzweifelt; in der Hand hielt sie etwas, das wie ein Brief mit erbrochenem Siegel aussah. Hinter ihr stand zu meiner Überraschung Gabriel Donnelly. Ich hätte Sir John gern davon Mitteilung gemacht, sah aber keine Gelegenheit. Er selbst bemerkte ihre Anwesenheit sofort und wandte sich ihr mit einer Verbeugung zu.

»Mylady«, sagte er.

»Sir John«, antwortete sie, »gerade heute morgen sind Sie mir höchst willkommen, denn ich habe eine äußerst besorgniserregende Mitteilung erhalten.«

»Welcher Art?«

»Oh... nun, finanzieller Art. Würden Sie das nicht auch sagen, Mr. Donnelly?«

»Mr. Donnelly?« fragte Sir John überrascht. »*Sie* sind der Gast?«

»Ich bat ihn zu kommen«, erwiderte Lady Goodhope, »sobald ich diesen groben, anmaßenden Brief erhalten hatte. Ich brauchte seinen Rat. Auch Ihr Rat ist mir natürlich willkommen.«

»Das ist erfreulich«, räumte er ein; dann bemerkte er vielsagend: »Mr. Donnelly hat einen geschäftigen Vormittag.«

»Den habe ich«, sagte der Chirurg, »und ich habe jeden meiner Besuche in Freundschaft und mit gebührendem Respekt absolviert.«

»Natürlich«, antwortete Sir John besänftigend und beinahe entschuldigend. »Ich bin sicher, daß das stimmt. Meine arme Frau schläft nun trotz ihres Leidens, was nur Ihnen zu verdanken ist. Aber ich verstehe Ihren Wunsch, nun rasch zu Ihrer nächsten Verabredung zu kommen.«

»Genug davon«, sagte Lady Goodhope höchst eigensinnig. »Wollen Sie nun hören, was in diesem Brief steht, oder nicht?«

»Selbstverständlich, selbstverständlich!«

»Dann kommen Sie herein und schließen Sie die Tür. Ich möchte nicht, daß dies Potter zu Ohren kommt. Seine Rolle werde ich Ihnen gleich erklären.«

Sie ging uns voraus ins Zimmer. Alle außer mir setzten sich. Ich blieb neben dem Stuhl von Sir John stehen, da ich dies für einen Richtergehilfen angemessen hielt.

Ich bemerkte, daß Mr. Donnelly Lady Goodhope mit äußerstem Ernst und Mitgefühl ansah. Sie hielt den Brief dicht vor ihre Augen, womit sie ihre Kurzsichtigkeit verriet, räusperte sich und begann zu lesen: »›Meine liebe Lady Goodhope‹, beginnt er. Ermessen Sie die Dreistigkeit dieser Anrede? Vor allem von einem Menschen wie diesem?«

»Wie welchem, Lady Goodhope?« fragte Sir John.

»Nun, hören Sie zu!«

»Bitte, fahren Sie fort.«

Sie räusperte sich erneut: »›Bitte, empfangen Sie mein Beileid, wie es aus einem solchen Anlaß angemessen ist; ich las heute morgen im *Public Advertiser,* daß Lord Goodhope verstorben ist. Das bekümmert mich sehr, denn er war mir gut bekannt; er war häufig in meinem Etablissement zu Gast, um wie andere Gentlemen den Glücksspielen zu frönen, die ich anbiete. Es bekümmert mich um so mehr, als ich Ihnen mitteilen muß, daß der nun dahingeschiedene Lord Richard so viele unbezahlte Rechnungen und Schuldscheine angehäuft hat, daß ich vor zwei Wochen gezwungen war, von ihm einen Vorschuß auf die Zahlungen zu fordern. Wir trafen also eine Übereinkunft, die von meinem Anwalt aufgesetzt wurde. Den Inhalt dieser Übereinkunft würde ich als Hypothek bezeichnen, doch mein Anwalt sagt, es handele sich um ein Pfandrecht. Der Betrag dieses Pfandrechts beläuft sich, wenn ich meinem Anwalt Glauben schenke – und ich weiß, daß er die richtige Bezifferung dessen, was er selbst geschrieben hat, kennen muß –, auf zwanzigtausend Pfund; bei dem fraglichen Besitz handelt es sich um das Haus, in dem mein Bote den vorliegenden Brief abgegeben hat. Um mich deutlich auszudrücken: Sollten Sie, oder wer sonst dieses Haus bewohnt, diese Schuld bis zum Ende des Monats nicht im Namen von Lord Goodhope begleichen, müssen Sie ausziehen und mir das Haus überlassen. Ich könnte Ihnen und jedem anderen gegenüber nachweisen, welche Schulden Lord Goodhope bei mir hatte, als er noch am Leben war, und Sie würden sehen, daß der Betrag sich auf wesentlich mehr als zwanzigtausend Pfund beläuft. Doch es ist ein hübsches Haus, und ich würde gern darin wohnen. Also werde ich mich mit diesem Betrag zufriedengeben. Schicken Sie, wen immer Sie wollen, den Schuldschein und die Zahlungsversprechungen in Augenschein zu nehmen.‹«

Lady Goodhope schaute mit flammendem Blick auf. Sie stampfte mit einem wohlbeschuhten Fuß auf den Boden. »Also!« sagte sie. »Würden Sie nicht auch sagen, daß er meine Geduld aufs äußerste strapaziert?«

»Wie ist der Brief unterzeichnet?« fragte Sir John.

»Natürlich höchst unverschämt!« Sie hielt den Brief noch einmal dicht vor ihre Augen und las die beiden letzten Zeilen: »›Ich verbleibe als Ihr bescheidener und gehorsamer Diener, John Francis Bilbo.‹« Sie schnaubte hochmütig. »In der Tat, ein *Dienstbote!*«

»Hmm«, sagte Sir John, »Black Jack Bilbo.« Er dachte einen Augenblick nach. »Und was hat Potter damit zu tun?«

»Das war mein Vorschlag«, sagte Mr. Donnelly.

»Inwiefern?«

»Daß wir jemanden schicken, um das fragliche Dokument zu prüfen, zumindest um festzustellen, ob die Unterschrift wirklich von Lord Goodhope stammt.«

»Gibt es irgendeinen Grund, daran zu zweifeln?«

»Nun, ich... ich...« Lady Goodhope schien um Worte verlegen. »Gewiß hat Lord Goodhope gespielt. Doch in solcher Höhe? Bestimmt nicht!«

»Manche«, entgegnete Sir John, »haben wesentlich mehr verloren. Sie werden sich erinnern, Lady Goodhope, daß ich

Ihnen gleich riet, Lord Goodhopes Finanzen zu prüfen. Haben Sie das inzwischen getan?«

»Nein«, gab sie zu, noch immer äußerst mißgestimmt.

»Aber jetzt haben wir natürlich die Absicht, das zu tun«, warf Mr. Donnelly ein.

»Wie auch immer«, sagte Lady Goodhope, »das war zu einem Zeitpunkt, als Sie seinen Tod noch für einen Selbstmord hielten. Ich habe Ihnen gesagt, daß Sie sich da irrten.«

»Ja«, antwortete Sir John mit einem Nicken, »in der Tat, das haben Sie, das haben Sie.«

»Aber ist es möglich«, fragte Mr. Donnelly, »daß Lady Goodhope für Schulden wie diese haftbar gemacht wird?«

»Nicht sie«, erwiderte Sir John, »aber Lord Goodhopes Vermögen. Wenn sie es zu ihrer eigenen Bequemlichkeit und für ihren Sohn einigermaßen intakt halten will, dann muß sie dafür sorgen, daß die Schulden ihres verstorbenen Gatten bezahlt werden: auch jene, gegen die sie vielleicht gewisse moralische Einwände hat, *wie die vorliegenden.*«

»Sir John, sicherlich…«

»So ist das Gesetz, Lady Goodhope«, unterbrach Sir John sie streng. »Wir können uns unsere Schulden nicht aussuchen. Wir müssen sie alle bezahlen. Ich kann Ihnen nur aufs neue raten, sich die Finanzen Ihres verstorbenen Gatten anzusehen. Sprechen Sie mit seinem Anwalt. Es ist gut möglich, daß Mr. Bilbos Pfandrecht aus anderen Mitteln befriedigt werden kann. Immerhin haben Sie Zeit bis zum Ende des Monats. Das ist mehr als eine Woche. Nutzen Sie diese Spanne.«

Sie sah ihn ebenfalls streng an. »Um aufrichtig zu sein«, erklärte sie, »ich habe ernsthaft den Gedanken erwogen, dieses Haus zu verkaufen. Ich glaube, ich sagte Ihnen schon, daß es nie mein Zuhause war. Das war immer Lancashire. Hier hat mein Mann sein Stadtleben geführt und, verzeihen Sie, seine Feste gefeiert. Ich mußte für einige Wochen im Jahr herkommen, im Frühling und im Herbst, in der übrigen Zeit gehörte es ihm allein. Daher verspüre ich keine Bindung an dieses Haus, verstehen Sie? Ich würde es frohen Herzens verkaufen, aber ich werde nicht zusehen, wie es an irgendeinen Spieler *verschenkt* wird, dem mein Mann vielleicht einen Bagatellbetrag schuldete.«

»Sie nennen Zwanzigtausend einen Bagatellbetrag?« fragte Sir John ziemlich hart.

»Die Schuld muß erst noch verifiziert werden«, antwortete sie.

Sir John erhob sich, nickte beiläufig einen Gruß und sagte: »Nun, Lady Goodhope, ich wünsche Ihnen viel Glück. Ich hoffe aufrichtig, daß die Verifizierung zu Ihren Gunsten ausgeht. Doch jetzt muß ich mich wieder mit den kriminellen Aspekten der Angelegenheit befassen. Sie haben unter Ihrem Personal zwei Küchenhilfen namens Annie und Meg, deren Familiennamen mir nicht bekannt sind.«

»Ach ja?« Sie schien die beiden nicht zu kennen. »Das wußte ich nicht.«

»Ich möchte mit ihnen sprechen, und zwar in dieser Reihenfolge: zuerst Annie, dann Meg.«

Sie machte eine vage Geste mit der Hand. »Sagen Sie das Potter oder, vielmehr, Ebenezer – Potter ist ja nicht hier.«

»Ja, Ebenezer Tepper. Nach ihm wollte ich Sie fragen. Er ist ziemlich fremd hier, nicht wahr?«

»Das ist er in der Tat.«

»Wie ist er hierhergekommen und wann?«

»Wann? Oh, vor ganz kurzer Zeit, erst in den letzten Tagen.«

»Und wie kam es dazu?«

»Kurz nach meiner Ankunft, etwa vor zehn Tagen, ist einer der regulären Dienstboten verschwunden.«

»Verschwunden?«

»Ja, er tauchte einfach nicht mehr auf. Als Ersatz schlug ich vor, Ebenezer aus Lancashire kommen zu lassen. Ich habe kein Geheimnis daraus gemacht, daß ich ein wenig für ihn eingenommen bin. Er ist im allgemeinen ein guter Junge, und vor einem Jahr hat er meinen Sohn vor körperlichem Schaden bewahrt. Mein verstorbener Mann hatte nichts dagegen einzuwenden, genaugenommen schien ihm die Sache gleichgültig zu sein, und so wurde Ebenezer geholt.«

Sir John stand einen langen Augenblick schweigend da. »Und warum hat man mir vom Verschwinden jenes Dieners nichts gesagt? Wie hieß er?« fragte er schließlich.

»Ich habe keine Ahnung. Dienstboten«, sagte sie mit deutlichem Achselzucken, »kommen und gehen. Glauben Sie, es könnte etwas mit Lord Goodhopes Tod zu tun haben?«

»Es wäre immerhin möglich.«

»Dann ist es gut, daß es jetzt zur Sprache kommt, auch wenn ich mir nicht vorstellen kann, welche Rolle es spielen sollte.«

»Das ist meine Aufgabe, Lady Goodhope: zu sehen, welche Rolle die Dinge spielen.«

»Wie Sie meinen, Sir John.«

»Ich verabschiede mich also, und ich danke Ihnen.«

Wir gingen zur Tür, begleitet von Mr. Donnelly, der mit Sir John aufgestanden war und geduldig auf unseren Aufbruch gewartet hatte. An der Tür blieben wir stehen, und Mr. Donnelly, eine Hand auf dem Türknopf, sprach leise und ernsthaft auf Sir John ein.

»Ich danke Ihnen, Sir«, sagte er, »daß Sie ihr vernünftig zugeredet haben. Sie hat nicht die geringste Ahnung, wie die Konten ihres Gatten standen. Sie ließ durchblicken, daß Sie ihr angeboten haben, ihr die Namen verläßlicher Männer zu nennen, die sich einen Überblick über Lord Goodhopes Situation verschaffen könnten. Wenn Sie mir diese Namen jetzt nennen würden, könnte ich vielleicht...«

»Hier und jetzt kann ich nur einen nennen, und zwar Moses Martinez. Er ist Jude und ein integerer Mann. Seine Geschäftsräume befinden sich gleich unterhalb des Cheshire Cheese in der Fleet Street. Die Hausnummer weiß ich nicht mehr, aber er ist in der Gegend gut bekannt.«

»Ich werde ihn finden.«

»Nur noch eine Frage, Mr. Donnelly. Wo befindet sich der Leichnam, um den es hier geht?«

»Der von Lord Goodhope? Oh, der ist beim Einbalsamierer. Lady Goodhope hat beschlossen, ihn auf einem Friedhof in der Nähe von Grandhill zu bestatten – in der Nähe des Besitzes in Lancashire. Es schien angemessen, ihn für die Reise einzubalsamieren.«

»Ich verstehe. Nun, sollte sie die Absicht hegen, ihm wegen der Beerdigung bald zu folgen, muß ich sie möglicherweise aufhalten.«

»Das habe ich mir schon gedacht, Sir John. Vielleicht wird auch Mr. Martinez auf ihrer Anwesenheit bestehen.«

»Das wäre möglich, ja.«

Gerade als Mr. Donnelly die Tür öffnen wollte, um uns in die Halle zu führen, war ein Klopfen zu hören. Der Chirurg riß die Tür auf, und Potter stand davor, starr und aufrecht, doch etwas außer Atem, als sei er soeben über eine lange Strecke gelaufen.

»Ich habe eine Nachricht für Lady Goodhope«, verkündete er laut und mit wichtigtuerischer Stimme.

Anscheinend versperrte ich ihm den Weg. Stirnrunzelnd forderte er mich auf, ihm auszuweichen, dann marschierte er geradewegs ins Wohnzimmer.

»Sie können Ihren Bericht erstatten, Potter«, sagte sie. »Ich habe vor diesen Gentlemen nichts zu verbergen.«

»Wie Mylady wünschen. Aber ich fürchte, ich bringe schlechte Nachrichten. Ich sah das fragliche Dokument, und ich muß mich für die Unterschrift verbürgen. Sie stammt in der Tat von Lord Goodhope. Mr. Bilbo war sehr kooperativ. Er zeigte mir auch die einzelnen Schuldschiene, die ebenfalls die Unterschrift von Mylord tragen, in vielen Fällen nur hingekritzelt, aber anscheinend wirklich von *ihm.*«

»Wir werden sehen«, sagte sie mit ausdrucksloser Miene.

»Sehr wohl, Mylady. Aber da ist noch eine Sache.«

»Und das wäre?«

»Während ich im Etablissement von Mr. Bilbo war, traf ich

zufällig Mr. Charles Clairmont. Er war sehr bekümmert, weil er gerade vom Tod seines Bruders erfahren hatte, und bittet um Erlaubnis, Ihnen seine Aufwartung machen zu dürfen.«

»Die wird er nicht bekommen«, erklärte sie mit großer Bestimmtheit. »Die wird dieser Mr. Clairmont *niemals* bekommen.«

Nachdem er das gehört hatte, wandte Sir John sich ab, verließ das Zimmer und ging durch die Halle; ich folgte ihm sogleich. Als ich ihn einholte, stellte ich fest, daß er auf einmal schlechter Laune war. Er blieb stehen und brummte in einem Ton vor sich hin, der mir an ihm vollkommen unbekannt war. Ich wunderte mich über diese abrupte Veränderung. Ich zögerte, hin- und hergerissen zwischen meiner Angst, ihn in einer solchen Verfassung zu stören, und meinem Wunsch, ihm zu helfen.

Schließlich fragte ich kühn: »Kann ich etwas für Sie tun, Sir?«

Er wandte sich mir zu, kochend vor Zorn, allerdings (wie ich erleichtert feststellte) nicht meinetwegen. »Jeremy«, sagte er, »erinnerst du dich an die übertriebenen Bemerkungen, die ich vor nur zwei Abenden über die Mängel des weiblichen Geschlechts machte?«

»Ja, Sir, ich erinnere mich«, sagte ich.

»Vielleicht habe ich später den Eindruck erweckt, sie zu bereuen. *Das tue ich nicht!* Ich erhalte sie alle aufrecht!« Er stieß seinen Stock heftig auf den Teppich. »Was entdecken wir jetzt noch zusätzlich zu Lady Goodhopes widerstrebendem Bericht? Einen vermißten Dienstboten und einen Bruder, der sich plötzlich materialisiert! Nicht eine Überraschung, sondern deren zwei! Nun, mein Junge, ich sage dir, ich habe genug von diesen Überraschungen. Siehst du irgendwo diesen aufgeblasenen Arsch von einem Majordomus?«

»Sie meinen Potter, Sir?«

»Ja, den meine ich. *Bring ihn her.*«

Ich sah Potter tatsächlich, denn genau in diesem Augenblick

begleitete er Mr. Donnelly hinaus. Ich eilte zu ihm, und als er die Tür schloß, sagte ich ihm, Sir John wolle ihn sofort sprechen. Er nahm das mit ziemlich gequälter Miene auf, begleitete mich aber durch die Halle bis zu jener Stelle, an der Sir John sich aufgebaut hatte.

Ich denke, angesichts der bisher geschilderten Beispiele werden Sie mir zustimmen, daß Sir John in der Regel dazu neigte, seine Vernehmungen recht freundlich abzuhalten. Potter gegenüber war er jedoch gar nicht freundlich. Er verlangte, die Geschichte von Charles Clairmont zu erfahren. Potter zeigte sich widerstrebend, berief sich auf Diskretion in einer Familienangelegenheit, doch davon wollte Sir John nichts wissen; er schwenkte seinen Stock und drohte ihm mit einer Anklage wegen Behinderung der Ermittlungen in einem Kriminalfall. Daraufhin sank dem Butler der Mut, und er gab eine Zusammenfassung der Geschichte des fraglichen Mannes.

Charles Clairmont war tatsächlich nur ein Halbbruder. Es war keine Rede davon, daß er den Titel erbte, denn seine illegitime Geburt schloß ihn von der Erbfolge aus. Clairmont, etwa gleichaltrig mit dem verstorbenen Lord, war der Sohn der Londoner Geliebten ihres Vaters; dieser hatte ihn anerkannt, ihm eine gute Erziehung zuteil werden lassen und ihm anläßlich seiner Volljährigkeit ein beträchtliches Vermögen überschrieben. Charles Clairmont war ein ehrgeiziger Mensch; er hatte dieses Vermögen mit auf die Westindischen Inseln genommen, wo er sich mit großem Erfolg dem Handel widmete. Er war seither viele Male nach London zurückgekehrt und hatte bei jedem Besuch seinen wachsenden Reichtum demonstriert, indem er teure Güter kaufte, die er in die Karibik transportieren ließ.

»Und woher rührt diese Feindschaft zwischen Lady Goodhope und Mr. Clairmont?« fragte Sir John.

Seinem Gesichtsausdruck nach zu schließen, hätte Potter Sir John wohl am liebsten aufgefordert, die Lady selbst danach zu fragen. Doch dann überlegte er es sich anders: »Sie rührt, glaube ich, von der Tatsache her, daß er ungeladen zu ihrer Hochzeit erschien. Und da er nicht eingeladen war, nutzte er die Gelegenheit, um einen trunkenen Tumult anzuzetteln, der ganz und gar unschicklich war. Ziemlich häßlich, wirklich. Trotzdem unterhielten er und Lord Goodhope im Laufe der Jahre weiterhin Beziehungen von mehr oder weniger herzlicher Natur. Mr. Clairmont versäumte es nie, ihm bei seinen Besuchen in England seine Aufwartung zu machen, allerdings immer in London und nie, wenn Lady Goodhope gleichfalls hier war.«

»Und Sie haben ihn zufällig gerade heute morgen im Etablissement von Mr. Bilbo getroffen?«

»Jawohl, Sir.«

»Und was hatte er dort zu suchen?«

»Das kann ich nicht sagen. Zum Spielen war er nicht da. Die Tische waren noch nicht geöffnet. Er machte wohl Geschäfte mit dem Besitzer. Durch ihn hatte er von Lord Goodhopes Tod erfahren. Er sagte, er sei gerade von den Inseln gekommen.«

»Wohin?«

»Das hat er nicht gesagt, Sir.«

»Aha.« Sir John brauchte nur einen Augenblick, um die Sache zu überdenken. »Wenn er um die Erlaubnis gebeten hat, Lady Goodhope aufzusuchen, dann muß er Ihnen doch eine Adresse gegeben haben, unter der er zu erreichen ist.«

»Äh, ja, das hat er, Sir: eine Pension von gutem Ruf am Strand. Ich habe sie hier.«

Der Butler fing an, in seiner Jackentasche zu kramen.

»Behalten Sie sie«, sagte Sir John. »Schicken Sie einen Diener oder gehen Sie selbst hin und überbringen Sie Lady Goodhopes unfreundliche Botschaft. Sagen Sie ihm außerdem, daß er sich pünktlich um fünf Uhr in meinen Räumen beim Gericht in der Bow Street einzufinden hat. Merken Sie sich, Potter, das ist eine *amtliche Vorladung.* Haben Sie das verstanden?«

»Jawohl, verstanden, Sir.« Er begann mit den Füßen zu scharren, als bereite er sich auf den Aufbruch vor.

Doch Sir John war noch nicht mit ihm fertig. »Und jetzt«, sagte er, »kommen wir zu der Sache mit dem verschwundenen Diener. Wann ist er verschwunden?«

»Vor zehn Tagen – oder vielmehr elf, glaube ich.«

»Was denn nun, Mann«, sagte Sir John grob, »zehn oder elf?«

Leicht erschüttert sprach Potter schneller; seine Worte überstürzten sich förmlich: »Das ist schwer zu sagen, Sir. Der Mann verschwand über Nacht mit seinen Kleidern und Habseligkeiten. Und dabei hatte er noch Lohn zu bekommen!«

»Und das finden Sie seltsam?«

»O ja, Sir! Allerdings!«

»Und wie hieß er? Wie sah er aus? Wie lange stand er hier im Dienst?«

Jetzt verlor Potter wirklich die Fassung. Er schaute nach rechts und links, als suche er die Antworten anderswo. Doch er fand sie nicht, und schließlich sah er Sir John an: »Er gehörte etwa ein Jahr zum Hauspersonal, nicht mehr. Er war ein großer Mann, stark gebaut, und seine Kraft war nützlich, wenn im Haus schwere Lasten zu bewegen waren.«

»Gut, gut. Und sein Name?«

»Richard, Sir, genau wie Seine Lordschaft.«

»Und so wurde er im Haus genannt?«

»Äh, nein, Sir. Das hätte vielleicht Verwirrung gestiftet. Im Haus nannte man ihn Dick.«

»Ich nehme an«, sagte Sir John, »daß er auch einen Familiennamen hatte. Auch die Geringsten von uns besitzen einen.«

»Ich bin sicher, daß er einen hatte, Sir, aber im Augenblick will er mir nicht einfallen.«

Zu meiner Überraschung entschloß sich Sir John, der bis hierher in sehr strengem Ton gesprochen hatte, nun, etwas milder vorzugehen. Doch hinter seinen Worten lauerte eine dunkle Drohung.

»Nun, denken Sie darüber nach«, sagte er zu Potter. »Er steht gewiß in den Haushaltsabrechnungen des vergangenen

Jahres. Suchen Sie ihn heraus, wenn Sie ohnehin nach dem Plan des Hauses suchen, den zu beschaffen ich Ihnen auftrug. Denken Sie an den Familiennamen dieses Dieners, und denken Sie auch an die Anklage wegen Behinderung der Ermittlungen, die ich Ihnen angedroht habe. Das war keine leere Drohung, eine solche Anklage ist nicht auf die leichte Schulter zu nehmen. Eine Verurteilung würde Ihnen Monate, nein, Jahre im Gefängnis einbringen, je nach den Umständen. Das ist zwar ernst, aber nicht halb so ernst wie Komplizenschaft bei einem Kapitalverbrechen. Darauf steht, wie Sie vielleicht wissen, die Todesstrafe durch Erhängen. Möchten Sie nun, da Sie dies alles wissen, vielleicht eine letzte Anstrengung unternehmen, sich zu erinnern?«

Schweiß stand auf Potters Gesicht. Das, was Sir John ihm vor Augen geführt hatte, hätte ihn weniger geängstigt, wenn er so unschuldig und unwissend gewesen wäre, wie er vorgab. Vielleicht hatte er weniger Angst vor dem Mann, der ihn verhörte, als vor einem anderen, der im Augenblick nicht anwesend war.

Mit bedauernder Miene rang er nach Worten, und schließlich, nach einem tiefen Atemzug, konnte er sprechen.

»Gerade fällt er mir ein, Sir – ich meine, der Nachname des Dieners. Er hieß … Dillon.«

»Sein Name ist also Dick Dillon?«

Potter war in sich zusammengesunken; er brachte ein Nikken zustande und fügte dann leise hinzu: »Ja, Sir.«

»Nun, vielleicht habe ich dann gute Neuigkeiten für Sie, Potter. Sie haben Anzeichen von Todesangst gezeigt, die, wenn ich so sagen darf, sogar ein Blinder sehen konnte. Wenn Dick Dillon Sie so erschreckt hat, und zweifellos ist er zu fürchten, dann können Sie sich beruhigen. Er befindet sich in Newgate in Haft und erwartet seinen Prozeß wegen eines Kapitalverbrechens.«

Doch Potter beruhigte sich keineswegs, sondern ließ größte Verwirrung erkennen. Immerhin gelang es ihm, Sir John zu antworten: »Das erleichtert mich ein wenig. Er hinterließ eine Nachricht, in der er jeden bedrohte, der ihn zu verfolgen suchte.«

»Ach. Das haben Sie nicht erwähnt.«

»Nein, Sir.«

»Haben Sie die Nachricht hier?«

»Nein, Sir. Ich habe Sie dem Herrn gezeigt, und er hat sie vernichtet.«

»Wie schade. Nun, wenn Sie so freundlich sein wollen, sagen Sie bitte in der Küche Bescheid, daß ich die Küchenhilfen Annie und Meg in der Bibliothek zu sprechen wünsche. Und sorgen Sie dafür, daß Mr. Charles Clairmont von meiner Aufforderung erfährt, um fünf Uhr in der Bow Street zu erscheinen.« Dann nickte Sir John freundlich und fügte hinzu: »Danke, Potter, das war alles.«

Und so kamen wir schließlich in die Bibliothek, wo die Tischler pfiffen und scherzten und gelegentlich auch ein wenig arbeiteten; dort fragte ich den Frager, wie er zu seinen Erkenntnissen über sein Gegenüber gekommen sei.

»Sir John«, sagte ich, »die Angst stand ihm ins Gesicht geschrieben. Woran haben Sie das erkannt? Er sprach doch ganz gut.«

»Mein Junge, Angst hat einen Geruch. Das glaubst du vielleicht nicht, aber es stimmt. Bei unserem Mann war dieser Geruch in den letzten paar Minuten sehr stark.«

»Waren Sie es, den er fürchtete? Oder das Gesetz?«

»Das würde ich gern annehmen«, sagte er, »aber wahrscheinlich ist es das nur teilweise. Er schien gewissermaßen zwischen zwei Stühlen zu sitzen. Da ist noch etwas oder, genauer, noch jemand, den er fürchtet. Und zwar nicht Dick Dillon.«

»Den Eindruck hatte ich auch«, stimmte ich eifrig zu.

»Wirklich? Tatsächlich? Guter Junge.« Er tastete sich mit seinem Stock durch den Raum und fand den Schreibtisch und dann den Stuhl, auf dem der Tote gesessen hatte. Er nahm seinen Platz ein, dachte einen Augenblick nach und fügte dann hinzu: »Vielleicht hätte ich bei ihm die Daumenschrauben ein wenig fester anziehen sollen. Der Mann hat uns offenkundig noch mehr zu sagen. Doch es müßte interessant sein zu beobachten, welchen Weg er nun einschlägt, nachdem man ihm Angst eingejagt hat. Auf diese Weise erfahren wir vielleicht mehr.«

In diesem Augenblick erschien Annie aus der Küche und veranlaßte die Tischler sogleich zu deutlichen Gesten und Kommentaren. Sie war tatsächlich ein dralles Mädchen von der Art, der Männer auf der Straße Bemerkungen zuriefen; jedenfalls war das damals so. Schon als sie eintrat, rief ihr der jüngste der Tischler, vermutlich ein Lehrling, der auf Knien vor der Tür hockte, ein Scherzwort zu. Sie kicherte und gab ihm spielerisch einen Klaps auf die Schulter, ehe sie an ihm vorbei in die Bibliothek trat. Als sie an mir vorbeikam, kniff sie mich auf eine Weise, die ich ziemlich schmerzhaft fand, in den Arm. Und sie flüsterte mir eine scharfe Anklage zu: *»Petze!«* Dann ließ sie sich damenhaft auf dem Stuhl gegenüber von Sir John nieder und strich ihre Schürze glatt.

»Zu Ihren Diensten, M'lord«, sagte sie.

Doch er sprach nicht zu ihr, sondern zu mir: »Jeremy, könntest du dich vielleicht ein wenig von uns entfernen? Vielleicht in die entgegengesetzte Ecke des Raumes? Ich erinnere mich, daß du dich besonders für Bücher interessiertest. Warum schaust du dich dort nicht ein wenig um? Wir müssen alles in unserer Macht Stehende tun, damit Mistress Annie hier ungehindert sprechen kann, meinst du nicht?«

»Wie Sie wünschen, Sir John.«

Enttäuscht zog ich mich also zurück und drehte mich gerade rechtzeitig um, um noch zu sehen, wie Annie mir ziemlich unverschämt die Zunge herausstreckte. Darüber lachten die Zimmerleute, und ich schlich mich in meine Ecke. Die Schmach war schwer zu ertragen. Ich nahm auf gut Glück ein

Buch aus dem Regal und blätterte darin, während ich die Ohren spitzte, um zu erlauschen, was zwischen den beiden am Schreibtisch sitzenden Personen gesprochen wurde.

Doch ach, ich hatte, fürchte ich, keinen großen Erfolg. Sie unterhielten sich in leisem Ton und waren aus der Ferne, in die man mich verbannt hatte, nicht recht zu verstehen. Nur gelegentlich bekam ich ein Wort, einen Satz oder vielmehr einen Namen mit. An einer Stelle schien Annie Sir John eine ganze Reihe von Namen aufzuzählen. Natürlich würde er sich dafür interessieren, wer bei Lord Goodhopes »Impromptus« zugegen gewesen war. Waren das die Namen, die sie ihm nannte? Ich erinnere mich, daß Lucy Kilbourne und Black Jack Bilbo Erwähnung fanden.

Was mir damals am seltsamsten vorkam – heute allerdings weniger –, war die frivole Art, auf die die beiden sich unterhielten. Obwohl sie die ganze Zeit in gedämpftem Ton sprachen, um nicht zu sagen flüsterten, wurde das Gespräch häufig von Gelächter unterbrochen: dumpfem Poltern auf seiten Sir Johns, hellem Kichern von Annie. Es war, als plauderten zwei gute alte Bekannte miteinander. Was für ein Gegensatz zu der strengen, sogar drohenden Miene, die er vor nur wenigen Minuten dem Butler gegenüber an den Tag gelegt hatte! War es möglich, daß Annies gewinnende Art ihn milder gestimmt hatte? Oder war das vielleicht eine Strategie, die ich nur nicht verstand? Sicher letzteres, denn ich habe nie erlebt, daß er zwei Zeugen auf genau die gleiche Art befragte.

In meiner Ecke wurde mir die Zeit unerträglich lang, doch in Wirklichkeit verhörte er Annie – wenn man das so nennen kann – nur eine Viertelstunde, vielleicht sogar noch weniger. Als er fertig war, stand er auf, verneigte sich äußerst höflich und dankte ihr. Sie ihrerseits machte einen hübschen Knicks und verabschiedete sich.

Als wir aneinander vorbeikamen, sie auf dem Weg zur Tür, ich zu Sir John, zwinkerte sie mir frech zu und sagte: »Er ist gar nicht so übel, was?«

»Ach, Annie, meine Liebe!« rief Sir John, worauf sie innehielt.

»Ja, M'lord?«

»Würden Sie so freundlich sein, mir Mistress Meg zu schikken?«

»Gern, M'lord«, sagte sie, »aber Sie werden von ihr nicht viel zu hören bekommen.«

»Nun, wir müssen es versuchen«, entgegnete er. »Wir müssen es versuchen.«

»Er wird schon sehen«, flüsterte Annie mir zu. Sie drückte meine Hand und sagte: »Ich verzeihe dir, daß du gepetzt hast.«

Dann stolzierte sie eilig davon, bis ich sie nicht mehr sah.

Ich ging zu Sir John, der noch immer am Schreibtisch stand. »Ein lebhaftes Kind«, sagte er, »doch ich fürchte um ihre Zukunft. Vielleicht läßt sich in einem anderen Haushalt ein Platz für sie finden. Ich wette, sonst landet sie auf der Straße.«

Ich begriff nicht ganz, was das zu bedeuten hatte, und sagte: »Wie Sie meinen, Sir.«

»Und nun hör zu, Jeremy. Ich habe die Absicht, dieses Zimmer zu verlassen, wenn ich mit dem anderen jungen Mädchen spreche. Ich möchte, daß du bleibst und mit einer ernsthaften Suche nach dem geheimen Ausgang aus diesem Raum beginnst. Ich bin sicher, daß einer existiert, Bauplan hin oder her. Du hast angedeutet, daß deine Inspektion der Außenseite dich veranlaßt hat, dir über die Anlage und den Bau des Kamins Gedanken zu machen. Ich bitte dich also, die Feuerstelle genau zu untersuchen. Sie befindet sich hier hinter dem Schreibtisch, nicht wahr? Halte Ausschau nach Vorsprüngen, auf die man drücken, und nach Knöpfen, an denen man ziehen könnte, alles, was eine Maschinerie aus Gewichten und Rollen in Gang setzen könnte, um einen Teil der Wand zu bewegen. So nämlich...«

In diesem Augenblick wandte sich Sir John der Tür zu. Dort stand Meg; sie wirkte noch ängstlicher als bei unserem letzten Zusammentreffen. Ihre Augen waren weit aufgerissen. Ihre

Hände über der Schürze zitterten. Die Zimmerleute betrachteten sie gleichgültig.

»Ist sie das?« fragte Sir John.

»Ja«, sagte ich, »das ist Meg.«

Sehr unsicher kam das Mädchen näher.

Eine Wandlung ging mit Sir John vor sich. Ganz plötzlich wurde er unbeholfen und tapsig. Er stieß gegen die Ecke des Schreibtischs, die er vorhin graziös umrundet hatte, und rief jammernd: »Oh, verdammt!«

Ich streckte die Hand aus, um ihm zu helfen, doch flüsternd knurrte er mir zu: »Aus dem Weg, Jeremy. Laß mich allein.«

Dann bewegte er sich mit zögernden Schritten in die Mitte des Raumes, wobei er mit der rechten Hand tastend den Stock führte und mit der linken Kreise in der Luft beschrieb. In diesem Zustand hatte ich ihn noch nie gesehen. Er wirkte älter, schwächer und viel weniger rüstig. Ich folgte ihm einigermaßen unsicher.

»Mistress Meg, sind Sie das? Sind Sie da?«

»Sie nickt, Sir John«, sagte ich.

»Danke, Jeremy«, sagte er mit höchst jämmerlicher Stimme. Dann wandte er sich an sie. »Mein Mädchen, würden Sie wohl einen armen blinden Mann in den Garten führen und sich dort ein Weilchen mit ihm hinsetzen? Jeremy sagte mir, die Blumen dort stünden in voller Blüte und seien sehr schön. Da ich sie nicht sehen kann, würde ich sie gern wenigstens riechen. Würden Sie mich hinführen?«

Natürlich ohne ein Wort, aber weniger ängstlich als noch Augenblicke zuvor, trat Meg mit besorgtem Ausdruck vor und nahm Sir Johns Arm.

»Oh, ich danke Ihnen«, sagte er. »Sie sind überaus freundlich. Jeremy? Du machst weiter.«

Zusammen verließen die beiden die Bibliothek. Die Tischler beachteten sie gar nicht.

Mir selbst überlassen, ging ich zum Kamin und machte mich an meine Aufgabe. Er war groß, was den Maßen des Raumes entsprach, etwa drei Fuß breit. Der Sims und die Seiten waren aus solidem, dunklem Stein, geschwärzt von langem Gebrauch. Der Kamin war im Gegensatz zu dem in der Halle auf das Verbrennen von Kohle eingerichtet; letzterer diente zweifellos nur als Dekoration; man hatte ihn stehenlassen, um dem Stadthaus einen ländlichen Anstrich zu geben. Auf einer Seite des Kamins in der Bibliothek befand sich ein Haken, der stabil genug war, einen Teekessel zu halten, doch ich war sicher, daß in diesem Raum nie gekocht wurde.

Der Kamin wirkte in allen Teilen höchst solide. Die Rückwand bestand aus dicken Ziegeln. Die Feuerstelle war ungewöhnlich eindrucksvoll. Ich stand da und seufzte, während ich mich fragte, wo ich am besten beginnen sollte.

Um die Wahrheit zu sagen, es spielte keine Rolle. Mehr als eine Viertelstunde mühte ich mich mit Drücken und Ziehen ab. Ich drehte den Haken auf diese und jene Seite, versuchte sogar, ihn hochzuklappen und herunterzudrücken. Ich probierte jede Stange des Kamineinsatzes aus, drehte, zog und drückte daran herum. Als ich es mit den Ziegelsteinen der Rückwand und an den Seiten versuchte, machte ich mir lediglich die Hände schwarz. Kurz, ich entdeckte gar nichts.

Ich stand auf, trat ein Stück vom Kamin zurück und warf ihm, am Ende meiner Geduld angelangt, einen grimmigen Blick zu. Dachte ich vielleicht, ich könne ihn erschrecken und zur Kapitulation bewegen? »Verdammt!« sagte ich in schwacher Nachahmung von Sir John.

In meiner Verwirrung begann ich, auf und ab zu laufen. Ich versuchte, mir den Kamin so vorzustellen, wie ich ihn vom Garten aus gesehen hatte. Welche Details hatten meine Aufmerksamkeit erregt? Es war seine breite, abfallende Form gewesen, oder?

Um meiner Erinnerung auf die Sprünge zu helfen, ging ich zu dem Fenster, das auf den Garten hinter dem Haus hinausging. Sofort fesselte das Paar auf der Steinbank am Gartenweg meine Aufmerksamkeit. Sir John saß da und hielt in schweigender Konzentration den Kopf gesenkt. Er hörte zu! Meg nämlich, deren überaus ernstes Gesicht ich deutlich sehen konnte, sprach ihm ins Ohr.

Einen Augenblick lang starrte ich die beiden erstaunt an. Dann wich ich vom Fenster zurück, da ich fürchtete, Meg könne mich sehen. Ich war so in das Problem mit dem Kamin vertieft gewesen, daß ich an ihre Anwesenheit im Garten gar nicht mehr gedacht hatte. Sonst wäre es mir seltsam vorgekommen, daß Sir John so lange mit jemandem sprach, der so stumm war wie Meg. Wie er sie zum Sprechen veranlaßt hatte, konnte ich nur vermuten. Und was sie ihm sagte, konnte ich nur raten.

Unerklärlicherweise kränkte mich das. Ich hatte nicht nur das Geheimnis des Kamins nicht entdeckt, sondern man hatte mir auch die Einzelheiten vorenthalten, die zuerst Annie und nun Meg offenbarten. Es ist möglich, Leser, daß es enttäuschte wollüstige Neugier war, die mich schmollen ließ, denn ich hatte Zeit gehabt, über die Dinge nachzudenken, die Annie am Abend zuvor so freimütig angedeutet hatte. Wie auch immer, ich war beleidigt und wollte das auch zeigen. Ich marschierte durch den Raum und verlangte von den Zimmerleuten einen Hammer. Sie sahen mich überrascht an. Der jüngere schien ihn mir verweigern zu wollen, doch dann zuckte der Meister mit den Schultern, griff in seinen Werkzeugkasten und reichte mir einen. Zumindest besaß ich den Anstand, ihm zu danken.

Derart bewaffnet, kehrte ich zum Kamin zurück und fing an, gegen die Hinterwand und die Seiten zu schlagen. Ich muß gehofft haben, eine hohle Stelle zu treffen, wo meine Hände nur solide Ziegelsteine gefühlt hatten. Doch da ich auf mein Klopfen keine Antwort erhielt, schlug ich noch fester zu, bis Sir John erschien und mich davor bewahrte, die Ziegelsteine zu beschädigen.

»Was *machst* du denn da, Jeremy?« fragte er ziemlich laut. Er stand hinter mir.

Ich war so in meine Arbeit vertieft, daß ich ihn nicht hatte kommen hören. Ich fuhr zusammen, ließ den Hammer fallen, sprang auf und drehte mich zu ihm um. »Ich klopfe«, sagte ich. »Ich habe einen Hohlraum hinter den Ziegeln gesucht.«

»Klopfen? Nein, Master Jeremy, du hast richtig *zugeschlagen* – und zwar auf sehr laute und unziemliche Weise! Hör sofort damit auf. Wir können hier im Haus nicht länger so stören.«

Gedemütigt durch seine Mißbilligung, konnte ich nur murmeln: »Jawohl, Sir John.« Ich bückte mich, um den Hammer aufzuheben.

»Komm jetzt.«

Ich trabte hinter ihm her, als er den Raum verließ. Er blieb nur kurz an der Tür stehen, um mit dem Stock die Türöffnung zu ertasten, was mir Zeit ließ, den Hammer seinem Eigentümer zurückzugeben. Dann gingen wir wieder durch die Halle. Sir John schien von irgend etwas Dringendem angetrieben, von dem ich nichts ahnte. Doch kurz vor der Tür zur Straße blieb er stehen, wandte sich nach rechts und tat ein paar Schritte vorwärts. Er streckte seinen Stock aus.

»Ist das die Tür zum Wohnraum?« fragte er. Er hatte sie genau getroffen.

»Ja, Sir, das ist sie.«

Mit dem Stock klopfte er dreimal leicht an die Tür. »So«, sagte er, »klopft man. Hast du den Unterschied bemerkt?«

Ehe ich antworten konnte, öffnete sich die Tür, und Lady Goodhope hielt neugierig nach der Störung Ausschau. Ich sah, daß von ihrer geschlossenen Hand eine Perlenschnur mit einem Kruzifix herabhing. »Kommen Sie herein, Sir John«, sagte sie. Trotz des skeptischen Blicks, den sie mir zuwarf, folgte ich Sir John.

Er stand in der Mitte des kleinen Raumes und sagte unumwunden, was er zu sagen hatte. »M'lady, ich muß zu meiner Gerichtssitzung. Ich bitte Sie jedoch um die Erlaubnis, meinen jungen Gefährten hierzulassen. Er hat weitere Nachforschungen in der Bibliothek anzustellen.«

»Hat er sie nicht schon dreimal untersucht?«

»Beim vierten Mal entdeckt er das Geheimnis vielleicht.«

»Nun ja, wie Sie wünschen.«

»Nur noch eines«, sagte Sir John. »Haben Sie vielleicht ein Porträt von Lord Goodhope hier?«

»Ja, ein sehr gutes«, antwortete sie. »Es wurde erst vor einem Jahr gemalt.« Sie wies auf das Bild, das über dem Kamin hing. Es war kaum möglich, in den Formen und Umrissen des ansehnlichen Antlitzes auf dem Porträt das geschwärzte und blutige Gesicht wiederzuerkennen, das Mr. Bailey und ich nur zwei Nächte zuvor betrachtet hatten. »Finden Sie, daß etwas Anklagendes in den Augen steht?« fuhr Lady Goodhope fort. »Irgendwie flößen sie mir Schuldgefühle ein. Warum habe ich keine… ach, natürlich, Sie können ja nicht sehen, was ich meine. Ihr Leiden.«

»In der Tat«, sagte er. »Mein Leiden. Schau es dir gut an, Jeremy.«

»Auf einem muß ich bestehen«, sagte sie. »Wenn dieser Junge bleibt, muß er nach unten in die Küche gehen und sich gründlich waschen. Seine Hände und sein Gesicht sind schmutzig. Ich lasse nicht zu, daß er die Seiden- und Leinenstoffe in diesem Haus anfaßt und beschmutzt. Es verursacht mir schon Unbehagen, daß er überhaupt in diesem Zimmer steht.«

»Oh! Stimmt das, Jeremy?«

Ich sah auf meine Hände. Sie waren voller Ruß von den Ziegelsteinen. Zudem hatte ich mir im Verlauf meiner Arbeit den Schweiß von der Stirn gewischt und zweifellos auch mein Gesicht beschmutzt.

»Es scheint so, Sir John. Der Kamin…«

»Oh, ja, natürlich. Nun, ich versichere Ihnen, Lady Goodhope, daß er unverzüglich Abhilfe schaffen wird. Sie brauchen uns nicht nach draußen zu begleiten. Gehen wir, Jeremy.«

Er fand die Tür ohne Schwierigkeiten und wies mich an, sie zu schließen, als wir in der Halle waren. »Gib acht, daß du nichts schmutzig machst, Junge«, flüsterte er. »Das ist eine schwere Sünde, denk an Mrs. Gredge.«

An der Tür erwartete uns der Diener – Henry, nicht Ebenezer. Er reichte Sir John seinen Dreispitz und öffnete ihm die Tür.

»Findest du allein zurück in die Bow Street?« fragte Sir John.

Ich versicherte ihm, daß ich den Weg kannte.

»Wenn du dich verirrst, brauchst du nur zu fragen. Jeder kennt das Gericht in der Bow Street. Aber bleib auf keinen Fall, bis es dunkel wird.«

Das versprach ich, wir verabschiedeten uns, und er ging. Ich eilte sofort über die Hintertreppe in die Küche. Ich wußte sehr wohl, daß es meine Pflicht war, mich zu waschen, doch ich hoffte auch, Mistress Meg dort anzutreffen. Vielleicht, dachte ich, würde sie nun auch mit mir sprechen, nachdem Sir John sie zum Reden gebracht hatte. Ich wollte nichts weiter als besser mit ihr bekannt werden. Ich mochte ihre Zartheit und bemitleidete sie wegen der geheimnisvollen Qualen, die sie erlitten hatte.

Doch ach, als ich den Fuß der Treppe und die Küche erreichte, war Meg nirgends zusehen. Bis auf Ebenezer, der behaglich bei einer Tasse starken Tees am Tisch saß, war niemand in der Küche. Wir begrüßten einander höflich in zwei verschiedenen Sprachen, und ich ging schnurstracks zum Wasserbecken. Ich füllte eine Schüssel aus dem Tank, fand Seife, zog meine Jacke aus, krempelte die Hemdsärmel auf und machte mich an die Arbeit.

Während ich mich wusch, dachte ich nach. Und je länger ich nachdachte, desto deutlicher kam es mir so vor, als habe ich meine Suche vielleicht falsch angefangen. Sir John hatte mir gesagt, ich solle in der Bibliothek nach dem versteckten Ausgang suchen. Ich war seiner Bitte gefolgt, aber das hatte keine Früchte getragen. Vielleicht war es besser, den Raum aus einem anderen Blickwinkel zu untersuchen. Doch dazu würde ich Hilfe brauchen. Ob Ebenezer dazu bereit sein würde? Nun, dachte ich, vielleicht, denn selbst wenn ich seine Sprache nicht verstehen konnte, so verstand er doch mich. Würde ich ihn überreden können? Doch Überredung war wohl kaum geeignet. Ein kühner, autoritärer Ton würde meiner Sache dienlicher sein. Schließlich war ich der Gehilfe von Sir John Fielding, dem Richter des Gerichtshofs in der Bow Street – oder etwa nicht?

Ich griff nach einem schmutzigen Handtuch und trocknete mir Gesicht und Hände ab. Dann wandte ich mich an Ebenezer und sagte mit meiner tiefsten Stimme: »Ich brauche jetzt gleich Ihre Hilfe. Suchen Sie eine Schaufel oder einen flachen Spaten und außerdem eine Kerze und Zündhölzer, denn die werden wir auch brauchen.«

Ebenezer sprang sofort auf und machte sich auf den Weg, um die geforderten Dinge zu beschaffen.

Nicht mehr als ein Zoll soliden Londoner Schmutzes lag über dem Deckel der Höhlung. Sie war nicht schwer zu finden gewesen. Ich hatte mir ihre Lage im Verhältnis zum Tor in der Hecke gut eingeprägt. Mit dem flachen Spaten hatte ich angefangen, den Boden aufzugraben, und zwar vom Tor aus stetig nach links. Zwischen den einzelnen Einstichen ließ ich jeweils einen Fuß Platz. Als der Spaten beim siebten oder achten Versuch auf etwas Hartes stieß und mir aus der Hand rutschte, hob ich ihn wieder auf. Ich wußte, daß ich die Stelle gefunden hatte, an der meine Füße auf der Flucht vor den Pferdeungeheuern gelandet waren.

Ebenezer hatte bei meiner Entdeckung überrascht die Augen aufgerissen. Er nahm mir den Spaten aus der Hand und begann, die Erde wegzuschaufeln. Es dauerte nicht lange, denn sie war locker, was darauf hindeutete, daß sie erst kürzlich aufgewühlt worden war. Wäre sie nicht so locker gewesen, hätte ich die Stelle vielleicht nie entdeckt.

Was Ebenezer freilegte, war ein Steindeckel von etwas weniger als einem Yard im Quadrat mit einem kleinen Loch in der

Mitte, in das man greifen konnte, um ihn aufzuheben. Ebenezer steckte drei Finger der rechten Hand hinein und zerrte kräftig an dem Deckel, doch selbst bei Aufbietung all seiner Kraft konnte er ihn nicht ganz abheben. Ich rammte den Spaten als Hebel unter den Deckel und stemmte ihn hoch, während Ebenezer ihn packte und mit beiden Händen wegzog. Er legte ihn gegen die Hecke, und zwar in sicherer Entfernung von dem Loch, das er freigelegt hatte.

Gemeinsam schauten wir hinein. Eine halbwegs intakte Leiter führte nach unten. Ebenezer zog eine dicke Kerze von etwa acht Zoll aus der Tasche. Dann holte er Zündhölzer hervor und bat mich, die Kerze anzuzünden. Soviel verstand ich. Ich tat wie geheißen, und einen Augenblick später hatte er mit dem Abstieg über die Leiter begonnen, die Kerze in der Hand. Ich folgte ihm.

Wir erreichten den Grund der Höhlung etwa zehn Fuß unter der Oberfläche. Dort duckten wir uns und gingen weiter in Richtung Haus. Da uns kein teuflischer Gestank begrüßte, konnte ich wenigstens sicher sein, daß wir nicht der Senkgrube zustrebten. Auch schien es wenig wahrscheinlich, daß wir in die Kohlenschütte eingedrungen waren, dazu lag der Gang zu weit vom Haus entfernt. Er war gerade breit genug für einen Mann, doch die zahlreichen Stützpfähle, die ihn gefährlich erscheinen ließen wie einen Minenschacht, verengten in regelmäßigen Abständen den Weg.

Dennoch erreichten wir das Ende, an dem eine ebensolche Leiter stand wie die, auf der wir nach unten geklettert waren. Ebenezer, die Kerze in der Hand, wartete auf meine Instruktionen.

»Steigen Sie bis ganz oben, und sagen Sie mir, was Sie sehen.«

Festen Schrittes erkletterte er eine Stelle, die hoch über mir lag; ich sah nur noch Ebenezers Füße. Alles, was ich erkennen konnte, als ich nach oben spähte, war ein eindrucksvolles System von Vorrichtungen an einer Ziegelwand gleich links von Ebenezer.

»Sehen Sie einen Hebel? Etwas, womit sich die Maschinerie drehen ließe?«

Er leuchtete mit der Kerze alles ab und zog und drückte an dieser und jener Vorrichtung, doch ohne Ergebnis.

»Nein«, sagte er schließlich, »hier sehe ich nichts.«

»Gut«, erwiderte ich, »bleiben Sie noch ein Weilchen, wo Sie sind. Warten Sie noch einen Augenblick – bis ich in die Bibliothek zurückgekehrt bin –, und klopfen Sie dann in regelmäßigen Abständen an die Mauer, vor der Sie stehen. Haben Sie mich verstanden?«

»Ja!«

Ich verließ ihn und ging den Weg zurück, den wir gekommen waren. Bis auf das schwache Licht aus dem Schacht, durch den wir eingestiegen waren, war es stockfinster. Als ich diesen Punkt erreicht hatte und den Nachmittagshimmel über mir sah, erklomm ich schnell wie ein Affe die Leiter. Binnen Sekunden war ich an der Hecke, durch das Tor, durch den Garten und wieder im Haus.

Mein erster Blick auf die Tür zur Bibliothek ließ mich innehalten. Sie war geschlossen – zum ersten Mal, seit Ebenezer und Potter sie aufgebrochen hatten. Ich zog den zutreffenden Schluß, daß die Tischler ihre Arbeit in meiner Abwesenheit erfolgreich beendet hatten. War der Raum nun nicht mehr zugänglich?

Aber nein. Die Tür gab beim ersten Druck auf die Klinke nach. Ich stieß sie weit auf und lief unverzüglich zum Kamin. Ebenezer hatte schon zu klopfen begonnen. Doch zu meiner Überraschung und Verwirrung ertönte das Klopfen nicht direkt am Kamin, sondern eher ein paar Fuß weiter links, zwischen den Büchern, hinter dem Regal. Ich brauchte einen Augenblick, um, das Ohr an die Bücherwand gepreßt, die exakte Position festzustellen.

Ich wollte Ebenezers Signal erwidern und fing an, hastig und aufs Geratewohl Bücher aus den Regalen zu ziehen. Dabei ging ich nicht zimperlich vor. Einige flogen nach links, einige nach rechts, einige offen auf den Fußboden. Doch ich zerstörte keines und hatte daher das Gefühl, den Zorn, der im nächsten Augenblick über mich hereinbrach, nicht zu verdienen.

»Du Unglückseliger!« schrie Potter. »Wie kannst du es wagen, die Bücher des Herrn so zu behandeln?«

Diese Worte waren die einzige Warnung; als ich mich umwandte, um ihm die Sache zu erklären, sah ich, daß er bereits mit ausgestreckten Armen auf mich zustürzte, als wolle er mich erdrosseln. Ich duckte mich und wich seitlich aus, doch ich entging seinen rächenden Händen nicht ganz. Er packte mich an der Schulter und schleuderte mich hart gegen die Regalwand – an die Stelle, wo Ebenezer geklopft hatte.

Ich fürchtete, daß mir eine Tracht Prügel drohte, und die hätte ich vielleicht auch bezogen, aber wie ich dort kauerte, überraschte mich eine langsame, stetige Bewegung in meinem Rücken. Das gesamte Bücherregal mitsamt meiner Person drehte sich.

Ich blickte auf und versuchte, in Potters Gesicht zu lesen. Ich sah Überraschung, Unglauben und Wut zu gleichen Teilen. Er sagte nichts, sondern stand wie erstarrt da und sah zu, wie das sich drehende Regal das lächelnde Gesicht von Ebenezer Tepper freigab. Triumphierend schwenkte Ebenezer die brennende Kerze und stieß einen lauten Jubelschrei aus.

7. KAPITEL

In welchem Charles Clairmont sich bei Sir John einfindet und wir das Theater besuchen

Schon oft ist festgestellt worden, daß wir dann, wenn wir uns besonders beeilen wollen, am meisten Zeit verschwenden. Das erwies sich auch an jenem Nachmittag, als ich das Haus der Goodhopes verließ und entschlossen war, Sir John unverzüglich von meiner Entdeckung zu berichten.

Potter hatte nur einen Augenblick verblüfft gestarrt, dann war er ohne ein Wort höchst beleidigt aus der Bibliothek gestürmt. Ich war stark versucht, ihm zu folgen und sofort in die Bow Street zu laufen, doch ich blieb, um gemeinsam mit Ebenezer die Natur der Auslösevorrichtung zu erkunden, die die Maschinerie der Geheimtür in Bewegung setzte. Sie konnte von beiden Seiten der falschen Wand aus betätigt werden, war aber außen so geschickt verborgen, daß Ebenezer sie nicht bemerkt hatte. Ich wies ihn an, durch den Tunnel zurückzugehen und den Stein wieder über den Einstieg zu legen; ich selbst drückte auf den Auslöser und brachte das Bücherregal und die falsche Wand langsam wieder in ihre richtige Position neben dem Kamin. Dann stellte ich die Bücher, die ich herausgerissen hatte, wieder in die Fächer, allerdings nicht mit größerer Sorgfalt als beim Herausnehmen. Als das getan war, eilte ich aus dem Zimmer, durch die lange Halle und zur Tür hinaus. Potter war nirgends zu sehen.

Eigentlich war ich sicher gewesen, den Rückweg von der St. James Street aus zu kennen. Doch auf meinem Weg durch die überfüllten Straßen, nahm ich einmal eine falsche Abzweigung, dann noch einmal, und schließlich befand ich mich in einer Gasse, die jener sehr ähnlich sah, in der ich von den Herren Bledsoe und Slade-Sayer so böse überlistet worden war. Ziemlich verwirrt kehrte ich zur Kreuzung zurück und suchte mich zu orientieren. Ich hielt es für klug, eine Frau nach dem Weg zu fragen, da ich glaubte, vom sanfteren Geschlecht sei weniger zu befürchten. So kam es, daß ich mich an eine Frau unbestimmbaren Alters wandte, die an einer Mauer lehnte und allen Vorbeigehenden zulächelte. Sie wirkte recht freundlich.

»Bitte verzeihen Sie, Ma'am«, sprach ich sie an, »könnten Sie mir bitte den Weg zur Bow Street sagen?«

Ihr Lächeln verschwand rasch. Sie reckte ihr Gesicht nahe an meines, wobei mich eine Wolke von gingetränktem Atem umfing, und wollte wissen, was mir die Auskunft wert sei.

»Oh«, sagte ich, »ich wäre Ihnen sehr dankbar dafür.«

»Es gibt dankbar und dankbar«, sagte sie. »Wieviel würdest du zahlen, junger Herr?«

Ich sah mich ein wenig verunsichert um. Einerseits schien es mir richtig, sie einfach stehenzulassen, wo sie stand, und jemand anderen nach dem Weg zu fragen. Doch aufgrund meiner früheren Erfahrung mit Fremden in der Stadt fürchtete ich mich davor, Unbekannte anzusprechen. Die Furcht siegte. Wir verhandelten. Sie verlangte eine Guinea. Darüber lachte ich und bot ihr Twopence an. Und so näherten wir uns einander allmählich an, bis wir uns schließlich auf einen Shilling einigten. Ich zog einen der vier, die mir noch geblieben waren, aus der Tasche und ließ ihn in ihre offene Handfläche fallen.

»Leg noch einen dazu, und du kannst mich gleich dazu haben«, sagte sie. »Mein Zimmer ist dort die Gasse hinunter, mein Hübscher.« Ihr Lächeln war zurückgekehrt.

»Bitte«, drängte ich, »ich habe es sehr eilig.«

»Ach, ihr jungen Burschen habt es immer eilig, vor allem unter der Bettdecke. Aber wenn es so ist, dann hör genau zu; ich schicke dich in die Bow Street, denn ich bin vielleicht eine Hure, aber keine Diebin.«

Sie hielt Wort und beschrieb mir einen Weg, der anders war als der, den ich eingeschlagen hatte, doch sie erwähnte so viele Einzelheiten, daß ich keine Schwierigkeiten hatte, mein Ziel zu finden. Mir wurde klar, daß sie mich ausgenutzt hatte, und ich fühlte mich wie ein Tölpel mit meiner Unkenntnis in dieser riesigen Metropole. Ich beschloß, mich mit meiner Umgebung vertraut zu machen, und das tat ich in den folgenden Monaten und Jahren, so daß ich mich heute rühmen kann, diese Stadt besser zu kennen als die meisten derer, die hier geboren sind.

Als ich erst Covent Garden sehen konnte, war es kein Problem mehr, die Bow Street zu finden und das Gebäude mit der Nummer vier anzusteuern. Doch schon beim Eintreten wurde ich mir meiner schwierigen Situation bewußt. Ich wollte Sir John meine Entdeckung sofort mitteilen, konnte das aber gar nicht, weil er auf der Richterbank saß und seinen offiziellen Pflichten nachkam. Das Gericht hielt Sitzung. Er würde es nicht freundlich aufnehmen, wenn ich versuchte, ihn zu stören, soviel war klar. Also setzte ich mich auf einen Platz in der Nähe der Tür, von dem aus ich bei nächster Gelegenheit den Saal verlassen und über den Hof zu seinem Amtszimmer laufen konnte.

Sir John verhandelte zwei unbedeutende Angelegenheiten: eine private Schuld und einen Streit zwischen Kaufleuten über einen Vertrag. Ungeduldig erwartete ich das Ende und wurde schließlich belohnt, als Sir John nach einer kurzen, gedämpften Diskussion mit Mr. Marsden eine Verhandlungspause einlegte. Als er aufstand und zur Rückseite des Raumes eilte, sprang ich auf, drängte mich unhöflich zwischen zwei Dirnen, die zum Zuschauen gekommen waren, durch die Tür und bahnte mir einen Weg zum Hof. Ich sah gerade noch, wie Sir John den Abtritt betrat.

Ich wollte seine Aufmerksamkeit erregen. An nichts anderes dachte ich, als ich zur Tür des Abtritts ging, ziemlich grob klopfte und seinen Namen rief.

»Was ist los?« antwortete er von innen. »Wer ist da?«

»Ich bin's, Jeremy Proctor.«

»Geh weg, Junge. Die Natur verlangt ihr Recht.«

»Aber ich habe Ihnen etwas Wichtiges zu sagen.«

»Nun, sag es mir später. Ich bin anderweitig beschäftigt.« Er klang ziemlich ungehalten.

Ich wich zurück und schämte mich plötzlich zu Recht meiner Kühnheit. Ich entfernte mich einige Schritte und blieb kleinlaut stehen, um auf ihn zu warten. Endlich erschien er, seine Beinkleider zuknöpfend.

Er mußte meine Nähe gespürt haben, denn er wandte sich in meine Richtung und sagte: »Großer Gott, Junge, kann ein Mann nicht einmal ungestört pinkeln?«

»Ich bitte aufrichtig um Verzeihung, Sir John«, sagte ich, »aber es ging um eine Angelegenheit, die nicht warten kann.«

»Jeremy, es gibt sehr wenige Dinge auf der Welt, die nicht warten können, und eines davon habe ich gerade erledigt. So, und was ist es nun, das dir so dringend erscheint?«

»Ich habe ihn gefunden«, sagte ich.

»Was gefunden?« fragte er.

»Nun, den geheimen Ausgang aus der Bibliothek. Ebenezer und ich haben eine falsche Wand hinter den Bücherschränken entdeckt.«

»Oh, gut«, sagte er. »Fein.« Er schien nicht übermäßig beeindruckt.

Deshalb fuhr ich fort: »Zu dem Ausgang führt ein Tunnel, und der Einstieg zum Tunnel befindet sich genau an der Stelle, die ich hinter der Hecke vermutete. Erinnern Sie sich, Sir John? Sie dachten, da sei nichts weiter als eine Kohlenschütte oder...«

»Ja, ich entsinne mich.« Er ging zum Gerichtsgebäude zurück. Ich eilte ihm nach, bemüht, mit ihm Schritt zu halten. »Du hast also bewiesen, daß ich mich geirrt habe. Guter Junge.«

»Aber«, fragte ich stockend, »ist das nicht sehr wichtig?«

Nun blieb er stehen, legte die Hand an sein Kinn und schien

einen Augenblick nachzudenken, ehe er antwortete. »Nein«, sagte er schließlich, »es ist nur von relativer Bedeutung, Jeremy. Alle Logik sprach dafür, daß ein solcher Geheimausgang existiert. Die Tat hätte ohne einen solchen nicht begangen werden können. Außerdem legt die Geschichte der Familie, deren Mitglieder stuartsche Papisten sind, nahe, daß es irgendeinen Eingang dieser Art geben muß, durch den im vorigen Jahrhundert Priester nach drinnen und nach draußen geschleust wurden; deshalb habe ich diesen hinterhältigen Butler immer wieder nach Bauplänen des Hauses gefragt. Was heute als Bibliothek dient, war früher vielleicht einmal eine Kapelle. Möglicherweise ist es das noch, denn mir ist nicht entgangen, daß Lady Goodhope ihren Glauben eifrig praktiziert, wenn auch insgeheim – Rosenkränze, Gebete, Fasten et cetera. Meine Untersuchungen haben ergeben, daß sie von ihrem Vater aus einem Kloster in Belgien geholt wurde, um diese Ehe zu schließen – ganz gegen ihren Willen, aber der spielte eben keine Rolle. Bei all dem, Jeremy, war die Existenz des Tunnels und der falschen Wand keine bloße Vermutung, verstehst du? Wir waren mittlerweile sicher, daß es sie geben mußte, nicht wahr?«

Ich konnte ihm nur zustimmen. »Ja, Sir«, sagte ich.

»Nun, und aufgrund dieser Gewißheit kam es nur noch darauf an, sie auch zu entdecken. Ich habe dir diese Aufgabe übertragen, und du hast sie mit bewundernswerter Promptheit erledigt. Ich gratuliere dir. Aber du siehst doch ein, daß die Entdeckung in diesem Fall eine Bestätigung und kein Anlaß zum Erstaunen ist, oder?«

»Gewiß, Sir John.«

»Gut. Du verstehst also. Aber ich habe eine Frage an dich. Du bezeichnetest deine Entdeckung als geheimen Ausgang. Wenn ich recht verstehe, ist sie aber auch ein geheimer Eingang, oder? Das soll heißen, daß die Tür oder die falsche Wand von beiden Seiten her bewegt werden kann, ja?«

Ich hielt nur inne, um mir noch einmal den verdeckten Auslöser auf Ebenezers Seite vor Augen zu führen, und versicherte dann überzeugt, daß die Maschinerie, die die Wand bewegte, sowohl vom Tunnel als auch von der Bibliothek her betätigt werden könne.

»Danke«, sagte er. »Das ist möglicherweise ein wichtiger Punkt. Und nun, so willkommen mir deine Nachricht und so erfreulich unsere Diskussion auch war, muß ich auf die Richterbank zurückkehren.«

Er wandte sich ab und ging geradewegs auf die Tür zu. Doch dann hielt er inne, drehte sich nach mir um und sagte: »Jeremy, du wirst dich erinnern, daß ich Charles Clairmont, den gerade erst in London eingetroffenen Halbbruder des verstorbenen Lords, um fünf Uhr zu einem Gespräch in meinem Arbeitszimmer habe bestellen lassen.«

»In der Tat, Sir John, und ich glaube, Potter hat ihm die Nachricht persönlich überbracht.«

»Das wundert mich nicht«, sagte er. »Nun, ich möchte, daß du bei diesem Gespräch anwesend bist. Bring einen Besen oder irgendein anderes Putzutensil mit. Das wird deine Anwesenheit erklären und ihn nicht beunruhigen. Übrigens, meine Amtsräume könnten eine gründliche Reinigung vertragen, da ich Mrs. Gredge um keinen Preis erlaube, sie zu betreten. Wirst du dich darum kümmern?«

Ich kümmerte mich darum, auch wenn es keine leichte Aufgabe war, Mrs. Gredge einen Besen und einen Staubwedel abzuschwatzen. Sie schien tief beleidigt, weil ich und nicht sie beauftragt worden war, zum ersten Mal in »wer weiß wie langer Zeit« in Sir Johns Amtszimmer »Hand anzulegen«, wie sie sich ausdrückte. Ich beschloß, ihr zu verschweigen, daß er mich eindeutig zu anderen Zwecken in diesem Raum haben wollte. Zum einen, weil ich nicht wußte, welches diese Zwecke waren, und zum anderen, weil ich wohl gerade anfing, den Nutzen von Diskretion zu begreifen; das ist für Kinder (und die meisten Erwachsenen) eine der schwierigsten Lektionen überhaupt.

In der Zeit, die zwischen meinem Gespräch mit Sir John auf dem Hof und dem Zusammentreffen um fünf Uhr verging, bei dem ich anwesend sein sollte, wachte Lady Fielding nur einmal auf. Obwohl sie nicht schrie, sondern nur gedämpft nach Mrs. Gredge rief, nahm ich an, daß sie wieder Schmerzen hatte, denn Mrs. Gredge kehrte in die Küche zurück und bereitete hastig eine weitere Dosis des Aufgusses zu, den Mr. Donnelly verschrieben hatte. Sie erhitzte gerade die Mohnsamen und zerstieß sie zu einem Brei, als ich bemerkte, wie spät es war, und sie, da ich das für angemessen hielt, um die Erlaubnis bat, gehen zu dürfen.

»Wenn du mußt«, sagte Mrs. Gredge. »Wie du siehst, habe ich hier alle Hände voll zu tun.«

»Sir John wollte, daß ich kurz vor fünf komme«, erwiderte ich. »Er hat sich sehr präzise ausgedrückt.«

»Das ist so seine Art«, sagte sie, »obwohl ich schwöre, daß ich ihn oft nicht verstehe. Also geh und mach deine Sache gut!«

Das versprach ich, und dann ging ich, mit Eimer und Staubwedel ausgerüstet, die Treppe hinunter. Wie sich herausstellte, war ich nur ein oder zwei Minuten vor Charles Clairmont da. Sir John hatte gerade noch Gelegenheit, mir zu sagen, worauf ich bei dem Besucher achten sollte, als er sich auch schon bemerkbar machte.

Jemand klopfte dreimal scharf an die Tür. Sir John rief ihn herein, und es schlich ein leicht mißgestalteter Mann unbestimmbaren Alters in den Raum. Hatte er einen Buckel, oder ging er nur gebeugt? Ich konnte es nicht erkennen. Ich hielt es für das beste, ihn nicht direkt zu mustern, also fuhr ich mit dem Ausfegen fort, das ich bei seinem Klopfen begonnen hatte.

Der Besucher stellte sich Sir John als Charles Clairmont vor. Dieser dankte ihm für sein promptes Kommen und bot ihm einen Stuhl an.

»Beachten Sie den Jungen gar nicht«, fügte er hinzu. »Das Zimmer muß gründlich saubergemacht werden.«

»Er ist fleißig«, beobachtete Mr. Clairmont.

»Daran tut er auch gut«, sagte Sir John. »Er wurde wegen Bagatelldiebstahls festgenommen, und wir geben ihm die Chance, seine Schulden durch Arbeit beim Gericht abzuzahlen.«

Das versetzte mir einen Stich, denn es enthielt einen Kern von Wahrheit. Ich sah Sir John scharf an und erblickte ein verschmitztes Lächeln auf seinem Gesicht.

»Aha«, sagte Mr. Clairmont. »Zwangsarbeit. Dort, wo ich herkomme, machen wir guten Gebrauch davon.«

»Und woher kommen Sie, Sir?«

»Aus den karibischen Kolonien. Mein Geschäftssitz und meine Pflanzungen befinden sich auf der Insel Jamaika, aber ich verfüge auch über Beteiligungen auf jenen Antillen, die uns nicht durch die Spanier verschlossen sind.«

»Aha. Ich sehe, daß Sie ein vielseitiger Mann sind.«

»Eher ein unternehmungsfreudiger. Alles, was mir gehört, habe ich aus eigener Kraft erworben.«

Mr. Clairmonts Stimme klang in meinen Ohren höchst unangenehm. Eine hohe Stimmlage und eine näselnde Aussprache. Doch da war noch etwas: eine auffallende Schärfe, eine bellende Art, Antworten zu geben.

»Unternehmend, ja?« wiederholte Sir John. »Nun, bewundernswert, in der Tat bewundernswert. Aber sagen Sie, Mr. Clairmont, wann sind Sie in London eingetroffen?«

»Gestern abend«, sagte er, »mit der Flut.«

»Per Schiff?«

»Natürlich«, versetzte er barsch, »mit der *Island Princess*. In einer Kutsche wäre es eine sehr nasse Reise.«

»Bitte, seien Sie nicht so gereizt, Mr. Clairmont. Bis heute morgen wußte ich nicht einmal von Ihrer Existenz. Ich versuche nur, gewisse Tatsachen über Sie und Ihre Anwesenheit in dieser Stadt festzustellen.«

»Verzeihen Sie«, sagte Mr. Clairmont. »Ich bin noch immer bestürzt über die Nachricht von Lord Goodhopes Tod. Also, wir sind ungefähr um sieben eingelaufen, oder um halb acht, so etwa um die Zeit. Ich ging ziemlich bald von Bord. Sie können sich das vom Kapitän des Schiffes, Cawdor, bestätigen lassen.«

»Das werde ich«, sagte Sir John entschieden. »Könnten Sie mir etwas über den Zweck Ihres Besuches hier mitteilen?«

»Er ist geschäftlicher Natur.«

»Details, Sir. Würden Sie sich bitte genauer ausdrücken?«

»Das möchte ich lieber nicht. Aber soviel will ich sagen: Ich habe ein attraktives Angebot für einige meiner Besitztümer erhalten; es erreichte mich per Schiffspost. Solche Angelegenheiten müssen absolut diskret behandelt werden, Sie verstehen. Man muß über Verträge verhandeln, und ich muß mich vergewissern, daß das Angebot Hand und Fuß hat, daß der potentielle Käufer tatsächlich über die Mittel für den Erwerb verfügt. Solche Angelegenheiten überlasse ich ungern Agenten oder Anwälten.«

»Und der Name des potentiellen Käufers?«

»Den muß ich für mich behalten. Wenn der Kauf vollzogen oder das Angebot zurückgenommen wird, werde ich ihn gern bekanntgeben. Im Augenblick jedoch ist die Angelegenheit dazu viel zu heikel. Ich bin sicher, daß Sie das verstehen.«

»Einverstanden«, sagte Sir John nach kurzem Zögern. »Sie erwähnten die Nachricht von Lord Goodhopes Tod. Wie haben Sie sie erhalten?«

»Von einem Freund.«

»War dieser Freund vielleicht Potter, Lord Goodhopes Butler?«

»Ha!« bellte er höchst verächtlich. »Ich habe keine Freunde in der Klasse der Dienstboten, Sir John.«

»Wer war es dann?«

»Mr. John Bilbo. Während eines großen Teils der Reise mußte ich mich wegen Seekrankheit in meiner Kabine aufhalten. Das ist eine Unannehmlichkeit, die mich davon abhält, häufiger herüberzukommen. Als ich wieder festen Boden unter den Füßen hatte, fühlte ich mich so weit wiederhergestellt, daß ich mir eine Nacht in der Stadt zutrauen konnte. Nachdem ich in meiner Pension abgestiegen war, dinierte ich und ging anschließend in Bilbos Spielsalon. Ich muß dort weit nach zehn Uhr eingetroffen sein, kurz vor elf, vielleicht auch noch später – ich hatte inzwischen einiges getrunken, verstehen Sie? Ich saß eine gute halbe Stunde am Tisch und gewann – es war eine richtige Glückssträhne. Da erschien Mr. Bilbo und flüsterte mir sein Beileid ins Ohr, und damit wendete sich das Blatt ganz plötzlich. Ich nahm meine Gewinne oder was davon übrig war und verließ den Tisch. Ich suchte Mr. Bilbo auf, und er berichtete mir alles, was er über die Angelegenheit wußte.«

»Und was war das?«

»Es lief darauf hinaus, daß Richard Selbstmord begangen habe. Das schockierte mich natürlich, denn er hatte immer den Eindruck gemacht, alles zu haben, was ein Mann braucht oder sich wünschen kann. Das sagte ich auch zu Mr. Bilbo.«

»Und was antwortete er?«

»Er gestand, daß auch er schockiert sei, wenn auch nicht völlig überrascht. Er erwähnte finanzielle Schwierigkeiten, eine erhebliche Spielschuld bei ihm selbst und Gerüchte über Schwierigkeiten bei Hofe, von denen er gehört hatte, wenn er sich dazu auch nicht präzise äußerte. Er versprach, mich zu informieren, wenn er mehr erfahren würde. Er sagte, er wolle sich umhören.«

»Und heute morgen kehrten Sie dorthin zurück?«

»Ja, um mehr zu erfahren, aber auch, um mit ihm über die Zeitungsnotiz zu sprechen, in der heute morgen über Lord Goodhopes Tod berichtet wurde. Tod durch ›Unglücksfall‹ erschien mir überaus vage.«

»Das«, sagte Sir John, »räume ich ein.« Während der ganzen Zeit hatte der Richter sehr aufrecht gesessen und seinem Besucher seine volle Aufmerksamkeit gewidmet. Doch nun wandte er sich plötzlich in meine Richtung. »Junge«, sagte er, »ich wünsche zu hören, wie der Besen über den Fußboden kratzt. Warum ist es in deiner Ecke so still geworden?«

Sofort machte ich mich wieder ans Werk. Ich hatte tatsächlich mit dem Fegen aufgehört, weil ich mich brennend für den Charakter von Mr. Clairmont und seine Geschichte interessierte. »Verzeihung, M'lord«, sagte ich. »Ich werde dafür sorgen, daß es hier sauberer wird als je zuvor. Sie werden sehen, M'lord.«

»Das möchte ich dir auch geraten haben«, gab Sir John mit seiner strengsten Stimme zurück.

»Vielleicht sollte man ihn ein wenig mit der Rute züchtigen«, schlug Mr. Clairmont vor.

»Ich halte nichts davon, sie zu peitschen oder zu schlagen, wenn sie noch so jung sind.«

»Aber es bringt Resultate.«

»Zweifellos, wenn auch nicht immer die beabsichtigten. Aber nun, Sir, sagen Sie mir, wie war Ihre Beziehung zu Lord Goodhope?«

»Nun, wir waren Brüder, in gewisser Weise.«

»Halbbrüder?«

»Genau das. Meine Mutter war die Hure meines Vaters.«

So drückte Mr. Clairmont sich aus, fast beiläufig. Sir John zuckte zwar bei dieser Zusammenfassung der unehelichen Geburt seines Besuchers zusammen, sagte aber nichts; er saß einfach da, die Hände jetzt auf dem Schreibtisch gefaltet, und wartete auf die Fortsetzung.

Die lautete wie folgt: »Wir sind sogar in etwa im gleichen Alter. Er war nur ein paar Wochen älter als ich. Natürlich kann keine Rede davon sein, daß ich Anspruch auf den Titel oder auf einen Teil des Vermögens hätte, wie gering auch immer. Sein Sohn William wird beides erben, wenn er volljährig ist. Soll er nur, sage ich, denn ich brauche das alles nicht. In meinem Teil der Welt bin ich König.«

Während dieser Rede hatte ich getan, wie Sir John mich geheißen hatte, und meinen Besen bewegt. Und der Boden war wirklich schmutzig. Ich hatte drei Häufchen Staub, Schmutz und Krümel zusammengefegt, mich aber so weit von den beiden Personen am Schreibtisch entfernt, daß ich eine Frage verpaßt hatte. Die Antwort jedoch, die Mr. Clairmonts laute, nasale Stimme gab, konnte ich deutlich verstehen.

»Oh«, sagte er, »zweifellos gab es in London noch ein paar andere. Mein Vater war ziemlich produktiv. Einer, das weiß ich, ist in die Kolonien von Carolina gegangen – nicht als Deportierter, sondern als Emigrant. Aber ich war der einzige, der mit Richard Kontakt hatte. Es gefiel meinem Vater, uns als Spielkameraden zusammenzubringen, wann immer Richard mit ihm in London war. Ich brachte meinen Bruder oft in Schwierigkeiten, aber er nahm mir das nie sonderlich übel. Es fiel ihm nicht schwer, sich selbst in Schwierigkeiten zu bringen.«

»Sie waren also als Jungen zusammen?«

»Ab und an«, sagte er, »aber nur in London.«

»Sie kannten das Haus gut?«

»Zu einer gewissen Zeit schon.«

»Wußten Sie von dem Tunnel? Dem Gang in die Bibliothek?«

Ich blickte auf, bewegte meinen Besen jedoch weiter. Natürlich hatte ich meine Gründe, mich sehr dafür zu interessieren, was Mr. Clairmont antworten würde. Die Reaktion seines Gesichts überraschte mich: Er lächelte. Das sah Mr. Clairmont gar nicht ähnlich.

»Ach ja«, sagte er, als erinnere er sich an die goldenen Tage von einst, »der Tunnel. Nachdem wir ihn einmal gefunden hatten, was nicht sonderlich schwierig war, spielten Richard und ich oft dort. Einmal holten wir eines der Dienstmädchen nach unten. Gott, wie haben wir sie zum Schreien gebracht! Sie war uns vollkommen ausgeliefert.« Dabei ließ er so etwas wie ein Lachen hören.

»Sind Sie als Erwachsener mit ihm in Verbindung geblieben?« fragte Sir John.

»Oh, ja, eine Zeitlang standen wir uns recht nahe. Wir hatten die gleichen schlechten Angewohnheiten, verstehen Sie? Aber dann, vor etwas mehr als zehn Jahren, ging ich nach Jamaika. Einige Zeit schrieben wir einander noch Briefe, aber nicht oft. Wir lebten buchstäblich in zwei verschiedenen Welten.« Er hielt für einen Moment inne und fuhr dann fort: »Dann kam es zu einem recht unglückseligen Vorfall, für den ich die Schuld auf mich nehmen muß. Er schrieb mir sehr beklommen, er sollte mit einer Klosterschülerin verheiratet werden. Das faßte ich als Einladung zu den Feierlichkeiten auf, und da ich dachte, bei einer solchen Prüfung brauche er Beistand, machte ich mich rechtzeitig auf den Weg, um bei ihm zu sein. Ich habe diese Reise als besonders unangenehm in Erinnerung, Septemberstürme und all das. Jedenfalls kam ich in Liverpool an, fuhr zu dem Ort in Lancashire, wo die Familie ihren Besitz hatte, und ließ ihm ausrichten, ich sei zur Hochzeit zur Stelle. Inzwischen hatte unser Vater das Zeitliche gesegnet und befand sich zweifellos in der Hölle, und Richard war Lord Goodhope geworden. Er kam am Tag vor der Hochzeit in meinen Gasthof und machte mir deutlich, ich sei *nicht* eingeladen. Er erklärte mir, die Braut und ihre Familie seien demonstrativ fromme Papisten, und es würde sehr schwer sein, ihnen meine Anwesenheit zu erklären. Ich fragte, wieso er darauf solche Rücksicht nehmen müsse, und er sagte ganz offen, er brauche ihr Geld. Nachdem ich extra die lange Reise gemacht hatte, war ich sehr verärgert und betrank mich. Betrunken beschloß ich, zur Hochzeit zu gehen, eingeladen oder nicht. Irgendwie kam ich in meiner gemieteten Kutsche durch das Tor, und als ich einmal auf dem Grundstück war, kam ich auch durch die Tür. Ich torkelte bereits, denn ich hatte mehr getrunken als mein übliches, ohnehin schon großzügig bemessenes Quantum. Bei der Suche nach einem passenden Ort, um mich zu übergeben, wählte ich das Kleid der Braut. Und das, fürchte ich, belastete die Beziehungen zwischen Richard und mir für eine ganze Weile.«

»Aber es beendete sie nicht?«

»Oh, nein. Er bekam ihr Geld oder einen zumindest guten Teil davon. Das und ein zu erwartendes Erbe waren seine einzigen Gründe für die Heirat gewesen. Ich kam natürlich nicht oft nach London, aber wenn ich kam, trafen wir uns, sofern Lady Goodhope nicht in der Nähe war. Als ich das letzte Mal hier war, lud er mich zu einem seiner ›Impromptus‹ ein. Sehr amüsant.«

»Wann war dieses letzte Mal?«

»Oh, vor etwa einem Jahr, würde ich sagen.« Er hielt inne und seufzte. »Aber ich nehme an, Sie wollen es genauer wissen. Es war vor elf Monaten – Ende April, Anfang Mai.«

»Trotz der Verstimmung zwischen Goodhope und Ihnen«, sagte Sir John, »wollten Sie ihr aber Ihre Aufwartung machen, als Sie vom Tod ihres Mannes erfuhren?«

»Ach, das, ja – die Gelegenheit, sie zu benachrichtigen, bot sich von selbst, in der Person dieses Butlers. Wie hieß er noch?«

»Potter.«

»Richtig, Potter. Er kam genau zu dem Zeitpunkt, als Jack Bilbo und ich versuchten, den Sinn dieses gräßlichen Wortes ›Unglücksfall‹ zu ergründen. Ich dachte, wenn ich ihr geschniegelt und gestriegelt meine Aufwartung mache, und das überstehen würde, ohne auf ihr Kleid zu kotzen, würde ich vielleicht erfahren, was sie damit gemeint hatte. Ich *nahm* an, sie hätte die Notiz verfaßt. Aber es sollte nicht sein. Sie erteilte mir eine harte Abfuhr. Alte Feindschaften sterben schwer. Um gerecht zu sein, ich denke, ich kann es ihr nicht verübeln.«

Eine ganze Weile schwiegen beide. Ich nutzte die Gelegenheit, um den Staubwedel zu ergreifen und das Regal mit ein paar Büchern und vielen Papieren, das hinter Sir John stand, in Angriff zu nehmen. Es war in der Tat äußerst staubig, und ich verbreitete Staubwolken im ganzen Raum. Mr. Clairmont begann zu husten und zu fluchen. Sir John wedelte mit den Händen.

»Was machst du denn nun, Junge?« fragte er.

»Abstauben«, sagte ich.

»Nun, so hör damit auf, bis wir fertig sind.«

Ich zog mich auf die andere Seite des Raumes zurück, wartete und beobachtete.

»Sie waren sehr mitteilsam, Mr. Clairmont«, sagte Sir John, »und dafür bin ich Ihnen dankbar. Ich habe nur noch eine Frage an Sie, und die lautet: Hatte Lord Goodhope Feinde? Leute, die sich vielleicht wirklich wünschten, ihn tot zu sehen?«

»Er hatte bestimmt Feinde – Feinde jeder Art. Aber ich denke, keiner wäre so weit gegangen. Doch was Sie mich fragen, legt nahe, daß Sie Mord für eine Möglichkeit halten. Das können Sie doch gewiß nicht annehmen!«

»Genau wie Sie, Mr. Clairmont, versuche ich einfach, das Wort ›Unglücksfall‹ zu definieren.«

Sir John erhob sich, streckte die Hand aus, fand die von Mr. Clairmont und schüttelte sie wie ein Gentleman. Mit einem kurzen »Guten Tag« verabschiedete sich Mr. Clairmont und ging schneller aus dem Zimmer, als er hereingekommen war. Trotz seines seltsam schleichenden, stolpernden Gangs war er recht leichtfüßig.

Sir John blieb stehen, bis er hörte, daß die Tür geschlossen wurde. Er wartete noch einen Augenblick und sank dann auf seinen Stuhl. »Komm, setz dich, Jeremy«, sagte er, »und laß uns über diesen Burschen reden.«

»Sind Sie sicher, Sir John?« fragte ich unschuldig. »Wird diese Arbeit wirklich gegen meine Strafe aufgerechnet?«

»So eine Unverschämtheit!« sagte er lachend. »Verzeih mir, daß ich dich auf diese Art vorgestellt habe. Und nun *setz* dich!«

Natürlich tat ich wie geheißen und setzte mich auf den Stuhl, den Mr. Clairmont verlassen hatte.

Sir John nahm seine Perücke ab, was er bei jeder Gelegenheit zu tun schien, und beugte sich mit einem gewissen Eifer vor. »Nun«, sagte er, »was hältst du von ihm, ganz allgemein; wie wäre es etwa, wenn du ihn auf der Straße getroffen hättest?«

»Ganz allgemein? Also, er ist ein häßlicher Mann, der so gebeugt geht, daß ich ihn zuerst für bucklig hielt. Und er hat einen ziemlich eigenartigen Gang. Er scheint dahinzuhuschen, ein bißchen wie ein Krebs.«

»Ja, und er hat eine häßliche Art zu sprechen, nicht wahr? Wie würdest du sie beschreiben?«

»Er spricht scharf. Selbst wenn er leise spricht, wirkt er laut.«

»Ganz recht. Er ist ein Mann, der es gewohnt ist, Befehle zu erteilen – und sie befolgt zu sehen. Was sagte er noch? ›In meinem Teil der Welt bin ich König.‹ Er glaubt zweifellos daran. Hochmut kommt vor dem Fall.«

»Und was ist mit dem Inhalt seiner Antworten?« fragte ich.

»Alles ganz vernünftig«, sagte er. »Selbst seine Zurückhaltung, was den Namen des potentiellen Käufers seines Besitzes betraf, war von der Art, die jeder Geschäftsmann an den Tag legen würde. Natürlich muß alles, was er gesagt hat, überprüft werden. Wir müssen unbedingt Black Jack Bilbo aufsuchen, einen amüsanten Lumpen, wenn nicht mehr. Und natürlich werde ich einen der Konstabler zu Kapitän Cawdor von der *Island Princess* schicken, um mit ihm zu reden. Unser Mr. Clairmont hat sich offensichtlich ein Alibi für den Zeitpunkt von Lord Goodhopes Tod beschafft, aber wir werden es uns genauer ansehen.«

Er dachte einen Augenblick nach, die Lippen fest zusammengepreßt. Dann fragte er: »Wie hat er reagiert, als ich auf den Tunnel und den Gang in die Bibliothek zu sprechen kam? An dieser Stelle hat er gezögert. Wirkte er überrascht, daß wir davon wußten?«

»Nein«, sagte ich, »er hat vor sich hingelächelt, als überfielen ihn plötzlich Erinnerungen.«

»Das würde zu dem passen, was er geantwortet hat. Es schien ihm Vergnügen zu bereiten, sich an die Schreie dieses Dienstmädchens zu erinnern. Ein unangenehmer Mensch ist dieser Charles Clairmont; aber wie es aussieht, war Lord Goodhope das auch. Nun ein letzter Punkt, Jeremy. Du hast mir eine allgemeine Einschätzung seiner Erscheinung gegeben.

Nun möchte ich Genaueres hören: über sein Gesicht, seine Hände, seine Kleidung, alles, was dir aufgefallen ist.«

»Da muß ich einen Augenblick nachdenken«, sagte ich, und es dauerte tatsächlich ein Weilchen. Ich stellte ihn mir vor und begann dann, ihn Sir John zu beschreiben, und zwar so genau wie möglich. Ich erwähnte Mr. Clairmonts breite, gebogene Nase und seine meist nach unten gezogenen Mundwinkel. »Das verleiht ihm einen mißbilligenden Ausdruck«, sagte ich zusammenfassend. Seinen Teint beschrieb ich als weder dunkel noch hell, sondern eher sonnengebräunt, sein Haar als dunkel, doch etwa von der gleichen Farbe wie das des Mannes auf dem Porträt; er hatte keine Perücke getragen. Seine Größe war wegen der gebeugten Haltung schwer zu bestimmen, und so schätzte ich ihn als nur zwei oder drei Zoll größer als mich selbst ein, vielleicht fünfeinhalb Fuß, nicht mehr. Bis auf ein weißes Hemd mit Spitzeneinsatz und weiße Strümpfe war er schwarz gekleidet gewesen.

Sir John hörte sich all das an, ohne mich zu unterbrechen oder einen Kommentar abzugeben. Als ich fertig war, fragte er: »Sonst nichts? So hast du ihn in Erinnerung?«

Ich dachte noch einmal nach. »Vielleicht noch eines: Mr. Clairmonts Gesicht schien ein wenig zu glänzen.«

»Zu glänzen?«

»Ja, es schimmerte oder glänzte. Es fing das Licht ein.«

»Schweiß vielleicht«, murmelte Sir John. »Es ist ein wenig stickig hier. Es könnte auch ein Fieberanfall gewesen sein, ein Mitbringsel aus dem wärmeren Klima. Obwohl, wenn ich jetzt daran denke, seine Hände ziemlich trocken waren. Das hat mich beeindruckt. ich meinte, er müsse entweder ein ehrlicher Mann oder ein geübter Lügner sein.«

Und dann stellte er eine Frage, die mir seltsam vorkam: »Sie sind Halbbrüder, Jeremy, das wurde uns jedenfalls gesagt. Du hast das Porträt gesehen, das in Lady Goodhopes Wohnzimmer hängt. Was würdest du über die Ähnlichkeit zwischen den beiden sagen?«

»Zwischen Lord Goodhope und Mr. Clairmont? Nun, eine gewisse brüderliche Ähnlichkeit mag es geben«, sagte ich, »wenn sie auch kaum zu erkennen ist. Das Bild war ja angeblich sehr gut getroffen. Falls das stimmt, war Lord Goodhope ein gutaussehender Mann, und das ist Mr. Clairmont nun wirklich nicht. Sie haben etwa den gleichen Teint, wenn auch Clairmont jetzt etwas dunkler ist und eine große Hakennase hat. Wahrscheinlich hätte ich die beiden nicht als Verwandte erkannt.«

»Aha. Gut«, sagte er, »das ist bei Halbbrüdern oft so. Ich glich meinem Bruder auch kaum, wobei allerdings meine Erinnerung an sein Gesicht nur noch verschwommen ist.»

Er stand auf und verkündete damit das Ende dieser Episode. Als ich ebenfalls aufstand, lächelte er listig und sagte: »Jeremy, säubere diesen Raum zu Ende, ja? Die Regale müssen schrecklich staubig sein. Tu, was du kannst, und ich werde deine Schuld dem Gericht gegenüber als erledigt betrachten.«

Ich war überwältigt von dem, was ich ringsum erblickte. Nie außer in meiner Phantasie war ich an einem solchen Ort gewesen, und die Wirklichkeit übertraf meine Phantasie bei weitem. Mit meiner Mutter hatte ich Theateraufführungen in Lichfield besucht. Mein Vater hatte sie für lächerlich gehalten und sich geweigert, uns zu begleiten. Als Junge war ich hingerissen von diesen einfachen Aufführungen, vor allem vom ›Sommernachtstraum‹, den eine fahrende Truppe aus London gab. An jenem Abend kam sogar mein Vater mit, denn das Stück war von Shakespeare, und er hatte den Respekt des Autodidakten vor dem Genie. Noch Monate später war ich als Puck umhergetobt und hatte meinem jüngeren Bruder dessen rüde Streiche gespielt. Und dann waren er und meine Mutter gestorben.

Und nun war ich hier im eigentlichen Tempel Shakespeares, dem Drury Lane Theater, wo ich die Aufführung von ›Macbeth‹ mit keinem Geringeren als David Garrick persönlich in der Hauptrolle sehen sollte. Alles geschah sozusagen in Ausübung meiner Pflichten. Nachdem Sir John sich bei Mrs. Gredge vergewissert hatte, daß seine Frau noch unter der Wirkung des Schlafmittels stand, hatte er verkündet, ein Besuch im Theater sei angebracht. Sowenig ich ihn auch von einem solchen Ausflug abhalten wollte, ich fragte mich doch nach dem Grund dafür (denn Sir John hatte immer seine Gründe). Er erklärte, die Abendvorstellung von ›Macbeth‹ sei als Abschiedsvorstellung von Miss Lucy Kilbourne angesetzt, sie werde die Lady Macbeth geben. Sie zog sich unerwartet früh von der Bühne zurück, und das hatte in seinem Kopf eine Reihe von Fragen aufgeworfen.

Wir saßen also auf der Galerie, den Balkon über und den Graben unter uns, und das Publikum war so, wie ich es mir nie vorgestellt, geschweige denn gesehen hatte. Die Logen zu beiden Seiten waren vom Adel besetzt. Es schien kein einziger Platz frei zu sein. War Lucy Kilbourne so beliebt? Das war sie in der Tat, wie mir Sir John versicherte. In weniger als zwölf Jahren hatte sie es vom einfachen Truppenmitglied zur Hauptdarstellerin gebracht und war vom Beifall des Publikums in noch größere Höhen getragen worden, so daß sie unter allen weiblichen Mitwirkenden, die mit Mr. Garrick spielten, bei weitem am meisten gefeiert wurde.

Der Vorhang hob sich. Das Spiel begann. Bald war ich in eine Geschichte versunken, die ich zwar heute gut kenne, damals aber noch nie auf der Bühne gesehen oder auch nur gelesen hatte. Es ist tatsächlich eine finstere Geschichte, vielleicht die düsterste, die Shakespeare geschrieben hat, und das ist vielleicht auch der Grund, warum es unter Schauspielern gewisse Vorurteile dagegen zu geben scheint. Die Prophezeiungen der Hexen faszinierten mich. Die Intrigen von Lord und Lady Macbeth verwirrten mich. Jeder neue Mord schockierte mich. Als die Pause kam, war ich ganz erschöpft, doch Sir John versicherte mir, es sei noch mehr zu erwarten.

»Hättest du etwas dagegen«, fragte er, »wenn wir aufstehen und ein bißchen umhergehen würden? Ich sitze den ganzen

Tag und verspüre häufig das Bedürfnis, mir etwas Bewegung zu verschaffen.«

Und so schoben wir uns behutsam durch die umherschweifende Menge und zwischen den einzelnen Gruppen hindurch, die sich in der Halle vor der Galerie unterhielten. Sir John wurde von manchen erkannt und gegrüßt, von den meisten ignoriert und von einigen als Kuriosität bestaunt; sie schienen sich zu fragen, was ein blinder Mann wohl im Theater wollte.

»Was ist mit Mr. Garrick, Jeremy?«

»Er...« begann ich. »Ach ja, er ist Macbeth, nicht wahr? Wirklich, Sir John, ich hatte ganz vergessen, daß die Leute auf der Bühne ja Schauspieler sind. Alles wirkt so echt.«

»Seine Vorstellung hat dich also überzeugt?«

»Ja, in der Tat. Er läuft nicht so viel auf der Bühne herum, wie ich es einige in Lichfield habe tun sehen, die schrien und die Arme schwenkten.«

»Das ist auch nicht nötig«, sagte Sir John. »Er hat die Musik der Dichterworte. Mehr braucht er nicht.« Dann fügte er hinzu: »Und mehr brauche ich nicht.«

In diesem Augenblick erspähte ich die vertraute Gestalt eines Menschen, dem ich mit Sir John gern ausgewichen wäre. In einer dunklen Ecke, allein an die Wand gelehnt, stand Mr. Charles Clairmont. Er hatte uns gesehen. Er lächelte sein schiefes Lächeln und kam in unsere Richtung. Ich stieß einen überraschten Laut aus.

»Was ist los, Junge?«

»Mr. Clairmont«, sagte ich. »Er kommt zu uns.«

»Schön und gut. Warum nicht?«

»Werde ich Sie nicht in Verlegenheit bringen, wenn man bedenkt, als was Sie mich ihm vorgestellt haben?«

»Überlaß das nur mir.«

Wenige Augenblicke später hatte Mr. Clairmont uns erreicht. Er war verblüffend schnell durch die Menge geeilt.

»Ach, Sir John, welch glücklicher Zufall, Sie so bald wieder zu treffen! Was führt Sie hierher?«

»Shakespeare«, sagte Sir John schlicht.

»Sie kommen also häufiger?«

»Oft genug.«

»Und Ihr junger Gefährte? Wenn ich mich recht erinnere, diente er eine Strafe ab, als ich ihn das letzte Mal sah.«

»Ganz richtig«, erwiderte Sir John, »ganz richtig, aber Sie werden sich auch daran erinnern, Mr. Clairmont, daß ich sagte, ich hielte nicht viel von Auspeitschen und Prügeln.«

»Ja, das tue ich.«

»Ich glaube eher an Belohnungen. Er hat meine Amtsräume recht erträglich gesäubert, zumindest sagte man mir das, und ich beschloß, ihn mit einem Theaterbesuch zu belohnen.«

Daraufhin warf Mr. Clairmont mir einen Blick zu, den ich nur als skeptisch beschreiben kann. »Der Bursche hat Glück«, sagte er schließlich.

»Aber sagen Sie«, fragte Sir John, »was führt Sie heute abend hierher?«

»Ach, nun ja, ich bin Besucher in einer Stadt, die ich früher als meine Heimatstadt bezeichnete. Ich laufe herum und suche nach Unterhaltung, und ich dachte, hier könnte ich sie vielleicht finden.«

»›Macbeth‹ ist nicht gerade das, was ich ein unterhaltsames Stück nennen würde.«

»Vielleicht nicht«, sagte Mr. Clairmont, »aber in einem höheren Sinn unterhaltend.«

»Oh, zweifellos. Aber diese Vorstellung soll, wie ich höre, die letzte von Miss Lucy Kilbourne sein. Hat Sie das angezogen?«

»Ich habe davon erfahren. Deswegen war es gräßlich schwer, an eine Karte zu kommen. Ich bin es nicht gewohnt, auf der Galerie zu sitzen.«

»Sie war eine Freundin Ihres verstorbenen Bruders. Er war so etwas wie ihr Mäzen.«

»Das hat man mir zu verstehen gegeben«, sagte Mr. Clairmont. »Natürlich war ich deshalb neugierig, sie zu sehen.«

»Natürlich«, sagte Sir John, »und was halten Sie von ihrem Talent?«

»Sehr viel. Ihre Lady Macbeth ist ein angemessen ruchloses Scheusal.«

»Für diese Beschreibung würde sie Ihnen vielleicht nicht danken, wenn sie mir auch ziemlich treffend erscheint. Seltsam, finden Sie nicht, daß sie sich dafür entscheidet, von der Bühne abzutreten, wo doch ein großer Teil ihrer Karriere noch vor ihr liegt.«

»Vielleicht. Aber ich weiß nichts vom Leben hinter den Kulissen. Ich bin damit zufrieden, einfach ein Zuschauer zu sein.«

»Und es amüsiert Sie?«

»Ja, es amüsiert und unterhält mich.« Mr. Clairmont sah sich um und bemerkte, was mir schon einige Augenblicke zuvor aufgefallen war: »Ach, ich sehe, es ist Zeit, in den Zuschauerraum zurückzukehren. Das Spiel geht gleich weiter.«

»Also dann, guten Abend«, sagte Sir John. »Wer weiß, wann unsere Pfade sich wieder einmal kreuzen.«

Er streckte die Hand aus; sie wurde ergriffen und mannhaft geschüttelt.

»Wann immer das geschehen sollte, möge es ein glücklicher Anlaß sein. Erfreut, Sie getroffen zu haben«, sagte Mr. Clairmont, »und Ihnen noch einen schönen Abend!«

Dann entfernte er sich von uns, bewegte sich rasch durch die Menge und verschwand; wir unsererseits gingen zu einer Tür am anderen Ende der Halle und dann zu unseren Plätzen.

Nachdem wir uns gesetzt hatten, sagte Sir John: »Ein interessanter Abschied seinerseits, findest du nicht, Jeremy? ›Möge es ein glücklicher Anlaß sein.‹ Hmm. Nun, *falls* er die Wahrheit gesagt hat, hat er von mir nichts zu befürchten.«

Die restliche Vorstellung von ›Macbeth‹ brachte für mich weitere Aufregungen, da die Hexen und mit ihnen ihre Herrin Hekate wieder erschienen und noch mehr Morde passierten. Das Geständnis, das ich Sir John soeben gemacht hatte, war mir nun peinlich, und so versuchte ich, mich daran zu erinnern, daß es sich um Schauspieler handelte und daß die Geschichte, die sie erzählten, letzten Endes nur eine Geschichte war. So achtete ich besonders auf die Darbietung von Lucy Kilbourne, war sie doch der Anlaß für unseren Besuch.

Sie war in der Tat ein Liebling des Publikums. Ich hatte gehört, wie die Menschen im Saal den Atem einsogen, als Macbeth von einem gewissen Zaudern sprach und Mistress Kilbourne als Lady Macbeth ihn schalt: »Uns mißlingen! Schraub deinen Mut nur bis zum Punkt des Halts, und es mißlingt uns nicht.« Ein Murmeln folgte, als sie den Plan von Duncans Ermordung umriß. Und dann, als das Ende nahte und sie in ihrem reuevollen Wahnsinn über die Bühne irrte, klatschte bei ihrem Abgang das ganze Publikum; dieser Auftritt erwies sich als ihr letzter.

Als der Vorhang fiel, ertönte donnernder Applaus. Die Schauspieler erschienen nochmals und erhielten ihre separaten Ovationen, von denen keine lauter waren als die für Mr. Garrick und Mistress Kilbourne. Auf ein Zeichen von Mr. Garrick hin verließen alle bis auf Mistress Kilbourne die Bühne. Wieder brandete Beifall auf. Sie nahm ihn entgegen, lächelte liebenswürdig und brachte ihn dann mit einer Handbewegung zum Verstummen.

»Meine lieben Freunde«, begann sie, »dies ist ein trauriger Anlaß, aber es liegt auch eine gewisse Freude darin. Bei aller Traurigkeit, die mein Abschied mir einflößt, empfinde ich doch Glück über die Zuneigung, die Sie mir heute abend zeigen. Was ich Ihnen allen sagen möchte, ist in einigen Zeilen ausgedrückt, die ich mit Hilfe eines Freundes niederschrieb. Zu meinem großen Kummer lebt dieser gute Freund nicht mehr und kann mir heute nicht zur Seite stehen, aber…«

Ein Flüstern ging durch die Reihen. »Goodhope… Goodhope«, hörte man, gefolgt von gemurmelten Kommentaren.

»Aber«, sagte sie und erhob die Stimme über den Lärm der Menge, »wenn er hier wäre, würde die Anerkennung, die Sie mir geschenkt haben, ihn ebenso mit Stolz und Dankbarkeit erfüllen wie mich. Und nun möchte ich…«

Dann begann sie mit ihrer Rezitation, eine kleine Gestalt auf der Bühne, noch immer in altschottische Gewänder gekleidet. Und sie zog das Publikum in ihren Bann, wie es der König persönlich vielleicht bei einem feierlichen Staatsakt getan hätte. Man hörte kein Wort, kein Flüstern, alle schienen sich zu konzentrieren, um kein Wort von dem zu versäumen, was sie gestenreich und schwungvoll vortrug:

Euch, meine Gönner, gebührt all mein Dank,
da ich nun von euch Abschied nehme.
Laßt euer Herz nicht sinken, hadert nicht,
denn ich geb' euch in Hände, fähiger als meine.
Erinnert euch an mich als eine, die versucht hat,
euch zu gefallen, und euch ehren wird, was immer kommen mag.
Möge die Bühne, um zu gefallen jedem tugendhaften Geist, von Tag zu Tag mehr Reinheit und Verfeinerung erreichen;
aller Grobheit enthoben, nicht durch fremde Geschicklichkeit,
die das Gift ausmerzt, sondern durch englische Kunst.
Diese besitzt Verdienste, die anderen Reichen unbekannt sind;
so sehr sie sich auch rühmen mögen, Shakespeare bleibt unser!

Es herrschte einen Moment Stille, und dann ertönten stürmischer Beifall und Bravorufe. Mistress Kilbourne sank langsam in einen tiefen, eleganten und feierlichen Knicks. Der Vorhang schloß sich, und obwohl der Beifall anhielt, wurde er nicht mehr geöffnet. Nach und nach verebbte der Tumult, und das Publikum bewegte sich langsam auf die Türen zu. Einige drängten sich an uns vorbei, doch Sir John blieb auf seinem Platz sitzen.

»Sollen wir gehen?« fragte ich ihn.

»Nein, Jeremy, unsere Arbeit hat gerade erst begonnen. Laß es mich wissen, wenn sich der Saal geleert hat.«

Dann schwieg er; ob er über das Stück oder über andere Dinge nachsann, konnte ich nicht ausmachen. Jedenfalls blieb er still sitzen, und etwas an seinem Schweigen verriet mir, daß er nicht gestört werden wollte. So wartete ich also wie befohlen, bis sich der Zuschauerraum geleert hatte, und teilte ihm dann mit, wir seien nun allein im Theater.

Er stand auf. »Führ mich zur Tür«, sagte er, »und dann wollen wir nach dem Weg zu Mr. Garrick fragen.«

Wir gingen vom Platzanweiser zum Bühnenmeister und dann hinter die Bühne, wo geschäftiges Treiben herrschte. Walddekorationen aus der letzten Szene wurden zusammengelegt und fortgetragen. Schloßmauern wurden hochgehievt und entfernt. Da erst begriff ich, welch geschickter Täuschung ich in den letzten Stunden erlegen war.

Nachdem man uns über die leere Bühne und einige Treppen hinuntergeführt hatte, wurde Sir John gefragt, ob Mr. Garrick ihn erwarte. »Soll ich Sie anmelden, Sir John?«

»Wenn Sie es für angebracht halten«, antwortete der Richter. »Wir sind verabredet.«

»Dann verlasse ich Sie hier an der Tür«, sagte der Bühnenmanager und verschwand die Treppe hinauf. Im Gang standen einige Schauspieler, noch immer in Kostümen. Sie unterhielten sich und scherzten miteinander.

Sir John klopfte kräftig mit seinem Stock an die Tür.

»Herein«, rief jemand aus dem Raum.

Darauf betraten wir ein winziges Zimmer, das mit Kostümen und Requisiten aus dem Stück überfüllt war. Ein kleiner Mann, nicht viel größer als ich, stand vor einem Spiegel und wischte sich eifrig und konzentriert mit einem öligen Tuch das Gesicht ab. Es fiel schwer zu glauben, daß dies David Garrick war, und noch schwerer, sich ihn als Macbeth vorzustellen.

Mr. Garrick, der uns im Spiegel erspähte, drehte sich zögernd um und begrüßte uns freundlich mit einem raschen Lächeln. Wenn er und Sir John keine Freunde waren, so war für mich doch offensichtlich, daß sie einander zumindest gut kannten.

»Ich würde Ihnen die Hand geben«, sagte Mr. Garrick, »aber sie ist voller Schminke.«

»Dann müssen Sie aussehen wie eine echte Rothaut, David. Aber lassen Sie mich Ihnen meinen jungen Freund hier vorstellen, Jeremy Proctor.«

Junger Freund? Das war in der Tat eine Erhöhung meines bisherigen Status eines Gehilfen. Ich strahlte Mr. Garrick an. Er hielt entschuldigend seine fettige Hand hoch, damit ich sie sehen konnte, und beehrte mich dann mit einer Verbeugung, die ich erwiderte.

»Wie Sie«, sagte Sir John, »ist Jeremy aus Lichfield gebürtig.«

»Das stimmt in meinem Fall nicht ganz«, sagte Mr. Garrick, »allerdings bin ich dort aufgewachsen.«

»In Lichfield wird viel über Sie gesprochen«, warf ich ein.

»Ach, ja? Ich habe dort noch Familie. Zweifellos halten sie meinen Namen lebendig.«

»Kommen Sie, David«, sagte Sir John, »Bescheidenheit paßt nicht zu Ihnen.«

»Ich probiere sie von Zeit zu Zeit an und stelle fest, daß sie an Brust und Schultern kneift«, erwiderte Mr. Garrick und zwinkerte mir zu. »Aber sag, Master Jeremy, gefällt dir London?«

»Es übertrifft all meine Träume«, sagte ich. »Der heutige Abend war tausend in Lichfield oder jeder anderen Stadt in England wert.«

»Das macht dem Drury Lane Ehre, und ich danke dir«, sagte er in aufrichtigem Ton und fügte hinzu: »Ich hoffe, Sir John, daß Sie nicht zu schlechte Plätze hatten.«

»Keineswegs. Mr. Wren hat ein Wunder von einem Zuschauerraum geschaffen. Ich konnte alles wunderbar hören. Und wir danken Ihnen für die Eintrittskarten.«

»Es war mir ein Vergnügen, wirklich. Aber Sie verdienen eine Loge, und ich bedaure, daß ich Ihnen keine bieten konnte wegen all des gräßlichen Aufruhrs um die Abschiedsvorstellung Ihrer Hoheit.« Mr. Garrick hielt inne und fügte dann mit dem Ausdruck blanker Neugierde hinzu: »Ich hatte keine Ahnung, daß Sie einer ihrer Verehrer sind.«

»Von Mistress Kilbourne? Um ehrlich zu sein, ich bin kein besonderer Anhänger von ihr, wenn ich ihr auch zugestehe, daß sie heute abend eine gute Vorstellung gegeben hat.«

»Die Frau ist eine gute Schauspielerin. Das muß ich ihr lassen.«

»Nein, mein Interesse richtet sich auf ihr Verhalten jenseits der Bühne. Sie spielt eine gewisse Rolle in einer laufenden Ermittlung.«

»Aha! Dacht' ich's mir doch! Könnte das Lord Goodhopes Tod betreffen?«

Langsam breitete sich ein Lächeln auf Sir Johns großflächigem Gesicht aus. »Es könnte«, sagte er.

»Es kursieren Mordgerüchte! Stimmt das?«

»Die Ermittlung ist noch *im Gange*, David. Sie ist noch nicht abgeschlossen.«

»Aber...«

»Bitte, lassen Sie mich Ihnen ein paar Fragen stellen.«

»Mir?« Darüber schien Mr. Garrick ziemlich erstaunt. »Natürlich beantworte ich Ihnen gern alle Fragen. Ich stehe zu Ihren Diensten, Sir John.«

»Sehr gut. Könnten Sie mir beispielsweise sagen, wann Lucy Kilmoure Ihnen ihren Entschluß mitgeteilt hat, Ihre Truppe zu verlassen? Wie ich hörte, ergab sich das ganz plötzlich.«

»Nun, für mich war das allerdings eine Überraschung«, sagte Mr. Garrick. »Es muß etwa zehn Tage bis zwei Wochen zurückliegen. Es stellte sogar einen Bruch ihres Vertrages mit dem Theater dar, aber sie hatte sich diesen Plan einer Abschiedsvorstellung ausgedacht und entschädigte mich damit. Und ich muß ihr zugute halten, daß sie heute abend das Haus wirklich gefüllt hat. Die Leute sind nicht gekommen, um mich zu sehen.«

»So lange also? Zehn Tage bis zwei Wochen? Ich hätte gedacht, es sei noch kurzfristiger geschehen, da die Karten erst vor ein paar Tagen teurer wurden.«

»Das müssen Sie verstehen, Sir John. Es erfordert Zeit, eine Aufführung vorzubereiten. Diese haben wir in aller Eile auf die Beine gestellt. Sie wollte ›Der Kaufmann von Venedig‹ geben, aber das kam bedauerlicherweise nicht in Frage, da die Dekorationen und Kostüme aus der letzten Saison eingelagert waren – wenn ich auch zugebe, daß sie eine gute Portia spielt. Das schottische Stück war wenigstens zu Beginn der Saison aufgeführt worden, und so hatten wir weniger Schwierigkeiten, es für diese einmalige Vorstellung wieder auf die Bühne zu bringen.«

»Ich verstehe«, sagte Sir John. »Und was ist mit dem – wie soll man es nennen? Einen Epilog? Einen Abschied? –, was sie nach der Vorstellung rezitierte? Wann wurde das festgesetzt?«

»Nun, sie brachte es erst vor fünf Tagen mit, das weiß ich genau. Erst vor drei Tagen wurde es endgültig festgelegt, das weiß ich, denn ich war derjenige, der viel daran herumgeschrieben und redigiert hat. Genaugenommen sind die letzten sechs Zeilen von mir. Fanden Sie sie nicht besser als den Rest?«

»Oh, zweifellos.«

»Der Teil, wo vom Widerstand gegen den Einfluß der Franzosen die Rede ist, da wir Shakespeare haben und sie gar nichts? Ich fand das sehr treffend. Ich bestand darauf, daß sie diese Zeilen in den Text aufnahm. Wie endete noch ihre Version? Ach ja, wenn ich aus dem Gedächtnis zitieren darf:

Fahren Sie fort, jenen Ihre Unterstützung zu geben, deren Aufgabe es ist, unsere leeren Reihen zu füllen.

Leere Reihen, also wirklich! Wir haben niemals leere *Reihen*. Und selbst wenn wir sie hätten, läge es nicht bei ihr, darauf aufmerksam zu machen. Jedenfalls nicht von meiner Bühne aus!«

»Natürlich, sehr verständlich«, sagte Sir John. »Hat sie ihre Zeilen allein verfaßt?«

»Nein, das hat sie nicht. Wie sie auf der Bühne sagte, war es eine Art Gemeinschaftsarbeit mit ihrem ›Freund‹, vermutlich Lord Goodhope. Sie machte kein Hehl aus der Affäre.«

»Und wie hat sie sich seit dem Bekanntwerden seines Todes verhalten?«

»Wie eine richtige Witwe! Ganz feierliche Würde. Es ist eine Rolle, die sie genießt, Sir John, sie hat sich sogar schwarz gekleidet, modisch, aber in Schwarz.«

»Hatten Sie das Kleid je zuvor gesehen?«

Mr. Garrick dachte einen Augenblick nach. »Nein. Nein, das hatte ich nicht.«

»Was hat sie als Grund für ihren Abschied genannt? Daß jemand in ihrem Alter sich zur Ruhe setzt, ist doch gewiß selten.«

»Oh, sie hätte noch zehn gute Jahre vor sich gehabt, vielleicht mehr. Wobei ich jedoch schwöre, mir wäre es lieber gewesen, wenn sie sie in Covent Garden verbracht hätte. Aber nein, es ist gar nicht so selten, daß Schauspielerinnen so früh abtreten. Ich erinnere mich an mehrere Fälle, aber bei allen war das mit einer günstigen Heirat verbunden. Lucy äußerte sich ziemlich vage in bezug auf ihre Gründe und ihre Pläne. Wenn ich es nicht besser wüßte, würde ich sagen, daß sie zu Geld gekommen ist. Nun, wir sind sie jedenfalls los – sie und ihre Affären! Wenn es etwas gibt, wonach ich im Laufe meiner Karriere immer gestrebt habe, Sir John, dann ist es, die Würde des Theaters zu heben. Und Kilbourne hat, seit sie etabliert ist, alles getan, um sie herunterzuziehen.«

»Sie erwähnten Affären. Darf ich daraus schließen, daß Lord Goodhope Vorgänger hatte?«

»Oh, etliche. Vor ihm war es Jack Bilbo, und davor ein noch

zwielichtigeres Individuum mit einem auffallenden Namen, Balthazar Barbey.«

»Ach ja, der Mann, der mit gestohlener und geraubter Ware handelte, allerdings immer vom Kontinent. Was ist aus ihm geworden?«

»Von seiner letzten Reise nach Frankreich kam er nicht zurück, und das ist fast zwei Jahre her.«

»Nun«, sagte Sir John und tippte mit seinem Stock auf den Boden, »sie hat eine Geschichte, nicht wahr? Dennoch würde ich gern mit ihr sprechen; das heißt, falls ihre Garderobe nicht voller Leute ist, die ihr Glück wünschen wollen.«

»Keine Angst«, sagte Mr. Garrick. »Bei der Gruppe ist sie nicht beliebt, und der Adel hat sie gemieden, weil er Skandale roch. Wenn Sie das Haus durch den Bühnenausgang verlassen, und ich fürchte, um diese Zeit werden Sie das müssen, werden sie zweifellos eine Ansammlung von Pöbel aus dem Zuschauerraum finden, der ihr ein letztes Abschiedswort zurufen will. Aber gehen Sie nur zu ihr, meinen Segen haben Sie: letzte Tür rechts, so weit wie möglich von meiner entfernt.«

»Dann auf Wiedersehen, David, und danke, daß Sie uns Ihre Zeit geopfert haben.«

»Es war mir ein Vergnügen. Und dir viel Glück, Master Jeremy. Wenn du meinen Garderobier einigermaßen nüchtern im Gang herumstehen siehst, sag ihm, er soll zu mir kommen, ja?«

Das versprach ich, doch ich sah niemanden. Der lange Gang hatte sich während unseres Aufenthalts bei Mr. Garrick vollkommen geleert. Wir gingen schweigend dahin; Sir John hielt seinen Stock leicht vor sich ausgestreckt. Beim Gehen tappte er in langsamem Rhythmus auf den Boden. Dennoch blieb ich dicht an seiner Seite, bereit, ihn von der Wand fernzuhalten, die das Ende des Ganges bildete, doch das war nicht nötig. Wieder einmal erstaunte er mich, indem er dicht vor der Wand stehenblieb. Meine Hand war nur wenige Fingerbreit von seinem Ellbogen entfernt.

Er wandte sich nach rechts. »Hier müßte ihre Tür sein. Stimmt das?«

»Vollkommen, Sir.«

Er klopfte entschlossen an.

»Wer ist da?« keifte eine Stimme. »Ich bin noch nicht fertig.« Die Stimme war zwar etwas tiefer, stand aber an Lautstärke und Schrillheit der von Mrs. Gredge nicht nach. Ich fürchtete schon, wir hätten an die falsche Tür geklopft.

»Sir John Fielding, Richter am Gerichtshof in der Bow Street, ist gekommen, um Ermittlungen über den Tod von Lord Goodhope anzustellen.« Diese Stimme hatte ich bei ihm erst ein Mal gehört, und da hatte er auf der Richterbank gesessen. Mir fiel die Sitzung ein, in der Baileys Angreifer, Dick Dillon, vor Gericht erschienen war. Sir John hatte ihn streng behandelt und mit genau der gleichen Stimme gesprochen.

Wer immer sich hinter der Tür befand, sie reagierte prompt auf diese Stimme; die Tür flog auf, und eine Frau von nicht geringer Schönheit erschien. Sie trug eine Untertaille mit Reifen und darunter einen Petticoat. In meinem ganzen Leben hatte ich außer meiner Mutter noch keine Frau so spärlich bekleidet gesehen.

»Ach, Sir John«, sagte sie in den süßen Tönen der Lady Macbeth, »was für ein unerwartetes Vergnügen. Kommen Sie herein.« Es war in der Tat Lucy Kilbourne!

Sir John trat in ihre Garderobe, die noch kleiner war als die von Mr. Garrick; ich hielt mich zurück, da ich es für unpassend hielt, eine Frau in einem solchen Zustand zu besuchen. Doch sie zuckte mit den Schultern, zwinkerte mir zu und winkte mich hinein. Von diesem Augenblick an herrschte zwischen uns eine vage Verschwörerstimmung. Ich folgte Sir John in die Garderobe und sah mich nach der keifenden Frau um, die durch die Tür gerufen hatte. Sie war nirgends zu sehen. Daraus konnte ich nur den Schluß ziehen, daß Mistress Kilbourne, da sie sich unbeobachtet fühlte, so gesprochen hatte. Doch welche war nun die echte und welche die falsche Stimme?

»Ich habe ein paar Fragen an Sie«, sagte Sir John.

»Ich werde sie mit Freuden beantworten«, erwiderte sie mit größter Liebenswürdigkeit.

Sie griff nach ihrem Kleid, schwarz und streng, aber so modisch, wie Mr. Garrick es beschrieben hatte, und streifte es rasch über.

»Ich höre das Rascheln von Kleidern«, sagte er. »Sind Sie angemessen bekleidet, Mistress Kilbourne?«

»Aber gewiß doch, Sir John. Ich habe nur einen Stuhl für Sie freigemacht. Möchten Sie sich nicht setzen?«

»Ich bleibe lieber stehen, und mein junger Gefährte auch.«

»Nun, wie Sie wünschen.«

Sie zeigte auf ihren Rücken und wandte ihn mir zu, womit sie mir zu verstehen gab, ich solle eine Reihe von Haken und Ösen schließen, die von der Taille bis zum Nacken über ihren nackten Rücken verliefen. Ich wußte nicht, was ich tun sollte. Sir John würde das gewiß mißbilligen, doch diese Frau verstrahlte einen Glanz, den ich betörend fand. Sie lächelte mir über die Schulter zu, und im nächsten Augenblick ertappte ich mich schon dabei, daß ich ihrer wortlosen Bitte nachkam.

»Wie lange waren Sie mit Richard Goodhope bekannt?« fragte Sir John.

»Nicht einmal ein Jahr«, sagte sie. »John Bilbo hat uns miteinander bekannt gemacht. Wenn Sie jedoch fragen, wann ich seine Gefährtin wurde – denn daraus mache ich kein Geheimnis –, so lautet die Antwort: vor sechs Monaten.«

»Waren Sie davor die Gefährtin von Bilbo?«

»Zu meiner Schande, ja.«

»Nahm er es gut auf, daß Sie Ihre Zuneigung plötzlich Lord Goodhope schenkten?«

»Man könnte vielleicht so sagen. Dennoch ist das etwas, das nur er wahrheitsgemäß beantworten kann.«

»Ganz recht«, sagte Sir John. »Was zog Sie zu Lord Goodhope hin? Sie wußten natürlich, daß er verheiratet und Vater eines Sohnes war? Oder wußten Sie das zu Anfang vielleicht nicht?« Er bot ihr so die Möglichkeit einer Entschuldigung, doch sie war nicht geneigt, davon Gebrauch zu machen.

»Um die Wahrheit zu sagen, es waren die Folgen seiner Ehe, die mich zu ihm hinzogen«, erklärte sie ziemlich dreist. »Er war zutiefst unglücklich in seiner Ehe. Ich tat, was ich konnte, um ihn glücklicher zu machen.«

»Würden Sie sich bei jedem Mann, der in seiner Ehe unglücklich ist, so verhalten? Allein in London gibt es davon viele tausend.«

»Bitte, machen Sie sich nicht über mich lustig«, sagte sie.

»Verdammt!« sagte ich.

Ich war in der Reihe der Haken und Ösen bis zur Mitte ihres Rückens gelangt. Dort leistete ihr Leib beträchtlichen Widerstand. In dem Bemühen, den nächsten Haken durch die entsprechende Öse zu schieben, hatte ich die beiden fest zusammengezogen, und plötzlich war der Haken abgeplatzt.

»Jeremy! Was machst du da?«

Ich zögerte schuldbewußt. »Ich bin gegen einen Stuhl gestoßen, Sir John.«

Er neigte den Kopf in meine Richtung. »Versuch, vorsichtiger zu sein«, sagte er. »Komm und stell dich neben mich. Da bin ich deiner sicherer.«

»Wie Sie wünschen, Sir John«, erwiderte ich.

Ich tat natürlich wie geheißen und warf Mistress Kilbourne achselzuckend einen Blick zu. Sie erwiderte ihn mit ärgerlicher Miene. Dann nahm sie mannhaft, wenn das das richtige Wort ist, den Kampf auf, ihren üppigen Busen in das Witwenkleid zu zwängen.

»Wo waren wir stehengeblieben?« fragte Sir John. »Ach, ja, Sie hatten mich gebeten, mich nicht über Sie lustig zu machen. Das tue ich nicht, Mistress Kilbourne. Ich möchte nur andeuten, daß andere sich in der gleichen Situation befinden. Was zog Sie so besonders zu Richard Goodhope hin?«

Sie hielt in ihren Bemühungen lange genug inne, um zu sagen: »Es waren sein Geist, seine Intelligenz, seine Sensibilität.

Wahrhaftig, ich hatte nie einen Mann wie ihn getroffen, und ich bin sicher, daß ich nun, da er nicht mehr ist, auch keinen mehr treffen werde.« Diese Worte sprach sie in den liebreizendsten und traurigsten Tönen, die ich je gehört hatte, obwohl ihr beleidigter Gesichtsausdruck ihnen zu widersprechen schien.

»Sie besuchten eine Anzahl formloser Gesellschaften in seinem Haus, Abende, die er als seine ›Impromptus‹ bezeichnete.«

»Ja, das tat ich.«

»Was geschah dort?«

»Nichts Unziemliches, falls Ihre Frage das andeuten soll. Gewiß nichts von skandalöser Natur. Unwissende Zungen klatschen darüber, doch diejenigen, die dabei waren, werden meine Worte bestätigen.«

Endlich hatte sie den widerspenstigen Haken geschlossen. Sie atmete tief aus, reckte die Arme und griff über ihre Schultern, um den Rest in Angriff zu nehmen.

»Was ist, Mistress Kilbourne?« fragte Sir John.

»Was meinen Sie, Sir John?«

»Sie schienen zu seufzen. Haben Sie sich an etwas Spezielles erinnert?«

»Ich erinnere mich unablässig an Lord Goodhope«, sagte sie.

»Glauben Sie, daß er Selbstmord begangen hat? Das würde vielleicht bestätigen, daß er in seiner Ehe unglücklich war, wenn es auch gegen Ihre Hilfeleistungen spräche. Er hinterließ keinen Brief. Hat er Ihnen irgend etwas über seine Absichten mitgeteilt?«

»Nein, das hat er nicht«, sagte sie mit einer gewissen Schärfe. »Und das, was ich bezüglich seines Hinscheidens glaube, spielt wirklich keine große Rolle. Schließlich sind Sie derjenige, der die Untersuchung leitet, nicht wahr?«

»Ja, das bin ich, und ich möchte, daß Sie für weitere Gespräche zur Verfügung stehen.«

»Das könnte schwierig werden.«

»Ach, wieso?«

»Ich hatte vor, nach Bath zu reisen.«

»Da verlegen Sie die Saison aber ein wenig vor, nicht wahr?«

»Ich habe Verdauungsbeschwerden. Ich hatte gehofft, das dortige Heilwasser würde...«

»Ich muß darauf bestehen, daß Sie Ihre Reise aufschieben.«

Sie seufzte erneut. »Nun, wenn ich muß...«

»Sie müssen«, sagte Sir John fest. »Ich habe nur noch eine Frage an Sie.«

»Und die wäre?«

»Wer ist Ihre Schneiderin?«

»Meine *was*?«

»Ich habe mich deutlich genug ausgedrückt.«

»Aber was...? Nun gut, es ist Mrs. Mary Deemey. Ihre Werkstatt und ihr Probiersalon befinden sich in der Chandos Street.«

»Ah, gut, nicht weit von meinem Gericht entfernt. Das wäre alles, Mistress Kilbourne. Sie werden zweifellos noch einmal von mir hören.«

»Es wird mir ein Vergnügen sein, Sir John.«

Anscheinend hatte sie endlich auch die letzten Haken geschlossen, denn sie strich die Vorderseite ihres Kleides glatt, als Sir John sich zum Gehen wandte. Rasch öffnete ich ihm die Tür, und er trat behende auf den Gang. Ehe ich die Tür hinter uns zuzog, riskierte ich einen letzten Blick zurück. Mistress Kilbournes und meine Augen trafen sich, und sie lächelte mir zu.

Sir John marschierte in schnellem Tempo durch den Gang. Ich rannte, um ihn einzuholen.

»Das war vergeudete Zeit«, erklärte er. »Nun ja, vielleicht nicht ganz.«

»Eigentlich hatte sie nicht viel zu sagen«, meinte ich.

»Der Heilige Richard, Märtyrer in einer schlechten Ehe! In der Tat!« Er verstummte und grübelte schweigend einen Augenblick vor sich hin, während er vorwärts stürmte. »Ich hätte länger bleiben und ihr die Daumenschrauben anlegen können, aber ich spürte... Jeremy, ich weiß nicht, was dort zwischen euch beiden passiert ist, und ich will von dir weder eine Beruhigung noch eine Antwort, aber irgendwie habe ich ein Bündnis gegen mich gespürt.«

»Aber ich...«

»Kein Wort! So, wo ist nun dieser Bühnenausgang, den wir nehmen müssen?«

»Oben an der Treppe – es sind *nur noch drei Schritte bis dorthin*!«

Er blieb abrupt stehen. »Oh«, sagte er, »danke, Jeremy.« Nun streckte er seinen Stock aus und legte den Rest des Weges in vernünftigerem Tempo zurück.

Wir erreichten die Gasse hinter dem Theater und trafen es so an, wie David Garrick vorhergesagt hatte. Eine beträchtliche Menschenmenge erwartete Lucy Kilbourne. Sie brach sogar in Jubelrufe aus, als ich die Tür des Bühnenausgangs öffnete, da sie das Erscheinen der Schauspielerin erwartete; die Rufe verstummten allerdings rasch, wenn auch nicht auf unfreundliche Art, als Sir John in dic Gasse trat. Ein paar Leute lachten über ihren Irrtum.

»Das ist der Kadi aus der Bow Street«, rief jemand den übrigen zu.

Auf der Galerie des Gerichtssaals hatte ich schon gehört, daß man Sir John so nannte; manchmal hieß es auch weniger rücksichtsvoll »der blinde Kadi«. Ich kannte die Bedeutung des Wortes nicht, doch schien keine böse Absicht dahinterzustehen, und der Richter nahm es nicht übel.

In diesem Fall wandte sich Sir John, als wir uns durch die Menge drängten, in Richtung des Mannes, der gesprochen hatte. »Sind Sie das, Will Simpson?«

»Ja, ich bin's wahrhaftig, M'lord.«

»Also zurück aus der Sommerfrische?«

»Newgate ist nicht Bath!«

»Das war auch nie beabsichtigt!«

Dieser Satz wurde mit allgemeiner Heiterkeit aufgenommen. Sir John stimmte selbst in das Gelächter ein. Die Menschen waren zwar etwas grob, doch im Grunde handelte es sich um eine harmlose Versammlung von Taschendieben, Zuhältern und ihren Dirnen, die die Heldin des Abends erwarteten. Noch während wir inmitten der Menge standen, trat plötzlich Mistress Lucy aus der Tür, und mit einem Aufschrei drängte die Menge sich an uns vorbei nach vorn.

Sir John packte meinen Arm. »Jeremy, bring uns hier weg, ja?«

»Ich... ich werde es versuchen!«

Und ich versuchte es. Ich schob und drängte mich vor ihm her durch die in dieser engen Gasse gefangene Menschenmasse, bis wir uns endlich befreit hatten. Sir John brauchte einen Augenblick, um sich wieder zu fassen, rückte seinen Dreispitz, den jemand angestoßen hatte, gerade und vergewisserte sich seiner Perücke.

»Guter Junge«, sagte er. »Einen Augenblick lang hatte ich Angst, sie würden uns niedertrampeln.«

»Sie muß ein besonderer Publikumsliebling sein«, sagte ich.

»Natürlich ist sie das«, erwiderte Sir John. »Früher war sie eine von ihnen. Sie verehren sie wegen ihres Aufstiegs.« Er wandte den Kopf. »Ich rieche ein Pferd«, sagte er. »Steht eine Droschke in der Nähe? Sieh nach, ob eine frei ist, ja?«

Tatsächlich wartete neben dem Eingang in der Gasse ein Wagen. Ich rannte hin und fragte den Kutscher. Gerade, als er mir sagte, er sei bezahlt worden, um zu warten, erhaschte mein Blick eine Bewegung hinter dem Fenster der Kutsche: ein Gesicht, das ich nur für einen Moment sah, ehe es verschwand. Ich konnte natürlich nicht sicher sein, aber ich hatte das deutliche Gefühl, daß es Mr. Charles Clairmont war, der in der Droschke saß und wartete.

8. KAPITEL

In welchem ein Angebot gemacht wird und ein unerwartetes Zusammentreffen stattfindet

Der nächste Morgen begann mit einem Besuch von Dr. Donnelly bei seiner Patientin. Als ich auf sein Klopfen hin die Tür öffnete, weil Mrs. Gredge anderweitig beschäftigt war, war ich überrascht, neben ihm die mächtige Gestalt von Benjamin Bailey zu erblicken.

»Mr. Bailey, Sir«, sagte ich, »sind Sie wieder wohlauf?«

»Gesund und munter«, erwiderte er selbstgewiß, »und bereit, meine Pflicht zu tun.«

»Er ist nichts dergleichen«, warf Mr. Donnelly ein, »aber er wollte unbedingt mitkommen.«

»Ich will nur mit Sir John sprechen. Er soll entscheiden.«

Und so stapften die beiden in die Küche, während schon Mrs. Gredge herbeieilte und Mr. Bailey warnte, er solle ihren sauberen Fußboden nicht beschmutzen, obwohl es seit Tagen nicht geregnet hatte. Mr. Donnelly, den sie zu Recht für einen Gentleman hielt, wurde nicht in dieser Weise ermahnt. Sie bot wie üblich Tee, Brot und Butter an, was beide ablehnten, und lief dann hinaus, um Sir John ihre Ankunft zu melden.

»Wie steht es mit Lady Fielding?« fragte Mr. Donnelly.

»Sie hat geschlafen, Sir, ohne größere Unterbrechung seit Ihrem Besuch gestern morgen.«

»Das ist natürlich wünschenswert, obwohl ich ihr keine zu große Dosis geben möchte. Und ihre Schmerzen?«

»Am besten sprechen Sie darüber mit Sir John oder Mrs. Gredge.«

»Natürlich«, sagte er. »Müßige Spekulationen sind immer unklug.«

Nun betrat Sir John die Küche. »Ah, Mr. Donnelly, danke für Ihren Besuch. Wie ich höre, sind Sie in Begleitung?«

»Ich bin es, Benjamin Bailey«, sagte dieser mit bemüht lauter und kräftiger Stimme.

»Ja, der ›Nachtwächter‹, wie Mrs. Gredge mir mitteilte.«

»Sie hat so ihre Eigenheiten, nicht?« entgegnete Mr. Bailey.

»Wie geht es ihm, Mr. Donnelly?«

»Nicht so gut, wie er behauptet, aber seine Genesung schreitet eindrucksvoll voran. Die Wunde verheilt tadellos, von Fieber keine Spur.«

»Ich bin bereit, Sir John!« erklärte Mr. Bailey.

»Meiner Meinung nach ist er das nicht«, warf Mr. Donnelly ein. »Aber ich bin nicht hier, um darüber zu streiten, sondern, um Lady Fielding zu sehen. Gestatten Sie?«

»Aber ja, meinen Segen haben Sie, Sir. Sie hatte den besten Tag und die beste Nacht seit Monaten. Dafür bin ich Ihnen dankbar. Sie würde sicher noch mehr sagen, wenn sie nicht gerade schliefe. Mrs. Gredge ist bei ihr. Sie hat sie treu versorgt. So gehen Sie nur.«

»Das werde ich«, sagte er, machte eine rasche Verbeugung vor Sir John und nahm die Treppe zum Schlafzimmer.

Nachdem der Chirurg gegangen war, wandte sich Sir John Mr. Bailey zu. »Nun, Mr. Bailey, Sie behaupten also, gesund zu sein, aber Ihr Arzt sagt etwas anderes. Wie erklären wir diesen Gegensatz?«

»Er ist nicht ich, Sir John. Er weiß nicht, wie ich mich fühle.«

»Das ergibt einen gewissen Sinn, ich gebe es zu, aber ist es nicht wirklich noch ein bißchen zu früh? Nach zwei Tagen?«

»Also... ich kann nur sagen, Sir, daß ein *weiterer* Tag ständiger Fürsorge von Mrs. Plunkett meinen Zustand nur verschlimmern könnte. Die Frau erschöpft mich, wenn Sie verstehen, was ich sagen will, Sir.«

Über diese Bemerkung mußte Sir John herzhaft lachen, was

ich damals nicht begriff. »Ich denke schon«, sagte Sir John. »Wirklich, ich glaube schon. Vielleicht könnten wir einen Kompromiß schließen. Möchten Sie es versuchen?«

»Was immer Sie vorschlagen, Sir John.«

»Nun, wie wäre es damit? Wie wäre es, wenn Sie zu Ihren Pflichten zurückkehrten, aber in etwas eingeschränkter Eigenschaft?«

»Das kommt darauf an, Sir.«

»Auf was?«

»Wie eingeschränkt und in welcher Eigenschaft?«

»Sie haben recht, Mr. Bailey. Nun, das, woran ich dachte, ist eine Aufgabe, die tagsüber zu erledigen ist. Ein gewisser Mr. Charles Clairmont, der, wie sich herausstellte, der Halbbruder des verstorbenen Lord Goodhope ist, behauptet, vorgestern abend mit der *Island Princess* angekommen und gegen halb acht von Bord gegangen zu sein. Ich möchte, daß Sie den Schiffsführer, einen Captain Cawdor, aufsuchen, um das zu überprüfen. Mehr noch, Sie sollten sich ein bißchen auf dem Dock herumtreiben und alles in Erfahrung bringen, was Sie über das Schiff und seine Reise herausfinden können. Würden Sie das für mich tun?«

»Aber gewiß, Sir John.«

»Kleiden Sie sich wie irgendein Nichtstuer, aber nehmen Sie Ihren Ausweis und Ihre Dienstmarke mit, um den Kapitän davon zu überzeugen, daß Sie es ernst meinen und in dieser Sache mein Vertreter sind. Ansonsten, denke ich, sollten Sie den Zweck Ihres Aufenthalts nicht zu erkennen geben.«

»Ich soll also ganz unschuldig mit den Leuten reden?«

»Genau das, Mr. Bailey. Vielleicht kaufen Sie Rum, um ihnen die Zungen zu lockern, aber lassen Sie sich nicht mitreißen. Man wird Ihnen Ihre Auslagen in vernünftigen Grenzen erstatten. Lassen Sie sich Zeit. Finden Sie heraus, soviel Sie können. Sagen Sie… oh, sagen Sie, Sie dächten daran, sich einzuschiffen, und wünschten etwas über das Schiff und seinen Kapitän zu erfahren, ehe Sie sich festlegen. An diesem

Punkt der Untersuchung von Lord Goodhopes Tod könnten sich solche Informationen als sehr wichtig erweisen.«

»Dann seien Sie beruhigt, Sir John, ich werde gute Arbeit leisten.«

»Auch Jeremy hat in dieser Sache gute Arbeit geleistet, aber ich denke, Sie werden mir zustimmen, daß die Aufgabe, die ich Ihnen übertragen habe, seine Möglichkeiten übersteigt.«

»Wenn der Junge sich an den Docks herumtreibt«, sagte Mr. Bailey und grinste mich an, »wacht er wahrscheinlich auf einem Schiff mit Kurs auf Kapstadt auf.«

»In der Tat«, sagte Sir John. »Und außerdem fahren er und ich heute morgen nach Newgate.«

Diese erstaunliche Mitteilung versetzte mich in einen höchst erwartungsvollen Zustand, der anhielt, bis wir eine halbe Stunde später zu unserer Expedition aufbrachen. Meine Erwartung war allerdings auf eigenartige Weise mit gemischten Gefühlen verbunden. Ich war natürlich neugierig auf diesen Ort. Welcher Junge in England, der heimlich die Aufregungen von »The Newgate Calendar« und anderen derartigen Pamphletsammlungen genossen hat, wäre nicht begierig, die gefürchtete Örtlichkeit selbst in Augenschein zu nehmen? Doch da ich so knapp daran vorbeigekommen war, selbst dort eingekerkert zu werden, empfand ich bei der Aussicht auf diesen Besuch auch ein verständliches Unbehagen. Dennoch blieb ich still und verlor weder Sir John noch Mr. Bailey gegenüber ein Wort über die geplante Reise.

Wie auch immer, ich hatte viel Küchenarbeit zu erledigen und mußte fegen und abwaschen. Ich machte mich energisch ans Werk und erregte so keine Aufmerksamkeit. Daher wurde ich Zeuge eines weiteren Dialogs, der zwischen Sir John und Mr. Donnelly stattfand. Nach zehn Minuten oder etwas mehr nämlich kehrte der Chirurg von seiner Visite bei Lady Fielding zurück. Ich hatte ihn leise mit Mrs. Gredge sprechen hören, aber kein Wort verstanden. Er kam allein die Treppe herunter und in die Küche; sein Schritt war langsam, seine Miene ernst. Er näherte sich Sir John, der schweigend am Tisch saß, nahm die angebotene Tasse Tee und erstattete Bericht.

»Sie schläft gut«, sagte der Chirurg.

»Dafür sei Gott gedankt«, erwiderte Sir John.

»Sie wird wahrscheinlich erst nach Mittag aufwachen. Mrs. Gredge wird sich dann um sie kümmern. Ich hatte daran gedacht, die Opiumdosis etwas zu verringern, aber ich habe mich dagegen entschieden. Im Augenblick erscheint mir ihr Wohlbefinden vorrangig.« Mr. Donnelly verstummte für einen Moment und stellte dann eine Frage: »Sir John, Sie sagten, Lady Fielding sei von einer Reihe von Ärzten untersucht worden, und alle hätten darin übereingestimmt, daß die Ursache ihrer Beschwerden ein Tumor ist, nicht aber darin, wo sich dieser befindet. Habe ich das richtig in Erinnerung behalten?«

»Zu Anfang«, sagte Sir John, »bestand diese Übereinstimmung nicht. Der erste Arzt sagte, sie habe Gallensteine, der nächste sprach von Nierensteinen, doch zwei weitere, die vor einem Monat zusammen kamen, einigten sich feierlich darauf, daß ihr Gewichtsverlust auf einen Tumor als Ursache hindeute, und dann stritten sie sich darüber, wo dieser sitze. Der eine sagte, in ihrem Schoß, der andere sagte, in der Leber.«

»In der *Leber*?«

»Ja, das sagten sie, in ihrer Leber. Die beiden examinierten sie gnadenlos, drückten hier, preßten da, fragten, ob dies oder jenes ihr Schmerzen verursache; und natürlich tat ihr alles weh. Die arme Frau brach in Tränen aus und bat nur, man möge sie in Ruhe lassen. Was mich am meisten aufbrachte, Mr. Donnelly, war, daß sie, nachdem sie alles in ihrer Macht stehende getan hatten, um die Kranke zu quälen, *in ihrer Gegenwart* behaupteten, sie könnten nichts für sie tun. Aber halt! Ich berichte falsch. Der, der die Leber für betroffen hielt, war dafür, sie zur Ader zu lassen, um das üble Blut aus ihrem Körper zu entfernen; er gedachte den Tumor so ›auszutrocknen‹. Doch angesichts ihres angegriffenen Zustands hielt ich es für besser, sie dieser Tortur nicht auszusetzen. Außerdem war er erst nachträglich, sozusagen als Spekulation, darauf gekommen. Und ich war dafür, daß er seine Spekulationen bei jemand anderem anstellte.«

»Meiner Ansicht nach«, sagte der Chirurg, »nützt ein Aderlaß nichts und kann oft sogar Schaden anrichten. Aber lassen Sie mich Ihnen sagen, Sir John, ich bin erstaunt, daß es Zweifel am Sitz des Tumors gegeben haben soll. Er ist deutlich zu sehen, es ist ein Tumor am linken Eierstock, so groß wie eine Zitrone. Er liegt nicht einmal in der Nähe der Leber.«

Sir John seufzte. »Ich wußte es.«

»Doch ich fürchte, der Prognose muß ich mich anschließen.«

»Sie sehen also keine Heilungschancen?«

»Keine.«

»Ahhh!« Ein leiser Klagelaut entfuhr ihm. »Mein armes süßes Mädchen! Ich hatte keine wirkliche Hoffnung für sie, aber ich hätte jeden noch so kleinen Anlaß zum Optimismus willkommen geheißen, wie ein Ertrinkender nach einem Strohhalm greift. Sie verstehen.«

»Ja, ich verstehe«, sagte der Chirurg, »aber es wäre falsch, Ihnen oder ihr falsche Hoffnungen zu machen. Ich glaube sogar, daß das Ende nicht mehr fern ist. Ihr Herz wirkt schwächer und scheint ein wenig unregelmäßig zu schlagen. Sie ist sehr geschwächt.«

»Wie nahe, würden Sie sagen? Heute? Morgen? Ich werde das Gericht schließen und mich vertreten lassen.«

»Nein, so nahe nicht. Vielleicht eine Woche, höchstens ein Monat. Daß sie so gut schläft, sollte ihr Leben eher verlängern als verkürzen. So haben Sie Gelegenheit, sich auf das vorzubereiten, was mit Sicherheit kommen wird. Mein Rat an Sie, Sir John, lautet, daß Sie die entsprechenden Vorbereitungen treffen und Ihre Arbeit in vollem Umfang fortsetzen sollten. Es würde Ihnen nicht guttun, dazusitzen und auf das Ende zu warten. Lady Fielding würde das nicht wollen.«

Der Richter dachte darüber nach und beschloß seine Überlegungen mit einem nachdrücklichen Nicken. »Sie haben zweifellos recht«, sagte er. »Und ich muß gestehen, von allen Angelegenheiten, die ich zu regeln habe, machen mir diese Ermittlungen über den Tod von Lord Goodhope am meisten zu schaffen. Ich habe den Verdacht, daß sie überhaupt nicht erfolgreich abzuschließen sein werden, wenn sie nicht bald zu einem Ende kommen.«

»Sir John, ich möchte Ihnen versichern, wenn ich irgend etwas für Sie tun kann...«

»Ja, ich glaube, das können Sie, Mr. Donnelly. Was mir nicht aus dem Kopf geht, ist, daß Lord Goodhopes Leichnam nicht ordnungsgemäß identifiziert worden ist, zumindest nicht nach meinen Maßstäben. Ich erinnere mich aus meinem ersten Gespräch mit Lady Goodhope, daß sie es ablehnte, am Abend seines Todes die Bibliothek zu betreten und seine dort weilenden sterblichen Überreste in Augenschein zu nehmen, was unter den gegebenen Umständen verständlich ist. Diese schwere Aufgabe wurde dem Diener übertragen, der gerade erst eingestellt worden war, sowie dem Butler, dem ich, offen gestanden, nicht traue. Dann wurde der Leichnam weggebracht, zuerst in Ihre Praxis und dann zum Einbalsamierer, und ich bezweifle, daß sie ihn überhaupt gesehen hat. Ich nehme an, daß er inzwischen vom Einbalsamierer zurück ist?«

»Er soll heute morgen zurückgebracht werden.«

»Hat man das Gesicht leidlich wiederhergestellt?«

»Man hat uns versichert, daß getan werden würde, was getan werden kann.«

»Schön und gut«, sagte Sir John. »Sie scheinen beträchtlichen Einfluß auf Lady Goodhope zu haben. Ich möchte, daß Sie diesen Einfluß nutzen, um sie zu überreden, sich die Leiche anzusehen und in aller Form zu identifizieren. Dabei können Sie als mein Zeuge tätig werden. Ich werde Ihr Wort und das von Lady Goodhope ohne alle Fragen akzeptieren.«

»Das wird nicht leicht sein«, sagte Mr. Donnelly.

»Ich weiß«, sagte Sir John, »denn sie ist tatsächlich eine willensstarke Frau. Aber Sie können ihr sagen, daß ich die Beisetzung des Leichnams keinesfalls gestatten werde, solange sie diese Identifikation nicht vornimmt, weder in London noch in Lancashire.«

»Das ist in der Tat sehr streng!«

»Von Zeit zu Zeit muß ich streng sein.«

»Wie Sie meinen, Sir John.«

Mr. Donnelly schob seinen Stuhl zurück, erhob sich und schickte sich zum Gehen an.

»Ich bin neugierig«, sagte der Richter. »Haben sich Besucher eingestellt?«

»Soviel ich weiß, keine.«

»Gab es Briefe, in denen Beileid und Mitgefühl bekundet wurden?«

»Sehr wenige.«

»Das scheint seltsam, nicht wahr? Das man im Leben geschnitten wird, kommt häufig genug vor und ist in Lord Goodhopes Kreisen nichts Besonderes. Doch wenn man im Tode geschnitten wird, dann wird man wirklich geschnitten. Darüber muß ich mehr herausfinden, wenn ich auch gestehe, daß meine Kontakte bei Hofe gleich null sind.«

»Ich wünsche Ihnen viel Glück bei dem Unternehmen; bei den gesamten Ermittlungen. Und nun möchte ich mich verabschieden, wenn Sie gestatten. Ich muß noch einen weiteren Besuch machen, ehe ich zu Lady Goodhope gehe und in dieser schwierigen Angelegenheit Ihrer Bitte nachkomme.«

Sir John erhob sich und streckte die Hand aus, die Mr. Donnelly ergriff und fest drückte. »Darf ich fragen«, sagte er, »ob Mr. Martinez beim Ordnen der Konten eine Hilfe war?«

»Er war eine *große* Hilfe. Er hat für heute nachmittag eine Zusammenkunft im Büro von Lord Goodhopes Anwalt, Mr. Blythe, einberufen. Dort wird die Lage in allen Einzelheiten besprochen.«

»Werden Sie hingehen?«

»Ja, als Vertreter von Lady Goodhope.«

»Dann will ich Sie nicht aufhalten, denn Sie haben einen arbeitsreichen Tag vor sich. Auf Wiedersehen, Mr. Donnelly. Und ich möchte Ihnen meinen tiefsten, herzlichsten Dank aussprechen.«

Wir waren nicht länger als eine Minute allein, als Sir John, der noch immer stand, einfach in den Raum hinein zu mir sprach. »Jeremy«, sagte er, »hast du die Aufgaben erledigt, die Mrs. Gredge dir aufgetragen hat?«

»Ja, Sir, das habe ich.«

»Dann hol deine Mütze und deinen Mantel, denn ich muß dich jetzt auf eine Fahrt in den Vorhof der Hölle mitnehmen.«

Als ich in Snow Hill aus der Droschke kletterte, erblickte ich ein Gebäude, wie ich es mir niemals vorzustellen vermocht hätte. Ich hatte in den letzten paar Tagen in London große Bauten gesehen, und dieser hier gehörte sicher zu den größten. Doch es war nicht allein seine Größe, die mich so faszinierte, sondern eher der Gesamteindruck, den ich zutiefst furchteinflößend fand.

Während Sir John ausstieg, sicheren Fußes wie immer, und sich mit dem Kutscher besprach, nutzte ich die Gelegenheit, die Fassade des berüchtigten Gefängnisses von Newgate zu betrachten. Es war drei oder vier Stockwerke hoch, wenngleich das, Leser, schwer festzustellen war, denn es waren kaum richtige Fenster zu sehen. Da der Bau bei schweren Aufständen zerstört und später neu errichtet worden war, hatte er nur noch wenige Öffnungen zur Außenwelt. Er bestand aus grauem Stein, der sich mit der Zeit fast schwarz gefärbt hatte, und ermangelte nicht gewisser künstlerischer Verzierungen. Über dem Mittelbogen befand sich eine Gruppe sinnbildlicher Figuren, allerdings war nicht eindeutig, was sie eigentlich versinnbildlichten. In der Mitte stand, aufgrund der Katze zu seinen Füßen unverkennbar, ein Abbild des verstorbenen Lord Mayor Dick Whittington. Unterhalb des Mittelbogens gab es ein Gittertor, gerade breit genug, um einer Kutsche oder einem großen Wagen Einlaß zu gewähren. Diesem allgemeinen Eingang näherten wir uns.

»Habe ich uns richtig ans Ziel gebracht?« fragte Sir John.

»Pfeilgerade«, sagte ich.

Er schwenkte seinen leicht ausgestreckten Stock, fand das Tor und rüttelte kräftig an den Gittern. Es erschien ein Mann, der so schlecht gekleidet und rasiert war, daß ich ihn zuerst für einen Gefangenen hielt, doch es war der Torwächter.

»Ach, sieh an, Sir John Fielding stattet uns einen Besuch ab«, sagte er. Er zog einen Schlüsselring aus der Tasche und steckte den größten der Schlüssel ins Schloß. »Bringen Sie uns einen Gast zur Einquartierung mit?«

Schockiert begriff ich, daß er mich meinte. Sollte das meine Strafe dafür sein, daß ich die Haken über Lucy Kilbournes nacktem Rücken geschlossen hatte?

»Ganz und gar nicht«, erwiderte Sir John zu meiner großen Erleichterung. »Wir sind gekommen, um mit jemandem zu reden, der vor zwei Tagen zu Ihnen geschickt wurde: Dick Dillon ist sein Name.«

»Nun, wir werden ihn auf der Liste suchen und Sie unverzüglich mit ihm zusammenbringen. Das Gute am Hotel des Richters ist ja, daß wir immer wissen, wo unsere Gäste sind.«

Das Tor wurde geöffnet, und wir traten ein. Wir wurden in die Wachstube geführt, wo der Mann eine Liste hervorholte und den Namen von Benjamin Baileys Angreifer heraussuchte. Ein Wärter wurde uns als Führer mitgegeben. Dieser Mann, nur wenig präsentabler als der Torwächter, führte uns über einen geräumigen Hof zum eigentlichen Gefängnis; auf dem ganzen Weg machte er Sir John scherzhafte Vorwürfe, weil dieser irgendwelche vermeintlichen Quoten nicht erfüllte. »Wie können Sie so nachlässig sein?« fragte er einigermaßen kühn. »Der Lebensunterhalt von uns armen Kerlen hängt davon ab, wie viele Sie uns schicken!« Darüber gackerte er laut, als habe er einen großartigen Witz gemacht.

Sir John war nicht amüsiert. »Das mag so sein«, sagte er, »aber ich wünschte, es wäre anders.«

Glucksend und kichernd geleitete der Wärter uns in die Finsternis. Oh, ja, es war dunkel, das einzige Licht kam von ein paar Kerzen, die hier und da standen, und einer Fackel am Ende des Ganges. Obwohl es draußen bewölkt war und keine Sonne schien, brauchte ich eine ganze Weile, um mich an die Düsternis im Inneren des Gebäudes zu gewöhnen. Und als ich erst sehen konnte, wäre es mir lieber gewesen, nichts zu sehen, denn auf einer Seite lag hinter Eisengittern ein großer Gemeinschaftsraum für männliche und weibliche Gefangene. Einige eilten herbei, um einen Blick auf uns zu werfen. Andere blieben träge auf ihren Pritschen an der Wand liegen. Die meisten aber ignorierten uns und setzten ihre Gespräche fort, gleichgültig geworden gegen alles, was sie nicht direkt betraf. Alle waren arme Kreaturen, die nach Aufmerksamkeit verlangten, jammerten und stöhnten oder gleichzeitig knurrten und lachten, so daß man es nicht unterscheiden konnte.

Hände wurden zwischen den Gitterstäben hindurchgestreckt, deren Besitzer uns um Münzen anbettelten. Geld, wie ich später lernen sollte, war alles, was in Newgate zählte. Hier und da zerrten Hände an meiner Jacke. Ich wich ängstlich zurück und ging auf der anderen Seite an der Wand entlang. Das flackernde Kerzenlicht bewirkte, daß die verzerrten Gesichter der Leute kaum noch menschliche Züge trugen. Man erkannte Sir John, rief seinen Namen, aufdringlich oder einfach grüßend, einmal auch mit einem Fluch. Doch er ging weiter, beachtete niemanden, da es ihn genau wie mich drängte, an diesem eingesperrten Mob vorbeizukommen.

Doch der Geruch, guter Gott, der Gestank! Jeder Bauernhof, auf dem ich jemals war, hatte besser gerochen, denn es ist etwas an menschlichen Exkrementen, das die Nase mehr beleidigt als die aller anderen Tiere. Doch das war nicht alles, denn dazu kam noch ein Geruch von Verwesung; als ich darüber nachdachte, fragte ich mich, ob einige von denen, die an der

Wand schliefen, nicht vielleicht tot waren, und, falls sie tot waren, wie lange schon.

»Was Sie da gesehen haben«, sagte der Wärter, als wir an ihnen vorbei waren, »sind unsere gewöhnlichen Schurken – die, die kurze Strafen absitzen oder wegen geringerer Vergehen auf ihren Prozeß warten. Wie es scheint, warten manche ziemlich lange.« Das schien zu meiner Belehrung gesagt, denn er zwinkerte mir dabei zu und kicherte. Wir hatten jetzt die Stelle erreicht, wo die Fackel brannte. Von da aus führte eine düstere Treppe nach oben. »Die Abteilung der Meisterschurken ist oben. Sie alle warten auf ihren Prozeß wegen eines Kapitalverbrechens. Ihr Mann, Dillon, ist auch dort.«

Damit zog er eine Kerze aus der Jackentasche und entzündete sie an der Fackel. Er hielt sie hoch und begann hinaufzusteigen. Wir folgten ihm, ich ging als letzter.

»In dieser Abteilung haben wir nicht so viele«, rief der Wärter, »und sie sind auch ruhiger. Ich schätze, sie haben allen Grund dazu.«

Wir erreichten das nächste Stockwerk, wo es nicht nur ruhiger, sondern auch heller war. Eine Fackel brannte, Kerzen standen in den Ecken, und durch zwei schmale Fenster in der Mitte des Ganges fiel Tageslicht herein. So konnte ich die Menschen hinter den Gittern besser sehen. Es waren vielleicht ein Dutzend, darunter zwei Frauen, die müßig beieinander standen und sich unterhielten. Zwei Männer saßen an der Wand und starrten leeren Blicks auf irgendeinen fernen Punkt. Die übrigen saßen zusammen auf dem mit Stroh bestreuten Fußboden, tranken aus Bechern und sprachen leise miteinander.

Auf dem unteren Flur hatte es nur einen einzigen Wärter gegeben. Der Abteilung der Meisterschurken waren zwei vergönnt. Unser Mann ging zu einem von ihnen hinüber und setzte ihn von Sir Johns Mission in Kenntnis. Dick Dillons Name wurde zweimal laut ausgerufen. Endlich löste sich ein Mann aus der Gruppe; er hatte uns den Rücken zugekehrt, nun erhob er sich unsicher und stapfte in unsere Richtung.

Ein irres, triumphierendes Lächeln erhellte seine schlaffen Züge. »Nun«, sagte er, »da ist ja der Ka... ich meine den Kadi, ich meine den blinden Kadi. Was für eine Ehre, hier vom Richter persönlich besucht zu werden!«

»Sie sind betrunken«, sagte Sir John.

»Das ist meine Sache und nicht Ihre, oder? Ich bin vor Ihnen erschienen, und einmal war genug. Wenn ich also beschließe, mir ein bißchen Gin aus dem Schankraum von Newgate zu Gemüte zu führen, dann ist das mein gutes Recht, das geht Sie nichts an.«

»Vielleicht kann ich dafür sorgen, daß es mich etwas angeht. Vielleicht kann ich Ihnen Ihren Gin wegnehmen lassen.«

»Nicht sehr wahrscheinlich, nicht, solange ich Geld habe und bezahlen kann.«

»Auch das könnte man Ihnen nehmen.«

»Sollen sie es nur versuchen!«

Mit einiger Anstrengung richtete Dillon sich zu seiner vollen Größe auf, die beträchtlich war, ballte beide Fäuste vor der Brust und knurrte böse, während er von einem Wärter zum anderen blickte. Dann lachte er.

»Wärter?«

»Jawohl, Sir John?« antworteten die beiden im Chor.

»Entfernen Sie sich. Ich muß den Gefangenen unter vier Augen sprechen.«

Sie schauten einander stirnrunzelnd an. Dann zuckte einer mit den Schultern. Der andere, unser Führer, nahm seinen Dreispitz ab und kratzte sich am Kopf.

»Wenn wir das tun sollen«, sagte er, »muß ich Sie, Sir John, bitten, sich eine gute Armeslänge von den Gittern zu entfernen; ich muß Sie daran erinnern, daß Sie es waren, der ihn hierher brachte.«

»Nein, Wärter«, sagte Sir John, während er wie geraten zurücktrat, »er hat sich selbst hierher gebracht, aber nun haben wir Angelegenheiten zu besprechen, die nicht für die Allgemeinheit bestimmt sind.«

»Wie Sie meinen, Sir John.« Der Wärter schien etwas widerstrebend.

Doch beide entfernten sich ein ganzes Stück. Sir John wandte sich in meine Richtung.

»Jeremy?«

»Ja, Sir?«

»Sind sie fort? Können sie uns hören?«

»Ich würde sagen, wenn Sie so sprechen wie jetzt, können sie Sie nicht hören.«

»Du mußt jetzt ebenfalls zurücktreten, denn der Rat, den man mir gab, war ein guter Rat.«

Ich tat wie befohlen, und nachdem er es gehört hatte, nickte er. Dillon knurrte nochmals und lachte dann erneut.

»Sie in Ihrer Situation haben gut lachen«, sagte Sir John.

»Es ist kein so schlimmes Los.«

»Vielleicht nicht, hätten Sie nicht den Säbel in der Hand gehabt. Das war schließlich Ihre erste Verhaftung.«

»Verflucht, wenn es anders wäre! Und dieser kleine Hurensohn von einem Bastard hat beim Kartenspiel betrogen, sonst wäre ich nicht so hinter ihm her gewesen. Ich habe ihn nicht umgebracht, obwohl er's verdient hätte.«

»Sie meinen also, Sie seien zu Unrecht hier?«

»Ja, gewissermaßen, Euer Ehren, das meine ich.«

»Obwohl Sie bei Ihrer Verhaftung gelogen haben?«

Darauf reagierte Dillon überaus gekränkt. Er streckte die Arme weit durch das Gitter und schwenkte sie in unsere Richtung. Wir standen gerade so außerhalb seiner Reichweite. Schließlich beruhigte er sich und zog die langen, starken Arme zurück.

»Dick Dillon betrügt nicht beim Kartenspiel, und er lügt nicht«, erklärte er. »Habe ich meinen richtigen Namen genannt? Meinen Wohnsitz?«

»Das stimmt«, sagte Sir John mild, »aber im Verhaftungsbericht haben Sie sich als arbeitslos ausgegeben.«

»Das bin ich ja auch! Oder ich war es.«

»Ach? In welcher Beziehung standen Sie zu jenem Zeitpunkt zu Lord Richard Goodhope?«

Eine Pause trat ein; Dillon schwieg, obwohl er noch einen Augenblick vorher äußerst lebhaft gesprochen hatte. Als er schließlich antwortete, schien er seine Worte so sorgfältig zu wählen, wie sein vom Gin benebeltes Gehirn es nur zuließ.

»Ich war sein Diener!« sagte er. Dann fügte er stolz hinzu: »Ich schleppte alle schweren Lasten.«

»Das mag sein, wie es will«, sagte Sir John, »aber wann wurden Sie das letzte Mal von ihm bezahlt?«

Auf diese Frage hin schien Dillon sich ein wenig zurückzunehmen. Sein Gesicht sprach Bände. Es drückte zunächst Abwehr, dann Argwohn, dann Feindseligkeit aus. »Ja, Euer Ehren«, sagte er, »ich weiß, worauf Sie hinauswollen. Sie werden mich nicht kriegen. Nein, Sie werden Dick Dillon nicht kriegen.«

Sir John fragte in derselben Richtung weiter: »Sie verließen diesen Dienst ganz plötzlich. Was war der Grund?«

»Sie versuchen, etwas umsonst zu bekommen, das ich nur teuer verkaufen werde«, sagte Dillon. »Wir haben in Ihrem Gericht darüber gesprochen. Ich möchte deportiert werden. Ich habe Informationen, die für Ihr Gericht von Interesse sind. Aber ich verpfeife keinen, erzähle weder Ihnen noch sonst jemandem was, solange ich nicht die feste Zusage habe, daß ich deportiert werde.«

»Das Leben auf den Plantagen kann hart sein«, sagte Sir John.

»Das Risiko gehe ich ein. Und ich ziehe es dem anderen vor.«

»Das würde wohl jeder tun«, stimmte Sir John zu. »Aber hören Sie mich zu Ende an, Dick Dillon, denn Ihr Leben könnte davon abhängen. Kein Richter kann eine Garantie dafür bieten, daß man seiner Empfehlung folgen wird, aber ich habe schon manches Mal zu Milde geraten, und es hat immer seine Wirkung getan. Ich verspreche Ihnen aufrichtig, Dick Dillon, daß ich, John Fielding, Richter am Gericht in der Bow Street,

Lord Mansfield, dem Oberrichter des Königs, die Empfehlung geben werde, Sie zu deportieren, statt Sie zu hängen – wenn Sie Ihrerseits mir handfeste Informationen über den Tod von Lord Goodhope liefern. Was sagen Sie dazu?«

»Was ich dazu sage? Ich sage, können Sie mir das schriftlich geben?«

»Das ist nicht nötig. Ich stehe zu meinem Wort«, sagte Sir John. »Aber etwas muß ich dem hinzufügen, was ich bereits gesagt habe, und das ist: Ihre Information, wie immer sie aussehen mag, muß gleich kommen, denn die Ermittlung schreitet voran und wird vielleicht bald abgeschlossen sein. Damit rechne ich. Sollte das, was Sie zu sagen haben, zu spät kommen, etwa zur Zeit Ihres Prozesses vor dem königlichen Gericht, dann wird es nicht mehr benötigt, und ich kann auch keine Empfehlungen, gleich welcher Art, mehr aussprechen. Ist Ihnen das klar?«

Dillon betrachtete Sir John finster. »Klar«, sagte er. »Ja, es ist klar.«

»Ehe wir fortfahren, will ich Ihnen noch eine Frage stellen. Bringt die Information, die Sie zu bieten haben, Sie in direkte Verbindung mit dem Mord? Sollte das der Fall sein, das muß ich Ihnen fairerweise sagen, kann ich Ihnen nicht helfen. Verstehen Sie? Ich spiele mit offenen Karten. Ich lege Ihnen die Grenzen meiner Macht dar. Was sagen Sie dazu?«

»Ich bin in keinen Mord verwickelt. Habe nie einen Mord begangen.«

»Das akzeptiere ich«, sagte Sir John. »Dann können Sie weitersprechen.«

Ein unendlich scheinender Augenblick folgte, in dem Dillon mit sich selbst und wer weiß welchem Gegner rang. Wieder war der innere Widerstreit deutlich an seinem Mienenspiel abzulesen. Doch da war etwas, das ich zuvor nicht bemerkt hatte, etwas wie Angst: seltsam, das bei einem so großen und starken Mann zu sehen. Fast schien er im Begriff nachzugeben, doch dann schüttelte er den Kopf.

Er sagte: »Sir John, im Augenblick ist mein Kopf vom Trinken benebelt. Ihr Angebot ist fair, das gebe ich zu, aber ich brauche Zeit, um nüchtern darüber nachzudenken. Werden Sie mir das gestatten?«

»Was setzt Ihnen so zu?« fragte Sir John. »Was haben Sie zu fürchten?«

Dillon sah ihn an, als wäge er die Möglichkeiten ab. »Dick Dillon fürchtet niemanden«, sagte er mit flüsterleiser Stimme. »Er braucht nur Zeit zum Nachdenken.«

Sir John seufzte. »Ich werde Ihnen Zeit geben«, sagte er und unternahm keinen Versuch, seinen Ärger zu verhehlen, »aber nur den Rest dieses Tages und die kommende Nacht. Morgen früh werde ich zwei Konstabler schicken, die Sie in das Gericht in der Bow Street bringen sollen. Wir werden in meinem Amtszimmer reden. Sie täten gut daran, sich auf das Gespräch über die fragliche Angelegenheit vorzubereiten. Wenn Sie Ihre Zeugenaussage gemacht haben, wie immer sie lauten mag, werden Sie in das Fleet-Gefängnis überstellt.»

Er hatte gesagt, was zu sagen war, und rief: »*Wärter!* Wir möchten gehen.«

Dillon beobachtete uns. Er sagte nichts mehr, und seine Lider waren so schwer, daß es aussah, als schliefe er gleich ein, doch er war auf der Hut. Er hatte zwar erklärt, er sei betrunken, doch nun wirkte er nüchtern.

Der Wärter, der uns hergeführt hatte, geleitete uns zurück. Am Treppenabsatz hielt er inne, um seine Kerze wieder anzuzünden. Beim Abstieg hielt ich mich hinter ihm, und Sir John legte seine starke Hand auf meine Schulter. Wir beide sprachen nicht miteinander, doch der Wärter war ebenso geschwätzig wie zuvor.

»Das ist ein harter Bursche. Wie heißt er?« Er wartete einen Augenblick, doch als er keine Antwort erhielt, fuhr er fort: »Ach, ja, Dillon, so heißt er, Dick Dillon. Ich erinnere mich, wie Sie ihn auf der Liste suchten. Er schikaniert die anderen ganz schrecklich, ja, das tut er. Er nimmt den Männern das

Geld ab und benutzt die Frauen auf schändliche Weise. Das kann er nur, weil er so groß ist. Da drinnen sind alle gegen ihn.«

An dieser Stelle dachte ich daran, daß Dillon auf leidlich freundschaftliche Art mit den anderen Männern getrunken zu haben schien. Aber vielleicht war es auch anders. Vielleicht war es so, wie der Wärter gesagt hatte.

»Ich nehme an, aus dem haben Sie nicht viel herausbekommen. Er bildet sich ein, er könne den Henker schlagen, das bildet er sich ein. Achten Sie jetzt auf Ihre Schritte, Sir John. Wir kommen ans Ende der Treppe.«

Als wir das Erdgeschoß erreicht hatten, trat der Wärter zurück und blies die Kerze aus.

Der Lärm, den die gewöhnlichen Übeltäter machten, war nicht annähernd so groß wie bei unserem Eintreffen. Nachdem ich mich anfänglich vor ihnen gefürchtet hatte, war ich jetzt gefaßter und ging sicheren Schritts auf den Ausgang zu. Doch der Gestank war noch derselbe. Meine Versuche, möglichst flach zu atmen, nutzten überhaupt nichts. Erst als wir uns im Freien befanden, im Hof, konnte ich tief einatmen, ohne meine Lungen zu vergiften.

Der Wärter begleitete uns bis an das Tor, gab sich aber keine Mühe mehr, ein Gespräch in Gang zu bringen. »Ich verlasse Sie hier, Sir John. Der Torwächter kommt schon, und draußen sehe ich eine Droschke«, sagte er.

»Darf ich Sie um Ihren Namen bitten?« fragte Sir John.

»Meinen Namen? Wieso...« Die Frage machte ihn etwas nervös. Einen Augenblick schien ihm gar die Antwort nicht einzufallen. »Wieso... nun ja, mein Name ist Jack Wilson, und es war mir ein Vergnügen, Ihnen zu Diensten zu sein, Sir John.«

»Ich danke Ihnen für Ihre Mühe, Mr. Wilson. Auf Wiedersehen.« Sir John wartete, bis der Wärter sich etwas entfernt hatte, und flüsterte mir zu: »Ich mag den Burschen nicht.«

Durch den Torwächter wurde seine Abneigung bestätigt.

Dieser mochte schmutzig und ungepflegt sein, doch er war ein zuvorkommender Mensch, begrüßte uns überaus herzlich und erkundigte sich, ob unser Besuch sich gelohnt habe.

»Mehr oder weniger«, sagte Sir John, »mehr oder weniger.«

»Nun, ich hoffe, am Ende zahlt es sich für Sie aus«, sagte der Wächter und steckte den größten Schlüssel von seinem Bund in das Schloß.

Als er das Tor öffnete und wir schon gehen wollten, blieb Sir John auf einmal stehen und wandte sich an den Wächter, als sei ihm soeben etwas eingefallen.

»Ich denke gerade«, sagte Sir John, »ich sollte mich nach dem Wärter erkundigen, der uns geführt hat. Er war überaus hilfsbereit. Wie hieß er? Ich würde ihn gern dem Direktor von Newgate gegenüber lobend erwähnen.«

»Der, der Sie geführt hat? Das war John Larkin.«

»Danke, Torwächter. Aber sagen Sie ihm nichts davon. Es kann eine Weile dauern, bis ich Zeit finde, mich damit zu befassen. Und Ihr Name?«

»Joshua Blackwood, zu Ihren Diensten!«

»Danke, und Ihnen einen guten Tag!«

Damit wandte Sir John sich um, schnupperte nach dem Geruch des Pferdes und ging voran zur Kutsche. Wir machten uns auf die lange Rückfahrt in die Bow Street. Sie verlief größtenteils unter Schweigen. Sir John hatte sich, wie es oft seine Art war, ganz in sich selbst zurückgezogen. Mich bewegten zwar viele Fragen über Newgate und das Verhalten von Dick Dillon, doch ich hielt mich zurück, weil es mir das beste schien, ihm Zeit zum Nachdenken zu geben. Eine Frage jedoch brannte mir auf der Zunge, und als wir unser Ziel beinahe erreicht hatten und mir bewußt wurde, daß ich nicht mehr lange mit ihm allein sein würde, konnte ich mich kaum noch zurückhalten. Als Covent Garden in Sicht kam, platzte ich schließlich damit heraus.

»Sir John«, sagte ich, »warum hat er einen falschen Namen genannt?«

Aus tiefem Nachdenken gerissen, wandte er sich fast widerstrebend mir zu. »Was ist, Junge? Was fragst du da?«

»Der Wärter«, sagte ich, »nannte sich Wilson. Der Torwächter sagte, er heiße Larkin. Der Wärter hat gelogen. Warum hat er das getan?«

»Ach, das«, sagte Sir John mit einem Seufzer. »Nun, er hat damit sicher etwas bezweckt. Das steht fest. Unser Mann, Dillon, scheint mit seiner Stärke großen Eindruck zu machen. Gebe Gott, daß sie ausreicht.«

Obwohl mich diese Antwort verwirrte, stellte ich keine weiteren Fragen. Wenn er mir mehr hätte sagen wollen, dachte ich bei mir, dann hätte er es getan.

Wir erreichten Bow Street Nummer vier und gingen zu Sir Johns Amtsräumen, doch an der Tür wurde mir der Eintritt verweigert. »Bitte, geh und such Mr. Marsden«, sagte Sir John, »und bring ihn zu mir. Dann warte draußen, denn ich habe eine Botschaft, die du überbringen sollst.«

Ich tat wie geheißen und fand den Gerichtsdiener beim Tee mit Mr. Thomas Baker, dem Konstabler, der Mr. Baileys Platz als leitender Bow Street Runner eingenommen hatte. Sie saßen munter beisammen und lachten zweifellos über irgendeinen Witz, den Mr. Marsden gemacht hatte, denn er war ein recht geistreicher Mann. Doch keiner von beiden nahm es übel, daß ich ihr heiteres Beisammensein störte und Sir Johns Nachricht überbrachte.

»Weißt du, worum es geht?« fragte Mr. Marsden, als wir uns den Amtsräumen des Richters näherten.

»Nein, Sir«, sagte ich, »nur, daß er mich gebeten hat, ich solle warten, weil ich eine Botschaft zu überbringen hätte.«

»Aha«, sagte er, »dann werde ich wieder einmal den Schreiber Salomos spielen.«

Ich, der ich die Bibel kaum oder gar nicht kannte, verstand diese Anspielung nicht. Dennoch kann ich dem Leser versichern, daß die Bemerkung zwar etwas ironisch klang, aber keinerlei Mangel an Respekt erkennen ließ.

Ich brauchte nicht lange vor der geschlossenen Tür zu warten, denn bald darauf kam Mr. Marsden, der seine Aufgabe erfüllt hatte, nach draußen und bat mich herein. Sir John rief auch ihn noch einmal zurück. Ich stand wartend in der offenen Tür und hörte folgendes Gespräch zwischen den beiden Männern.

»Mr. Marsden«, sagte Sir John, »erinnern Sie sich an diesen Sayer, der vor ein paar Tagen falsches Zeugnis gegen den jungen Jeremy Proctor ablegte?«

»Aber gewiß, Sir«, sagte Mr. Marsden.

»Wie ich mich entsinne, leerte das Gericht seine Börse, um die Schuld dieser Caulfield zu begleichen.«

»Ja, ich erinnere mich auch daran.«

Sir John griff in seine geräumige Jackentasche und nahm ein paar Münzen heraus. Sorgfältig betastete er sie, wählte einige aus und reichte sie dem Gerichtsdiener.

»Das war unbesonnen. Ich möchte, daß Sie diese drei Shilling wieder in seine Börse legen und für morgen bereithalten. Ich werde zwei Konstabler schicken, um einen Gefangenen aus Newgate zu holen. Sie sollen Sayer die Börse und das Geld zurückgeben. Merken Sie sich, sie soll ihm persönlich überreicht und nicht einem Wärter anvertraut werden. Da ich soeben von diesem Ort der Schrecken zurückkehre, ist mir bewußt, wie verzweifelt die Insassen alle Mittel brauchen, die sie nur in die Hand bekommen können.«

»Es wird gemacht, wie Sie es wünschen, Sir John.«

»Gut. Und nun schicken Sie Jeremy zu mir.«

Mr. Marsden ging, und ich trat ein und fand Sir John hinter seinem Schreibtisch stehend. Er reichte mir einen mit seinem Siegel verschlossenen Umschlag.

»Jeremy«, sagte er, »ich möchte, daß du diese Nachricht zu Mary Deemey bringst, in ihr Geschäft in der Chandos Street. Unten auf dem Briefbogen ist Platz für eine Antwort. Sie soll ihre Antwort niederschreiben. Du sollst darauf warten und sie mir gleich bringen. Hast du das verstanden?«

»Sehr gut«, sagte ich.

»Wenn es nötig ist, mußt du ihr die Ernsthaftigkeit der Untersuchung klarmachen. Sag ihr, es handele sich um eine gerichtliche Angelegenheit, und ich würde weder Ausflüchte noch Verzögerungen dulden. Du kannst genau diese Worte wiederholen.«

Ich versprach es, und dann gab er mir eine genaue Wegbeschreibung in die Chandos Street. Er sagte, wenn ich dort sei, müsse ich das Geschäft der Schneiderin allein finden. »Sieh dich genau um, vielleicht erkennst du das Ladenschild«, sagte er. »Wenn es sein muß, erkundige dich.«

Doch ich brauchte weder nach dem Weg noch nach der Lage von Mary Deemeys Geschäft zu fragen, denn als ich die Straße gefunden hatte, sah ich in der Nähe ein Schild mit ihrem Namen hängen, darunter auf Französisch: »Modes Elegantes.« Ich überquerte die Straße, wich einem Gespann aus und übersprang einen Haufen Pferdemist. (Damals wurden die Londoner Straßen nicht annähernd so sauber gehalten wie heute.) Ich wollte zuerst an die Tür klopfen, doch dann überlegte ich es mir anders und betrat kühn den Laden.

Eine Französin oder zumindest jemand, der Französisch mit mir sprach, kam mir entgegen. *»Bonjour, jeune homme«*, sagte die Frau und trat hinter der Theke hervor. »Kann ich behilflich sein?«

Ich fand ihr Englisch wesentlich unzulänglicher als ihre Muttersprache. Und so behielt ich meine Kühnheit bei und überschüttete sie mit einem wahren Schwall von Französisch – zuerst ein überaus höflicher Gruß, den ich von meinem Vater gelernt hatte, sodann eine Erkundigung nach ihrer Gesundheit, denn er hatte mir beigebracht, daß die Franzosen dies tun, ehe sie sich den Geschäften zuwenden. Gespannt erwartete ich ihre Antwort.

Ich erntete jedoch nur einen verwirrten Blick, und schließlich sagte sie: *»Comment? En anglais, s'il vous plaît.«*

Das betrübte mich sehr, denn ich dachte, mein Akzent sei so

schlecht, daß sie mich nicht verstanden hatte. Ich hatte Grund zu dem Verdacht, daß auch der Akzent meines Vaters nicht vollkommen gewesen war. An jenem Abend, an dem uns ein Gentleman aus Frankreich besuchte, mit dem mein Vater korrespondiert hatte, hatte die Unterhaltung auf französisch begonnen, doch nach ähnlich verwirrten Blicken unseres Besuchers war sie für den Rest des Abends auf englisch fortgesetzt worden.

Derart gedemütigt, suchte ich meinen Stolz zu retten, indem ich die offizielle Natur meines Auftrags hervorhob. Ich erklärte laut und deutlich – und mit dem betreffenden Dokument wedelnd –, ich hätte eine offizielle Mitteilung von Sir John Fielding, Richter in der Bow Street, an Mrs. Mary Deemey.

»Geben Sie es mir«, sagte die Frau. »Isch werde dafür sorgen, daß sie es er-ält.«

Ich hielt den Brief fest. »Nein«, sagte ich. »Ich muß ihn ihr persönlich aushändigen und auf Antwort warten.«

Die Frau sah mich etwas verblüfft an, und dann sagte sie in schlichtem Englisch: »Dann gib ihn mir, denn ich bin Mary Deemey.«

»Aber«, stotterte ich, »eben waren Sie doch noch Französin?«

»Das bin ich nur für die Kundschaft«, sagte sie, »und dazu gehörst du ja nicht. Also gib mir den Brief, mein Junge.«

Ich hielt ihn noch immer fest. »Woher soll ich wissen, daß Sie es wirklich sind?«

»Wenn ich es dir doch sage.«

»Jemand soll Sie identifizieren, denn Sie haben mich schon einmal getäuscht.«

Sie antwortete mit einem tiefen Seufzer und rief: »Kathy! Margaret! Beth!«

Hinter einem Vorhang im Hintergrund des Geschäfts ertönte die Antwort von allen dreien: »Ja, Missus?«

»Eine von euch soll mal herkommen.«

Einen Augenblick später schob sich der Kopf eines Mädchens von sechzehn oder siebzehn Jahren durch den Spalt des Vorhangs. Sie sah mich neugierig an und wandte sich dann an die Frau, die sie gerufen hatte. »Ja, Ma'am?« sagte sie.

»Wer bin ich?«

»Wer Sie sind?« wiederholte das Mädchen. »Äh ... Madame Claudette?«

»Nein, du dummes Gör, wer bin ich wirklich? Du mußt mich für diesen anmaßenden Jungen identifizieren.«

Wieder sah das Mädchen mich an. Sie schien weniger dumm als vielmehr kurzsichtig und erschöpft. Sie sprach mich direkt an. »Das ist Mrs. Mary Deemey.« Dann fragte sie ihre Arbeitgeberin: »Ist das alles, Ma'am?«

»Ja. Zurück an die Arbeit, Beth.«

Der Kopf verschwand, und schwungvoll reichte ich Mrs. Deemey den Brief. Sie nahm ihn, zeigte keinen besonderen Respekt vor seinem Siegel, riß ihn auf und begann eilig zu lesen.

Während ich die Radierungen mit modischen Damenkleidern im Laden betrachtete und mir die beiden Gewänder ansah, die an kopflosen Puppen zu beiden Seiten der Theke ausgestellt waren, öffnete sich der Vorhang, durch den eben die Näherin geschaut hatte, und Mistress Lucy Kilbourne stand da, wieder einmal nur mit einem Unterrock angetan. Soweit ich das beurteilen konnte, schien dies ihre Lieblingsbekleidung zu sein.

»Ach«, sagte sie, »wenn das nicht mein junger Kavalier von gestern abend ist! Dein Herr hat uns nicht richtig miteinander bekannt gemacht, obwohl du mir sehr geholfen hast. Wie heißt du, junger Mann?«

Ich zögerte, es ihr zu sagen. Da ich schon einmal verführt worden war, kannte ich ihre Macht. Doch sie selbst schien sie auch zu kennen, denn sie schenkte mir ein langes, träges Lächeln, das meinen Widerstand dahinschmelzen ließ.

»Jeremy«, sagte ich. »Jeremy Proctor, Ma'am.«

»Ein hübscher Name, und so höflich vorgetragen!«

Sie kam einen Schritt auf mich zu und streckte die Hand aus, um meine zu ergreifen oder ihre küssen zu lassen: Ich wußte nicht, was hier angebracht war. Doch dann, als sei sie sich plötzlich ihres halbbekleideten Zustands bewußt geworden, zog sie ihre Hand weg, wich einen Schritt zurück und kreuzte züchtig die Arme vor der Brust.

»Du mußt mir verzeihen«, sagte sie. »Ich hatte nicht an meine Blöße gedacht. Glaub bitte nicht, das sei eine Angewohnheit von mir.« Sie wandte sich der Besitzerin des Ladens zu und flötete liebenswürdig: »Mary, könnten Sie vielleicht kommen und mein neues Kleid abstecken?«

Mrs. Deemey hielt Sir Johns Brief hoch. »Aber ich muß...«

»*Jetzt gleich*, Mary.«

Mit einem Seufzer und einem besorgten Blick auf mich gab Mrs. Deemey nickend ihre Zustimmung. Sie eilte Mistress Kilbourne durch den Vorhang in das Hinterzimmer nach. Mir fiel auf, daß sie Sir Johns Brief mitgenommen hatte.

Und so blieb ich allein zurück, nur zwei wohlgekleidete, kopflose Schneiderpuppen leisteten mir Gesellschaft. Die Bilder an den Wänden waren von geringem Interesse für mich, und so geriet ich, ohne es beabsichtigt zu haben, in die Nähe des Vorhangs, den Mrs. Deemey beim Hinausgehen hinter sich zugezogen hatte. Je näher ich kam, desto deutlicher konnte ich ein Flüstern hören. Die Worte waren jedoch bis auf einige Ausnahmen nicht zu verstehen. Ich hörte die drängende Stimme von Lucy Kilbourne, die wissen wollte: »Wer bezahlt Sie, Mary?« Darauf antwortete Mrs. Deemey mit einem gedämpften Murmeln. Weiteres beharrliches Flüstern und Zischen von seiten Mistress Kilbournes, und schließlich – Schweigen.

Ich verließ meinen Platz und heuchelte Interesse an den Bildern, die im Raum verteilt waren. Ich brauchte nicht lange zu warten, denn bald erschien Mrs. Deemey und winkte mir mit dem Brief. Ich sah, daß am unteren Ende des Bogens einige Antwortzeilen standen. Mrs. Deemey reichte mir das Blatt.

»Da hast du, weswegen du gekommen bist«, sagte sie. »Jetzt kannst du gehen.«

Doch ich zögerte. »Sir John hat mir aufgetragen, Ihnen zu sagen, daß es sich um eine gerichtliche Angelegenheit handelt und daß er keine Ausflüchte dulden wird«, sagte ich.

Sie warf mir einen scharfen Blick zu. »Willst du mich erschrecken, junger Mann?«

»Nein, ich wiederhole nur Sir Johns Worte. Wortwörtlich hat er gesagt, er werde ›weder Ausflüchte *noch Verzögerungen* dulden‹. Aber Sie haben Ihre Antwort so prompt niedergeschrieben...«

Ihr Gesicht war beherrscht. Sie nickte in Richtung Tür. »Geh«, sagte sie.

Und so verließ ich das Geschäft von Mary Deemey, froh, heil entkommen zu sein. Ich rannte zurück in die Bow Street Nummer vier. Doch bei meiner Ankunft stellte ich fest, daß der Richter Sitzung hielt. Was sollte ich mit mir anfangen? Ich hatte keine Lust, nach oben in die Wohnung zu gehen, deren drückende Atmosphäre von Lady Fieldings Schweigen und Mrs. Gredges Seufzern beherrscht wurde. Also ging ich durch die Seitentür, vorbei an dem Aufenthaltsraum, wo zwei Runners zwei Gefangene in Ketten bewachten, und näherte mich der Bank vor Sir Johns Amtsräumen.

Dort wollte ich sitzen bleiben, bis der Richter erschien, egal, wie lange ich warten mußte. Ich wünschte, ich hätte eines der Bücher aus meinem Dachzimmer, von denen ich erst zwei gelesen hatte, bei mir gehabt. Da das nicht der Fall war, verfiel ich in Nachdenken über das Nächstliegende, und das war natürlich die Untersuchung des Todes von Lord Goodhope.

Ich erwähnte vor einer Weile gewisse kindliche Notizen, die ich mir über die Sache gemacht hatte. Tatsächlich hatte ich eine Art Tagebuch geführt, in dem es ausschließlich um die Fortschritte der Ermittlungen ging. Ich habe keine Schwierigkeiten, es heute wieder zu lesen, denn schon im Alter von dreizehn Jahren hatte ich eine gute, lesbare Handschrift. Doch größtenteils bezeugt dieses Tagebuch weniger die Fortschritte der Ermittlung als vielmehr meine Verwirrung darüber. Ich hatte Mr. Baileys genaue Beschreibung der Wunde an Lord Goodhopes Kopf notiert. Doch darunter finde ich nur diese Bemerkung: »Saubere Hände!« Da muß mich die Bescheidenheit überkommen haben; man könnte durchaus sagen, daß meine ahnungslose Beobachtung des Zustands jener aristokratischen Hände mein einziger Beitrag zu der ganzen Sache war.

Es gab noch andere Eintragungen, doch die meisten waren in Frageform gekleidet: »Mr. Donnelly – Gift?« Und: »Ein Tunnel?« – »Diese Stelle im Durchgang?« Darauf folgte ein Bericht über die Entdeckung, die ich mit Ebenezer Tepper gemacht hatte, den geheimen Eingang in die Bibliothek. Und so fort. Ich hatte einen allgemeinen Bericht auf Papier festgehalten und einen mehr spezifischen im Kopf. Doch zwei Fragen waren noch nicht in meine Notizen eingegangen. Die erste hatte mit unserem Besuch in Newgate an diesem Vormittag zu tun. Welche Informationen wollte Sir John von Dick Dillon haben? Immerhin schätzte er sie so hoch ein, daß er zu tun bereit war, was er bei seiner Rede auf der Richterbank noch nicht hatte tun wollen. Nämlich Milde anzuraten für jemanden, der einem Gesetzesvertreter eine potentiell tödliche Verletzung zugefügt hatte. Und warum hatte Dick Dillon dieses Angebot von Sir John nicht sofort angenommen? Was hatte er zu fürchten, worüber wollte er weiter verhandeln?

Meine zweite Frage hatte mit dem Botengang zu tun, den ich soeben für Sir John erledigt hatte. Und hier, Leser, muß ich errötend gestehen, daß ich auf der Bank vor den Amtsräumen des Richters unbeobachtet etwas tat, das ich in Anwesenheit von Zeugen niemals getan hätte. Ich nahm den Brief von Sir John an Mrs. Deemey aus meiner Tasche und las ihn, da das Siegel ja ohnehin erbrochen war. In dem Brief ging es um Tatsachenfeststellungen bezüglich eben des Witwenkleides, in das ich Lucy Kilbourne am Vorabend hineingeholfen hatte. Wann hatte Mistress Kilbourne es bestellt und anprobiert? Wann war es geliefert worden? Auf den unteren Rand der Seite hatte Mrs. Deemey gekritzelt: »Besagtes Kleid wurde vor einem Jahr im Winter bestellt und geliefert. Ich erinnere mich gut daran, denn es wurde in großer Eile zugeschnitten und genäht, da ihr Vater plötzlich gestorben war. Es war teilweise erst geheftet und mit Nadeln festgesteckt, als sie es bei seinem Begräbnis trug.« Zuunterst, kaum lesbar, stand ihre Unterschrift: »M. Deemey.«

Das verstand ich schon eher als die Fragen, die Dick Dillon betrafen. Schließlich war sogar für mich offensichtlich, daß, wenn Mistress Kilbourne ihre modische Ausstattung erst vor kurzem bestellt hätte, wenn auch einige Zeit vor dem Tod von Lord Goodhope, dies darauf hingedeutet hätte, daß sie im voraus davon gewußt hatte. Da man von einem Mord ausging, hätte dieses Wissen sie zweifellos in den Fall verwickelt. Mrs. Deemeys Antwort jedoch ließ eine solche Theorie äußerst zweifelhaft erscheinen. Doch diese Antwort war in Gegenwart von Lucy Kilbourne niedergeschrieben worden – bei all dem ernsthaften Geflüster vielleicht sogar nach ihrem Diktat.

Während sie so zum Gegenstand meiner Überlegungen wurde, kam mir auch ihr Bild wieder in den Sinn. Wie konnte eine Frau von so bemerkenswerter Schönheit in so niedrige Angelegenheiten verwickelt sein? Ich verweilte ein wenig bei dem Bild und erinnerte mich nicht nur an ihr Gesicht und an die kecke, verschmitzte Miene ihrer feinen Züge, sondern auch (ich räume es ein) an ihre nackten Schultern und die sittsame Geste, mit der sie sie bedeckt hatte. Ach, Frauen! Wie widersprüchlich dieses Geschlecht doch ist! Und wieviel Stoff zum Nachdenken es liefert!

Ich war so mit meinen Phantasien beschäftigt, daß ich das Erscheinen von Mr. Donnelly nicht gleich bemerkte. Er war offensichtlich durch den ganzen Gang geschritten, ohne daß ich ihn gehört oder gesehen hätte, und stand nun vor mir. Er räusperte sich, um mich auf sich aufmerksam zu machen.

Ich sprang auf und bemühte mich, ihn angemessen zu begrüßen: »Mr. Donnelly! Guten Tag! Bitte, verzeihen Sie, ich hatte nicht…«

Mit einer Handbewegung tat er meine Besorgnis ab. »Tagträume? Die haben wir alle von Zeit zu Zeit. Ich fürchte, wir Iren obliegen ihnen häufiger als die meisten anderen Menschen.«

»Kann ich Ihnen behilflich sein, Sir?«

»Ja, Jeremy, das kannst du.« Er nahm ein versiegeltes Dokument aus seiner Jackentasche. Es ähnelte sehr demjenigen, das ich Mrs. Deemey gebracht hatte, nur war es dicker und enthielt vielleicht zwei oder drei Blätter. »Was ich hier habe«, sagte er, »ist ein Bericht darüber, daß Lady Goodhope den Leichnam in Augenschein genommen hat. Sie hat ihn zweifelsfrei identifiziert. Ich schrieb das in ihrem Namen nieder, und sie setzte ihre Unterschrift darunter; ich selbst war Zeuge. Damit ist Sir John gewiß zufrieden. Außerdem habe ich einige meiner eigenen abschließenden Beobachtungen zum Zustand des Leichnams als Ergänzung zu meinem früheren Bericht angefügt – alles im Interesse der Gründlichkeit.« Er reichte mir das Dokument, und ich nahm es. »Ich vertraue es dir an, und du sollst es Sir John persönlich aushändigen«, sagte er mit dem gebotenen Ernst.

»Genauso wird es geschehen«, erwiderte ich.

»Davon bin ich überzeugt«, sagte er. Doch dann verweilte er noch; vielleicht hatte er keine Lust, sein nächstes Ziel anzusteuern, oder er hungerte in dieser großen Stadt so nach Gesellschaft, daß er, zumindest für ein paar Minuten, bereit war, sich mit einem dreizehnjährigen Jungen zu unterhalten.

»Es war«, sagte er, »eine schwere Prüfung für Lady Goodhope.«

»Oh, gewiß«, sagte ich. »Das Gesicht war, als ich es sah, in einem schlimmen Zustand. Aber zweifellos hat der Einbalsamierer es etwas ansehnlicher gemacht.«

»Sie haben nicht so viel unternommen, wie sie versprochen hatten. Es ist ihnen gelungen, das Auge zu schließen, aber die Nase schien noch immer eine formlose Masse, und das Gesicht war nach wie vor etwas von der Pulverladung geschwärzt.

Nein, sie hätten es besser machen können, da bin ich sicher. In meinen Jahren als Schiffschirurg habe ich mich an solche Anblicke gewöhnt. Sie – ich meine, Lady Goodhope – hat nie etwas dergleichen gesehen; und dann gesagt zu bekommen – gewissermaßen, genaugenommen habe ich sie ja danach gefragt –, daß dieser Weihnachtspudding von einem Gesicht der eigene Ehemann ist! Nun ja, kein Wunder, daß sie in Tränen ausbrach!«

»Mir fiel auf«, sagte ich, »daß sie kurzsichtig ist. Ergaben sich daraus größere Schwierigkeiten?«

»Gut beobachtet, Jeremy. Ja, es erschwerte die Sache. Nachdem ich ihr erklärt hatte, die Identifizierung sei notwendig, nahm sie ihre Pflicht sehr ernst. Sie schaute ihn ganz aus der Nähe an und betrachtete ihn, so lange es ihr möglich war.«

»So lange es ihr möglich war?«

»Ja.« Er seufzte. »Weißt du, er fängt an, ein bißchen streng zu riechen. Ich kann dir gar nicht sagen, wie er erst riechen wird, wenn sie ihn nach Lancashire bringen. Jedenfalls war es keine angenehme Erfahrung für sie.«

»Nein, sicher nicht.«

»Was hältst du von ihr?«

»Sir?«

»Was denkst du über Lady Goodhope?«

Diese Frage erschien mir seltsam. Während ich dies heute niederschreibe, kommt es mir immer noch befremdlich vor, einem Jungen meines Alters, der so wenig Erfahrung mit der Welt hat, diese Frage zu stellen. Ich schreibe das dem Gefühl der Isolierung zu, das er wohl in der Stadt empfunden hat. Wenn ich nicht zeitweilig bei Sir John untergekommen wäre, hätte ich dasselbe Gefühl wahrscheinlich in noch stärkerem Maße gehabt.

Dennoch fiel mir die Antwort nicht leicht: »Nun, sie... sie scheint eine starke Frau zu sein. Sie hat sich unter schwierigen Umständen gut gehalten. Aber Sir John...«

»Ja, was sagt er?«

»Er hält sie für starrsinnig.«

Darüber lachte Mr. Donnelly herzlich. »Ja«, sagte er, noch immer lachend, »das könnte man sagen. Das könnte man wirklich sagen!« Doch dann beruhigte er sich und fügte ernst hinzu: »Aber gleichzeitig ist sie, wie viele Frauen ihres Standes – zumindest habe ich das gehört – in praktischen Dingen ganz hilflos. Was sie nicht interessiert, scheint für sie nicht zu existieren. Bei dieser Zusammenkunft, die ich an ihrer Stelle besuche, werde ich mit Mr. Martinez und dem Anwalt Blythe ihre Zukunft bis auf Heller und Pfennig besprechen. Trotzdem war sie nicht zu überreden, daran teilzunehmen. Aber vielleicht habe ich sie auch mißverstanden. Vielleicht hält eine gewisse Angst, schlecht dazustehen, sie davon ab.«

Nach diesen Überlegungen hielt er einen Augenblick inne, zog seine Uhr aus der Hosentasche und konsultierte sie mit einem Nicken. »Ich dachte es mir«, sagte er. »Es ist Zeit, daß ich mich zum Büro des Anwalts begebe.« Er nickte mir zu und klopfte mir männlich auf die Schulter. »Es war ein Vergnügen, mit dir zu sprechen, Jeremy. Ich freue mich schon auf das nächste Mal.«

Er wandte sich ab und ging rasch den Gang hinunter. Seine Schritte griffen weit aus. Aus früheren Erfahrungen wußte ich, daß es schwer war, ihm auf den Fersen zu bleiben, wenn er sein volles Tempo vorlegte.

Während ich mich wieder auf die Bank setzte, dachte ich, daß eigentlich er den größten Teil der Unterhaltung bestritten hatte. Dennoch hatte er mich von Anfang bis Ende wie einen Erwachsenen behandelt. Das war es, was mir so gefiel.

Etwas später erschien Sir John. Er kam gelassen den Gang entlang, zuerst in Begleitung von Mr. Marsden, dem Gerichtsdiener, und dann im Gespräch mit Mr. Baker von den Runners. Endlich erreichte er seine Amtsräume. Er spürte meine Anwesenheit, noch ehe ich mich meldete.

»Wer ist da?« rief er.

»Ich bin's, Jeremy.«

»Ach, ja«, sagte er, »natürlich – Mrs. Deemeys Antwort. Komm damit herein, dann kannst du sie mir vorlesen.«

Er tastete nach der Tür seines Amtszimmers, fand nach kurzem Suchen die Klinke und führte mich hinein. Er setzte sich in den Sessel hinter seinem Schreibtisch und beugte sich erwartungsvoll vor.

»So«, sagte er, »nun sag mir, was Mrs. Deemey uns mitzuteilen hat.«

»Möchten Sie, daß ich es vorlese?« fragte ich.

»Natürlich.«

»Auch Ihren Brief an sie?«

»Nein, nein, ich weiß, was darin steht.«

Und so las ich ihre Antwort vor, wörtlich, wie ich sie eben zitiert habe, und bemerkte sofort die kaum verhohlene Enttäuschung auf seinem Gesicht.

»Nun gut«, sagte er, »vielleicht wird eine andere Straße uns an das erwünschte Ziel führen.«

»Aber Sir John«, sagte ich, »ich glaube, es wäre falsch, dem, was sie hier sagt, zuviel Glauben zu schenken.«

»So? Sag mir den Grund.«

Das tat ich; ich beschrieb ihm die Szene bei der Schneiderin und das Flüstern hinter dem Vorhang. Er lauschte höchst interessiert.

»Und du sagst, als sie zurückkam, hatte sie ihre Antwort schon geschrieben?«

»Ganz recht«, sagte ich.

»Hast du ihr meine Warnung vor Ausflüchten und Verzögerungen übermittelt?«

»Ja, Sir, das habe ich, allerdings erst, nachdem sie mir ihre Antwort ausgehändigt hatte. Vorher war keine Zeit dazu.«

»Sie hat dich also stehenlassen, ja?«

»Jawohl, als Mistress Kilbourne das verlangte.«

»Du sagst, es sei ein Befehl gewesen, keine Bitte?«

Ich dachte einen Augenblick nach. »Ich würde sagen, daß ein befehlender Ton in ihrer Stimme lag.«

Seine Antwort bestand aus einer Art Grunzen und einem sich anschließenden längeren Schweigen. Er überdachte die Angelegenheit, vielleicht auch andere Dinge, während ich vor ihm stand und darauf wartete, entlassen zu werden. Da fielen mir die versiegelten Dokumente ein, die Mr. Donnelly mir gegeben hatte.

»Sir John«, sagte ich, das Schweigen brechend, »ich habe hier auch zwei Dokumente von Mr. Donnelly, die ich Ihnen persönlich in die Hand geben soll.«

»Halt dich nicht mit meiner Hand auf, Junge. Gib sie meinem Ohr. Bitte, lies sie mir vor.«

Ich erbrach das Siegel und tat wie geheißen. Ein Blatt enthielt, wie von Mr. Donnelly angekündigt, eine ziemlich kurze und direkte Erklärung, die er mit ›Identifizierungsurkunde‹ überschrieben hatte. Ich wollte sie vorlesen und hatte kaum mit dem Hauptteil, nur einen Absatz lang, begonnen, als mich Unruhe vor der Tür ablenkte; es waren laut streitende Stimmen.

»Madam, Sie dürfen da nicht eintreten!«

»Aber ich werde, bei Gott, ich werde!«

»Sie müssen angemeldet sein, wenn Sie den Richter sprechen wollen.« Die Stimme gehörte unverkennbar Mr. Marsden, dem Gerichtsdiener.

Ich hatte meine Lektüre unterbrochen und versuchte, von neuem zu beginnen, doch der Streit hielt an; die Forderung, Mr. Marsden solle beiseite treten, wechselte sich ab mit der Drohung, einen Konstabler zu rufen. Schließlich gebot Sir John mir mit einer Geste Schweigen.

»Jeremy«, sagte er, »schau nach, was es mit diesem Krach auf sich hat, ja?«

Ich ging zur Tür und öffnete sie vorsichtig. Zuerst sah ich nur Mr. Marsdens Rücken; er versuchte, mit seinem ganzen Körper den Eingang zu versperren. Dann erkannte ich über seine Schulter hinweg das Gesicht von Mrs. Deemey, rot vor Erregung. Sie erspähte mich.

»Er kennt mich! Der Junge kennt mich!« schrie sie. »Er weiß, warum ich hier bin.«

Schnell machte ich die Tür zu.

»Was ist los, Jeremy?« fragte Sir John. »Wer ist das?«

»Es ist diese Frau, die Schneiderin, Mrs. Deemey.«

»Ach, tatsächlich? Nun, öffne die Tür. Laß sie herein.« Ein erwartungsvolles Lächeln breitete sich auf seinem Gesicht aus.

Ich riß die Tür auf, und Sir John rief Mr. Marsden zu, er solle die Frau durchlassen. Mr. Marsden warf mir über die Schulter einen verwirrten und unglücklichen Blick zu und trat widerstrebend beiseite. Mary Deemey rauschte mit wehendem Gewand an uns beiden vorbei in die Mitte des Raumes.

Kaum waren ihre Röcke zur Ruhe gekommen, als sie auch schon zu ihrer Rede an den Richter ansetzte: »Ich bitte um Verzeihung für mein Eindringen, Sir John, Sir, aber ich bin Mary Deemey, und ich bin gekommen, um meine Antwort auf Ihren freundlichen Brief richtigzustellen.«

»Bitte, nehmen Sie Platz, Mrs. Deemey.«

»Danke«, sagte sie etwas außer Atem. »Aber zuerst muß ich mich bei diesem jungen Herrn entschuldigen, den Sie in mein Geschäft schickten. Ich war grob zu ihm, aber nur deshalb, weil ich bestürzt war über das, was ich tun mußte, wie ich Ihnen gleich erklären werde.«

»Jeremy, nimmst du ihre Entschuldigung an?«

»Oh, ja – natürlich.«

»Also gut«, sagte Sir John. »So, jetzt komm her und leg bitte diese Dokumente von Mr. Donnelly auf meinen Schreibtisch, ja?«

Ich gehorchte.

»Das wäre alles, Jeremy.«

»Aber… Sir John, ich dachte, ich könnte…«

»Das wäre alles. Danke, und schließ bitte die Tür hinter dir.«

Es war beschämend, wie ein dreizehnjähriger Junge behandelt zu werden!

9. KAPITEL

In welchem ein Pirat seinen Bericht erstattet

An diesem Abend nahm Sir John zum ersten Mal seit meiner Ankunft in seinem Haushalt seine Mahlzeit allein in dem kleinen Speisezimmer neben der Küche ein. Abgesehen von dem nächtlichen Imbiß aus Hammelfleisch, den wir vor ein paar Abenden geteilt hatten, hatte ich ihn nichts essen sehen als sein aus Brot und Butter bestehendes Frühstück. Trotzdem war seine Leibesfülle nicht geringer geworden; er wirkte stattlich wie immer; und wenn er das Terrain kannte, bewegte er sich so, daß kein junger Mann mithalten konnte – außer vielleicht Mr. Donnelly. Das Fasten hatte, wie man sehen wird, auch seinem Gehirn nichts anhaben können.

Mrs. Gredge machte viel Wind um die Angelegenheit und briet zwei umfangreiche Rinderkoteletts, die sie ihm mit Eierteig und Bratensaft servierte. Sie lief geschäftig hin und her, servierte wie gewünscht Claret und brachte am Ende der Mahlzeit eine Flasche Portwein, wohl weil sie annahm, dieser werde seiner Verdauung förderlich sein.

Er schien die Einsamkeit zu suchen, und das seit seiner Rückkehr von dem Gespräch mit Mary Deemey. Alles, was er mir sagte, war, daß ich ihr eine gewisse Angst eingejagt hätte. Da er das wie einen Glückwunsch vorbrachte, nahm ich es dankend auf und erwartete, mehr zu hören. Vergeblich, wie sich herausgestellt hatte, denn an diesem Abend war von Mary Deemey nicht mehr die Rede. Er teilte Mrs. Gredge mit, er wünsche allein zu speisen, und begab sich unverzüglich ins Eßzimmer. Dort saß er, was ihm nichts ausmachte, im Dunkeln, bis Mrs. Gredge eine Kerze hereintrug, um besser servieren zu können. Danach erhaschte ich von meinem Platz am Küchentisch aus gelegentlich einen Blick auf ihn, wenn Mrs. Gredge mit diesem oder jenem ein und aus ging.

All das war möglich, weil Lady Fielding schlief. Ich wußte nicht, wann Mrs. Gredge ihr die letzte Dosis von Mr. Donnellys Aufguß verabreicht hatte, aber diese mußte stark gewesen sein, denn seit Sir Johns Ankunft war aus dem Schlafzimmer kein Laut zu hören gewesen, und auch ich, der ich fast eine Stunde vor ihm gekommen war, hatte nichts gehört. Jedesmal, wenn ich ihn im Speisezimmer erblickte, schien er in Gedanken verloren. Ob er über die tödliche Krankheit seiner Frau nachsann, über den Tod von Lord Goodhope oder sonst etwas, vermochte ich nicht zu sagen, und ich weiß es bis heute nicht. Ich weiß nur, daß er ganz in seine Gedanken versunken war und von mir nicht gestört werden wollte.

Doch als sie eintrat, hieß er die Störung durch Benjamin Bailey willkommen – Mrs. Gredge allerdings tat das nicht. Der Captain der Bow Street Runners kam über die Hintertreppe an die Küchentür, wie es seine Gewohnheit war. Man hörte seinen schweren Schritt auf der Treppe, so daß wir schon wußten, wer sich da näherte, noch ehe er laut an die Tür klopfte. Mrs. Gredge warf mir einen argwöhnischen Blick zu, als sei ich die Ursache der Störung. Doch dann huschte sie an die Tür und wollte wissen, wer da sei.

»Ich bin's, Benjamin Bailey«, ertönte die Stimme von draußen, »und ich wäre Ihnen dankbar, wenn Sie die Tür öffnen würden.«

Widerwillig tat sie das, gerade weit genug, um ihn sehen zu können. Er wirkte vor Anstrengung viel kränker als zuvor.

»Ich habe einen Bericht für Sir John«, erklärte er.

»Den wird er sich heute abend nicht mehr anhören«, keifte sie laut wie eh und je. »Sie sind betrunken, das sind Sie. Ich wette, Sie waren in der Gin Lane.«

»Ich habe keinen Tropfen Gin getrunken«, erwiderte er.

»Nein?« Mrs. Gredge klang überaus zweifelnd, was wohl den Tatsachen entsprach.

»Nein«, sagte er. »Rum. Ich hatte vergessen, wie er schmeckt, und auch, wie stark er ist.«

Sir John erschien an der Tür zum Eßzimmer.

»Lassen Sie ihn herein«, sagte er zu Mrs. Gredge. »Ich will seinen Bericht hören, ob er nun betrunken oder nüchtern ist.«

»Danke, Sir John«, sagte Mr. Bailey. »Manche muß man ja erst überzeugen, aber ich stelle mit Freuden fest, daß Sie nicht dazugehören.«

Er versuchte, würdevoll einzutreten, stolperte jedoch, so daß ihm die erwünschte Wirkung nicht ganz glückte. Aber als er an mir vorbeikam, senkte er den Kopf und sagte: »Master Jeremy.«

Da mir dabei meine Manieren einfielen, sprang ich auf und begrüßte ihn, wie es sich gehört.

»Gehen wir noch oben in mein Studierzimmer«, sagte Sir John, »wenn es Ihnen recht ist, Mr. Bailey. Ich muß Sie jedoch bitten, oben etwas leiser aufzutreten, wenn Sie an der Tür am Treppenabsatz vorbeikommen, denn dahinter schläft meine Frau.«

Mr. Bailey legte nur zustimmend einen Finger an die Lippen, als könne Sir John ihn sehen. Doch bei der zweiten Stufe trat er fehl und schaffte es so, polternd gegen die weiteren Stufen zu fallen. Aber er hangelte sich dennoch hinter Sir John her, und einen Augenblick später waren sie verschwunden.

Mrs. Gredge sah mich streng an. »Ich mag diesen Bailey nicht«, sagte sie.

»Aber warum nicht?« fragte ich ganz verwirrt. Mir erschien er überaus liebenswert.

»Weil er mich an meinen verstorbenen Mann erinnert«, sagte sie.

Damit trennten wir uns; sie ging ins Eßzimmer, um Sir Johns Tisch abzudecken und aufzuräumen, und ich machte mich daran, die Töpfe, Pfannen und verschiedenen Utensilien abzuwaschen, die zur Zubereitung des Mahls benutzt worden waren. Mrs. Gredge hatte mich zu ihrem Küchenjungen gemacht. Meine Bemühungen schienen sie zufriedenzustellen: Was mir an Geschicklichkeit fehlte, machte ich durch Eifer wett.

Deshalb achtete ich nicht darauf, wieviel Zeit Mr. Bailey und Sir John zusammen verbrachten. Meine Hände waren voll und ganz beschäftigt, und was meinen Geist angeht, so gestehe ich, daß ich nicht sonderlich neugierig auf Mr. Baileys Bericht war. Abgesehen von der Bestätigung des Kapitäns, daß Mr. Clairmont die *Island Princess* zu der von ihm angegebenen Zeit verlassen hatte, konnte ich mir weder vorstellen, welche Informationen unten bei den Docks zu holen waren, noch, wie sie vielleicht zu den Puzzlestücken paßten, die ich kannte.

Und so verabschiedete ich mich etwa eine halbe Stunde später, als Mr. Bailey ging, mit kaum mehr als einem freundlichen Gruß von ihm. Mrs. Gredge gewährte ihm nicht einmal den, denn er war noch immer etwas unsicher auf den Beinen. Sir John blieb oben. Ungefähr eine Stunde später vernahm man leise Geräusche aus dem Schlafzimmer; die Tür war nur angelehnt, damit man Lady Fielding hören konnte. Mrs. Gredge sprang sofort vom Küchentisch auf und eilte auf die Treppe zu, doch da waren oben schon Sir Johns Schritte zu hören. Die Tür quietschte, und wenige Minuten später ertönte seine Stimme und wies Mrs. Gredge an, mit der Zubereitung von Mr. Donnellys Aufguß zu beginnen. Sie warf mir einen verzweifelten Blick zu und machte sich an die Arbeit.

In dieser Situation fühlte ich mich ziemlich überflüssig. Unfähig, angesichts solchen Kummers zu lesen, stand ich auf und streunte unglücklich herum, während Mrs. Gredge die Mohnsamen zu einem feinem Brei zerstieß. Als sie das kochende Wasser aus dem Kessel darübergoß, erschien Sir John auf der Treppe.

»Mrs. Gredge«, sagte er, »geben Sie mir die Medizin, ich werde sie ihr bringen.«

Sie schaute ein wenig zweifelnd drein, doch dann rührte sie den dampfenden Trank ein letztes Mal um, brachte ihn Sir John und drückte ihn ihm fest in die Hände. Er hielt die Tasse vorsichtig und begann, die Treppe hinaufzugehen. Doch auf einer der unteren Stufen trat er fehl oder rutschte aus und fiel der Länge nach auf die oberen Stufen. Die Teetasse entglitt seinen Händen und zerbrach, der Inhalt war natürlich verloren.

(Konnte es dieselbe Stelle sein, an der Mr. Bailey vor nicht viel mehr als einer Stunde gestürzt war? Vielleicht war die Stufe verzogen, oder ein Nagel stand heraus. Doch Sir John gab sich selbst die ganze Schuld.)

Ich eilte an seine Seite, um ihm aufzuhelfen. Doch er schüttelte mich ab und erhob sich allein.

»Oh, *verdammt*!« sagte er. »Verdammt sei meine Blindheit, und verdammt sei meine Einbildung, ich könne mich wie andere Leute bewegen.«

Ich stand nahe bei Mrs. Gredge und wünschte, ich wüßte etwas zu sagen, das ihn trösten würde, doch es gab nichts, das nicht anmaßend oder herablassend geklungen hätte.

Er hielt inne, atmete tief durch, faßte sich, wandte sich an uns und sagte: »Mrs. Gredge, ich nehme an, daß ich den Trank verschüttet habe?«

»Ja, Sir John, alles.«

»Dann bereiten Sie bitte einen neuen Aufguß, und bringen Sie ihn nach oben. Ich werde bei meiner Frau sein.«

Und damit verließ er uns.

Mrs. Gredge machte sich geschäftig daran, seiner Anweisung zu folgen, während ich einen Lumpen holte, um die Flüssigkeit aufzuwischen; dann sammelte ich die Scherben ein. Als ich wieder zu ihr kam, war sie fast fertig, doch sie schluchzte lautlos, und Tränen liefen ihr über die Wangen.

»Ach, Jeremy«, sagte sie, »ich muß dich bitten, diese Tasse ins Schlafzimmer zu tragen, denn ich kann nicht aufhören zu weinen, und ich fürchte, es würde eine schlechte Wirkung auf Lady Fielding haben, wenn sie mich so sähe.«

»Ja, das will ich tun, natürlich.«

Mrs. Gredge ließ einen Teelöffel in der Tasse und wies mich an, den Aufguß noch einmal umzurühren, ehe ich ihn ihr reichte. Vorsichtig nahm ich das Gefäß, ging behutsam zur Treppe und stieg mit noch größerer Vorsicht hinauf.

Die Tür zum Schlafzimmer stand offen. Ich blieb stehen und schaute hinein. Die Szene war nur dämmrig von einer einzigen Kerze beleuchtet, die auf einem Nachttisch stand. Sir John saß auf einem Stuhl neben seiner Frau, ihre Hand ruhte in seiner. Sie lag matt auf dem Bett, fast schon wie ein Leichnam, aber er beugte sich über sie und murmelte ihr leise etwas ins Ohr. Ich konnte nicht hören, was er sagte, und unter den gegebenen Umständen wäre Lauschen auch unpassend gewesen.

Ich trat ins Zimmer, wieder mit äußerster Vorsicht, ging mit der Tasse zu Sir John und spürte, wie Lady Fieldings trüber Blick sich auf mich richtete.

»Bist du das, Jeremy?« sagte Sir John.

»Ja. Mrs. Gredge bat mich, Ihnen das zu bringen.«

»Deine jungen Hände sind am ruhigsten. Ich fürchte, meine zittern jetzt, und ich würde den Inhalt der Tasse wieder verschütten.«

»Und ich«, kam es flüsternd aus dem Bett, »bin zu schwach, um sie zu halten.«

»Du mußt ihr den Aufguß verabreichen.«

Das war mir nicht sonderlich willkommen, aber ich tat, was ich konnte. Sir John und ich tauschten die Plätze; ich dachte daran, noch einmal umzurühren, und dann stützte ich Lady Fielding vorsichtig und führte die Tasse an ihre Lippen.

»Langsam«, sagte sie, »ganz langsam.«

Sie trank so langsam, daß ich, als sie sich ausruhen wollte, Gelegenheit hatte, noch einmal umzurühren.

Doch schließlich war es geschafft. Sie hatte alles ausgetrunken. Ich entfernte mich von ihrem Bett, und Sir John streckte ungeschickt die Hand aus und drückte meinen Arm, um mir still zu danken. Ich wandte mich ab und verließ das Zimmer.

Er blieb noch fast eine Stunde bei ihr, viel länger, da bin ich sicher, als sie gebraucht hatte, um in tiefen, bewußtlosen Schlaf zu fallen. Mrs. Gredge und ich hörten, wie er leise den Raum verließ und sich dann in sein Studierzimmer begab. Gleich darauf begann er in unregelmäßigen Abständen auf und ab zu gehen. Das Zimmer war nicht groß. Mit drei Schritten konnte er es längs, mit weiteren drei Schritten quer durchmessen. Zuerst tat er drei Schritte, dann zwei, dann drei, dann zwei und zwei, dann hielt er inne, dann wieder drei und drei.

Mrs. Gredge war, da der Tod im Haus so nahe war, fromm geworden. Sie saß mit mir am Tisch und hielt – verkehrt herum – ein Gebetbuch in den Händen. Doch ihre Augen wanderten immer wieder nach oben, solange die Schritte zu hören waren. Als ihr Blick dem meinen begegnete, schüttelte sie den Kopf und gab sich entschlossen wieder ihrer vermeintlichen Lektüre hin.

So ging es viele Minuten. Endlich verstummten die Schritte – oder war es nur eine vorübergehende Pause, etwas länger als die vorherigen? Ich war sehr mitgenommen von der Stimmung im Haus und dachte daran, selbst zu Bett zu gehen. Daher war ich überrascht, als Sir John die Treppe herunterkam, in Mantel und Dreispitz, den Stock in der Hand.

»Ich gehe aus, Mrs. Gredge.«

»So spät, Sir? Aber natürlich, wie Sie wünschen.«

»Meine Frau wird doch wohl bis zum Morgen schlafen, nicht wahr?«

»Bis zum Morgen, ja, Sir. Und für den Fall, daß sie aufwachen sollte, bin ich in der Nähe.«

»Keine Angst, ich werde nicht so lange ausbleiben«, sagte er. Und dann: »Jeremy?«

Ich sprang so abrupt auf, daß ich beinahe meinen Stuhl umgeworfen hätte.

»Jawohl, Sir John?«

»Ich möchte, daß du mich begleitest.«

Das vertrieb jeden Gedanken an Schlaf. Ich rannte so

schnell und so leise, wie es mir möglich war, in meine Dachkammer und holte meine Mütze und meine Jacke. Im Handumdrehen kam ich zurück, zum Ausgehen gekleidet, bereit für jedes Abenteuer, das die Nacht bieten mochte.

Zusammen bestiegen wir eine Droschke. Ich war noch nie zuvor so spät auf den Straßen Londons gewesen, und es überraschte mich, bestimmte Stadtteile ebenso bevölkert zu sehen wie am Tage. Männer – und genauso viele Frauen – hatten sich an Straßenecken versammelt und krakeelten für die späte Stunde ungewöhnlich laut. Brauchten diese Leute keinen Schlaf? Gingen sie nicht wie die meisten am Tage einer Arbeit nach?

Wie ich so dasaß und aus dem Fenster der Kutsche starrte, lenkte Sir John mich von meinen Spekulationen ab. In tiefem Nachdenken fing er an, mit seinem Stock auf den Boden des Gefährts zu klopfen; ich erkannte diese Geste inzwischen als Zeichen von Beunruhigung.

»Ach, Jeremy«, sagte er schließlich, »die Sache mit dem Sterben liegt mir schwer auf der Seele. Darf ich fragen, wie alt dein Vater war, als er in den Händen dieses schändlichen Mobs von Heuchlern zu Tode kam?«

»Knapp über vierzig, glaube ich. Er machte wenig Aufhebens von Geburtstagen, daher bin ich nicht sicher.«

»Verzeih, daß ich ein Thema anspreche, an das du dich gewiß mit Schmerzen erinnerst. Meine Kitty hat noch nicht einmal dieses Alter erreicht. Du magst es nicht so sehen, aber so grausam der Tod deines Vaters auch war, er kam immerhin schnell, und das allein kann auf seine Art ein Segen gewesen sein.«

Ich erinnerte mich an das Geschehen, an den leblosen Körper meines Vaters, wie er zu Füßen des Schandpfahls gelegen hatte, und konnte wenig Gutes an seinem Tod erkennen. Doch gegen dieses grauenhafte Bild setzte ich ein anderes: das von Lady Fieldings verzerrtem und verwüstetem Gesicht – es bestand nur aus Augen, wie es schien, doch Augen, die jeden lebendigen Glanz verloren hatten. Mrs. Gredge zufolge befand sie sich seit Wochen in diesem Zustand; das Sterben meiner Mutter hatte, trotz natürlicher Ursache, nur ein paar Tage gedauert. Und so wollte ich Sir John zwar nicht gänzlich zustimmen, mußte aber einräumen, daß seine Worte etwas für sich hatten. Doch gewiß war der Tod in all seinen Erscheinungsformen für sämtliche Beteiligten hassenswert und ungerecht.

Ich schwieg still, und nach einer kurzen Pause sprach Sir John weiter. »Ich fürchte«, sagte er, »daß sie meinetwegen leiden muß.«

Sofort wandte ich ein: »*Nein*, Sir! Wie sollte das möglich sein?«

»Als Richter habe ich den Buchstaben des Gesetzes befolgt und viele Männer und einige Frauen vor Gericht gebracht. Wer weiß, wie vielen Unschuldigen ich zum Galgen verholfen habe?«

»Aber Sie haben niemanden schuldig gesprochen. Sie haben niemanden verurteilt. Der Prozeß findet vor dem Richter des High Court statt. So haben Sie es mir erzählt. Stimmt das nicht?«

»Doch«, sagte er, »und dafür sei Gott gedankt, aber ich habe mitgeholfen. Ich habe meinen Teil getan. Ja, ich habe meinen Teil getan.«

Und dann schwieg er lange, ehe er wieder etwas sagte.

»Jeremy, du mußt mir eines versprechen.«

»Gern, Sir John, und was?«

»Daß du niemals nach Tyburn Hill gehst, wenn dort jemand gehängt wird.«

Obwohl ich wenig darüber wußte, da mir dieser Ort nur durch Lektüre bekannt war, schwor ich, was er verlangte.

»Sie machen es zu einem Spektakel zur Unterhaltung des Pöbels«, sagte er. »Wenn ein Mann stirbt, ist das eine Sache zwischen ihm und Gott, keine Vorstellung, bei der andere zusehen sollten. Ich denke, wir müßten mehr Respekt vor dem Tod haben. Das ist mir in den letzten Wochen klargeworden.

Der Tod eines Mannes ist eine feierliche Angelegenheit, unter welchen Umständen auch immer.« Und dann, nach kurzem Innehalten, fügte er hinzu: »Und der einer Frau auch.«

Damals hätte ich das nicht vermocht, doch heute kann ich Ihnen verraten, daß wir in einem Ort namens Mayfair anhielten, nicht weit von Tyburn Hill entfernt, ja, eigentlich auf dem Weg dorthin. Wenngleich ich das Versprechen hielt, das ich Sir John gegeben hatte, sah ich die Galgen doch später oft an Tagen, an denen sie nicht benutzt wurden.

Während Sir John den Fahrer bezahlte, stieg ich aus und widmete meine Aufmerksamkeit dem Haus, vor dem wir angehalten hatten. Es glich Lord Goodhopes Residenz, lag auch nicht weit davon entfernt, doch es war weder so imposant noch so schön anzusehen.

Als wir uns dem Eingang näherten, hielt Sir John mich noch einmal zurück und beugte sich ein wenig nieder, so daß sein Gesicht dicht an meinem war.

»Jeremy«, flüsterte er energisch, »ich habe zwar gerade von Skrupeln und Reue gesprochen, doch das bedeutet nicht, daß ich vorhabe, meine Pflicht zu vernachlässigen. Dies gilt insbesondere für die Sache mit Lord Goodhope. Sie ist häßlich. Es handelt sich um Mord. Dieser Ort, an den ich dich heute abend gebracht habe, ist einer, den zu besuchen ich dir normalerweise verbieten würde. Wie er deinen jungen Augen auch erscheinen mag, es geschieht nichts Gutes hier. Aber wir müssen da drinnen einen Mann finden und mit ihm sprechen. Ich wollte, daß du dabei bist, um seine Reaktionen zu beobachten, während ich ihn verhöre. Ich kann einer Stimme vieles entnehmen, doch manche Anzeichen entgehen wir. Achte gut darauf.«

»Jawohl, Sir John.«

»Also dann«, sagte er, »gehen wir hinein.«

Er stieg drei Stufen hinauf, nachdem er sie mit seinem Stock erkundet hatte, und klopfte mit dem Knauf scharf an die Tür. Noch bevor sie sich öffnete, hörte ich dahinter wilde Unruhe:

schrilles Lachen und einen grellen, aufgeregten Chor von Rufen. Was war das für ein Ort?

Die Tür öffnete sich, doch der Raum, den sie freigab, wurde völlig von der imposanten Figur eines Mannes in Butlerlivree ausgefüllt. Wie es schien, sollte er uns den Weg versperren.

»Was wünschen Sie?« fragte er grob. »Dies ist ein privater Club.«

»Das mag sein, aber Sie müssen uns einlassen, denn ich bin der Richter des Gerichts in der Bow Street.«

»Dann muß ich Sie, wie Sie sagen, wohl einlassen.« Widerwillig trat der Mann zurück und öffnete die Tür ganz.

Wir traten ein, und ich blickte mich um. Ein rotgefärbter Teppich führte von der Tür durch die Halle zu einer großartigen geschwungenen Treppe, welche ebenfalls mit rotem Teppich bedeckt war und auf eine Ebene führte, die ich nicht einsehen konnte und von der ich mir auch kein Bild zu machen vermochte. Die Wände waren in einem Gelb gestrichen, das fast ebenso leuchtete wie das Rot auf dem Boden, sogar bei Kerzenlicht. Zu beiden Seiten der Halle sah ich Türöffnungen, die zu sehr großen Räumen führen mußten, denn der Lärm, den ich draußen bereits gehört hatte, war nun sehr viel lauter. Neben den Türöffnungen standen Sofas; die Frauen, die darauf saßen – sicherlich handelte es sich um Ladys, denn sie waren äußerst fein gekleidet –, waren allein; sie schienen auf etwas zu warten, bereit, sich jeden Moment zu erheben. Jetzt wandten sie sich uns zu und starrten Sir John und mich neugierig an.

Der Butler oder Portier, oder was immer er war, führte uns durch die Halle und sagte dabei mit ausladenden Gesten, als habe er seinen Spruch auswendig gelernt: »Glücksspiele sind in beiden Räumen zu finden. Der Roulettetisch befindet sich links, Chemin de fer und andere Kartenspiele werden im Raum rechts gespielt. Damen, die Sie umherführen, stehen zur Verfügung…« Er betrachtete mich skeptisch. »Wünschen Sie eine oder zwei?«

»Keine«, sagte Sir John. »Wir sind im Zuge einer offiziellen

Ermittlung hier. Ich möchte mich ausführlich mit Ihrem Arbeitgeber, Mr. Bilbo, unterhalten. Ich wäre Ihnen sehr verbunden, wenn Sie ihn rufen würden.«

»Ich kann meinen Posten nicht verlassen«, sagte der Mann, der uns die Tür geöffnet hatte. »Ich werde Sie also einer unserer Damen anvertrauen.« Dann betrachtete er die Auswahl, entschied sich für eine und rief: »Nancy!«

Im Bruchteil einer Sekunde war sie aufgestanden und zu uns gekommen. mich ignorierte sie völlig; zu Sir John sagte sie kühn: »Ich wünsche Ihnen einen recht guten Abend, M'lord. Was würde Sie heute erfreuen? Ich darf mir wohl die Bemerkung erlauben, daß das Rad des Roulettes am besten zu Ihnen passen würde, nicht wahr? Und Sie haben Ihren jungen Gehilfen mitgebracht, um Ihre Einsätze zu plazieren und Ihre Gewinne einzusammeln, also werde ich Sie nur begleiten und neben Ihnen stehen, um Ihnen Glück zu bringen. Wäre Ihnen das recht, M'lord?«

Sir John sagte nichts, doch er hatte beim Eintreten seinen Dreispitz abgenommen (wie ich meine Mütze), und so konnte ich sehen, daß er konzentriert die Stirn in Falten legte.

»Nancy, Mädel«, sagte der Türsteher, »bring ihn bloß zu Black Jack. Mehr will er nicht.« Damit drehte er sich um und ging an die Tür zurück.

»Plummer«, sagte Sir John. »Nancy Plummer.«

Die Frau, die unter Schminke und Rouge kaum fünf Jahre älter zu sein schien als ich, fuhr verblüfft zurück. Aus einem der Räume hinter ihr ertönte ein lautes, begeistertes Gebrüll und verstummte wieder.

»Sie erinnern sich?« fragte sie kleinlaut.

»Aber ja, Sie erschienen wegen einer gestohlenen Uhr vor mir.«

»Aber das ist mehr als zwei Jahre her, und neuerdings spreche ich auch ganz korrekt.«

»Ja, und zweifellos sehen Sie auch ganz damenhaft aus. Stimmt das, Jeremy?«

»Oh, ja, Sir«, sagte ich, »das tut sie.«

Sie schenkte mir ein kurzes Lächeln.

»Aber ganz gleich, wie gut Sie sprechen, Sie sprechen mit der gleichen Stimme, mein Mädchen.«

»Nun, für mich ist es ein Wunder«, sagte sie, »daß Sie mich nach so langer Zeit allein an meiner Stimme wiedererkennen.« Und dann fügte sie hinzu: »Sie waren ziemlich fair zu mir.«

»Es gab, wenn ich mich recht erinnere, keine Zeugen, und der fragliche Gegenstand wurde auch nicht in Ihrem Besitz gefunden. Das Opfer war nur argwöhnisch. Das Übliche. Aber genug davon, Nancy. Seien Sie so freundlich und bringen Sie uns zu Mr. Bilbo.«

»Tja, wo mag er sein?« sagte sie und schaute nach rechts und links. »Ich glaube, zuletzt habe ich ihn im linken Raum gesehen. Lassen Sie mich nachschauen.«

»Wir werden Ihnen folgen«, sagte Sir John entschlossen.

Und obwohl sie zweifelnd dreinschaute, ging sie vor uns her und bot so Sir John die Gelegenheit, mir zuzuflüstern: »In diesem Fall erlaube ich dir, meinen Ellbogen zu nehmen. Führe mich gut. Achte darauf, daß ich mit niemandem zusammenstoße.«

Und so machten wir uns auf den Weg: Ich geleitete ihn, und er reagierte ziemlich geschickt. Wir gingen nach links und betraten den Raum, den sie angesteuert hatte; für einen Augenblick verlor ich sie aus den Augen, so viele lärmende Menschen hielten sich dort auf. Für mein ahnungsloses Auge waren alle wie Lords und Ladys gekleidet. Es mögen tatsächlich einige Lords vertreten gewesen sein, aber ihre rechtmäßigen Ladys hatten sie gewiß zu Hause gelassen. Die meisten hatten sich um den Tisch am anderen Ende des Raumes geschart. Der, der uns näher stand, war kaum besucht. Endlich erspähte ich Nancy, unsere Führerin, wieder; sie hatte sich unter die größere Gruppe gemischt. Ein weiteres Gebrüll erhob sich dort, begleitet von fast wahnsinnigem weiblichem Lachen, das höher klang und nachhallte.

Ich schob Sir John auf die Menge zu. Einige schauten nach uns, beachteten uns aber nicht weiter, als wir um sie herumgingen. Wesentlich interessierter waren sie an dem Rad, das sich soeben wieder drehte und dann anhielt.

Weiteres Gebrüll, weiteres wieherndes Gelächter.

Inzwischen hatte Nancy aus der Mitte derer, die dem Tisch am nächsten standen, einen Mann von ziemlich einzigartigem Aussehen geholt. Er war massig, ziemlich groß, aber mit so breiter Brust, langen Armen und kurzen Beinen, daß er etwas affenartig wirkte. Diesen Eindruck verstärkte noch der Bart, den er trug, schwarz und dicht; damals galten Haare im Gesicht noch nicht als so normal wie heute. Jemanden von so animalischer Statur derart modisch gekleidet zu sehen, wirkte irgendwie lächerlich. Doch man lachte nicht über Black Jack Bilbo.

Er und Sir John begrüßten einander beinahe wie Freunde.

»Der Kadi!« kicherte Bilbo. »Der blinde Kadi macht uns seine Aufwartung!«

Ein paar Leute drehten sich um und zeigten kurz Interesse, als Bilbo Sir Johns Hand ergriff und kräftig schüttelte. Doch dann begann sich das Rad wieder zu drehen, und außer unseren wandten sich alle Augen ihm zu.

»John Bilbo, wir müssen reden», sagte Sir John, allerdings ohne die Strenge, die diese Worte suggerieren mögen. Jedenfalls lag auf seinem Gesicht ein nachsichtiges Lächeln, wie man es vielleicht für ein ungezogenes Kind aufbringt.

Als die Menge erneut in Geschrei ausbrach, warf Bilbo einen gereizten Blick auf den Tisch und führte uns fort.

»Gut«, sagte er, »aber nicht hier, ja? Wir gehen nach oben, wenn es Ihnen nichts ausmacht. Nancy, Mädchen, zurück an deinen Platz.«

Damit führte er Sir John und mich aus dem Raum, durch die Halle und die Treppe hinauf, wobei er unaufhörlich gewinnende Konversation machte. Er fragte nach meinen Namen, und als Sir John ihn nannte, schüttelte er mir herzlich die Hand und erklärte, er sei entzückt, mich kennenzulernen. Er erkundigte sich, wie wir hereingekommen seien, und als er hörte, daß der Türhüter uns nur widerwillig eingelassen hatte, entschuldigte er sich demütig bei Sir John und sagte, der Mann sei neu in seiner Stellung und kein Londoner, sondern ein Seemann aus den amerikanischen Kolonien; er werde dafür sorgen, daß er solche Angelegenheiten in Zukunft richtig handhabe.

An dieser Stelle warf Sir John eine Frage bezüglich des Lärms im Spielzimmer ein. »Ist das üblich?« fragte er. »Bei meinen früheren Besuchen habe ich nie bemerkt, daß Ihre Gäste so laut sind, und dazu noch alle an einem Tisch. Warum dieses Tohuwabohu?«

Inzwischen hatte Mr. Bilbo uns in das Obergeschoß geführt. Er brauchte einen Augenblick, um einen Schlüsselbund herauszunehmen und die Tür zu einem Zimmer zu öffnen, das sich als kleines Büro erwies. Drinnen brannte eine Kerze. Er zündete daran ein Wachslicht an, mit dem er einen vierarmigen Leuchter auf einer Seite seines Schreibtischs entzündete. Das ganze Zimmer wurde hell, und man sah einen Eichenschreibtisch, hinter dem er Platz nahm, sowie Stühle für Sir John und mich. An der Wand hingen mehrere Bilder mit seemännischen und sportlichen Motiven.

»Ach ja, der ganze Lärm«, sagte Mr. Bilbo, stützte die Ellbogen auf die Tischplatte und neigte seinen großen, dunklen Kopf in unsere Richtung. »Sie haben das ganz richtig bemerkt, Sir John, das ist nicht üblich, aber es gehört zu den Dingen, die manchmal vorkommen und die ich sehr ungern höre – und noch weniger gern sehe. Ein Mann am zweiten Tisch hat eine dicke Glückssträhne. Wenn das Geschäft normal läuft, nehme ich viel mehr ein. Ich weiß das, und sie wissen das. Es ist sozusagen die Mathematik des Hauses. Aber ich weiß auch, wenn die Tische korrekt bedient werden – und das werden sie bei mir, darauf gebe ich Ihnen mein Wort! –, wendet sich das Glück von Zeit zu Zeit von mir ab und dem Spieler zu. Das gehört ebenfalls zur Mathematik des Spiels, und ich akzeptiere das. Doch wenn dieser Fall eintritt, werden die Leute, die eigentlich spielen sollten, zu Zuschauern – und das macht mich ganz verrückt! Sie kommen vom anderen Tisch herüber, um zuzusehen. Diejenigen, die an diesem Tisch sitzen, wollen nicht mehr gegen den Glückspilz spielen, wenn seine Strähne anhält. Ein paar von den weniger Anständigen setzen vielleicht mit ihm, steigen sozusagen mit auf sein Pferd. Aber die meisten stehen einfach da und sehen zu wie im Theater. Und dann, verstehen Sie, verliert mein Etablissement doppelt. Es verliert an denjenigen, der Glück hat, und es verliert das Geschäft mit denen, die normalerweise spielen würden. Dieser Mann hat sogar Spieler aus dem Kartenzimmer angelockt, was ich überhaupt nicht gern sehe.«

Sir John nickte, nachdem er all das in sich aufgenommen hatte, und sagte schließlich: »Das alles ist hochinteressant. Da ich von Natur aus kein Spieler bin und solche Dinge noch nie aus Ihrem Blickwinkel betrachtet habe, muß ich gestehen, daß ich Black Jack Bilbo immer als ein Etablissement betrachtet habe, das Männer aufsuchen, um in angenehmer Umgebung ihr Geld loszuwerden.«

Darauf lachte Mr. Bilbo schallend. Er wollte gerade antworten, als von unten ein anderer Chor ertönte, diesmal kein Schrei, sondern deutlich ein Stöhnen; die Frauen wieherten nicht. Für einen Augenblick war sein Gesicht ohne jeden Ausdruck – er lauschte konzentriert –, und dann entspannte es sich zu einem Lächeln. Er stieß einen leisen, aber langen, freudigen Seufzer aus.

»Nun«, sagte Sir John, der ebenfalls lächelte, »vielleicht hat die Mathematik, wie Sie das nannten, Ihren Glückspilz eingeholt. Wer ist es übrigens«?

»Ach, es ist dieser Clairmont aus den Kolonien.«

»Charles Clairmont? Lord Goodhopes Halbbruder?«

»Das behauptet er, und ich habe keinen Grund, daran zu zweifeln. Die beiden waren vor etwa einem Jahr zusammen hier, und davor vielleicht noch einmal – ebenfalls zusammen. Und dieser Butler, den sie neulich aus dem Haus von Lord Goodhope schickten, kannte ihn tatsächlich.«

»Würden Sie sagen, daß die beiden einander sehr ähnlich sahen?« fragte Sir John.

»Nicht so, daß es einem auffallen würde, aber ein wenig – sie waren schließlich *Halb*brüder. Clairmont ist etwas kleiner.«

»Wir greifen ein wenig dem vor, womit ich in dieser Angelegenheit beginnen wollte«, sagte Sir John. »Aber Mr. Clairmont war eines der Themen, über die ich mit Ihnen sprechen wollte. Gehen wir der Reihe nach vor.«

»Ganz wie Sie wünschen, Sir John.«

»Schön und gut. Und jetzt, John Bilbo, sagen Sie mir, dieser Besuch von Mr. Clairmont und seinem Halbbruder vor einem Jahr – war das der erste in Ihrem Etablissement?«

»Oh, nein. Wir führten ihn in den Büchern als Mitglied, allerdings kam er nur, wenn er London besuchte, einmal im Jahr oder so, vielleicht lag auch eine etwas längere Frist zwischen seinen Besuchen von – wo war das noch? – von Jamaika aus.«

»Ja, Jamaika. Und Sie sagen, er könnte vorher schon einmal in Gesellschaft seines Halbbruders hier gewesen sein?«

Zum ersten Mal seit Beginn des Gesprächs wies Mr. Bilbo leise Anzeichen von Verärgerung auf: »Ja, vielleicht auch häufiger – zweimal, dreimal, viermal, Sie können es sich aussuchen. Obwohl ich jeden Abend in den Spielzimmern bin – ich schlafe sogar in diesem Geschoß – und von Tisch zu Tisch gehe, mit den Leuten rede und den Gastgeber spiele, gibt es manche, die ich sehe, und andere, die ich nicht sehe. Bedenken Sie, ich verbringe jede Nacht auch einige Zeit hier in meinem kleinen Versteck. Was ich Ihnen also sage, Sir John, ist, daß sie *vielleicht* mindestens einmal vorher zusammen hier waren – ich glaube, das waren sie. Aber es liegt etwas zurück – sieben, acht Jahre; ich hatte dieses kleine Spielkasino gerade eröffnet. Später sind sie möglicherweise noch einmal hier gewesen, aber wie gesagt, ich kann das nicht mit Sicherheit behaupten.«

Ungefähr in diesem Augenblick hörte man von unten ein weiteres Stöhnen. Und wieder malte sich auf Mr. Bilbos breitem, bärtigen Gesicht ein entspanntes Lächeln.

»Verzeihen Sie, daß ich weiter nichts sagen kann«, meinte er. »Ich wollte nur, daß Sie verstehen, warum ich keine so genauen Angaben machen kann, wie Sie sie vielleicht wünschen.«

»Ich verstehe, und ich akzeptiere, was Sie sagen, John Bilbo. Aber lassen Sie uns eingehender über diesen Mann, diesen Clairmont, reden. Kennen Sie ihn gut?«

»Nein, wie gesagt, er kam unregelmäßig zu uns, nur dann, wenn er aus – was war es noch? Jamaika? – in die Stadt kam.«

»Jamaika. Also nicht annähernd so gut wie beispielsweise Lord Goodhope?«

»Oh, gewiß nicht. Lord Dickie kam *sehr* oft, wirklich. Gegen Ende tat ihm das gar nicht gut.«

»Könnten Sie mir etwas über das erste Erscheinen von Mr. Clairmont *in den letzten Tagen* sagen?«

»Sie meinen, vor zwei Abenden, als er gerade angekommen war?«

»Ja, das meine ich.«

»Nun, er muß vor Mitternacht gekommen sein, wenn auch nicht *viel* früher. Da jedenfalls habe ich ihn erst bemerkt. Ich erblickte ihn am Roulettetisch, dem ersten Tisch jenes Abends, und ich rief ihn – das tue ich nicht gern, aber die Situation schien es zu rechtfertigen – vom Spieltisch weg und erzählte ihm, ich hätte gehört, daß sein Bruder tot sei; das habe ich gesagt, obwohl Halbbruder zutreffender gewesen wäre, nicht? Seine erste Frage war natürlich, wie er gestorben sei. Ich sprach von Selbstmord, denn so wurde zu dem Zeitpunkt auf der Straße darüber geredet. Jetzt ist, wie ich höre, von Mord die Rede. Stimmt das, Sir John?«

»Lassen Sie mich die Fragen stellen.«

»Gut, wie Sie wollen.«

»Und wie nahm er Ihre Nachricht auf?«

»Oh, sehr gut, das war mein Eindruck. Er zog sich zurück und trank einige Gläser Brandy. Das erste trank ich mit ihm, und wir stießen auf das Andenken von Lord Dickie an – dann ging Mr. Clairmont an den Spieltisch zurück.«

»Ach, tatsächlich?« sagte Sir John.

»Ja«, sagte Mr. Bilbo, »und am nächsten Morgen kam er wieder vorbei – ich war gerade erst erwacht und trank meinen Morgentee – und wollte über diese Notiz im *Public Advertiser* sprechen. Er wollte wissen, wieso als Todesursache ein... wie war das noch? – angegeben war.«

»Unglücksfall.«

»Das war's – ›Unglücksfall‹, was gewöhnlich auf einen Unfall hindeutet, jedenfalls soweit ich weiß. Er saß da, wo Sie jetzt sitzen, Sir John, und wollte wissen, was nun stimmte – Selbstmord oder Unglücksfall? Als hätte ich ihn absichtlich falsch unterrichtet. Nun, ich wies ihn darauf hin, daß Selbstmord nichts ist, was man in die Zeitung setzt, damit alle es lesen können; ich dachte, das müßte jedem klar sein. Er sitzt also da und denkt darüber nach, und da kommt dieser Butler aus dem Hause Goodhope die Treppe herauf und verlangt, die Notizen des verstorbenen Lords und ein gewisses Dokument zu sehen. Nun, Halbbruder oder nicht, ich wollte solche Dinge nicht vor Mr. Clairmont erörtern, und so bat ich ihn sehr höflich zu gehen. Er war ebenso höflich und ging, aber vorher bat er den Butler, Lady Goodhope sein Beileid zu übermitteln und zu fragen, ob er ihr seine Aufwartung machen dürfe.«

»Sie sagten, der Butler kannte ihn?«

»Ja, in der Tat. Er begrüßte Clairmont mit Namen. Allerdings hatte Clairmont an diesem Morgen etwas Seltsames an sich.«

»Und was war das, Mr. Bilbo?«

»Er trug Schminke, wie eine Frau.«

»Wirklich?« Sir John dachte einen Augenblick nach. »Nun«, sagte er dann, »es heißt, das sei in Paris Mode für Männer wie für Frauen. Vielleicht bringt er diese Mode nun nach London.«

Während seines Berichts hatte ich mich auf Mr. Bilbo konzentriert, wie Sir John es verlangt hatte. Mr. Bilbo war zwar ein gewandter und überzeugender Redner, doch ich bemerkte eine gewisse Veränderung in seinem Verhalten, als er anfing, direkt über Mr. Clairmont zu sprechen, etwa von dem Zeitpunkt an, als er erzählte, wie er den Halbbruder von Lord Goodhope von dessen Tod in Kenntnis gesetzt hatte. Etwa zu diesem Zeitpunkt fing er an, immer wieder zu mir herüberzuschauen, während er vorher zu Sir John und nur zu ihm gesprochen hatte. Sonst bemerkte ich allerdings keine Veränderung und schon gar keine Anzeichen von Unbehagen, etwa beginnendes Schwitzen: Mr. Bilbo hatte schon stark transpiriert, als wir ihn unten trafen. Ich nahm an, das liege in seiner Natur.

»Daß dieser Butler Potter erschien«, sagte Sir John, »war eine Reaktion auf einen Brief, den Sie Lady Goodhope geschrieben hatten. Wann hatten Sie das getan?«

»In den frühen Morgenstunden, ehe ich zu Bett ging«, sagte Mr. Bilbo. »Ich beauftragte einen meiner Leute, ihn zu überbringen.«

»Das geschah. Lady Goodhope las mir den Brief kurz nach seinem Eintreffen vor.«

Daraufhin lehnte Mr. Bilbo sich in seinem Stuhl zurück und verschränkte die Arme vor der Brust: die Geste eines Mannes, der entschlossen ist, sein Terrain zu verteidigen. »Also, Sir John, schauen Sie, wenn Sie hergekommen sind, um Lord Goodhopes Schulden bei mir anzufechten, dann stoßen Sie auf taube Ohren, denn ich habe Schuldscheine von ihm, und ich besitze das Dokument über das Haus in der St. James Street. Was die Unterschrift angeht, so war der Butler damit zufrieden. Ich werde sie Ihnen – oder dem Jungen hier –, aber auch jedem Gerichtshof vorlegen, und sie werden als echt anerkannt werden, denn sie sind echt. Um die Wahrheit zu sagen, ich habe mich mit erheblich weniger als der Hälfte seiner tatsächlichen Schulden bei mir zufriedengegeben; die nämlich betrugen fast fünfzigtausend Pfund.«

»So viel? Wahrhaftig?«

Mr. Bilbo nickte gewichtig mit dem großen, dunklen Kopf. »Wahrhaftig.«

»Aber Sie sind bereit, sich mit dem Haus zu begnügen?«

»Ich mag das Haus.«

»Das müssen Sie wohl. Waren Sie einmal dort?«

»Viele Male – besser gesagt, einige Male, jedenfalls sehr viel häufiger als einmal.«

»Als Gast?«

»Bei Gott, Sir, *natürlich* als Gast. Ich bin doch kein Einbrecher!«

»Dann standen Sie auf gutem Fuße mit Lord Goodhope.«

Ein langes Zögern folgte, und als er schließlich antwortete, tat er es langsam; anscheinend wählte er sorgfältig jedes Wort: »Ich stand auf gutem Fuße mit ihm, ja, für eine ganze Weile, wenn auch in letzter Zeit etwas weniger.«

»Was entzweite Sie?«

»Was uns entzweite? Nun, seine Schulden natürlich. Ich bin ein geduldiger Mensch, aber es kommt eine Zeit, da verbraucht sich die Geduld. Wenn er an meinen Tischen gewann, nahm er seine Gewinne fröhlich mit nach Hause. Wenn er verlor, unterschrieb er ebenso fröhlich einen weiteren Schuldschein. Das machte mich allmählich ungehalten.«

»Es wäre Ihr gutes Recht gewesen, ihm den Zutritt zu Ihrem Etablissement zu verweigern, bis er seine Schulden bei Ihnen beglichen hätte.«

»Damit habe ich schließlich auch gedroht – und auch damit, seine Schulden publik zu machen, so daß er auch in anderen Häusern wie meinem nicht mehr willkommen gewesen wäre. Nur so brachte ich ihn dazu, das betreffende Dokument zu unterzeichnen. Er war bereit, die von mir gestellten Bedingungen zu akzeptieren.«

»Und wann war das?«

»Vor zwei Wochen.«

»Also nicht lange vor seinem Tod.«

»Nicht lange, nein. Etwa zehn Tage. Das fragliche Dokument ist datiert. Ich könnte es heraussuchen, wenn Sie möchten.«

»Nicht nötig. Nehmen wir einmal an – ohne es zu bejahen oder zu verneinen –, daß Ihre erste Information korrekt war – daß Lord Goodhope Selbstmord begangen hat. Kam er Ihnen, als er Ihnen sein Londoner Haus schließlich überschrieb, wie jemand vor, der wirklich Selbstmord begehen könnte? War er verzweifelt? Bedrückt?«

»Nun, glücklich war er nicht.«

»Das habe ich auch nicht angenommen. Aber ist Ihnen je der Gedanke gekommen, Mr. Bilbo, daß der Druck, unter den Sie ihn gesetzt haben, ihn möglicherweise so zur Verzweiflung getrieben haben könnte, daß er sich umbrachte? Nur einmal angenommen, es wäre tatsächlich so gewesen.«

Mr. Bilbo zögerte einen Augenblick mit der Antwort, schaute erst mich, dann die Kerzenflammen und dann wieder Sir John an.

»Der Gedanke ist mir gekommen, ja«, sagte er. »Und wenn ich das annehmen mußte, was anzunehmen Sie mich bitten, dann wäre ich natürlich sehr betrübt. Um die Wahrheit zu sagen, geschah genau das, was Sie beschrieben haben, mit einem anderen Gentleman, der beträchtliche Schulden bei mir hatte, wenn auch nicht in solchem Ausmaß wie Lord Goodhope. Jener Mann hat sich tatsächlich erhängt. Und es bestand kein Zweifel daran, daß meine ernsthaften Bemühungen, die Schulden einzutreiben, ihn dazu veranlaßt hatten, denn er hinterließ einen Brief dieses Inhalts. Das war vor beinahe sieben Jahren.«

»Ich erinnere mich an die Sache«, sagte Sir John.

»Ich bezweifle nicht, daß Sie sich erinnern. Um die Wahrheit zu sagen, es war schlecht für die Geschäfte. Die Herren blieben aus. Sie könnten sagen, aus Respekt für den Verstorbenen. Vielleicht auch, weil sie Angst hatten – sie hatten gesehen, wie ihre kleinen Vergnügungen eine ernste Wendung nahmen. Ich war betrübt über den Tod jenes Gentleman, das war ich wirklich, glauben Sie mir, und ich war betrübt, als die Herren ausblieben. Doch als sie nach und nach wieder kamen, ließ meine Betrübtheit nach, und als die Geschäfte wieder so liefen wie zuvor, hatte ich die Sache überwunden. Aber ich will Ihnen sagen, Sir, selbst wenn ich vorher gewußt hätte, wie das alles ausgehen würde, hätte ich versucht, die Schulden einzutreiben, denn eine Schuld ist eine Schuld und muß bezahlt werden.«

Sir John schwieg eine Weile. Dann sagte er: »In meinem Gerichtssaal höre ich das oft, wenngleich die Beträge, um die es dort geht, im Vergleich zu den von Ihnen genannten Lappalien sind.«

»Die Summen spielen keine Rolle«, sagte Mr. Bilbo streng. »Es ist das Prinzip. Und die Earls und Viscounts und dergleichen scheinen anzunehmen, daß die allgemeinen Regeln für sie nicht bindend sind.«

»Sie haben Lady Goodhope ziemlichen Kummer und eine schwere Zeit bereitet.«

»Das tut mir leid. Sie hat Zeit bis Ende des Monats. Aber ich möchte betonen, Sir John, daß ich Ihre Annahme für falsch halte.«

»Den Selbstmord, meinen Sie?«

»Damit hatten wir angefangen. Das hätte nicht zu Lord Dikkie gepaßt.«

»Welche Annahme hätten Sie denn zu bieten? Ich fürchte, Sie hatten recht mit dem, was Sie Mr. Clairmont über den Gebrauch des Wortes ›Unglücksfall‹ sagten. Es diente eher zur Verdunkelung der Tatsachen als zu ihrer Aufklärung. Ich war es nicht, der diesen Ausdruck gewählt hat.«

»Also Mord«, sagte Mr. Bilbo. »Gehen wir von Mord aus. Das wirkt viel wahrscheinlicher.«

»Weshalb denken Sie das?«

»Weil, wie ich zu Anfang schon sagte, auf der Straße jetzt von *Mord* die Rede ist und nicht von Selbstmord. Wobei ich hinzufügen möchte, daß Lord Dickie viele Feinde hatte.«

»Welche Art von Feinden?«

»Alle möglichen – Whigs, Tories, suchen Sie sie sich aus. Und wenn Sie Erkundigungen über ihn eingeholt haben, Sir John, dann müssen Sie wissen, daß es den verstorbenen Lord nicht scherte, wem er auf die Füße trat.«

»Sich selbst würden Sie nicht als seinen Feind betrachten?«

Mr. Bilbo fuhr zusammen, als habe Sir John ihn geschlagen. Er starrte ihn überrascht an, schwieg und begann dann ganz plötzlich schallend zu lachen. Man hätte schwören können, er sei auf einmal bester Laune.

»Warum lachen Sie?« fragte Sir John.

»Weil mir das komisch vorkommt«, sagte er und beruhigte sich etwas. »Ich erzählte Ihnen von den Schulden, nicht wahr? Soweit es mich betrifft, war die Angelegenheit geregelt. Ich kannte meinen Lord Dickie gut. Er würde sich irgendwie erholen, und nach kurzem Schmollen würde er wieder an meinen Tischen erscheinen. Und dann würde er, ehe er sich versah, wieder Schulden bei mir haben. Beim nächsten Mal hätte ich vielleicht Zugriff auf seinen Besitz in Lancashire erlangt. Um es einmal so auszudrücken: Warum sollte ich die Gans töten, die goldene Eier legte?«

»Ich räume ein, daß das einen Sinn ergibt, Mr. Bilbo, aber gehörten Sie nicht zu denen, denen Lord Goodhope auf die Füße trat?«

»Wieso das?« fragte er zweifelnd.

»Wie ich hörte, war Lucy Kilbourne, ehe sie sich so fest an Lord Goodhope band, mit Ihnen verbunden – und zwar genauso fest. Ihrem eigenen Geständnis – oder ihrer Erklärung – nach hatte er sie Ihnen abspenstig gemacht. Es gibt viele Fälle, in denen man das als triftigen Grund für einen Mord ansehen würde. Das müssen Sie zugeben, Mr. Bilbo. Eifersucht ist immer ein Faktor, den man berücksichtigen muß.«

Während dieser Rede von Sir John konnte Mr. Bilbo kaum an sich halten. Er wollte den Richter bei seinen Ermittlungen nicht stören, aber bei Gott und allem, was heilig war, er würde seine Sicht der Dinge zum Ausdruck bringen.

»Sir John«, brach es schließlich aus ihm hervor, »was immer Sie sonst von mir denken mögen, ich glaube, Sie kennen mich als unverblümt redenden Mann, und jetzt rede ich unverblümt mit Ihnen. Einfach so. Diese Frau wurde mir nicht genommen. Ich habe sie abgetreten. Sie können nicht ahnen, welche Belastung sie für mich war – die ständigen Schmeicheleien, die sie verlangte, der Beifall, den sie für jede Vorstellung im Drury Lane forderte; oh, in der Tat, ich habe sie alle besucht und dabei mein Etablissement vernachlässigt. Sie war wie eine Spinne, so wie sie mich aussaugte – ich mußte ihr Kleider schenken, ich mußte ihr Schmuck schenken, alles mögliche... es war einfach nie genug.«

Mr. Bilbo atmete schwer, so heftig hatte er gesprochen. Sir John bemerkte das und wartete einen Augenblick, damit der Mann sich sammeln konnte, ehe er ihm eine weitere Frage stellte.

»Wie lange wurden Sie von ihr so zum Opfer gemacht?«

»Ein Jahr – nein, etwas weniger. Vielleicht zehn Monate.«

»Und wann haben Sie sie Lord Goodhope ›abgetreten‹?«

»Vor sechs Monaten.«

»Aber sie sagt, sie habe den verstorbenen Lord seit einem Jahr gekannt.«

»Oh, sie begegnete ihm nur hier; er war einer der zahlreichen Gentlemen, die ich ihr bei ihren Besuchen vorstellte. Und sie traf ihn mehr als einmal an den Spieltischen. Sie sprachen miteinander, unterhielten sich. Er forderte uns oft auf, an seinen Abendgesellschaften teilzunehmen, seinen ›Impromptus‹, wie er sie nannte. Ich fand das nicht passend, wenn wir auch einigen seiner Einladungen folgten, aber gewiß nicht oft.«

»Warum fanden Sie das nicht passend?«

»Nun, da war zum einen die Sache mit seinen Schulden. Sie waren hoch und wuchsen noch. Es schien falsch, unter diesen Umständen seinen Freund zu spielen. Und zum anderen gefiel mir nicht, was bei diesen Abenden vor sich ging. Meist war es albern und nicht nach meinem Geschmack – Gesang und Tanzerei und dergleichen. All das gehörte zu Lord Goodhopes Inszenierungen – kindisches Zeug, sie verkleideten sich und sagten lautstark Verse auf, die der Gastgeber und die Gäste verfaßt hatten. Aus der Küche wurden zwei kleine Mädchen nach oben gebracht, die nicht älter waren als der Junge hier. Es schien nicht richtig, sie in solche Dinge hineinzuziehen, denn all das diente kaum etwas anderem als obszönen Zwecken.«

»Sie zeigen ein Zartgefühl, das ich nicht vermutet hatte.«

»Bezweifeln Sie meine Worte?«

»Nein.«

»Ich gebe zu, der verstorbene Lord Dickie hatte starkes Interesse an der lieben Lucy. Er schmeichelte ihr derart, daß es eine Schande war, und daß eine große Bühnenschauspielerin in seinem Salon auftrat, war für ihn der Himmel auf Erden – so sagte er jedenfalls. Und sie hatte ebenfalls ein gewisses Interesse an ihm; allerdings sorgte ich dafür, daß sie von seinen Schulden bei mir und deren stetigem Anwachsen erfuhr, und das kühlte ihre Glut etwas ab. Am Ende hatte sie meine Geduld so strapaziert, daß ich, wie ich Ihnen beschrieb, den Entschluß faßte, sie mir vom Hals zu schaffen. Als Lord Dickie dann das nächste Mal vorschlug, wir sollten uns ihm zu einem seiner ›Impromptus‹ anschließen, sagte ich zu Lucy: ›Meine Liebe, ich kann das Etablissement nicht verlassen, also geh nur mit seiner Lordschaft und amüsier dich gut.‹ Und zu ihm sagte ich: ›Ich vertraue sie Ihrer Fürsorge an.‹ Mir war vollkommen klar, was geschehen würde, und ich wollte es sogar. Natürlich geschah genau das. Sie kam nie zu mir zurück, es sei denn, in seiner Begleitung. Nun, würden Sie nicht sagen, daß ich sie unter Einsatz dieser Strategie abgetreten habe?«

Sir John seufzte, ob aus Müdigkeit oder als Reaktion auf den soeben gehörten Bericht, vermochte ich nicht zu erkennen. Doch ich war sicher, daß er nicht aus Langeweile seufzte. Ich jedenfalls war fasziniert von diesem Beispiel dafür, wie Männer und Frauen ihre Affären handhabten. Es war ein Blick in eine Welt, die ich nur in meinen Phantasien betreten konnte.

»Nur eines verwirrt mich an dem, was Sie mir erzählt haben, Mr. Bilbo«, sagte Sir John. »Und das ist die Frage, warum Lucy Kilbourne, da sie doch über die Höhe seiner Schulden bei Ihnen Bescheid wußte, sich einen augenscheinlich verarmten Aristokraten aussuchte.«

»Oh, er war keineswegs verarmt. Seine Besitzungen in Lancashire waren ein Vielfaches seiner hiesigen Schulden wert. Aber da war auch noch seine Persönlichkeit. Er war ein hübscher Bursche – ich weiß, daß ich in dieser Hinsicht im Vergleich zu ihm schlecht abschnitt –, und er war geistreich, und auch da habe ich wenig zu bieten. Das wichtigste Wort aber haben Sie soeben ausgesprochen: ›Aristokrat‹. Er hatte, was ich nicht habe und nicht haben kann und was ich – bei allem gebotenen Respekt für sie, Sir – auch nicht haben will, nämlich einen Titel. Manche Frauen lassen sich davon stark beeindrucken.«

Sir John nickte darauf nur.

»Etwas möchte ich noch sagen«, fuhr Mr. Bilbo fort, »es fiel mir ein, als ich Ihnen von Lucys erstem Zusammentreffen mit Lord Goodhope hier in meinem Etablissement erzählte, als sie noch unter meinem Schutz stand, um es einmal so auszudrükken. Ich bin ganz sicher, daß eine dieser Begegnungen, es kann durchaus die erste gewesen sein, zugleich die letzte war, bei der er sich in Gesellschaft seines Bruders Charles Clairmont befand. Ich dachte, das sei der Erwähnung wert, denn sie ist eben jetzt unten mit ihm zusammen.«

Sir John richtete sich mit einem Ruck auf. »*Jetzt?* Mit *Clairmont*? Während wir hier miteinander sprechen?«

Etwas erstaunt über diese Reaktion antwortete Mr. Bilbo stockend: »Nun... nun ja, was ich meine, ist, sie war. Haben Sie ihr albernes Lachen gehört, dieses pferdeartige Wiehern? So lacht sie, wenn sie nicht auf der Bühne steht, denn sie kommt aus der Gosse. Sie saß neben Clairmont, als er mich...«

»Jeremy, du hast sie nicht gesehen?«

»N... nein, Sir John«, sagte ich entschuldigend, »und Mr. Clairmont auch nicht. Das Gedränge war zu groß.«

»Schon gut«, sagte Sir John, und dann: »Mr. Bilbo, ich danke Ihnen, daß Sie uns Ihre Zeit geopfert und so bereitwillig geantwortet haben. Wenn Sie uns jetzt bitte zu diesem ungleichen Paar bringen würden…«

Damit stand er auf, und ich tat es ihm gleich. Bilbo, etwas verblüfft, erhob sich langsamer und blies die Kerzen aus, die er bei unserer Ankunft angezündet hatte. »Hier entlang«, sagte er.

Und er führte uns wieder nach unten, woher wir gekommen waren. Er sprach wenig, und wenn, dann nur, um Lucy Kilbourne anzuschwärzen, indem er Bemerkungen darüber machte, mit welcher Leichtigkeit sie ohne Verzug von einem Gefährten zum nächsten wechselte – nun sogar von Bruder zu Bruder.

Als wir in dem Raum anlangten, in dem wir Mr. Bilbo zuerst begegnet waren, sah ich, daß sich alles in einem Zustand befand, den ich für den normalen hielt. Die Menge hatte sich zerstreut und war nun gleichmäßig auf die beiden Spieltische verteilt. Als ich mich umsah, kam ich schnell zu dem Schluß, daß hier keine der beiden gesuchten Personen zu finden war. Mr. Bilbo, der das ebenfalls feststellte, führte uns wieder in die Halle und rief die stets hilfsbereite Nancy herbei.

»Mein Mädchen«, sagte er zu ihr, »hast du Clairmont und diese alberne Dirne Lucy irgendwo gesehen? Oder sind sie bereits mit meinem Geld geflohen?«

Sie drehte sich um und wies auf die Tür. »Sie brechen gerade auf«, sagte sie.

Tatsächlich zupften die beiden gerade ihre Mäntel und Röcke zurecht und schickten sich mit Hilfe des Türstehers zum Gehen.

»Ich werde sie aufhalten«, sagte Mr. Bilbo und ging rasch vor uns her.

»Bring mich zu ihnen«, flüsterte Sir John mir zu, »aber laß uns gelassen gehen und so tun, als seien wir überrascht, wenn wir sie treffen.«

Also schritten wir über den langen, roten Teppich bis zu der

Stelle, wo Mr. Bilbo die beiden in ein Gespräch verwickelt hatte. Ich sah, wie Lucy Kilbourne (endlich einmal voll bekleidet, und zwar in ihrem Witwengewand) in unsere Richtung schaute, uns erkannte und Mr. Clairmont am Ärmel zupfte. Ich berichtete dies Sir John.

»Gut«, sagte er, »und nun winke ihnen, als hättest du mir gerade ihre Anwesenheit mitgeteilt. Dann können wir etwas schneller gehen und sie einholen.«

So geschah es. Schon vor unserem Zusammentreffen hatte Sir John sein Gesicht zu einem liebenswürdigen Lächeln verzogen. »Sind Sie das?« rief er aus. »Mr. Clairmont? Mistress Kilbourne? Was für ein glücklicher Zufall, Sie hier zu treffen!«

»Und so überraschend«, erwiderte Mistress Kilbourne.

»Ja«, fügte Mr. Clairmont eher trocken hinzu, »nicht wahr?«

Sir John nahm in ihrer Nähe neben der Tür Aufstellung, ich an seiner Seite. Mr. Bilbo, der lebhaftes Interesse zeigte, blieb.

»Da haben sich die beiden Trauernden gefunden, nicht wahr?« sagte der Richter, noch immer in jovialem, humorigem Ton. »Nun, ich finde das bewundernswert. Ja, sehr, denn schließlich ist das Leben ein Geschenk an uns alle, und wir müssen es feiern. Schauen Sie in Ihr Herz, Mistress Kilbourne, und ich bin sicher, Sie werden mir zustimmen: Wenn der Verstorbene Lord Goodhope aus dem Jenseits zu Ihnen sprechen könnte, würde er Sie drängen, ihn nicht kummervoll zu betrauern, sondern gute Laune und Geist walten zu lassen, die er, wie ich höre, in so hohem Maße besaß.«

»Ach, Sir John«, sagte Mistress Kilbourne, »genau dieses Argument hat Charles benutzt, um mich heute abend zum Ausgehen zu bewegen.«

»Gut gedacht und gut argumentiert!«

»Es schien dem Anlaß angemessen«, sagte Mr. Clairmont.

»In der Tat, aber woher kennen Sie beide einander?«

»Lord Richard hat uns vor einiger Zeit miteinander bekannt gemacht«, sagte sie. »Ich glaube, es war bei Ihrem letzten Besuch in London, nicht wahr, Charles?«

»Ja, und zwar genau hier.«

»Dann ist es ja sehr passend, daß Sie heute abend hierhergekommen sind. Ich nehme an, diesmal hatten Sie Glück?«

»Charles hat ganz hübsch gewonnen.«

Nun mischte sich Mr. Bilbo ein. »Nicht ganz so hübsch, wie ich zunächst fürchtete. Das Glück hat ihn verlassen.«

»Aber trotzdem«, sagte Mr. Clairmont, »habe ich einen ordentlichen Gewinn gemacht, nicht wahr, Lucy?«

»Wie ich höre«, sagte Sir John, »sprechen Sie beide einander mit den Vornamen an. Die Bekanntschaft ist also zur Freundschaft herangereift. Vielleicht finden Sie es nicht unpassend, wenn ich Sie beide zu etwas einlade, das ich für morgen abend geplant habe.«

»Oh? Zu was denn?« fragte Mistress Kilbourne.

(Das fragte ich mich auch!)

»Einfach eine Zusammenkunft, nichts Formelles; sie wird uns allen Gelegenheit geben, über Lord Goodhopes allzu frühes Hinscheiden zu sprechen. Ich fürchte, mein kleines Haus ist dem Anlaß nicht ganz angemessen – es werden auch andere zugegen sein –, und so habe ich beschlossen, diese Zusammenkunft im Hause Goodhope abzuhalten. Und da das Treffen unter meiner Schirmherrschaft steht, wird Lady Goodhope keine Einwände dagegen haben, daß Sie in ihrem Haus erscheinen. Das verspreche ich Ihnen. Sie, Mr. Clairmont, werden Gelegenheit haben, der Witwe Ihr Beileid auszusprechen, was Sie sicher schon getan hätten, wenn sie es Ihnen nicht versagt hätte. Und Ihnen, Mistress Kilbourne, steht es frei, ihr zu sagen, was immer Sie für passend halten – oder gar nichts zu sagen, wenn Ihnen *das* angemessen erscheint. Ich würde Ihnen allerdings davon abraten, dieses schwarze Kleid zur Schau zu tragen, in dem man Sie letztlich gesehen hat.«

Als die Details dieser überraschenden Zusammenkunft enthüllt wurden, begann das Lächeln von Mr. Clairmont und Mistress Kilbourne zu vergehen, bis die beiden einander nur noch mit ernster Miene anschauten. Doch sie faßten sich wieder.

»Was mich betrifft«, sagte Mistress Kilbourne, »so werde ich möglicherweise nicht kommen können. Ich habe schon eine Verabredung.«

Mr. Clairmont räusperte sich. »So gern ich auch mit Lady Goodhope sprechen würde, ich fürchte, ich muß mich mit dem potentiellen Käufer treffen, von dem ich Ihnen erzählte. Die Sache ist natürlich von größter Wichtigkeit. Sie ist der Grund für meinen Aufenthalt in London.«

»Ach, Geschäfte«, sagte Sir John, »ja, sie sind unbestreitbar wichtig, und zweifellos ist auch Ihre Verabredung, Mistress Kilbourne, von erheblicher Bedeutung. Ich muß Sie jedoch beide bitten, ihre Verabredungen abzusagen, denn Ihr Erscheinen bei der morgigen Zusammenkunft – um neun Uhr, übrigens – ist nicht fakultativ, sondern obligatorisch.«

Mistress Kilbourne sagte: »Aber...«

»Ich weiß«, entgegnete Sir John, »es muß Ihnen schrecklich lästig erscheinen, aber bitte ersparen Sie uns die Umstände und sich die Peinlichkeit, die es mit sich brächte, wenn wir einen von Ihnen oder Sie beide durch einen Konstabler abholen lassen müßten.«

»Wie Sie meinen, Sir John«, sagte Mistress Kilbourne. Dann nickte sie dem Türsteher zu und schickte sich an zu gehen.

»Nun«, sagte Mr. Bilbo, »das war hochinteressant.«

»Es freut mich, daß Sie es so sehen«, sagte Sir John, »denn ich muß auch Ihr Kommen erbitten.«

»Aber Sir John, ich habe Angelegenheiten, die...«

»Davon möchte ich nichts hören, Mr. Bilbo. Sie werden pünktlich um neun erscheinen.«

Mr. Bilbo seufzte tief. »Ich werde da sein, Sir John.«

»Ich bitte darum.«

Ein Nicken von Sir John, und die Tür wurde erneut geöffnet. Zusammen traten wir hinaus in die Nacht. Leichter Regen fiel. Ich war froh, als ich sah, daß Mr. Clairmont Mistress Kilbourne in eine wartende Kutsche half, und ebenso froh war ich zu sehen, daß dahinter eine stand, die auf uns wartete.

Als sie vorfuhr, rief Sir John dem Kutscher zu: »Bow Street Nummer vier!« Wir kletterten in die Droschke, und ich begann, Bericht zu erstatten. Ich sagte ihm alles, was ich beobachtet hatte, von Mr. Bilbos Blicken in meine Richtung, als von Mr. Clairmont die Rede gewesen war, bis hin zu seinem heißen Wunsch, sich zu der vermeintlichen Eifersucht Lucy Kilbournes wegen zu äußern.

»Was hältst du von Mr. Bilbo allgemein, als Zeuge?«

»Ich fand ihn sehr interessant«, sagte ich. »Ich meine, er kann gut reden, nicht? Er schien wenig für sich zu behalten.«

»Wenig, ja. Ich mag ihn. Vermutlich sollte ich das nicht, aber ich tue es. Weißt du, Jeremy, es geht das Gerücht, er habe dieses Spielkasino mit einem Vermögen eröffnet, das er durch Piraterie erworben hat.«

»Piraterie?« sagte ich erstaunt. »Wirklich?«

»So erzählt man sich. Es gibt jedoch keine Zeugen, die etwas über sein früheres Leben aussagen könnten.« Er seufzte. »Er ist durchaus imstande, Richard Goodhope oder wen auch immer zu töten, wenn er provoziert wird. Aber ich denke, er hatte gute Argumente gegen diese Annahme, meinst du nicht auch, Jeremy?«

»Ja, in der Tat.« Ich zögerte, doch dann nahm ich all meinen Mut zusammen und sagte. »Sir John, ich glaube, ich sollte Ihnen etwas mitteilen.«

»Was denn, mein Junge?«

Seit wir Mr. Bilbos Büro verlassen hatten, hatte ich mit mir gehadert und mir Vorwürfe gemacht. Ich erkannte, daß ich mich falsch verhalten hatte und das gestehen mußte. Doch diese Erkenntnis machte die Sache nicht leichter. Vielleicht lag es an der späten Stunde und meiner Müdigkeit, vielleicht auch an der überwältigenden Abfolge von Ereignissen, daß ich an diesen Punkt geriet, aber ich zitterte, als mir das Geständnis auf der Zunge lag, und verlor die Beherrschung. Leser – ich habe geweint.

»Jeremy, was ist? Hier, nimm das.« Er drückte mir ein Taschentuch in die Hand, das er aus seiner Hosentasche gefischt hatte. »Bitte, benutz es.«

Ich tat wie geheißen, wischte mir die Augen und schneuzte mich kräftig.

»Gut gemacht«, sagte er anerkennend. »Du spielst den Mann so gut, daß ich immer wieder vergesse, daß du noch ein Kind bist.«

»Aber ich *möchte* ein Mann sein!« Nachdem ich das gesagt hatte, bewies ich, daß ich ein Kind war, indem ich im selben Augenblick wieder zu schniefen begann.

»Das wirst du bald genug sein«, sagte er. »Und nun putz dir noch einmal die Nase und sag mir das Schreckliche, das gesagt werden muß.«

Ich gehorchte und hob schließlich an, das, was mich bedrängte, anzusprechen. Ich erinnerte ihn an den Vorabend und daran, wie wir das Drury Lane durch den Bühnenausgang verlassen hatten, an Lucy Kilbournes Erscheinen und an die dichtgedrängte Menge.

»Ja«, sagte Sir John, »ich weiß das alles noch sehr gut; was hat es damit auf sich, Jeremy?«

»Als wir uns befreit hatten, schickten Sie mich nach der Droschke, die an der Ecke wartete.«

»Ja, und?«

»Nun, der Kutscher sagte, er sei besetzt, und tatsächlich saß jemand im Wagen, ein Mann. Ich erhaschte nur einen kurzen Blick auf ihn, aber mir kam es so vor, als könne es Mr. Clairmont sein, Sir.« Ich zögerte, doch dann sprach ich schnell weiter: »Aber mehr war es nicht, Sir John, ich war nicht *sicher*, und bei Gericht verlangen Sie doch immer, daß Zeugen dessen, was sie gesehen und gehört haben, ganz sicher sein müssen. Ich dachte, wenn er es sei, dann warte er vielleicht auf Lucy Kilbourne, und das kam mir seltsam vor. Weil ich nicht sicher war, habe ich Ihnen nichts davon gesagt. Aber heute abend habe ich begriffen, daß es sehr wichtig gewesen wäre. Ich... ich verstand das nicht.«

»Aber es hat sich als belanglos herausgestellt, Jeremy, denn heute abend haben wir sie zusammen angetroffen und ein wenig mit ihnen geredet, nicht wahr?«

»Ja, Sir.«

»Und was das Prinzip betrifft, dem du gehorchtest, indem du geschwiegen hast, so hattest du natürlich recht – zumindest, was Gerichtsverhandlungen betrifft. Zeugen dürfen nicht raten; sie dürfen keinen Argwohn äußern; sie dürfen das, was andere gesagt haben, nicht einfach wiederholen und als Wahrheit ausgeben. Aber eine Ermittlung wird nach anderen Regeln geführt. Bei einer Ermittlung sind Vermutungen, Verdächtigungen und Gerüchte sämtlich von Bedeutung, denn sie können uns zu unmittelbaren Beweisen dieser oder jener Art führen. Und vergiß nicht, Jeremy, was ich dir früher über Details gesagt habe – nichts ist so klein, so unbedeutend, daß es meine Aufmerksamkeit nicht erregen könnte.«

»Ich werde daran denken.«

»Ich weiß, daß du das tun wirst. Du hast einen wachen Verstand, mein Junge.«

Ich war so entzückt, das zu hören, und so vom Geständniseifer besessen, daß ich ihm nun auch meine Missetat in der Garderobe von Mistress Kilbourne beichtete. Ich war sehr erleichtert, als er sich über die so ernst vorgetragene Geschichte amüsierte.

Er versagte sich zwar das Lachen, äußerte als Kommentar aber nur: »Besser, du hakst ihre Kleider zu als auf.« Bei diesen Worten lächelte er ironisch.

Die Beichte war abgenommen, und ich zeigte mich reuig – so erreichten Sir John und ich unser Ziel. Wir stiegen aus der Droschke und gingen über die Hintertreppe zur Wohnung des Richters. Ich hatte keine Ahnung, wie spät es sein mochte, war allerdings sicher, noch nie so lange wach gewesen zu sein, nicht einmal auf meiner Flucht nach London. Ich schlief schon halb, so müde war ich plötzlich von dem inneren Aufruhr der letzten Minuten in der Droschke.

Ich wünschte Sir John eine gute Nacht, ging nach oben in meine Dachkammer und kleidete mich im Dunkeln aus. Fast sofort fiel ich in Schlaf. Wie mir schien, war aber das letzte Geräusch, das ich vernahm, ehe ich meiner Müdigkeit endgültig erlag, ein neuerliches Auf- und Abgehen im Studierzimmer zwei Stockwerke unter mir.

10. KAPITEL

In welchem eine Menge Vorbereitungen getroffen werden

Ich weiß nicht, was alles bei Mr. Donnellys Besuch am folgenden Morgen zur Sprache kam, denn er fand größtenteils hinter verschlossenen Türen statt. Zuerst untersuchte er Lady Fielding, und zwar in Gegenwart von Sir John und Mrs. Gredge. Der Mohnsamentee wurde ihr verabreicht, und dann kamen die beiden Männer aus dem Schlafzimmer, in ein ernstes Gespräch vertieft, dessen Inhalt ich, der ich unten in der Küche arbeitete, nicht verstehen konnte. Ich war zwar äußerst neugierig, hatte jedoch beschlossen, nicht zu lauschen. Wenn etwas in meiner Gegenwart oder so laut gesprochen wurde, daß ich es ohne besondere Mühe verstehen konnte, dann war es gut, doch ich würde nicht verstohlen herumschleichen wie irgendein Butler und das Ohr an die Tür oder ein Auge an das Schlüsselloch pressen. Ich wußte sehr wohl, daß Sir John den Butler Potter aus dem Haushalt der Goodhopes aufgrund solcher Praktiken verachtete.

Der Richter und der Chirurg begaben sich ins Studierzimmer, wo, wie sich später herausstellte, wesentlich mehr besprochen wurde als der Zustand der Patientin. Ich sollte erwähnen, daß die beiden ziemlich ausführlich über das Identifizierungsdokument sprachen, das Lady Goodhope in Gegenwart des Chirurgen als Zeuge unterzeichnet hatte. Heikler war das Treffen, von dem ich erst spät in der letzten Nacht erfahren hatte und das im Hause Goodhope abgehalten werden sollte. Sir John forderte nicht nur Mr. Donnellys Anwesenheit, er brauchte ihn auch, um Lady Goodhope davon zu überzeugen, daß es absolut notwendig war, die Zusammenkunft in ihrem Haus stattfinden zu lassen, und zwar in der Bibliothek, am Schauplatz des Verbrechens.

Daß diese Angelegenheit ebenfalls diskutiert wurde, erscheint mir in der Tat sicher, denn nach einer halben Stunde verließen die beiden Männer das Studierzimmer und kamen die Treppe herunter in die Küche, wo ich scheuerte und polierte. Mrs. Gredge war inzwischen aus dem Krankenzimmer zurückgekehrt, und nachdem er ein paar Worte mit ihr gewechselt hatte, um sich zu vergewissern, daß die Patientin schlief, kam der Chirurg auf das Thema zurück, das unmittelbar zuvor besprochen worden war.

»Es wird ihr nicht gefallen«, sagte er zu Sir John. »Sie wird schimpfen und sich dagegen verwahren.«

»In der Tat«, sagte Sir John, »das ist sicher, und deshalb schicke ich Sie als meinen Abgesandten, auf daß Sie ihr klarmachen, warum es so geschehen muß.«

»Ich werde natürlich tun, was ich kann.«

»Sie müssen mehr tun, als Sie können, jedenfalls mehr, als Sie damit implizieren. Die Zusammenkunft *muß* stattfinden, und sie *muß dort* stattfinden, in der Bibliothek. Man soll ein Dutzend Stühle aufstellen, zur Sicherheit vielleicht auch einige mehr. Mit etwa dieser Zahl von Gästen hat Lady Goodhope zu rechnen.«

»Und all das um neun Uhr abends?«

»Ganz recht«, sagte Sir John und fügte hinzu: »Und vergessen Sie das Küchenmädchen Meg nicht. Sagen Sie Lady Goodhope, Meg solle auch anwesend sein, und zwar angemessen gekleidet.«

»Sehr wohl, Sir John. Ich werde tun, was ich kann – und mehr.«

»Ich verlasse mich auf Sie.«

Die beiden hatten inzwischen die Tür erreicht. Nach diesen letzten Worten schüttelten sie einander feierlich die Hand. Sir

John tastete nach dem Türriegel, fand ihn, schob ihn auf, und von unten hörte man lautes Poltern und Trampeln. Wer konnte das schon sein außer Mr. Bailey und seinem Stellvertreter, Mr. Baker, beide schwer mit Säbel und Pistolen bewaffnet. Mr. Donnelly drückte sich an ihnen vorbei und murmelte: »Also dann bis neun Uhr.« Er nickte Mr. Bailey zu und verschwand.

Mr. Bailey schien ziemlich aufgeregt, ebenso wie Mr. Baker. Die beiden Männer bemühten sich mit vereinten Kräften um Sir Johns Aufmerksamkeit, indem sie in der Küche beträchtlichen Lärm veranstalteten.

»Bitte, warten Sie!« sagte dieser. »Eines nach dem anderen. Erstatten Sie Bericht. Ist der Gefangene jetzt bei uns, Mr. Bailey?«

»Nein, das ist er nicht, Sir, obwohl wir alles versucht haben!«

»Und die Umstände sind seltsam«, warf Mr. Baker ein.

»Also erzählen Sie. Sie sind vor fast zwei Stunden aufgebrochen.«

Lassen Sie, Leser, mich hier einfügen, daß ich nicht wußte, daß man diese beiden Konstabler nach Newgate gesandt hatte, um Dick Dillon abzuholen, wie der Richter es ihm angekündigt hatte. Ihr Aufbruch mußte erfolgt sein, noch bevor Mrs. Gredge mich aus meinem gesunden Schlaf gerissen hatte. Da ich schon wenig geschlafen hatte, hegte ich den Verdacht, Sir John habe überhaupt nicht geschlafen.

»Jawohl, Sir«, sagte Benjamin Bailey, »vor zwei Stunden. Wir fuhren direkt nach Snow Hill. Der Torhüter ließ uns ein, nachdem wir ihm die Papiere mit dem Gerichtssiegel gezeigt hatten, die Sie uns gaben. Doch man führte uns nicht zur Abteilung der großen Schurken, wo, wie Sie sagten, der Häftling zu finden sei, sondern statt dessen zum Oberaufseher. Da wir keine andere Wahl hatten, gingen wir mit.«

»Ich kannte den Mann noch nicht«, warf Mr. Baker ein, »aber Ben kannte ihn. Meiner Meinung nach ein ziemlicher Lump, eine Reinkarnation von Jonathan Wild, Sir John.«

»Welch treffende Beschreibung«, stimmte der Richter zu.

»Nun, dieser Mann, mit dem ich in der Tat schon früher zu tun hatte«, fuhr Mr. Bailey fort, »druckste herum und machte Ausflüchte, las unser Dokument wieder und wieder und sagte uns dann, das, was Sie erbäten, sei ganz unmöglich.«

»Ich habe nichts erbeten«, sagte Sir John. »Ich habe *angeordnet.*«

»Das habe ich ihm auch gesagt, Sir.«

»Dann fragten wir, wieso es unmöglich sei«, sagte Mr. Baker, »und er antwortete, weil der Gefangene unten im Loch sei. Einzelhaft.«

»Und weswegen?«

Mr. Bailey fuhr fort: »›Als Strafe‹, sagte er. ›Er ist ein gravierender Fall. Letzte Nacht hat er einen Wärter ziemlich schwer verletzt.‹«

Mr. Baker ergänzte: »›Er hat ihn mit einem Messer angegriffen‹, sagte der Mann, ›ihn aufgeschlitzt wie eine Weihnachtsgans.‹«

Sir John rief: »Sagen Sie mir nichts! Ich vermute, daß der Wärter John Larkin hieß.«

Darauf sahen Bailey und Baker einander mit hochgezogenen Augenbrauen an und hielten einen Moment in ihrem gemeinsamen Bericht inne.

»So war es!« rief Mr. Baker aus.

»Tatsächlich«, sagte Mr. Bailey. »Wir stellten das fest, als wir verlangten, den Gefangenen zu sehen. Nun, sie führten uns an einen Ort, der nichts mit dem eigentlichen Gefängnis zu tun hat, sondern eine Art Krankenzimmer für die Wärter ist. Dort zeigten sie uns den Wärter Larkin.«

Mr. Baker berichtete weiter: »›Sehen Sie nur, was Ihr Mann diesem armen Kerl angetan hat‹, sagte der Oberaufseher. ›Wie können wir ein so bösartiges Geschöpf aus Newgate herauslassen? Dieses Gefängnis ist immerhin das sicherste im Reich. Was würde er tun, wenn er aus einer anderen Haftanstalt entkäme? Er wäre wie ein Wolf, den man auf die unschuldigen

Lämmer Londons losgelassen hat!‹ Sir John, ist das nicht der größte Unsinn, den man je gehört hat? Unschuldige Lämmer, wahrhaftig! Wenn er je wieder sein Gesicht in den Seven Dials zeigte, würde ihm vermutlich die Nase eingeschlagen, weil er einen aus diesem Kreis in Schwierigkeiten gebracht hat.«

»Und dann«, sagte Mr. Bailey, »fragten wir diesen Larkin nach den Einzelheiten des Vorfalls, und er wurde ganz kleinlaut. In Wirklichkeit, Sir, war er gar nicht so schwer verletzt. Seine Hand war durchstochen, und er hatte eine leichte Schnittwunde am Hals.«

»Weshalb beurteilen Sie das so?« fragte Sir John. »Diese Wunde könnte ihm doch in tödlicher Absicht beigebracht worden sein.«

»Nun ja, er war verbunden, natürlich, und so konnte ich nicht sicher sein, aber auf dem Verband war kein Blut, und dieser Larkin konnte mühelos sprechen.«

»Was hat er gesagt?«

»Ach«, sagte Mr. Baker, »er stellte sich als Opfer seiner eigenen Freundlichkeit dar. Er behauptete, der Gefangene, Dillon, habe ihn gerufen, weil er Wasser gewollt und an Wechselfieber gelitten habe. Und als er, dieser Larkin, den Kerker betreten habe, sei er sofort von Dillon angegriffen und mit einem Dolch mehrfach verwundet worden. Nun, ›mehrfach‹ war gehörig übertrieben, denn seine Wunden waren so, wie Ben sie beschrieben hat, und der ganze Bericht hörte sich ziemlich erfunden an. Sie kennen das doch, Sir John, wenn wir sie auf der Straße verhaften, haben sie alle eine Geschichte; manchmal hat auch das mutmaßliche Opfer des Verbrechens eine, aber die Geschichte, die sie erzählen, stimmt nie so genau. Und bei der hier tauchten sofort einige Fragen auf.«

»Wie zum Beispiel die«, warf Mr. Bailey ein, »woher der Gefangene einen Dolch hatte.«

»Was sagte Larkin dazu?« fragte Sir John.

»Er sagte, der müsse eingeschmuggelt worden sein. Von wem, wußten sie nicht.«

»Noch eine Frage«, sagte Mr. Baker. »Welche Absicht verfolgte der Gefangene, indem er ihn auf diese Weise angriff?«

»Tja«, sagte Mr. Bailey. »Sie behaupteten, er habe fliehen wollen. Aber sie konnten nicht recht erklären, warum er die Abteilung der echten Schurken gar nicht verlassen hat. Larkin stieß ihn hinaus auf den Gang und wartete darauf, daß die Wärter ihn ergriffen und entwaffneten. Sie sagten, sie hätten ihn geschnappt, ehe er sich entscheiden konnte, in welche Richtung er laufen sollte. Auch daran habe ich einige Zweifel, weil der Bericht unecht klang. Wir versuchten, ihn darauf festzunageln, ihn die Geschichte wiederholen zu lassen, um Einzelheiten zu entdecken, die vielleicht nicht paßten – so, wie Sie es getan hätten. Doch der Oberaufseher ließ das nicht zu. Er führte uns aus Larkins Zimmer hinaus. Dann wollten wir die Abteilung der Schwerverbrecher aufsuchen, um den Wärtern und Insassen Fragen zu stellen und uns den Schauplatz anzusehen. Und da sagt er zu uns: ›Wer seid ihr, daß ihr die Geschichte dieses Mannes anzweifelt?‹«

Mr. Baker mischte sich ein. »›Wir sind Konstabler‹, sagte ich zu ihm, ›und wenn wir den Gefangenen nicht sehen können, dann wollen wir den Direktor von Newgate sprechen.‹«

»Er lachte uns aus. Und er sagte: ›Der Direktor von Newgate empfängt Leute wie euch nicht.‹«

»Nun, Leute wie mich wird er empfangen«, sagte der Richter, dessen Miene bei dem Bericht immer finsterer geworden war. »Jeremy!« rief er. »Hol meinen Mantel und meinen Hut aus dem Studierzimmer!«

Ich sprang auf und rannte die Treppe hinauf. Als ich Sir John in seinen Mantel half, hegte ich die lebhafte Hoffnung, er werde mich mitnehmen, doch ich war auch nicht überrascht, als keine entsprechende Einladung an mich erging.

»Haben Sie mein Schriftstück noch?«

»Jawohl, Sir, es ist hier in meiner Tasche«, sagte Mr. Bailey.

»Dann wollen wir aufbrechen, alle drei, und ich verspreche Ihnen, wir werden mit dem Gefangenen zurückkehren.«

Und so gingen sie hastig die Treppe hinunter, voran Mr. Baker, dann Mr. Bailey und als letzter Sir John, der die Hand auf Mr. Baileys Schulter gelegt hatte, wie es seine Gewohnheit war, wenn es abwärts ging.

Aufgeregt sah ich ihnen nach, doch plötzlich riß Mrs. Gredge mich aus meinen Gedanken, indem sie grob befahl: »Mach die Tür zu, Jeremy.«

Ich tat wie geheißen und wandte mich an sie, um über diese neue Wendung in einer Angelegenheit zu sprechen, die für mein Verständnis schon jetzt zu kompliziert war.

Doch sie schnitt mir das Wort ab und überraschte mich mit einem Kommentar, der verriet, daß sie gar nichts über die Sache wußte. »Dieses ganze Theater um einen Schurken!« sagte sie mit einer abfälligen Handbewegung. »Um was kann es dabei schon gehen?«

Irgendwie hatte ich mir eingebildet, sie als erwachsene Frau von einigem Einfluß müßte das gleiche Interesse an Sir Johns Belangen hegen wie ich. Doch als ich ihr die Bedeutung all dessen, was wir gerade gehört hatten, zu erklären suchte, also Dillons wahrscheinliche Bedeutung als Zeuge bei den Goodhope-Ermittlungen, tat sie das ab und sagte, es sei ihr einerlei. Und so sah ich mich genötigt, bei ihr nicht nur Unwissenheit, sondern auch noch Gleichgültigkeit festzustellen. Tatsächlich hatte ich sie während meines Aufenthalts in diesem Haus nicht eine einzige Frage an ihren Herrn stellen hören, nicht nach dem, was unten im Gerichtssaal vor sich ging, und noch viel weniger nach privateren Angelegenheiten wie etwa der Untersuchung des Todes von Lord Goodhope. Letzteres bewies, wie weit sie von dem entfernt war, was in den Straßen geredet wurde, und dabei erregte, wie ich erfahren sollte, zu dieser Zeit kein Thema bei den Verbreitern von Spekulationen und bei den Klatschmäulern lebhafteres Interesse als das, welches in einem bald darauf veröffentlichten Pamphlet als die »Schrekkenstat in der St. James Street« bezeichnet werden sollte. Man kann über sie sagen, was man will, aber Mrs. Gredge war solche Sensationsgier vollkommen fremd, und für die Haushälterin und Köchin eines Richters war das vielleicht auch am besten.

Etwas später, als ich die mir zugewiesenen Arbeiten erledigt hatte, fragte sie mich, ob ich zum Covent Garden gehen und einige Einkäufe für sie machen würde. Ich stimmte bereitwillig zu, denn mir war klar, daß sie mir damit etwas anvertraute, das sie zu ihren heiligsten Pflichten zählte.

»Bist du manchmal auf den Markt gegangen und hast für deinen Vater Lebensmittel eingekauft?« fragte sie mich.

»Oh, oft«, sagte ich, »wenn er in seiner Druckerei beschäftigt war.«

»Kannst du Fleisch kaufen? Kartoffeln? Gemüse?«

»Alles.«

»Also gut. Ich werde dich auf die Probe stellen. Mit dem, was ich gestern abend für Sir John und für uns zubereitet habe, habe ich meine Vorräte erschöpft, und ich will Lady Fielding nicht allein im Haus lassen.«

Also setzten wir uns zusammen hin und bereiteten eine Liste vor; sie sagte, was gekauft werden mußte, und ich schrieb es nieder, denn wie ich argwöhnte und später bestätigt sah, konnte sie weder lesen noch schreiben. Dann gab sie mir einen großen Einkaufskorb, steckte mir etwas Geld in die Tasche und schickte mich los.

Ich war zwar schon zweimal – einmal mit Mr. Bailey und einmal mit Sir John – durch Covent Garden gekommen, doch hatte ich noch keine Gelegenheit gehabt, ihn mir so gründlich anzusehen wie an diesem Morgen. Mrs. Gredge hatte mir keine zeitliche Grenze gesetzt, und so schlenderte ich müßig zwischen den Ständen und den zahlreichen Menschen umher, wählte hier einen Kohlkopf, dort Kartoffeln, Karotten und Rüben – denn sie hatte vor, einen Eintopf zuzubereiten, der für mehr als einen Abend reichte. Doch was macht einen Eintopf gut, wenn nicht gute Gewürze? Als ich daher eine Mädchenstimme die anderen übertönen hörte –

»Hier gibt es feinen Rosmarin, Salbei und Thymian!
Kauft meinen gemahlenen Efeu!
Hier sind Frauenminze, Levkojen und Weinraute!
Kommt, kauft meine Majoransträuße!«

– hielt ich das für eine besondere Einladung an mich. Ich bahnte mir durch die Menge einen Weg zu ihr, und nachdem wir ein Weilchen freundlich gehandelt hatten, kaufte ich Lorbeerblätter und Thymian. Das Mädchen, das seine Waren ausgerufen hatte, war nicht viel älter als ich. Sie verstand ihr Geschäft, übervorteilte jedoch niemanden. Aber sie pries ihre Lauchstangen an, und da ich fand, sie würden gut in einen Eintopf passen, kaufte ich auch davon ein Bund. Da nichts dergleichen auf der Einkaufsliste stand, die ich mit Mrs. Gredge erstellt hatte, bezahlte ich alles aus meinem eigenen schrumpfenden Vorrat an Münzen und hatte danach nur noch zwei Shilling und ein paar Pence übrig, doch ich redete mir ein, es diene einer guten Sache. Es verschaffte mir ein männliches Gefühl, auf eigene Rechnung einzukaufen.

Nachdem ich meine Einkäufe im Korb verstaut hatte, wandte ich mich vom Stand der Gewürzhändlerin ab und spürte plötzlich, wie sich sanft eine Hand auf meinen Arm legte. Ich sah mich um und erblickte ein Gesicht, das mir vertraut war, das ich jedoch nicht recht unterzubringen wußte. Wer mochte diese hübsche Frau sein?

»Du heißt Jeremy, nicht wahr?« fragte sie.

»Jawohl, Ma'am. Ich glaube, wir sind einander schon einmal begegnet, aber zu meiner Schande muß ich gestehen, daß ich Ihren Namen nicht weiß.«

»Katherine Durham«, sagte sie. »Sir John Fielding hat uns vor ein paar Tagen auf dem Haymarket miteinander bekannt gemacht.«

»Oh, ja«, sagte ich. »Sie müssen mir verzeihen, daß ich mich nicht erinnert habe. Seit ich nach London gekommen bin, hat sich so vieles ereignet.«

In diesem Augenblick wußte ich wieder, wer sie war. Sie war die Frau, deren Sohn vor dem Galgen gerettet und zur See geschickt worden war.

»Die Stadt ist tatsächlich verwirrend«, sagte sie. »Ich habe noch gut in Erinnerung, wie ich mit meinem verstorbenen Mann aus Plymouth hier ankam – der ständige Rummel, der Lärm –, aber ich habe mich daran gewöhnt. So wird es dir auch gehen. Wie ich mich erinnere, bist du ein junger Drucker. Hat Sir John eine Stellung für dich gefunden?«

»Bisher noch nicht, Ma'am. Er hat mit einer Ermittlung schrecklich viel zu tun.«

»Ach ja, der Fall Goodhope, natürlich. Auf den Straßen redet man von nichts anderem.«

»Und dann«, sagte ich offener, als angebracht war, »ist da auch noch Lady Fielding.«

»Oh? Worin besteht da das Problem?«

»Ich fürchte, sie liegt im Sterben.«

Obwohl mir im selben Moment klar wurde, daß es falsch gewesen war, so viel von Sir Johns persönlichen Angelegenheiten preiszugeben, beruhigte mich der Ausdruck von Bestürzung und echtem Mitgefühl auf ihrem Gesicht; wenigstens war ich mit meiner Offenherzigkeit nicht an die falsche Person geraten.

»Ich hatte keine Ahnung«, sagte sie. »Der arme, großzügige Mann – er ist wirklich schwer geprüft, nicht wahr? Nun, kleiner Jeremy, da ich von den Klatschmäulern und Schwaflern nichts dergleichen gehört habe, werde ich das, was du mir gesagt hast, vertraulich behandeln. Ich werde es keinem erzählen.«

»Dafür wäre ich Ihnen dankbar«, sagte ich. »Eigentlich hätte ich es gar nicht erwähnen dürfen.«

»Ich sage kein Wort.« Dann wies sie auf unser beider Einkaufskörbe und sagte. »Du kaufst für den Haushalt ein. Du hast ihr Vertrauen.«

»Ich hoffe, ich habe es gut gemacht. Nur Fleisch fehlt noch.«

»Möchtest du, daß ich dir dabei ein bißchen helfe?«

»Oh, ja, sehr gern. Ich fürchte, ich könnte altes oder verdorbenes Fleisch kaufen. Ich habe nicht den sichersten Blick dafür.«

»Dann komm mit mir«, sagte sie. »Wir werden unsere Einkäufe gemeinsam erledigen.«

Und so gingen wir zu der Ecke des Gardens, an der die Metzger und die Wurst- und Geflügelhändler ihre Stände hatten und wo sich die ersten Fliegen der Saison in großer Zahl einfanden. Die Händler sangen ihre Lieder –

»Hammelkoteletts und Markknochen!
Schweinelenden, Speckseiten und Suppenknochen mit reichlich Fleisch!«

– und die Käufer scharten sich um sie. Anscheinend zogen die, die am lautesten schrien, die meisten Kunden an.

»Kommt und kauft junge Hähnchen, fett und rund,
oder wollt ihr zwei für einen Shilling?
Kommt und kauft, wenn ihr wollt!«

Doch Katherine Durham führte mich an der Menge vorbei zu einem Stand, der zwar gute Geschäfte machte, aber ohne laute Rufe und Geschrei auskam. Wir stellten uns an und warteten darauf, von einem der beiden jungen Burschen bedient zu werden, die hinter der Theke arbeiteten, anboten und verkauften, abwogen und verpackten. Aber während wir dort warteten, erblickte uns der Eigentümer des Standes, offensichtlich selbst Fleischer, denn er trug eine blutige Schürze. Er verließ seinen Platz im Hintergrund des Standes und winkte uns zu sich.

»Hallo, Mrs. Durham«, sagte er. (Er war ein stattlicher Mann mit tragender Stimme.) »Wie geht es Ihnen? Ist das nicht ein wunderschöner Morgen?«

»Oh, sehr gut, Mr. Tolliver. Ich habe Ihnen diesen netten jungen Mann namens Jeremy mitgebracht. Er ist hergekommen, um für den Haushalt von Sir John Fielding einzukaufen.«

Er schenkte mir ein breites Lächeln und gab mir Gelegenheit, mich ein wenig aufzuplustern. »So«, sagte er, »Sir John, ja? Wir alle möchten uns gut mit ihm stellen. Was ist denn heute gefällig, Master Jeremy?«

»Fleisch für einen Eintopf«, sagte ich, auf meine Liste schauend. »Ohne Knochen.«

»Nun, dann kommen Sie beide nur hier herüber. Ich denke, Sie werden etwas finden, das Ihnen zusagt.«

Damit führte er uns zu einem großen Kessel am anderen Ende der Theke, der mit einem Tuch bedeckt war. Im Gegensatz zu dem Fleisch an den anderen Ständen blieb dieses zugedeckt, bis es gezeigt und verkauft wurde. Mr. Tolliver zog das Tuch weg, damit wir in den Kessel schauen konnten.

»Hammel?« fragte Mrs. Durham.

»Tatsächlich, das ist Hammel, und sehr junger noch dazu – fast noch Lamm.«

Ich betrachtete das Fleisch mit ungeübtem Blick. Es war relativ hell und in ansehnliche Stücke geschnitten. An fast allen hingen Fettränder. Ich fragte, ob das üblich sei.

»So ist es am besten, junger Herr«, sagte Mr. Tolliver. »Das Fett gibt dem Eintopf Gehalt. Die Köchin schöpft es später ab, wenn der Eintopf köchelt.«

Ich schaute zu Mrs. Durham hinüber, und sie nickte mit Kennermiene.

»Also gut«, sagte ich. »Ich nehme ein Pfund.«

»Und ich ein halbes«, sagte Mrs. Durham.

»Wird gemacht«, sagte er und wog unsere Portionen ab. »Sonst noch etwas?«

Mrs. Durham dankte und bezahlte. Ich bat noch um drei Scheiben Rindfleisch.

»Drei, nicht weniger?«

»Sir John ißt gern Rindfleisch.«

»Wie jeder gute Engländer!« sagte er. »Aber ich muß nach hinten und das Fleisch aus der Seite schneiden. Ich bin gleich zurück.«

Damit verließ er uns, und Katherine Durham reichte mir die Hand und verabschiedete sich. Ich ergriff ihre Hand eifrig, bedankte mich und pries mein Glück, sie zufällig getroffen zu haben.

»Es war mir ein besonderes Vergnügen«, sagte sie liebenswürdig. »Nun, Jeremy, es wäre wohl falsch, wenn ich dich bitten würde, Sir John mein Mitgefühl wegen Lady Fielding zu übermitteln, denn, wie du schon sagtest, das ist eine persönliche Angelegenheit, über die man besser nicht spricht. Dennoch hat er mein tiefstes Mitgefühl. Sag ihm einfach, daß du Katherine Durham getroffen hast. Sie schickt ihre herzlichsten Grüße und hofft, daß er eines Nachmittags Zeit findet, sie einmal in der Bery Lane Nummer drei zu besuchen. Kannst du dir die Adresse merken? Ich wohne im Obergeschoß, und es gibt einen separaten Eingang.«

»Ich werde es mir merken, ja, und ich werde es ihm ausrichten.«

»Dann auf Wiedersehen, und viel Glück für dich.«

Ich stand da und sah ihr nach, während sie sich einen Weg durch die Menge bahnte; ihre Schönheit und ihre Freundlichkeit hatten mich sehr für sie eingenommen. Dann wandte ich mich um, weil ich den Fleischer gehört hatte; er hielt mir die dicken, rohen Fleischscheiben zur Begutachtung hin. Ich fand, daß sie gebraten besser aussehen würden als in diesem Zustand. Aber ich nickte zufrieden, und er wickelte sie ein.

Als er mein Geld nahm, schaute er in die Richtung, in die Mrs. Durham verschwunden war. »Eine prächtige Frau«, sagte er – mehr nicht.

Noch ehe ich den Eingang der Bow Street Nummer vier erreichte, fuhr dort eine Kutsche vor, und vier Männer stiegen aus. Sir John ging voran; der Gefangene stieg als dritter zwischen den beiden Konstablern aus. Selbst aus einiger Entfernung konnte ich erkennen, daß Dick Dillon nach seiner Tortur sehr viel schlechter aussah. Er ging langsam, trug Fußeisen und hielt den Kopf gesenkt. Ich verlangsamte meinen Schritt, da ich den Männern nicht im Weg sein wollte, aber auch, um sie besser beobachten zu können. An der Tür zum rückwärtigen Flügel blieb Sir John kurz stehen und erteilte den anderen Anweisungen. Es war mir bis dahin nicht aufgefallen, aber später merkte ich noch öfter, daß er bei bestimmten Anlässen ein fast militärisches Gehabe an den Tag legte – er gab kurze Befehle und knappe Anweisungen. Den größten Teil seiner Zeit verbrachte er als Richter und verhielt sich dementsprechend wie ein Jurist, doch es gab Gelegenheiten, bei denen es ihm angeraten schien, den Kommandeur seiner Konstabler zu spielen.

Sie betraten das Gebäude, Sir John als letzter, und ich eilte zur Tür, um sie noch einmal zu sehen. Ich bekam gerade noch mit, wie die vier Männer sich dem hinteren Ende des Ganges näherten; ich rannte ihnen nach und sah, wie sie in den Amtsräumen des Richters verschwanden. Wie gern wäre ich bei ihnen gewesen! Doch natürlich durfte ich dort nicht eindringen, so begierig ich auch war, Dillons Zeugenaussage zu hören. Mit einem resignierten Seufzer wandte ich mich ab und erstieg die Treppe zur Küche, den Korb in der Hand.

Mrs. Gredge war sehr zufrieden mit meinen Einkäufen, erst recht, als sie hörte, daß ich die Gewürze und Lauchstangen, die nicht auf dem Zettel gestanden hatten, aus meinem eigenen schmalen Geldvorrat bestritten hatte. Sie bot mir zwar nicht an, den Betrag zu erstatten, doch sie gewährte mir freie Zeit, die ich verbringen durfte, wie ich wollte. Ich ging nach oben in meine Dachkammer, plötzlich müde, und obwohl ich ein Buch nahm, um zu lesen, verschwammen mir die Zeilen bald vor den Augen. Der Schlafmangel der vergangenen Nacht war stärker als mein Entschluß zu lesen, und ehe ich mich versah, war ich in tiefen Schlummer gesunken.

Mrs. Gredge weckte mich eine Spur sanfter als sonst. Sie teilte mir mit, man wünsche meine Anwesenheit unten in Sir Johns Amtsräumen. Das genügte – ich war sofort hellwach. Immerhin hatte ich fast zwei Stunden geschlafen.

Ich zog meine Schuhe an und ging sofort nach unten. Im Vorbeigehen sah ich mit Erstaunen, daß Dick Dillon im Aufenthaltsraum saß und gierig Brot und Käse verzehrte. Doch ich hatte keine Zeit, dort zu verweilen und zu gaffen, und so ging ich gleich zur Tür des Richters und klopfte kräftig an. Ebenso laut rief ich meinen Namen, und Sir John forderte mich auf einzutreten.

»Ach, Jeremy«, sagte er, als ich mich ihm näherte, »ich habe zwei überaus wichtige Besorgungen, die du für mich erledigen sollst.«

»Was immer Sie wünschen, Sir, es wird erledigt.«

»Guter Junge.« Er nahm zwei Briefe von seinem Schreibtisch, beide mit dem Siegel der Bow Street, und reichte sie mir. »Hier hast du zwei Briefe, die den Personen auszuhändigen sind, deren Namen auf den Umschlägen stehen – und zwar persönlich. Hast du das verstanden?«

»Ja, Sir«, sagte ich und nahm die Briefe, »vollständig.«

»Die beiden Adressen liegen ziemlich weit voneinander entfernt, und es spielt keine Rolle, welche du zuerst aufsuchst. Geh zu Mr. Bailey, Mr. Baker oder Mr. Marsden und laß dir den Weg beschreiben. Einer von ihnen hilft dir sicher.«

»Soll ich zu einer bestimmten Zeit wieder hier sein?«

»Nun, auf jeden Fall vor Einbruch der Dunkelheit. Aber so lange wird es nicht dauern, selbst wenn du gebeten wirst, auf eine Antwort zu warten. Das könnte bei einem, vielleicht auch bei beiden der Fall sein. Jedenfalls müssen wir, du und ich, noch Zeit haben, zu Abend zu essen, ehe wir zum Haus der Goodhopes aufbrechen.«

Unwillkürlich mußte ich lächeln. »Ich soll Sie also begleiten?«

»Aber ja. Du wirst eine Rolle zu spielen haben. Doch nun mach dich auf den Weg.«

Ich verabschiedete mich und ging, einen der drei Männer zu suchen, die er genannt hatte. Zufällig hatte ich das Glück, auf Mr. Marsden zu stoßen, denn er, der Gerichtsdiener, erklärte mir nicht nur den Weg zu jedem Ziel genau, sondern schrieb ihn mir auch auf.

Ich eilte durch zahlreiche Straßen, die ich nie zuvor gesehen hatte, in die City, doch die schriftlichen Anweisungen brauchte ich nur einmal zu Rate zu ziehen. Ziemlich bald erreichte ich Lloyd's Coffee House, einen Ort, an dem außer Kaffeetrinken noch viele andere Geschäfte erledigt wurden, wie Mr. Marsden mir gesagt hatte.

Lloyd's Coffee House war nicht zu verfehlen – und es war sehr hell dort (denn es gab viele Fenster). Als ich eintrat, schlug mir gewaltiger Lärm entgegen. Überall standen Tische, an denen jeweils ein oder zwei Männer saßen; die Gespräche gingen lautstark zwischen den Tischen hin und her. Doch die Aufmerksamkeit der Männer war geteilt; viele schienen sich immer wieder nach einer großen Tafel in einer Ecke des Raumes umzusehen, auf die ein Bursche mit Schürze verschiedene Zahlen schrieb. Manche schrien ihn an, manche schienen ihn vollständig zu ignorieren. Andere Burschen in Schürzen drängten sich zwischen den Tischen hindurch, verteilten Kannen und sammelten Tassen ein.

Ich tippte einem dieser Kellner höflich auf den Arm, als er an mir vorbeikam, und bat ihn, mir Mr. Alfred Humber zu zeigen. So lautete der Name auf dem Umschlag in meiner Hand. Er wies mich zu einem Gentleman von gesetztem Aussehen, korpulent und etwas älter als die anderen. Er saß inmitten des Raumes mit einem jungen Mann, der nicht viel älter war als ich selbst, an einem Tisch. Als ich näher kam, sah ich, daß er zu dösen schien, und ich fragte mich, ob ich ihn aufwecken sollte. Doch als ich seinen Tisch erreichte, riß er plötzlich die Augen auf wie eine Katze. Und obwohl er sich nicht rührte und seine Hände noch immer gefaltet auf dem vorstehenden Bauch ruhten, musterte er mich eingehend.

»Was gibt es, Junge?« sagte er – nicht grob, sondern eher nachsichtig.

»Wenn Sie Mr. Alfred Humber sind«, sagte ich, »dann habe

ich einen Brief von Sir John Fielding, dem Richter des Gerichts in der Bow Street, für Sie.«

»Ich bin dein Mann, also kannst du mir den Brief geben.«

Endlich rührte er sich, streckte seine Hand nach dem Brief aus und nahm einen Kneifer aus der Brusttasche. Gleichgültig riß er das Siegel auf und legte den Brief vor sich hin, um ihn zu studieren.

Danach sah er mich stirnrunzelnd an. »Er will nicht nur die Eigentümer, sondern auch den Plan der letzten und der nächsten Reise?«

»Es tut mir leid, Sir, aber ich kenne den Inhalt des Briefes nicht.«

»Ich verstehe. Natürlich.« Er wandte sich an den jungen Burschen an seiner Seite, der ihm ganz offen über die Schulter geschaut und den Brief ebenfalls gelesen hatte, und reichte ihm das Papier. »George, mein Junge«, sagte er, »bring das – oh, zuerst zu Timmons und dann zu Craik. Einer von beiden hat diesen Bericht, da bin ich sicher. Sie sollen die gewünschten Informationen unten auf die Seite schreiben.«

Ohne ein Wort begab sich der Gehilfe (wenn das denn seine Stellung war) in eine weiter entfernte Ecke des großen Raumes.

»Möchtest du eine Tasse?« fragte Mr. Humber mich. »Setz dich hierher.«

»Eine Tasse, Sir?«

»Eine Tasse Kaffee.«

Er winkte einem der Kellner, der Tassen und eine frische Kanne brachte, das schwarzbraune Gebräu eingoß und im nächsten Augenblick verschwunden war.

»Ich habe noch nie Kaffee getrunken«, sagte ich. »Werde ich davon betrunken?«

»Oh, nein. Ganz im Gegenteil. Er wird dich beleben, wenn du Belebung brauchst, so wie ich. Andernfalls wird er für kurze Zeit Kräfte in dir freisetzen, von denen du nicht geahnt hast, daß du sie besitzt.«

»Ein Zaubertrank?« fragte ich.

»Ein Elixier«, sagte er.

Ich probierte das Getränk und fand es warm, wenn auch nicht heiß, leicht bitter, aber nicht unangenehm im Geschmack. Und so trank ich in großen Schlucken, und mit jedem Schluck schmeckte es mir besser.

»Danke, Mr. Humber. Es mundet mir sehr.«

»Aber ich warne dich, Junge. Trink den Kaffee vorsichtig, denn du könntest dich daran gewöhnen. Der liebe Gott weiß, daß es mir so ergangen ist.«

In diesem Augenblick kehrte Mr. Humberts George von seinem Gang durch den Raum zurück, warf den Brief auf den Tisch und setzte sich wieder.

»Es war Craik, Sir«, sagte er. »Er fragt, worum es sich handelt.«

»Das zu sagen, ist Sir Johns Sache, und ich kenne ihn gut genug, um zu wissen, daß er sich erst dazu äußern wird, wenn er es für richtig hält.«

Mr. Humber nahm den Brief auf und schaute auf die Zeilen, die unten auf die Seite geschrieben worden waren. Dann reichte er ihn mir.

»Da hast du«, sagte er. »Und richte ihm meine besten Grüße aus.«

Ich sprang auf und leerte meine Tasse.

»Danke, Mr. Humber, und vielen Dank, daß Sie mich mit dem Kaffee bekannt gemacht haben.«

»Paß nur auf, daß er dir nicht zur Gewohnheit wird.«

Mit einem Winken verließ ich ihn und das Kaffeehaus. Dann sah ich mir Mr. Marsdens Instruktionen noch einmal an, durchquerte die City und machte mich auf den Weg zur East India Company in der Leadenhall Street. Sie residierte in einem mächtigen Gebäude nicht weit vom Sitz der Regierung. Ich hatte keine Schwierigkeiten, es zu finden, aber nachdem ich eingetreten war, fand ich mich in einem Gewirr von Treppen und Korridoren wieder. Durch offene Türen blickte ich in große Hallen, in denen Angestellte an einzelnen Schreibtischen mit Feder und Tinte arbeiteten. Wie sollte ich hier den Mann finden, den ich suchte?

Nachdem ich zu einem weiteren Stockwerk hochgestiegen war und mich im Vorübergehen bei jemandem erkundigt hatte, erreichte ich die Tür, die ich suchte – die von Sir Percival Peeper, der, wie ich später erfuhr, damals Besitzer dieses großen Unternehmens war. Ich klopfte an, und die Tür wurde von einem Mann in Livree geöffnet. Er schien von meiner Person ganz und gar nicht beeindruckt.

»Ja, Junge, was gibt's?« Er sagte das im Ton eines Menschen, der ständig verärgert ist.

»Ich habe einen Brief für Sir Percival Peeper.«

»Gib ihn mir. Ich werde ihn überbringen.«

»Das kann ich nicht. Er ist von Sir John Fielding, dem Richter des Gerichts in der Bow Street. Er hat mich angewiesen, den Brief persönlich zu überreichen.«

»Sir John Fielding, sagst du?«

»Ganz recht, Sir.«

»Warte hier.«

Er schloß die Tür vor meiner Nase. Ich wartete eine ganze Weile im Gang, zunehmend ärgerlich, daß meine lange Suche nach der richtigen Tür damit enden sollte, daß man mich nicht einließ. Doch ich war entschlossen, Sir Johns Anweisungen genauestens zu befolgen. Wenn es nötig war, würde ich eher den ganzen Tag hier warten, als den Brief diesem Kerl auszuhändigen. Gerade versicherte ich mir selbst, daß ich ihm das gern sagen würde, als sich plötzlich die Tür öffnete und er erneut vor mir stand.

»Hier entlang«, sagte er.

Ich betrat einen Raum, der ganz in dunklem Holz und Leder gehalten war. Die dunklen Farben und der Mangel an Tageslicht gaben dem Vorraum etwas Bedrückendes, das zum Verhalten meines Führers zu passen schien. Er geleitete mich durch einen kurzen, schmalen Gang zu einer weiteren Tür, klopfte leise an, öffnete sie auf ein Wort aus dem Zimmer hin und ließ mich ein. Ein kleiner, runzliger Mann, kaum größer als ein Kind, saß hinter einem großen Schreibtisch und betrachtete mich stirnrunzelnd. Mir war bewußt, daß der Diener wartend bei der Tür stehen blieb, während ich über den Teppich zum Schreibtisch schritt. Hier wenigstens waren die Vorhänge aufgezogen, so daß man etwas sehen konnte.

Natürlich war ich ziemlich sicher, daß es sich um den Mann handelte, zu dem ich wollte, doch ich entschloß mich, kühn zu fragen: »Sind Sie Sir Percival Peeper?«

»Natürlich bin ich das.«

»Dann ist dies für Sie, Sir.

Ich legte den Brief auf seinen Schreibtisch. Er sah ihn an und tippte ungeduldig mit den Fingern darauf. Er wartete, daß ich mich umdrehen und gehen würde.

»Ich glaube, daß eine Antwort erwünscht ist«, sagte ich.

»Oh… nun gut.«

Damit riß er den Brief achtlos auf und überflog den Inhalt.

»Wird es eine Antwort geben, Sir?«

»Ja, ja, natürlich wird es eine geben, aber nicht sofort. Was Sir John wissen will, muß erst aus den Akten herausgesucht werden. Geh, Junge, und sag ihm das.«

Auch wenn es unverfroren erscheinen mochte, hatte ich das Gefühl, noch etwas sagen zu müssen. »Ich glaube, die Antwort wird bis neun Uhr abends für eine Zusammenkunft im Hause Goodhope benötigt.«

»So steht es hier. Er wird sie bis dahin bekommen. Wenn es nötig ist, lasse ich sie ihm dorthin schicken. Das kannst du ihm ebenfalls sagen.« Er wedelte mit der Hand und gab mir zu verstehen, daß ich gehen sollte. Als ich mich umdrehte, rief er mir nach: »Aber warte, Junge, wer bist du eigentlich, daß du mir sagst, was bis wann benötigt oder nicht benötigt wird?«

Ich wurde vor Verlegenheit brennend rot. Vielleicht war ich etwas zu dreist gewesen. »Ich bitte um Verzeihung, Sir«, sagte ich. »Ich habe es nicht böse gemeint.«

»Hältst du dich vielleicht für das Gesetz persönlich?«

»Nein, Sir, aber ich bin der Bote des Gesetzes.«

Er lachte ein trockenes kleines Lachen und winkte mich noch einmal zu sich. »Eine gute Antwort«, sagte er und kramte in seiner Tasche. Er nahm einen Shilling heraus und reichte ihn mir. »So eine Antwort hat einen Shilling verdient.«

Ich zögerte, ihn anzunehmen, da ich dachte, Sir John würde es vielleicht nicht billigen. Aber dann neigte ich den Kopf wie zu einer Verbeugung und nahm den Shilling, denn noch mehr Angst hatte ich, Sir Percival Peeper könnte gekränkt sein, wenn ich mich weigerte.

»Danke, Sir«, sagte ich.

»Du kannst gehen«, sagte er.

Der Mann in Livree führte mich rasch hinaus und ließ mich ohne ein weiteres Wort in der Halle stehen. Der Weg nach draußen machte mir keine Schwierigkeiten. Und als ich erst auf der Straße stand, fühlte ich mich eigenartig hochgestimmt. Vielleicht lag es an dem Shilling – nicht an der Münze als solcher, sondern daran, daß ich belohnt worden war. Ich hatte ein Gefühl, als hätte ich eine Prüfung abgelegt und meine Sache vor einem wichtigen Mann gut gemacht.

Vielleicht war es auch einfach nur der Kaffee, den ich der Großzügigkeit von Mr. Humber zu verdanken hatte. Er hatte angekündigt, der Trank werde mir Kräfte verleihen, von denen ich nicht wußte, daß ich sie besaß; das konnte schließlich auch die Kraft bedeuten, gute Antworten zu geben.

Auf jeden Fall rannte ich, angefüllt mit Kaffee, erfüllt von Hoffnung, durch die Dämmerung in die Bow Street. Ich konnte kaum erwarten, daß es neun Uhr wurde.

11. KAPITEL

In welchem alles aufgeklärt wird

Die Stühle waren im Halbkreis in der Goodhopeschen Bibliothek aufgestellt worden – zwanzig Stühle in zwei Reihen zu je zehn. So viele Leute werden niemals kommen, dachte ich, als ich mich an Sir Johns Anweisungen erinnerte, die Mr. Donnelly an Lady Goodhope weitergegeben hatte. Doch als der Abend zu Ende ging, waren viele der Stühle besetzt gewesen, wenn auch nur vorübergehend. Um es deutlich auszudrücken: Es herrschte ein ziemliches Kommen und Gehen.

Die noch leeren Stühle standen im Halbkreis dem Schreibtisch gegenüber, an dem erst wenige Abende zuvor eine Leiche gesessen hatte. Ich fragte mich, welche Notwendigkeit es wohl erforderlich machte, daß diese einzigartige Zusammenkunft ausgerechnet in diesem Raum abgehalten wurde. Als Sir John und ich ein paar Minuten zuvor das Haus betreten hatten, hatte Lady Goodhope uns an der Tür empfangen und laut und ganz undamenhaft gegen das Treffen, gegen den Schauplatz und gegen ihre Teilnahme – welche Sir John gefordert hatte – protestiert. Er hatte sie in das Wohnzimmer gedrängt, in dem sie sich zuvor schon einige Male unterhalten hatten, und versucht, ihre Ängste zu zerstreuen. Mich jedoch hatte er gleich nach unserer Ankunft in die Bibliothek geschickt; ich sollte mich vergewissern, daß der Raum seinen Wünschen entsprechend vorbereitet worden war.

Bis auf die überaus zahlreichen Stühle schien alles in Ordnung zu sein. Im Kamin brannte ein Feuer, und es war beinahe unangenehm warm. Überall standen brennende Kerzen. Zwei Tischkandelaber waren aus anderen Zimmern gebracht worden, um die Beleuchtung zu ergänzen, und so wirkte der Raum ganz ähnlich wie an jenem Tag, als ich ihn bei Tageslicht gesehen hatte. Die brennenden Kerzen schienen ihn allerdings noch zusätzlich aufzuheizen.

Ich stand vor dem Schreibtisch und warf einen letzten Blick in die Runde, als ich von hinten beim Namen gerufen wurde. Ich drehte mich um und sah Dr. Donnelly durch die Tür kommen. Er wirkte nicht direkt fröhlich, aber aufgrund des Anlasses doch hochgemut. Sein Gesicht war gerötet, und er bewegte sich wie gewöhnlich mit raschen Schritten.

»Nun«, sagte er, »was denkst du über diesen wichtigen Abend?«

»Ich weiß nicht, was ich denken soll«, sagte ich wahrheitsgemäß.

»Dann... hat dir Sir John keinen Hinweis gegeben, was zu erwarten steht?«

»Keinen, Sir. Er hat nur verlangt, daß ich mich vergewissere, ob der Raum in Ordnung ist.«

Er schaute sich um. »Sieht so aus, nicht wahr?«

»Es sind nur etwas zuviele Stühle da.«

»Dagegen hat er sicher nichts einzuwenden. Es sieht so aus, als hätten die Dienstboten das Speisezimmer ausgeräumt.«

Ich überlegte, was ich sagen könne. Ich brannte darauf, jemandem von den Briefen zu erzählen, die ich überbracht hatte – von meiner ersten Tasse Kaffee und dem Shilling, den ich mit einer nüchternen Antwort verdient hatte –, aber ich fürchtete, Mr. Donnelly würde das für knabenhaftes Geplapper halten. Und so sprach ich nur aus, was mir gerade einfiel: »Sir John ist mit Lady Goodhope vorn im Wohnzimmer.«

»Ach ja«, sagte Mr. Donnelly. »Das habe ich gemerkt. Ich hörte ihre streitlustigen Stimmen, als mir geöffnet wurde. Ich zog es vor umherzugehen, bis die beiden ihre Meinungsverschiedenheiten beigelegt haben. War das feige von mir?«

Wieder wunderte ich mich über die Frage und kam zu dem Schluß, daß Mr. Donnelly lediglich seine privaten Gedanken geäußert hatte. Doch ich antwortete rasch: »Oh, nein, Sir. Schließlich betrifft die Angelegenheit nur die beiden.«

»In der Tat! Genau das habe ich mir auch gesagt. Aber vielleicht sollte ich nun doch einmal nachsehen, ob sie bei ihren Verhandlungen Fortschritte gemacht haben.« Mit einem Seufzer wandte er sich ab und machte ein oder zwei Schritte auf die Tür zu. Dann sagte er: »Ach, Jeremy, eine Frage noch. Ich war überrascht, daß Benjamin Bailey mir öffnete, der Freund und Zimmerherr meiner lieben Cousine.«

»Er ist mit uns hergekommen.«

»Er war in voller Montur mit Säbel und Pistolen. Hat man diesen spionierenden Butler seiner Wege geschickt?«

»Nicht daß ich wüßte, Sir.«

»Nun«, sagte Mr. Donnelly mit einem Kopfschütteln, »ein bewaffneter Konstabler an der Tür – das verspricht einen höchst interessanten Abend, nicht wahr?« Und dann verließ er mit einem kurzen Winken das Zimmer.

Zum ersten Mal, seit ich an diesem Abend die Bibliothek betreten hatte, trat ich hinter den Schreibtisch und fand es dort, so nahe beim Kaminfeuer, unangenehm warm. Das Feuer selbst jedoch, nur drei Schritte von mir entfernt, bot eine Überraschung. An dem Haken hing ein Kessel, den ich zuerst nicht bemerkt hatte. Man hatte ihn zwar vom Feuer weggedreht, doch noch immer stieg dünner Dampf von ihm auf. Ich ging hin, bückte mich und hob ihn an. Er war mit Wasser gefüllt.

Als ich plötzlich ein verblüfftes »Oh!« hinter mir vernahm, sprang ich auf, den Kessel noch in der Hand, und erblickte ein Dienstmädchen, das ein Tablett mit einem Teeservice hereintrug. Sie war klein, schwarz gekleidet und hatte rosige Wangen. Ich brauchte einen Augenblick, um zu erkennen, daß es keine andere war als die Küchenhilfe Meg.

»Verzeihung«, sagte sie. »Ich wußte nicht, daß jemand hier ist.«

Sie sprach!

Rasch ging sie zu den Vitrinen seitlich vom Schreibtisch und stellte ihre Last dort ab. Mit einem schnellen kleinen Knicks wollte sie sich zurückziehen.

Ich beobachtete sie stumm, den Kessel noch immer in der Hand. Doch bevor sie sich umdrehte und endgültig verschwand, konnte ich gerade noch sagen: »Gehen Sie nicht.«

Sie blieb mit niedergeschlagenen Augen stehen, ein angespanntes Lächeln auf dem hübschen Gesicht.

»Sir John sagte, Sie würden heute abend dabei sein. Entspricht das Ihren Wünschen?«

»Oh, ja«, sagte sie. »Ich soll nur den Tee servieren.«

»Tee? Oh«, sagte ich und hob mit einer dummen Geste den Kessel hoch, »Tee, natürlich.«

Darüber lachten wir beide, zweifellos länger, als die Situation es gerechtfertigt hätte. Ich hängte den Kessel wieder an den Haken und wandte mich ihr erneut zu.

»Er scheint ein guter Mensch zu sein, dein Sir John«, sagte Mistress Meg. »Kennst du ihn schon lange?«

»Nein, das nicht. Aber in gewisser Weise habe ich das Gefühl, ihn gut zu kennen.« Es drängte mich, noch mehr zu sagen. Ich beschloß, ihr zu erzählen, was ich anderen nicht mitgeteilt hatte: »Ich stand bei ihm vor Gericht, weil man mich fälschlich des Diebstahls bezichtigte. Aber er durchschaute die Falschaussagen meiner Ankläger und schickte sie mit einer Warnung fort.«

»Dann *ist* er ein guter Mensch.«

»Weise und gerecht.«

»Lebst du jetzt in seinem Haushalt?«

»Ja«, sagte ich und fügte dann bedauernd hinzu: »Aber vielleicht nicht für lange. Ich habe ein Handwerk erlernt. Er versucht, mich in diesem Gewerbe unterzubringen.«

»Und welches Gewerbe ist das?« fragte sie gutgelaunt.

»Drucken. Ich habe es von meinem Vater gelernt.«

»Oh? Und wo ist er?«

»Er lebt nicht mehr«, sagte ich und beließ es dabei, ohne Einzelheiten zu erwähnen.

Sie schwieg einen Augenblick. Dann sagte sie mit ernstem Nicken: »Meine Mutter lebt auch nicht mehr. Meinen Vater habe ich nie gekannt.«

»Waisen«, sagte ich.

»In der Tat«, sagte sie. »Nun…«

Sie bewegte sich langsam in Richtung Tür.

»Bis später, Mistress Meg«, sagte ich zum Abschied.

»Bis später, Master Jeremy.«

Wenige Minuten nach neun wurden etliche von den Personen, mit denen Sir John zuvor gesprochen hatte, zusammen in die Bibliothek geführt. Sie schienen sich, das kann ich Ihnen versichern, Leser, allesamt ziemlich unbehaglich zu fühlen. An einem Ende des Halbkreises saßen Charles Clairmont und Lucy Kilbourne, am anderen Lady Goodhope und Mr. Donnelly. Lady Goodhope warf dem Paar auf der anderen Seite Blicke zu – bösartig und stechend wie Dolche. Zwischen ihnen hatte sich Mr. Black Jack Bilbo niedergelassen. In der zweiten Stuhlreihe saßen zu meiner Überraschung Mr. Alfred Humber und ein Mann, den ich nie zuvor gesehen hatte.

All das hatte ich schon bei unserem Eintreten bemerkt. Sir John gestattete mir bei dieser Gelegenheit, ihn beim Ellbogen zu nehmen und um die beiden Stuhlreihen herum zum Schreibtisch zu führen. Dort setzte er sich auf den schicksalhaften Stuhl. Nachdem er sich niedergelassen hatte, trat ich einige Schritte zurück und nahm zu seiner Rechten Aufstellung. Mistress Meg stand in der Nähe, und wir warfen einander verstohlene Blicke zu. Beide waren wir dem Feuer zu nahe, als daß wir uns hätten wohl fühlen können. Doch wenn Sir John diese Wärme im Rücken ertragen konnte, dann wußte ich, daß auch ich dazu imstande war.

Mr. Bailey hatte, von Konstabler Cowley abgelöst, seinen Posten an der Eingangstür verlassen und gleich nach uns die

Bibliothek betreten. Er blieb in einiger Entfernung hinter den Stuhlreihen stehen, etwa auf halbem Wege zur Tür in die Halle, die er hinter sich geschlossen hatte. Als wir zu dritt die Halle durchquert hatten, waren noch weitere Gäste eingetroffen; sie sollten jedoch nicht gleich in die Bibliothek geführt, sondern einzeln aufgerufen werden. Sir John hatte das so angeordnet.

Nun räusperte er sich und reckte den Kopf vor, als betrachte er die vor ihm Sitzenden. Er wirkte wie ein Lehrer, und die anderen, störrisch oder geduldig, gelangweilt oder erwartungsvoll, saßen da, als seien sie seine Schüler.

»Ich habe Sie alle hergerufen«, sagte Sir John, »damit wir eingehend den gewaltsamen Tod erörtern können, zu dem es vor einigen Abenden an dieser Stelle kam. Die meisten von Ihnen stehen inzwischen in einer gewissen Verbindung zu diesem Ereignis. Ich habe heute abend die Pflicht, diese Verbindungen offenzulegen und eine endgültige Erklärung für das zu finden, was zunächst ein vollkommen sinnloser Akt zu sein schien. Zunächst schien es sich um einen Selbstmord zu handeln.«

An dieser Stelle gab Sir John Benjamin Bailey ein Zeichen, ein bloßes Fingerschnippen, und Mr. Bailey drehte sich um und ging auf Zehenspitzen zur Tür.

Inzwischen setzte Sir John seine Rede fort: »Lady Goodhope sprach sich entschieden gegen diese Schlußfolgerung aus, und zwar aufgrund der Tatsache, daß sie ihren Gatten und seinen Charakter kannte. Andere Faktoren mögen bei dieser ihrer Gewißheit ebenfalls eine Rolle gespielt haben.«

Genau in dem Augenblick riß Mr. Bailey mit einer raschen Bewegung die Tür auf. Von meinem Standort aus sah ich den Butler Potter sofort. Er lauerte in gebückter Haltung hinter der Tür und hatte am Schlüsselloch gelauscht. Nun richtete er sich zu voller Größe auf – allerdings war er bedeutend kleiner als Mr. Bailey – und versuchte, aus einer üblen Situation das Beste zu machen.

»Ich... ich habe mich gefragt...« sagte er nervös, »ob ich etwas tun könnte...«

»Ach, Potter«, sagte Sir John, »kommen Sie herein, kommen Sie herein. Sie kommen gerade zur rechten Zeit. Ja, Sie können in der Tat etwas für uns tun. Kommen Sie herein,und erzählen Sie uns – in knappen Worten, wenn ich bitten darf – von Ihrem Eindringen in die Bibliothek und vom Zustand des Leichnams, den Sie auf dem Stuhl fanden, auf dem ich jetzt sitze. Kommen Sie, Mann. Seien Sie nicht schüchtern. Berichten Sie dieser kleinen Gruppe von Leuten.«

Während der Butler nach vorn ging, damit diejenigen, die ihn anstarrten, sich nicht länger umdrehen mußten, fügte Sir John erklärend hinzu: »Für diejenigen unter Ihnen, die ihn nicht kennen und heute abend nicht von ihm eingelassen wurden: Potter ist in diesem Haus als Butler angestellt. Er hörte einen Schuß aus der Bibliothek. Unterstützt von einem Diener, brach er die Tür auf, die von innen versperrt war; er war als erster am Schauplatz der Tat und sah die sterblichen Überreste.«

Potter stellte sich seitlich neben den Schreibtisch und bestätigte wie geheißen das, was gesagt worden war: Mit knappen Worten beschrieb er den Zustand des Leichnams. Abschließend berichtete er, er habe den Diener zum Gericht in der Bow Street geschickt, um das traurige Geschehen zu melden.

»Ganz recht«, sagte Sir John, »und wir waren binnen einer Stunde nach dem schrecklichen Ereignis hier.«

»Kann ich jetzt gehen, Sir?« fragte Potter, dem die Angelegenheit noch immer peinlich war.

»Nein, das können Sie nicht«, erwiderte Sir John. »Ich muß Sie bitten, bei den übrigen Herrschaften Platz zu nehmen und sich anzuhören, was sich bei dieser Erörterung ergibt. Ich denke, Sie werden es interessant finden.«

Kleinlaut und ohne ein weiteres Wort tat Potter, was Sir John angeordnet hatte.

»Der Konstabler, der mich zu diesen Räumlichkeiten begleitete, ist unter uns«, fuhr Sir John fort. »Darf ich Mr. Benjamin

Bailey bitten, vorzutreten und eine genauere Beschreibung der Wunde zu geben?«

Das tat Mr. Bailey; er lieferte eine rasche, professionelle Zusammenfassung – die Art von Bericht, die er vor Gericht zu erstatten gewohnt war. Als er geendet hatte, nickte Sir John zufrieden, und Mr. Bailey zog sich an seinen vorherigen Platz zurück.

»Doch es war noch jemand an diesem Abend bei uns – der junge Mann, der rechts hinter mir steht. Er bemerkte ein wichtiges Detail und berichtete mir davon. Jeremy Proctor, würdest du es jetzt den Anwesenden schildern?«

Ich faßte mich mehr als kurz und sagte nur, mir seien die sauberen Hände des Toten aufgefallen; dann fügte ich hinzu, daß ich zu dem Zeitpunkt, da ich Sir John davon unterrichtete, die Bedeutung dieser Tatsache nicht erahnt hatte.

»Aber«, sagte Sir John, »jeder, der Erfahrung mit Feuerwaffen hat, kennt ihre Bedeutung. Schießpulver schwärzt die Hand desjenigen, der den Abzug betätigt. Wir nahmen den ungewaschenen Leichnam in Augenschein und vergewisserten uns, daß Master Proctors Eindruck richtig gewesen war: Die Hände waren in der Tat sauber. Ein weniger bedeutendes, wenn auch signifikantes Detail trat ebenfalls zutage, nämlich, daß Lord Goodhope Linkshänder war. Und die von Mr. Bailey beschriebene Wunde war nicht so geartet, daß ein linkshändiger Mann sie sich selbst hätte zufügen können. Wir hatten also einen Selbstmord hinter verschlossener Tür, der kein Selbstmord war, sondern ein Mord. Aber wohin war der Mörder entschwunden? Wie war er entkommen? Und damit war unsere Verwirrung noch nicht vollständig. Aufgrund der überraschenden Feststellungen hielt ich es für klug, den Leichnam von einem Doktor der Medizin untersuchen zu lassen, und ich bat Mr. Gabriel Donnelly, der über ein Diplom der Universität Wien verfügt und Schiffschirurg bei der Königlichen Marine war, uns diesen Dienst zu erweisen. Mr. Donnelly, würden Sie sich bitte erheben und Ihren Bericht zusammenfassen?«

Aufgrund seiner angeborenen irischen Redseligkeit oder aber seines Wunsches, Lady Goodhope zu beeindrucken, geriet Mr. Donnellys Zusammenfassung alles andere als kurz. Sie erfolgte in medizinischer Fachsprache, durchsetzt mit lateinischen Ausdrücken, die sein Publikum kaum verstand. Doch am Schluß machte er deren Bedeutung klar: »Es steht fest, daß das Opfer eine beträchtliche Menge eines ätzenden Gifts zu sich genommen hatte, eine Säure oder etwas in der Art. Der Chemiker, dem ich die Probe aus dem Magen des Opfers vorlegte, konnte die Substanz nicht identifizieren, weil sie mit Blut und Galle vermischt war, doch nach dem Schaden an den inneren Organen zu urteilen, handelte es sich um ein *sehr* starkes Mittel.«

Sir John stellte ihm eine Frage: »Würden Sie sagen, Mr. Donnelly, daß dieses Gift die Todesursache war?«

»In dieser Hinsicht denke ich inzwischen etwas anders«, sagte Mr. Donnelly. »Wie ich in meinem ergänzenden Bericht an Sie bemerkte, könnte es so gewesen sein. Das Gift hätte ein langes und qualvolles Streben bewirkt und das Opfer in jedem Fall hilflos gemacht. Es *könnte* jedoch sein, daß die letzte, technische Ursache des Todes die Schußwunde gewesen ist, wenngleich Lord Goodhope auch ohne sie gestorben wäre.«

»Danke, Mr. Donnelly. Wir wissen die Vollständigkeit und Genauigkeit Ihres Berichts sehr zu schätzen.«

Mr. Donnelly nahm seinen Platz wieder ein, und Sir John wandte seine Aufmerksamkeit erneut seiner Schulklasse zu. Niemand wirkte mehr gelangweilt oder überfordert; alle richteten ihre volle Aufmerksamkeit auf den Lehrer. Nein, eine Ausnahme gab es: Mr. Clairmont saß da, die Hände auf seinen Stock gelegt, unbehaglich wie wir alle in der Wärme, doch mit einem ironischen Lächeln auf dem Gesicht, und seine Blicke schweiften, wie mir schien, ziemlich verächtlich im Raum umher. Ich wunderte mich über ihn.

Sir John fuhr fort: »Der Überraschungen ist kein Ende. Zuerst haben wir einen Selbstmord, der sich als Mord durch Erschießen entpuppt. Dann scheint nicht ein Schuß, sondern Gift die Todesursache zu sein. Wir haben es also mit einem Opfer zu tun, das durchaus zweimal ermordet worden sein kann. Und dann folgt noch eine Überraschung; ich erfahre nämlich, daß Lord Goodhopes Halbbruder, Mr. Charles Clairmont, von seiner Pflanzung in Jamaika nach London gekommen ist. Ich gestehe, daß sich meine Aufmerksamkeit ohne gründlichere Kenntnis auf ihn als möglichen Übeltäter richtete, denn es war bekannt, daß es bei mindestens einer Gelegenheit zu einer gewissen Erbitterung zwischen den beiden gekommen war – welche zwischen Mr. Clairmont und Lady Goodhope noch immer anhält. Doch Mr. Clairmont gewährte mir freundlicherweise eine Unterredung, und ich erfuhr, wo er sich zum Zeitpunkt des Todes seines Halbbruders aufgehalten hatte. Und eine Reihe anderer Angelegenheiten hinsichtlich ihrer Beziehung.«

Sir John wandte sich etwa in die Richtung, in der Mr. Clairmont saß – irgendwie hatte er die Sitzordnung festgestellt – und fragte mit einem gewinnenden Lächeln: »Mr. Clairmont, würden Sie bitte den Anwesenden den Inhalt unseres Gesprächs mitteilen, soweit es die Zeit Ihrer Ankunft in London betrifft?«

Charles Clairmont blieb sitzen und seufzte wie jemand, der tief betrübt ist. »Das würde ich lieber nicht tun«, sagte er.

»Ach? Und warum nicht?«

»Weil mir all das vorkommt wie bloßes Theater, ein improvisiertes Spiel zum Nutzen von ich weiß nicht wem. Ich selbst wäre nicht hier, wenn ich nicht durch eine vage Drohung dazu gezwungen worden wäre. Richard starb, wurde vielleicht ermordet. Das ist bedauerlich. Doch wie Sie sehr wohl wissen, betrifft mich das nicht direkt als jemanden, auf den ein Verdacht fällt. Viele hatten Grund, ihm den Tod zu wünschen. Ich gehörte nicht dazu.«

All das wurde in nasalem, klagendem Ton vorgetragen. Sir John hörte aufmerksam zu, das Kinn in die Hand gestützt; mit ernster Miene nahm er die von Mr. Clairmont vorgebrachten Einwände zur Kenntnis. Er hörte ihn zu Ende an, schwieg eine Weile und sagte dann: »Ich bedaure, daß die Form der Untersuchung Ihnen mißfällt, Mr. Clairmont. Eine Ermittlung ist nun mal eine Ermittlung. Sie hat nicht die Feierlichkeit einer Gerichtsverhandlung. Deswegen bitte ich alle, ganz formlos zu sagen, was sie zu sagen haben. Wenn Ihnen das lieber ist, so wird eine Anhörung vor Gericht anberaumt werden – eine förmliche Untersuchung –, und zwar morgen früh im Gericht in der Bow Street. Es liegt doch gewiß nicht in Ihrem Interesse, daß den hier Versammelten solche Ungelegenheiten bereitet werden, daß sie Vorladungen bekommen et cetera. Natürlich würden Sie selbst auch eine erhalten.«

Wieder seufzte Mr. Clairmont. »Das heißt also, daß ich entweder jetzt sprechen soll oder morgen vor Gericht?«

»Das bedeutet es, ja.«

»Dann muß ich wohl nachgeben.«

Doch er gab nur grollend und nicht vollständig nach, denn von allen bisher gemachten Aussagen war seine bestimmt die kürzeste. In wenig mehr als ein paar Sätzen erklärte er, zum Zeitpunkt des Todes seines Bruders sei er auf See gewesen, vermutlich in der Gegend vor Cornwall, denn er sei erst einen vollen Tag später in London eingetroffen, vierundzwanzig Stunden nach dem Ereignis. Auch bei dieser Aussage blieb er sitzen.

»Das dürfte reichen«, sagte Sir John achselzuckend. »Zur Bestätigung bitte ich Mr. Bailey, Captain Cawdor von der *Island Princess* aufzurufen. Inzwischen möge sich Mr. John Bilbo erheben und von seinem Zusammentreffen mit Mr. Clairmont am Abend seiner Ankunft hier in London berichten.«

»In meinem Etablissement?«

»Richtig«, sagte Sir John, »wie Sie es mir erzählt haben.«

Das tat Mr. Bilbo. Er richtete sich zu voller Höhe auf, schaute weder nach rechts noch links und sah den Richter unverwandt an.

Als er fertig war, stellte Sir John ihm einige Fragen.

»Da Mr. Clairmont das in seiner Aussage nicht erwähnte, könnten Sie uns vielleicht Ihre Meinung darüber mitteilen, wie er auf die Nachricht vom Tod seines Halbbruders reagierte.«

»Oh, er war sehr betroffen, Sir.«

»Hat er Tränen vergossen?«

»Nun, nein. Das nicht gerade. Ich erinnere mich, daß er sagte: ›Armer Dickie, hatte er soviel, für das es sich zu leben lohnt.‹ Und: ›Warum sollte er so etwas tun?‹ Wie ich schon sagte, ich hatte ihm, so wie ich es gehört hatte, mitgeteilt, es sei Tod durch Selbstmord gewesen.«

»Und was Ihre früheren Zusammenkünfte mit Mr. Clairmont betrifft, so befand er sich bei einer oder mehreren in Gesellschaft von Lord Goodhope, nicht wahr?«

»Jawohl, Sir.«

»Und wie wirkten die beiden zusammen?«

»Sie gingen sehr freundlich miteinander um, Sir. Zwei Gentlemen, die gemeinsam ausgingen und sich einen vergnügten Abend machten.«

»Danke, Mr. Bilbo. Und Ihre eigene Beziehung zu Lord Goodhope?«

»Die war sehr gut, Sir, wenn man bedenkt, daß er mir eine beträchtliche Summe Geldes schuldete.«

»Und im Hinblick auf Mistress Kilbourne?«

»Diesbezüglich stand nichts zwischen uns, Sir. Ich habe sie an ihn abgetreten.«

Ehe Sir John antworten konnte, sprang Lucy Kilbourne auf, ganz Entrüstung und Rachedurst, und fragte – nein, verlangte: »Darf ich dazu etwas sagen?«

»Nein«, sagte Sir John, »das dürfen Sie nicht. Sie werden Ihre Chance bekommen, Mistress Lucy, und zwar eher, als Sie denken.«

Langsam und unsicher nahm sie wieder Platz.

Unterdessen war Mr. Bailey wieder hereingekommen, begleitet von einem rotgesichtigen, wenn auch recht gravitätischen Mann in kompletter Marineuniform. Er war nicht groß, ging aber so gerade und steif, daß er groß wirkte. Er marschierte vor Mr. Bailey her, seine Mütze und ein Buch unter dem Arm. Mit lautem, energischem Schritt ging er bis zur zweiten Stuhlreihe, blieb dort stehen und wandte seine ganze Aufmerksamkeit Sir John zu, wartend, daß er erkannt würde. Es war ein höchst eindrucksvoller Auftritt.

»Sie sind Captain Cawdor?« fragte Sir John.

»Jawohl, Sir – Josiah Cawdor, Kapitän des Handelsschiffes *Island Princess.*«

»Sehr freundlich, daß Sie gekommen sind, Captain. Ich nehme an, Sie haben Ihr Logbuch mitgebracht, wie man Ihnen aufgetragen hat?«

»Jawohl, Sir. Ja, das habe ich.«

»Ehe Sie es aufschlagen, könnten Sie vielleicht, nur um die übrigen Anwesenden hier zu beruhigen, den Mann identifizieren, der von Jamaika nach London Ihr Passagier war? Befindet er sich hier im Raum?«

Captain Cawdor brauchte weder nach rechts noch nach links zu schauen. Er antwortete sofort: »Jawohl, Sir, das tut er. Die fragliche Person ist Mr. Charles Clairmont. Er war der einzige Passagier des Schiffes, und wir sahen uns während der Überfahrt häufig.« Dann, nach nur kurzem Zögern, fügte er hinzu: »Ich kannte ihn außerdem schon vorher.«

»Und wie lange kannten Sie ihn?«

»Nun, einige Jahre, würde ich sagen.«

»Würden Sie ihn als Ihren Freund bezeichnen?«

»Das könnte ich nicht sagen, nein, Sir. Wir trafen uns nur unregelmäßig. Gewöhnlich ging es um Geschäfte.«

»Doch er hatte die Überfahrt nach London schon des öfteren bei Ihnen auf der *Island Princess* gemacht.«

Captain Cawdor wirkte ein wenig überrascht, daß Sir John das wußte. »Sicher, aber bei diesen Gelegenheiten waren auch andere Passagiere an Bord. Also, ich erinnere mich, daß wir bei einer Überfahrt...«

»Verzeihen Sie, wenn ich Sie unterbreche, Captain, aber Sie brauchen keine Einzelheiten zu berichten. Belassen wir es einfach dabei, daß Mr. Clairmont etwas mehr als ein Bekannter ist, aber kein Freund.«

»Jawohl, Sir.«

Sir John wandte sich zur Seite, so daß sein Kopf in meine Richtung geneigt war. Einen Augenblick dachte ich, er gäbe mir jetzt das Zeichen, das zwischen uns verabredet war. Doch statt dessen sprach er meine junge Gefährtin aus der Küche folgendermaßen an: »Mistress, würden Sie wohl etwas Tee bereiten?« Und dann, zu allen Anwesenden gewandt: »Was seine Klage über die Belastung betrifft, so hatte Mr. Clairmont recht. Das hier ist eine mühsame Angelegenheit. Vielleicht würde uns allen eine Tasse Tee guttun, um unsere Aufmerksamkeit aufzufrischen.«

Meg entledigte sich ihrer Aufgabe sehr gewandt; sie schwenkte den gefüllten Kessel über dem Feuer und verteilte Tassen und Untertassen. Obwohl heißer Tee unter diesen heiklen Umständen nicht das beste Getränk zu sein schien, sollten die Anwesenden heißen Tee bekommen. Ich musterte die Gruppe. Lady Goodhope verfolgte Megs Hantieren mit ihrem kostbaren Porzellan mit besorgtem Blick. Mr. Humber, der gleichgültig und gelassen wirkte wie zuvor bei Lloyd's, hatte sich umgedreht und schaute Captain Cawdor sehr aufmerksam an. Der Herr, der mir noch unbekannt war, interessierte sich ebenfalls für den Kapitän. Mr. Clairmont, der mir am nächsten war, schien sich etwas seltsam zu verhalten. Er schwitzte, genau wie ich, und tupfte sich mit seinem Taschentuch überaus vorsichtig das Gesicht ab. Hinterher untersuchte er das Taschentuch, was allerdings außer mir niemand bemerkte. Auch fiel mir auf, daß sein glänzendes Gesicht im hellen Licht des Raumes nun förmlich leuchtete.

Sir John nahm den Faden wieder auf: »Vielleicht, Captain, könnten Sie uns nun aus dem Logbuch Ihres Schiffes vorlesen oder uns die Einträge deuten, damit wir wissen, wo genau sich die *Island Princess* am Abend von Lord Goodhopes Tod befand.«

»Also am Tag vor unserem Andocken?«

»Ja, ganz recht.«

Und so las Captain Cawdor einiges vor, das meiste jedoch erläuterte er, um uns die Verwirrung durch Zahlen, Grade und Knoten zu ersparen; er lokalisierte die Position des Schiffes am fraglichen frühen Abend nahe der Küste von South Dorset.

»Also nicht vor Cornwall?«

»Nein, Sir, wir hatten einige Zeit vorher Land's End umrundet und guten Wind von achtern, wie ich im Logbuch vermerkte. Tatsächlich kamen wir früh an und ankerten fast einen halben Tag auf Reede. Es ist jedesmal das gleiche, wenn man nach London kommt. Der Hafen ist viel zu voll.«

»Danke, Captain. Wenn Sie einen Augenblick da warten wollen, wo Sie stehen, würde ich gern Mr. Alfred Humber, den Vorsitzenden von Lloyd's, bitten, uns die Route der *Island Princess* zu schildern.«

Das tat Mr. Humber. Nachdem er sich kurz geräuspert und einmal in die Runde geschaut hatte, las er von Notizen auf eben dem Brief ab, den ich ihm von Sir John überbracht und diesem dann zurückerstattet hatte: von Kingston über Charleston und Bristol nach London – das war die Route, die er beschrieb. Er las etwas schleppend. Zweifellos würde ihm der Tee willkommen sein, noch willkommener wäre vielleicht eine Tasse Kaffee gewesen.

»Was hat es mit diesen Zwischenaufenthalten in Charleston und Bristol auf sich?« fragte Sir John den Kapitän.

»Wir hatten eine halbe Ladung Baumwolle – von Charleston nach Bristol. Unsere Hauptfracht – Kaffee – ging nach London.«

»Wie lange blieben Sie in Bristol?«

»Gerade lange genug, um zu löschen. Nun, am ersten Tag gab es eine Wartezeit. Man könnte von einer Dreitagesarbeit sprechen, die in zwei Tagen hätte erledigt werden können.«

Inzwischen war Meg mit dem Tee fast fertig. Sie hatte die große, glockenförmige Teekanne mit Wasser aus dem Kessel gefüllt und ließ den Tee nur noch ziehen.

»Hat Mr. Clairmont während Ihres Aufenthaltes in Bristol die *Island Princess* verlassen?« fragte Sir John den Kapitän.

»Das hat er in der Tat. Er war ziemlich froh, die Füße wieder auf festen Boden setzen zu können. Mr. Clairmont würde ohne Umschweife zugeben, daß er nicht sonderlich seefest ist.«

Meg hatte anscheinend entschieden, daß der Tee fertig sei – obwohl er kaum eine Minute gezogen hatte –, denn sie nahm die Kanne in eine Hand, eine Tasse und Untertasse in die andere. Wer immer diese erste Tasse erhielt, würde den Tee ziemlich schwach im Geschmack und vor allem heiß finden.

»Und ist Mr. Clairmont auf die *Island Princess* zurückgekehrt und hat die restliche Reise nach London mit Ihnen zurückgelegt?« fragte Sir John, als wolle er sich nur eines besonderen Details vergewissern.

»Das ist doch *festgestellt* worden!« schrie Mr. Clairmont in höchstem Zorn. Dabei stieß er nachdrücklich seinen Stock auf den Boden. Lucy Kilbourne neben ihm fuhr zusammen, so erschrak sie über seinen Ausbruch. Sie zuckte erneut zusammen, als er lautstark zu wissen verlangte: »Was soll das für einen *Sinn* haben?«

Meg ging auf ihn zu, da sie die Absicht hatte, ihn als ersten zu bedienen. Lady Goodhopes gegenteilige Signale bemerkte sie nicht.

»Nun, in der Tat, Sir«, brüstete sich Captain Cawdor, »natürlich hat er das getan. Ich würde doch nicht ohne meinen Passagier ablegen! Er fühlte sich elend, war seekrank. Auf dem Weg nach London besuchte ich ihn zweimal in seiner Kabine.«

Mr. Clairmont lehnte sich auf seinem Stuhl zurück und achtete genau auf den Kapitän, der hinter der zweiten Stuhlreihe stand, mehr oder weniger in der Mitte. So war er ziemlich schutzlos, als Meg, die Tasse in der einen, die Kanne in der anderen Hand, sich über ihn beugte – und ihm den heißen Tee aus der Kanne direkt in den Schoß goß! (Im allgemeinen Tumult und Geschrei fiel niemandem auf, was mir sofort klar war: Sie konnte es nur mit Absicht getan haben.)

Er sprang hoch, richtete sich zu seiner vollen, gar nicht mehr gebeugten Größe auf und brüllte vor Schmerz, während er die Hände in seinen Schoß preßte.

»Meg, du kleines Biest!« schrie er mit ganz anderer Stimme als noch vor ein paar Augenblicken. »Himmel! Oh, großer Gott!«

Mistress Kilbourne hatte sich erhoben und tupfte ziellos mit ihrem Taschentuch an der nassen Stelle herum.

»Laß das, Lucy, das tut noch mehr weh!« Er wimmerte. Er heulte.

Doch da, unerwartet und geradezu unglaublich, begann Meg zu lachen. Sie trat zurück und wich aus, als er nach ihr schlug; er traf ins Leere und ruderte mit dem Arm, um das Gleichgewicht zu halten.

»Das wirst du bereuen, Mädchen, das verspreche ich dir!« Doch er verfolgte sie nicht.

Jedes Wort, das er sprach, verriet, daß er jemand anderer war, als es den Anschein gehabt hatte. Wo Charles Clairmont zuvor nasal und krächzend gesprochen hatte, brüllte er nun mit tiefer, kräftiger Stimme, die im ganzen Haus zu hören sein mußte.

Er klang so anders, daß Lady Goodhope sich von ihrem Stuhl erhob und ihn quer durch den Raum aus ihren kurzsichtigen Augen anstarrte. »Richard«, rief sie, »bist du das?«

»Ja, ich glaube, das ist er«, sagte Sir John. »Ich kenne diese Stimme selbst, da ich sie einst bei einer Debatte im Oberhaus gehört habe, und ich kann nur annehmen, daß Lord Goodhope von den Toten auferstanden ist. Wie freundlich von ihm! Ich spürte seine Anwesenheit, hätte mir jedoch nicht erlaubt, ihn aufzurufen. Jetzt ist das nicht mehr nötig. Er hat sich uns selbst zu erkennen gegeben.«

»Wieso? Was meinen Sie?« rief der andere, plötzlich wieder

mit nasaler Stimme und in der früheren gebückten Haltung. »Was spielen Sie für ein Spiel?«

»Sie sind derjenige, der ein Spiel spielt, Lord Goodhope. Geben Sie es auf! Nehmen Sie diese falsche Nase ab und wischen Sie sich die Schminke aus dem Gesicht, denn Ihre Betrügerei hat ein Ende.« Sir John hielt nur kurz inne, dann rief er: »Captain Cawdor, möchten Sie nun vielleicht korrigieren, was Sie uns eben erzählt haben?«

Der Kapitän stand nicht mehr ganz so aufrecht da und schaute von Sir John zu demjenigen, der soeben seine Stimme nicht einmal, sondern zweimal verändert hatte. »Nun...«, sagte er, »ich...«

»Oh, setzen Sie sich, setzen Sie sich. Vielleicht werden wir auf Sie zurückkommen. Und falls Sie noch stehen, Lord Goodhope, so nehmen Sie ebenfalls wieder Platz, denn da wir nun das wirkliche Opfer des Verbrechens identifiziert haben, müssen wir auch den Täter suchen.«

»Aber wen denn?« rief Lady Goodhope aus. »Wer ist das Opfer? Ich verstehe nicht.«

»Charles Clairmont«, sagte Sir John. »Es war sein Leichnam, den man zur Bestattung nach Lancashire überführt hat.«

»Das kann nicht sein! Wie wäre das möglich?«

»Das wird sich aufklären. Mr. Bailey, können wir beginnen?«

»Noch nicht, Sir.«

Der Konstabler hatte direkt hinter Clairmont/Goodhope Aufstellung genommen, der immer noch stand. Doch Mr. Bailey legte ihm beide Hände fest auf die Schultern und drückte ihn auf seinen Stuhl zurück. Er wehrte sich nicht und erhob auch für den Moment keine Einwände.

»Sind wir fertig?« fragte Sir John niemand Bestimmten. Da weder eine Bestätigung noch ein Einwand kam, erklärte er: »Dann wollen wir anfangen.«

Er rief einen weiteren Zeugen aus dem Wohnzimmer, wo die übrigen Geladenen warteten. Diesmal schickte er Mr. Donnelly als Boten, denn Benjamin Bailey wich nicht von seinem neuen Posten hinter dem Betrüger. Ich kannte den Mann – Isaac Whelan – zwar nicht dem Namen nach, erkannte aber sofort den Seemann, als er die Bibliothek betrat. Er war sauber und reinlich gekleidet, doch seine Kleider waren abgetragen; er war nicht groß, ging aber mit dem wiegenden Schritt, der allen Seeleuten gemeinsam scheint. Er sah sich im Raum um, erblickte Captain Cawdor, der ihn feindselig anstarrte, und baute sich in einiger Entfernung von ihm auf. Er nickte Mr. Bailey zu, und ich schloß daraus, daß er am Vortag einer der Trinkkumpane des Konstablers gewesen war.

Isaac Whelan nannte seinen Namen und gab als Beruf einfacher Matrose an.

»Gehören Sie zur Mannschaft der *Island Princess*?«

»Im Augenblick schon, Sir, aber ich bezweifle, daß ich an Bord noch willkommen sein werde, wenn ich mit dem fertig bin, was ich hier zu sagen habe.« Für einen Mann, der sein Leben auf Schiffen verbracht hat, war er sehr beredt. Nach kurzem Zögern fügte er hinzu: »Genaugenommen hatte ich ohnehin die Absicht, das Schiff hier in London zu verlassen.«

»Wohl, um sich ein anderes Schiff zu suchen?«

»Ganz recht, Sir.«

»Sie wollten auf Ihren Lohn verzichten? Ihren Vertrag brechen? Vor dem Seegericht ist das ein strafbarer Verstoß.«

»Das mag sein, Sir.«

»Ist Captain Cawdor so ein harter Kapitän?«

»Nicht seiner Mannschaft gegenüber, nein, aber nachdem ich die ganze Reise einmal gemacht hatte, war ich entschlossen, das nie wieder zu tun.«

»Drücken Sie sich genauer aus, Mann.«

»Nun, Sir«, sagte Whelan, »wir sollen mit Handelswaren an die Elfenbeinküste in Afrika weiterfahren und dort schwarze Fracht aufnehmen, die auf Jamaika und auf den Antillen verkauft werden soll.«

Sir John runzelte die Stirn. »Schwarze Fracht?«

»Menschen, Sir, von schwarzer Hautfarbe. Sie werden im Rumpf des Schiffes angekettet und dürfen erst an Deck, wenn die Reise vorüber ist. Und sie werden kärglich ernährt. Krankheiten brechen unter ihnen aus. Viele sterben, Männer und Frauen. Das ist ein unmenschlicher Handel, Sir, und ich will nicht länger daran beteiligt sein.«

Der Richter schwieg einen Augenblick. »Ich verstehe. Es handelt sich allerdings um einen legalen Handel, solange er sich fern von unseren Küsten abspielt. Sind Sie aus religiösen Gründen dagegen? Bekennen Sie sich vielleicht zu den Überzeugungen der Low Church?«

»Ich bin dagegen, weil Menschen Menschen sind und eine bessere Behandlung verdienen als Vieh. Nein, Sir, mit Rindern und Schweinen würde man achtsamer umgehen.«

»Nun«, sagte Sir John, »ich habe diese Abschweifung zugelassen, weil sie für mich von Interesse ist. Sie hat vielleicht aber auch eine gewisse Bedeutung für die Angelegenheit, um die es hier geht. Kehren wir also zu ihr zurück, Mr. Whelan, zu Mr. Charles Clairmont, dem Passagier der *Island Princess*.«

»Sehr wohl, Sir. Ich hatte in der Nacht, in der wir in Bristol anlegten, Wache auf der Laufplanke; da kam ein Mann und sagte, er habe eine dringende Botschaft für Mr. Clairmont. Ich schickte nach dem Kapitän, und die beiden unterhielten sich unter vier Augen. Dann führte Captain Cawdor ihn zur Kabine des Passagiers. Etwas später erschien Mr. Clairmont mit diesem Boten auf der Laufplanke, er wollte von Bord gehen. Ich fragte ihn, ob er mit uns nach London fahren würde, und er sagte, das ginge mich nichts an. Ich fragte ihn das, weil dieser große Mann, der bei ihm war, einen Koffer trug, der Mr. Clairmont gehörte, aber nicht sein ganzes Gepäck war. Der große Mann warf mir einen drohenden Blick zu, als er sich davonmachte.«

»Und während der restlichen Reise haben Sie Mr. Clairmont dann nicht mehr gesehen?«

»Sozusagen, ja. Ich habe auf dem Weg von Bristol nach London nichts von ihm zu sehen bekommen. Soweit ich weiß, gilt das auch für die restliche Besatzung. Es hieß, er sei seekrank und könne sich nur in seiner Kabine aufhalten, und das wäre allgemein akzeptiert worden, denn er hatte einen großen Teil der bisherigen Fahrt flach auf dem Rücken liegend zugebracht, und man hatte ihn durch die Tür über sein Schicksal stöhnen hören. Doch als wir nun an seiner Kabinentür lauschten, hörten wir nichts. Ihm wurde zwar Essen hingestellt, aber es blieb unberührt, nicht einmal Wasser wurde getrunken. Bei unserer Ankunft in London nahm diese Sache ein seltsames Ende. Ich hatte zwar keinen Dienst, war aber trotzdem auf dem Schiff. Das, was ich sah, beobachtete ich von der Reling aus. Kaum eine Stunde nachdem wir festgemacht hatten, erschienen ein Mann und eine Frau auf dem Kai. Sie waren so vermummt, daß man ihre Gesichter kaum sehen konnte. Ich beobachtete, wie Captain Cawdor zu ihnen ging und sie über die Planke führte. Ungefähr eine Stunde später sah ich die Frau mit einem Mann weggehen, der Mr. Clairmont zu sein schien. Ich sah sie nur aus der Entfernung, aber der Mann hatte Mr. Clairmonts eigenartigen Gang und war so gekleidet wie er. Diejenigen, die ihn aus der Nähe sahen, waren sicher, daß er es war. Und die ihn sprechen hörten, schworen, er sei es gewesen.«

»Sehen Sie diesen Mann hier unter den Anwesenden?«

»Ich sehe den Mann, der das Schiff verließ. Ich würde fast schwören, daß er Charles Clairmont war.«

»Sie würden *fast* schwören«, wiederholte Sir John seine Worte. »Wo liegt Ihr Vorbehalt?«

»Nun, Tatsachen sind Tatsachen, und Tatsache ist, daß ich den Mann, der mit der Frau an Bord kam, das Schiff nicht habe verlassen sehen. Auch keiner meiner Kameraden sah ihn. Wir haben viel darüber geredet, denn Mr. Clairmont war kein gewöhnlicher Passagier.«

»Erzählen Sie uns bitte, was Sie damit meinen.«

»An Bord war allgemein bekannt, daß er der Eigner des Schiffes war.«

»Mr. Humber«, rief Sir John, »trifft das zu?«

Alfred Humber stand müde auf, zog erneut den Brief in seiner Hand zu Rate und sagte: »Als Eigner der *Island Princess* ist The Island Company eingetragen.« Dann sah er sich um, zuckte mit den Schultern und nahm wieder Platz.

»Und Charles Clairmont«, sagte Sir John, »hat sich mir als Chef von The Island Company vorgestellt.« Dann wandte er sich an Mr. Whelan: »Ich danke Ihnen, Sir, Sie waren äußerst hilfreich. Man wird Sie als Zeugen hierbehalten, es ist also nicht nötig, daß Sie auf Ihre Heuer verzichten und abtauchen. Aber bleiben Sie verfügbar. Da ist nur noch eine Sache, und dann können Sie gehen.«

Nach diesen Worten klopfte Sir John kräftig auf die Schreibtischplatte.

Das war mein Signal. Hastig machte ich mich an meine Aufgabe. Ich hatte die Stelle vorher gut markiert; nun zog ich fünf Bücher aus dem Regal neben dem Kamin und legte den Auslöser der Maschinerie frei. Ich drückte fest darauf, trat zurück, und das ganze Regal begann sich langsam zu bewegen. Alle Anwesenden schauten verblüfft drein. Wie ein Mann schienen sie die Luft anzuhalten, neugierig starrten sie auf die sich vergrößernde Öffnung in der Wand.

Endlich kamen Kopf und Schultern von Dick Dillon zum Vorschein. Er kletterte die Leiter hinauf, auf der er, wie ich wußte, gekauert hatte, dicht gefolgt von Konstabler Baker, der eine seiner beiden Pistolen in der Hand hatte.

Allgemeines Gemurmel erhob sich, allerdings nicht zwischen Clairmont/Goodhope und Lucy Kilbourne. Sie wechselten einen sehr ernsten Blick, mehr nicht.

»Mr. Whelan«, sprach Sir John, »war dies der Mann, der in Bristol mit einer Botschaft für Mr. Clairmont kam?«

»Er war es, Sir. Ich habe persönlich mit ihm gesprochen. Ich würde ihn jederzeit wiedererkennen.«

»Dann danke ich Ihnen. Sie können gehen.«

Mit einem kurzen Nicken wandte sich Isaac Whelan ab und

verließ die Bibliothek mit dem gleichen wiegenden Schritt, mit dem er gekommen war.

Sir John wies nach rechts. »Hier sehen Sie die Erklärung eines geheimnisvollen Umstands – auf diese Weise ist der Mörder so schnell spurlos vom Schauplatz des Verbrechens verschwunden. Es gibt einen Tunnel, der von dem Durchgang auf der Rückseite des Hauses zu dieser Maueröffnung führt. Nach fleißiger Suche hat Master Proctor ihn gefunden, unterstützt von Ebenezer Tepper und dem Hauspersonal. Lady Goodhope, wußten Sie von diesem Tunnel?«

»Nein«, sagte sie fest, »ich wußte nichts davon.«

»Und Sie, Potter, wußten Sie davon?«

Der Butler schaute nach rechts und links und wußte offensichtlich nicht, was er sagen sollte. Schließlich murmelte er leise und unsicher: »Ich... ich habe nur darüber reden hören.«

»Sprechen Sie laut, Mann!«

»Ich habe nur darüber reden hören«, wiederholte Potter etwas deutlicher.

»Wen und in welchem Zusammenhang?«

»Lord Goodhope, einmal, als es um Kindheitserinnerungen ging.«

»Trotzdem haben Sie uns in dieser Hinsicht nicht geholfen. Ich glaube, daß Sie lügen, Potter, aber ich werde diese Ermittlungen nicht weiter verzögern, nur um Ihnen die Wahrheit zu entlocken. Sie wird sich bald genug herausstellen. Und jetzt wollen wir dem Mann das Wort erteilen, der hier vor Ihnen steht – Dick Dillon, ein angeklagter Verbrecher, der auf seinen Prozeß wartet, ehemals Diener im Hause Goodhope. Erzählen Sie uns die Geschichte, Dick Dillon.«

Das tat Dick Dillon. Eine finsterere Geschichte habe ich nie gehört.

Dillon hatte das Haus der Goodhopes heimlich bei Nacht verlassen, da er sehr genau wußte, daß er an einer düsteren Verschwörung teilnehmen sollte (wenngleich er während seines Berichts mehrfach schwor, er habe zu Anfang nicht gewußt, daß diese Verschwörung mit einem Mord enden sollte). Auf Befehl von Lord Goodhope reiste er nach Bristol. Er trug einen Brief seines Herrn an Charles Clairmont bei sich, den er an Bord der *Island Princess* persönlich übergeben sollte. Er behauptete, den Inhalt des Briefes nicht gekannt zu haben, sagte aber, Mr. Clairmont sei, nachdem er ihn gelesen habe, bereit und willens gewesen, die Fahrt nach London in der Kutsche zurückzulegen, und zwar mit Pferden, die Lord Goodhope durch Dillon hatte mieten lassen, um eine schnelle Reise zu gewährleisten. Sie schafften es in einer guten Zeit, und Lord Goodhopes Anweisungen befolgend setzte Dillon Mr. Clairmont im Haus von Lucy Kilbourne ab.

»Er war überaus froh, sie zu sehen«, sagte Dillon, »und die beiden turtelten und flirteten, wie die Damen und Herren das eben tun. Sie bot ihm alkoholische Getränke an, und er sprach ihnen reichlich zu. Ich selbst trank nichts, denn ich war angewiesen worden, zu warten und nüchtern zu bleiben, bis seine Lordschaft eintreffen würde. Er kam einige Stunden später, und obwohl ich bei der folgenden Unterredung nicht zugegen war, bekam ich genug davon mit, um zu begreifen, daß es um einen großen Verkauf von Besitz ging. Der vorgesehene Käufer sollte binnen weniger Stunden direkt zu Lucy Kilbournes Haus gebracht werden. Er stand kurz vor seiner Abreise in die Kolonie von Georgia, wo er eine Pflanzung überwachen würde. Lord Goodhope ging, versprach aber zurückzukommen und sagte mir, ich solle bleiben.

Dann setzten Mr. Clairmont und Mistress Kilbourne ihre Tändeleien fort, und ganz plötzlich sagte sie zu ihm: ›Ach, Charles, wir haben nur wenig Zeit, um das zu tun, wozu die Natur uns drängt.‹ Darauf nahm sie ihn bei der Hand und führte ihn in ihr Schlafzimmer, wobei sie eine Flasche mitnahm. Obwohl die Tür geschlossen war, hörte ich Geräusche, aber bald schien es sich eher um Schmerzens- als um Lustschreie zu handeln, und sie waren ziemlich laut. Wenig später öffnete Mistress Kilbourne die Tür, mehr oder weniger nackt, und sagte: ›Dick Dillon, kommen Sie her. Sie müssen etwas tun.‹ Ich betrat ihr Schlafzimmer und sah Mr. Clairmont, ebenfalls nackt, der sich in Todesqualen wand und schrie. Ich betrachtete ihn und sagte: ›Was kann ich da noch tun?‹ – ›Sie müssen ihn zum Schweigen bringen‹, sagte sie, ›denn ich habe ihn vergiftet, und wenn er weiter so schreit, werden die Nachbarn einen Konstabler rufen.‹ Ich dachte nur daran, wie ich sein Geschrei ersticken könnte, und bat sie um ein Stück Stoff. Sie gab mir eines ihrer Unterkleider, und ich knüllte es zusammen und stopfte es ihm in den Mund. So geknebelt konnte er sich abmühen zu schreien, aber niemand würde ihn hören.

Während sie sich ankleidete und zum Ausgehen zurechtmachte, wurden seine Versuche zu schreien immer schwächer, und er warf sich nicht mehr so wild auf dem Bett herum. Er regte sich kaum noch, als wir ihm die Kleider anzogen, die Lord Goodhope mitgebracht hatte. Ich brachte ihn nach unten in die Kutsche aus Bristol, die wir hatten warten lassen, doch konnte er sich kaum auf den Beinen halten. Ich mußte ihn in den Wagen heben. Mistress Kilbourne sagte zu dem Kutscher: ›Sie müssen unseren Freund zum Arzt bringen; er ist plötzlich sterbenskrank geworden.‹ Ich fuhr auf dem Kutschbock mit und lotste den Kutscher zu dem Durchgang hinter dem großen Haus in der St. James Street. Mistress Kilbourne fuhr in der Droschke mit. Im Durchgang hob ich Mr. Clairmont – oder das, was von ihm übrig war – aus dem Wagen, und wir schickten den Kutscher nach Bristol zurück. Er hatte nichts dagegen, denn er war gut bezahlt worden.

Mir oblag es nun, Charles Clairmont durch den Tunnel zu bugsieren, von dem mir Lord Goodhope erzählt hatte. Ich ließ ihn in das Loch fallen, stieg hinterher und trug ihn auf dem Rücken zu der anderen Leiter, die ins Haus führt. Das war das Schwierigste überhaupt, denn man konnte Mr. Clairmont weder schieben noch ziehen. Er war eine schreckliche Last. Ich mußte ihn huckepack die Leiter hinauftragen und dabei mit einer Hand seine Arme festhalten, mit der anderen die Leitersprossen. So gelangte ich nach oben und ließ den Körper hier, wo ich jetzt stehe, zu Boden fallen.«

Aller Augen richteten sich auf diese Stelle – bis auf die von Sir John natürlich; er hob die Hand, um Dillon zu unterbrechen, und stellte ihm eine Frage: »Wo war Mistress Kilbourne während dieser Zeit? Folgte sie Ihnen durch den Tunnel in die Bibliothek?«

»Nein, das tat sie nicht, Sir. Sie blieb im Durchgang. Dabei wäre mir selbst das bißchen Hilfe nützlich gewesen, das sie hätte leisten können.«

»Fahren Sie fort.«

»Nun, Sir, wir, das heißt Lord Goodhope und ich, setzten Mr. Clairmont auf den Stuhl, auf dem Sie jetzt sitzen. Er sackte ein bißchen in sich zusammen, was keine große Rolle spielte, aber für den Schuß, der richtig abgefeuert werden sollte, stellte das ein Problem dar.«

»Ja«, sagte Sir John, »erzählen Sie uns von dem Schuß.«

»Nun, der diente zwei verschiedenen Zwecken. Erstens sollte es natürlich so aussehen, als habe er Selbstmord begangen; Mr. Clairmont saß am Schreibtisch, trug in Schnitt und Farbe genau die gleiche Kleidung wie Lord Goodhope, hatte die gleiche Haarfarbe und war, abgesehen von seinem krummen Rücken, etwa gleich groß. Allerdings hatte er unverkennbar andere Gesichtszüge. Der zweite Zweck des Schusses bestand also darin, das Gesicht von Mr. Clairmont zu entstellen, insbesondere die Nase, damit der Unterschied nicht bemerkt würde. Einen solchen Schuß abzufeuern bedurfte sorgfältigen Zielens, denn einen zweiten Versuch würde es nicht geben. Doch Mr. Clairmonts Kopf sackte immer wieder auf die Brust, so daß es fast unmöglich war, einen guten Schuß abzugeben. Also sagte Lord Goodhope: ›Dick, du mußt ihn festhalten, damit ich richtig zielen kann.‹ Und ich fragte. ›Wie soll ich das machen?‹ Darauf er: ›Stell dich im Abstand von einer Armeslänge neben ihn und halt seinen Kopf hoch, dann werde ich den Schuß richtig plazieren.‹ Ich tat, was er gesagt hatte, und Lord

Goodhope zielte sorgfältig, die Hand auf den Schreibtisch gestützt, und feuerte. Besseres hätte er sich nicht wünschen können, denn von dem Gesicht, das einmal Charles Clairmont gehört hatte, war kaum noch etwas zu sehen bei all dem Blut, dem Pulver und dem großen Loch, das die Kugel neben seiner Nase gerissen hatte. Doch um ein Haar wäre meine Hand mit draufgegangen. Es dauerte nur wenige Minuten, bis jemand an die Tür schlug und versuchte, sie aufzubrechen. Wir mußten schnellstens verschwinden. Im Eifer des Gefechts hätte Lord Goodhope beinahe die Pistole mit in den Tunnel genommen. Ich machte ihn darauf aufmerksam, und er warf sie dem toten Mann zu Füßen. Dann machten wir uns davon, und die große, schwerfällige Tür, die einen Teil der Bücherregale bildet, schloß sich langsam hinter uns. Lord Goodhope blieb noch ein Weilchen auf der Leiter stehen, um zu lauschen; dann kletterte er nach unten, sicher, daß sein Plan aufgegangen war, und wir verschwanden durch den Tunnel.«

Dillon verstummte, und eine Art allgemeiner Seufzer ging durch die Reihen. Ich schaute Meg an in der Hoffnung, einen Blick von ihr zu erhaschen, aber sie starrte unverwandt auf den Mann, den sie ein paar Minuten zuvor als Lord Goodhope entlarvt hatte. Ihr Blick war kalt und rachsüchtig. Für den jungen und unerfahrenen Knaben, der ich damals war, war ihr Haß schwer zu verstehen. Nicht einmal für die unwissenden Männer und grausamen Jungen, die den Tod meines Vaters verursacht hatten, konnte ich das empfinden, was sie empfand. Ihr Blick erschreckte mich.

Der Betrüger schaute zu Boden – nicht bekümmert und schon gar nicht beschämt. Er schien vielmehr um Fassung zu ringen; vielleicht, so dachte ich, versuchte er sogar in diesem Augenblick noch, sich eine Rechtfertigung für seine unverzeihliche Tat auszudenken.

»Haben Sie Lord Goodhope in dieser Nacht zum letzten Mal gesehen?« wandte sich Sir John erneut an Dick Dillon.

»Nein, denn ich sehe ihn jetzt, wenn ich Sie korrigieren darf,

Sir. Das ist er, der da sitzt.« Er zeigte mit dem Finger auf den Mann. »Er hat Mr. Clairmont ganz gut gespielt. Gut, aber nicht perfekt. Ich habe mehr als einen Tag mit dem echten Mr. Clairmont zugebracht, und einen Dick Dillon kann er nicht täuschen.«

Darauf sprang der Mann, der nun zum zweiten Mal als Lord Goodhope erkannt worden war, von seinem Stuhl auf und legte die zwölf Fuß, die ihn von Dillon trennten, mit nur zwei oder drei langen Schritten zurück. Dabei wurde der Stock in seiner Hand wie durch Zauberei zu einem kurzen Rapier, das er seinem Ankläger tief in die Brust stieß. Ich stürzte auf ihn los, aber Meg erreichte ihn zuerst, krallte sich an seinem Gesicht fest und zerkratzte es. Ich packte seine Taille und hielt ihn umklammert; Mr. Bailey zog ihm mit seinem Knüppel eins über. Der Schlag aber machte Lord Goodhope nur benommen. Er taumelte nur kurz und wandte sich, nun ohne Waffe, dem offenen Eingang zum Tunnel zu.

»Was ist los?« Sir Johns Stimme übertönte den Tumult. *»Was geht da vor sich?«*

Nur Konstabler Baker stand zwischen Lord Goodhope und dem Tunnel. Er hielt seine Pistole auf den Lord gerichtet.

»Das wagen Sie nicht«, rief Lord Goodhope ihm zu.

Mr. Baker sagte zu Sir John: »Er glaubt, ich würde nicht auf einen Lord schießen.«

»Schießen Sie ruhig, Mr. Baker. Sie haben meine Erlaubnis.«

Auch Mr. Bailey hatte seine Pistole gezogen und zielte. Lord Goodhope schaute von einem zum anderen und hielt inne, wo er stand. Sein Gesicht war rissig, wo Meg ihre Fingernägel in sein Fleisch geschlagen und Haut und Schminke abgekratzt hatte. Ich sah zu ihr hinüber; sie zitterte derart, daß ich fürchtete, sie werde gleich wieder über ihn herfallen. Bei ihrem Angriff hatte sie ihm die Bühnenattrappe von Mr. Clairmonts Hakennase vom Gesicht gerissen. Damit war Lord Goodhopes Identität nun endlich und zweifelsfrei für alle geklärt.

Mr. Donnelly war zu dem verwundet am Boden liegenden Dillon geeilt und versorgte ihn, so gut er konnte. Doch es war nutzlos, denn das kleine Schwert, das noch immer aus seiner Brust ragte, hatte ihn tödlich getroffen.

»Ich fürchte«, sagte der Chirurg, »Dillon ist tot. Der Stich ging mitten ins Herz.«

Sir John, der soeben von Mr. Bailey eine kurze Schilderung des Geschehens gehört hatte, nahm Mr. Donnellys Mitteilung mit dem Ausdruck abgrundtiefen Zorns auf.

»Haben Sie geglaubt, Lord Goodhope«, sagte er, »Sie könnten den Zeugen, der gegen Sie aussagte, ermorden und sich so von der Anklage befreien? Alle hier Anwesenden können Ihr mörderisches Handeln bezeugen, und alle haben die Aussage des Opfers gehört und werden sie nicht vergessen. Außerdem besitze ich seine Aussage auch schriftlich; er hat sie vor dem Gericht in der Bow Street beschworen und unterschrieben. Nein, wirklich, so leicht kommen Sie nicht aus Ihren Schwierigkeiten heraus. Sie fangen gerade erst an, das versichere ich Ihnen. Konstabler, führt ihn ab!«

Die Konstabler wollten seinem Befehl Folge leisten, doch er hielt sie mit einer Handbewegung auf. »Warten Sie noch«, sagte er. »Wir haben diejenige noch nicht gehört, die vielleicht die eigentliche Mörderin von Charles Clairmont ist. Mistress Kilbourne, ich versprach Ihnen, daß Sie zu Wort kommen würden. Jetzt sind Sie an der Reihe.«

Sie sprang auf. »Dieser Mann hat *nichts* als Lügen erzählt! Wie konnten Sie ihm nur glauben?«

»Ich glaubte ihm aufgrund der vielen Einzelheiten, die er anführte, und jetzt aufgrund der Tatsache, daß er deswegen ermordet worden ist. Sein Tod verleiht seiner Zeugenaussage großes Gewicht. Wenn alles, was er erzählt hat, Lügen waren, dann haben wir keine Zeit, uns jetzt anzuhören, wie Sie sie eine nach der anderen widerlegen. Sie werden Gelegenheit haben, das morgen vor Gericht zu tun.« Zu den Konstablern Bailey und Baker gewandt, sagte er: »Führt sie ebenfalls ab, und wenn ihr einmal dabei seid, könnt ihr auch gleich Captain Cawdor wegen seiner Falschaussage mitnehmen. Sperrt sie alle zusammen, dann können sie sich die ganze Nacht über gegenseitig beschuldigen. Was Potter betrifft, so werden wir den richtigen Zeitpunkt abwarten.«

Daraufhin wurden Goodhope, Kilbourne und Cawdor im Gewahrsam der beiden Konstabler abgeführt.

Sir John nahm seinen Platz erst wieder ein, nachdem von unten der Diener Henry gerufen worden war und zusammen mit Potter Dick Dillons Leichnam aus dem Raum getragen hatte. Unterdessen tauschten die verbliebenen Anwesenden erstaunte Kommentare zu den Ereignissen aus, die in den vergangenen Minuten ans Licht gekommen waren. Einmal schien Lady Goodhope einer Ohnmacht nahe, doch Mr. Donnelly half ihr über die Krise hinweg. Sir John wartete ruhig ab, bis sich der Aufruhr gelegt hatte.

»Einen letzten Punkt müssen wir heute abend noch ansprechen«, sagte er. »Zuerst ist es uns gelungen, die Identität des Opfers festzustellen, dann haben wir die der Mörder geklärt, und vor allem, das ist vielleicht am wichtigsten, haben wir herausgefunden, *wie* die Tat begangen wurde, und nur wenige Mordpläne sind so umfassend und einfallsreich wie dieser. Was noch zu beantworten bleibt, ist die Frage, *warum* dieser Mord so schlau ausgeheckt und so geschickt ausgeführt wurde. Er kann bloßer Böswilligkeit entsprungen sein. Lord Goodhope stand, wie wir wissen, seit seiner Kindheit auf gutem Fuße mit seinem Halbbruder. Er ist zwar in keiner Hinsicht ein guter Mensch, aber auch nicht so bösartig, daß er einfach den Nächstbesten zerstört hätte, nur um sich im Sündigen zu üben. Ein solcher Akt ließe auf Wahnsinn schließen. Lord Goodhope aber ist sicherlich ein vernünftiger Mann. Es gab einen rationalen Zweck hinter all dem, und damit wir diesen besser verstehen, rufe ich Mr. Roger Redding von der East India Company auf.«

Natürlich war dies der einzige Anwesende, den ich noch

nicht kannte. Er erhob sich, ein großer Mann mit hellem Teint und klaren Zügen; er schien nicht viel älter als zwanzig, doch jedem Zoll sah man den angehenden Gentleman an. Sicher hatte man ihn als Abgesandten geschickt, und die Papiere, die er in der Hand hielt, würden zweifellos die Informationen liefern, die Sir John in dem von mir überbrachten Brief verlangt hatte. Sir Percival hatte Wort gehalten.

»Ja, danke, Sir John«, begann Mr. Redding. »Meine Rolle bei all dem könnte sich als etwas enttäuschend erweisen, doch sie trägt, wie Sie sagen, wesentlich zum Verständnis dieser ungeheuerlichen Geschichte bei. Die Durchsicht unserer Akten, die ich im Auftrag von Sir Percival Peeper vornahm, hat Informationen zutage gefördert, die in direktem Zusammenhang mit der fraglichen Angelegenheit stehen und die ich jetzt zusammenfassen werde. Nämlich...«

Hier nun bezog sich Mr. Redding direkt auf die Papiere in seiner Hand: »The Island Company wurde gemäß einer von der East India Company im Jahre 1758 herausgegebenen Satzung gegründet. Deswegen liegen Abschriften ihrer Gründungsdokumente bei uns. Wichtig ist jedoch: Man hielt sie für ein Unternehmen, das allein Charles Clairmont gehörte, doch tatsächlich handelte es sich um eine Partnerschaft zwischen ihm und seinem Halbbruder, Lord Goodhope. Beide setzten gleich viel Kapital ein, um die Firma auszustatten. Beide waren je zur Hälfte am Gewinn beteiligt. Mr. Clairmont sollte jedoch nach außen hin als Alleininhaber auftreten und die Alltagsgeschäfte des Unternehmens führen; Entscheidungen bezüglich größerer Verkäufe von Anteilen sowie größeren Investitionen in neuen Bereichen mußten jedoch *beide* Partner zustimmen. Hier darf ich vielleicht einflechten, daß Lord Goodhope dies meiner Vermutung nach deshalb wünschte, weil er nicht als jemand in Erscheinung treten wollte, der sich mit Geschäften abgab, seien diese auch noch so entfernt. Solche Arrangements kommen häufiger vor, als Sie vielleicht denken. Unseren Kenntnissen zufolge war The Island Company ein höchst erfolgreiches Unternehmen, das unter Mr. Clairmonts Führung regelmäßig stattliche Gewinne abwarf. Die Firma wuchs und erwarb Besitz auf den Antillen sowie Küstenschiffe zu dessen Versorgung – das ging bis vor ungefähr drei Jahren so. Seitdem war das Unternehmen noch immer profitabel, wuchs aber nicht mehr. Sir Percival sagte mir, als wir über diese Angelegenheit sprachen, etwa zu diesem Zeitpunkt seien Gerüchte über Lord Goodhopes finanzielle Schwierigkeiten laut geworden. Diese Gerüchte hätten sich hartnäckig gehalten und sogar gemehrt. Sir Percival sah jedoch keinen Zusammenhang, es sei denn, der erste Bericht über einen Selbstmord wäre zutreffend gewesen. Jetzt allerdings, und hier muß ich mich bei Lady Goodhope entschuldigen, weil ich die überwältigende Last, die sie zu tragen hat, noch vergrößere, zeigt sich, daß diese Gerüchte durchaus in einem Zusammenhang mit dem Unternehmen zu stehen scheinen. Die Erkenntnis, daß Mr. Clairmont das Opfer war und nicht Lord Goodhope, gibt Anlaß zu Spekulationen, die auszusprechen ich Sir John überlassen werde.«

Damit setzte Mr. Redding sich wieder hin und sah Sir John erwartungsvoll an.

»Sehr gut zusammengefaßt«, sagte der Richter. »Doch in diesem Augenblick möchte ich keine großen Spekulationen anstellen. Die Einzelheiten werden sich im Laufe der Zeit ergeben. Mr. Redding hat allerdings auf höchst hilfreiche Weise die Hauptüberlegung betont, und diese besagt, daß den Unterlagen zufolge *beide* Partner Käufen und Verkäufen zustimmen mußten. Die Profite flossen zwar weiterhin, waren für Lord Goodhope aber in letzter Zeit nur noch Tropfen auf den heißen Stein. Er hatte im Laufe der Jahre beträchtliche Schulden bei Mr. Bilbo angehäuft, und ich zweifle nicht daran, daß er auch anderen, kleineren Spielkasinos in dieser Stadt Geld schuldete. Eine Rückfrage bei den Eigentümern in Bath erbrachte die Information, daß er bei einem einwöchigen Besuch gegen Ende der Saison in Begleitung von Lucy Kilbourne im Spielkasino Schulden von nicht weniger als zehntausend Pfund gemacht hat. Wir werden in Bälde die Gesamtsumme seiner Verbindlichkeiten erfahren, und sie wird mit Sicherheit erstaunlich sein. Angesichts dieser Schuldenlast muß er Charles Clairmont gebeten haben, Besitzungen zu verkaufen, ja, er muß dies sogar energisch gefordert haben, Mr. Clairmont aber hat sich zweifellos hartnäckig geweigert. Wohin das führte, haben Sie heute abend gesehen.«

Sir John schlug auf die Schreibtischplatte und richtete sich zu voller Höhe auf. Er kam mir ein wenig größer vor als noch um neun Uhr.

»Die Sitzung ist geschlossen«, erklärte er. »Wir haben zwar das erhoffte Ergebnis, doch ich bedaure den Schmerz, der Lady Goodhope zugefügt wurde. Mylady, ich biete Ihnen jede Hilfe an, die ich Ihnen im Rahmen meines Amtes zur Verfügung stellen kann.«

Er tastete nach seinem Stock, fand ihn, nahm seinen Hut und setzte ihn auf. »Jeremy«, sagte er leise, »führ mich hinaus.«

Das ging jedoch nicht so schnell. Die Herren Bilbo, Humber und Redding sammelten sich um ihn, hielten uns auf und beglückwünschten Sir John, lobten seinen Scharfsinn und seine Kühnheit. Ich hielt Ausschau nach Meg, aber sie war nirgends zu sehen, offenbar hatte sie sich in die Räume unter der Treppe zurückgezogen. Ich sehnte mich danach, die Ereignisse mit ihr zu besprechen, obwohl auch die Umstehenden von nichts anderem redeten. Aber die Gelegenheit, mit Meg zu sprechen, würde ich vielleicht nie wieder haben. Möglicherweise würde ich sie überhaupt nie wiedersehen.

Aus dem Augenwinkel bemerkte ich, daß Lady Goodhope in Gesellschaft von Mr. Donnelly aus der Bibliothek schlüpfte. Sie würde ich gewiß nicht wiedersehen.

Endlich bat Sir John die Gentlemen, ihn zu entschuldigen, da er erschöpft sei, und die drei setzten ihre Unterhaltung ohne uns fort. Wir hatten die Halle durchquert und die Tür fast erreicht, als wir eine schüchterne weibliche Stimme hörten und Mary Deemey aus dem Schatten trat.

»Sir John, Sie brauchen mich heute abend wohl nicht mehr?«

»Wer ist das? Oh, mein Gott, das ist ja Mrs. Deemey, nicht wahr?«

»Ja. Ich wurde nicht aufgerufen.«

»Tut mir leid. Mistress Kilbourne wurde von anderen Zeugen so belastet, daß wir Ihre Aussage nicht mehr brauchten. Wir werden Sie auch morgen, wenn man beschließt, daß ihr der Prozeß gemacht werden soll, nicht brauchen. Aber bald wird der Zeitpunkt kommen, zu dem das, was Sie mir berichteten, von höchster Wichtigkeit sein wird.«

»Ich verstehe«, sagte sie. »Nun, ich habe Ihnen ja versprochen, Ihnen nach Kräften zu helfen.«

»Das haben Sie, und das werden Sie auch tun. Ich werde Konstabler Cowley bitten, Sie zu begleiten. Sicher möchten Sie ebenso dringend nach Hause wie ich.«

12. KAPITEL

In welchem die Angelegenheit abgeschlossen und für mich ein Platz im Druckgewerbe gefunden wird

Mary Deemey rettete Lucy Kilbourne das Leben. Sie wurde bei deren Prozeß, der in Old Bailey vor keinem Geringeren als William Murray, Earl of Mansfield, Oberster Lordrichter des Königs, stattfand, als Zeugin aufgerufen. Solches Gewicht hatte der Fall angenommen, der berüchtigste seiner Zeit.

In ihrer Zeugenaussage machte Mrs. Deemey deutlich, daß Mistress Kilbourne, wie Sir John vermutet hatte, ihr Witwengewand knapp zwei Wochen vor Mr. Clairmonts Ankunft in London und der Durchführung des Mordplanes bestellt hatte. Außerdem sagte sie, Mistress Kilbourne habe eine erhebliche Anzahl weiterer Kleider bestellt, die geliefert werden sollten, ehe sie »an einen Ort, an dem es keine richtigen Schneiderinnen gibt«, abreise. Darunter befanden sich, wie Mrs. Deemey sagte, »zwei sehr schöne Gewänder für ihre Niederkunft.« Damit war die Neuigkeit heraus, und um jeden Zweifel auszuschließen, fügte Mrs. Deemey hinzu: »Mistress Kilbourne ist in anderen Umständen, M'lord.«

Natürlich war die beschworene Aussage des verstorbenen Dick Dillon, die vor Gericht verlesen wurde, so belastend, daß nur ein Schuldspruch möglich war, doch die Geschworenen empfahlen »angesichts ihres Zustandes« Milde in bezug auf das Urteil. Der Oberste Lordrichter mußte sich fügen, und statt zum Tode durch Erhängen, was er bevorzugt hätte, wie er zu erkennen gab, verurteilte er sie zu Deportation und harter körperlicher Arbeit.

Nach einigem Gezerre mit dem Seegericht, wurde gegen Captain Cawdor schließlich im selben Prozeß vor dem Königlichen Gericht verhandelt wie gegen Lucy Kilbourne. Die Geschworenen schenkten seiner Behauptung Glauben, er habe zwar an dem Plan mitgewirkt, weil Lord Goodhope ihm eine laufende Beteiligung an den Profiten von The Island Company versprochen hatte – er konnte das anhand eines Briefes nachweisen –, doch er habe nicht geahnt, daß der Plan auf Mord hinauslief. Dennoch hatte er mitgewirkt, und der Plan hatte einen Mord zum Ziel gehabt, und so wurde er zu Deportation und zehn Jahren Zwangsarbeit verurteilt.

Das Schicksal führte beide an verschiedene Orte. Lucy Kilbourne kam in die Kolonie Georgia und wurde für einen sehr hohen Preis in den Dienst eines unverheirateten Herrn verkauft. Er machte sie zu seiner Gespielin, und als es einige Jahre später zu Schwierigkeiten zwischen König George und den nordamerikanischen Kolonien kam, nahm er sie zur Ehefrau. Sie wurde eine glühende Verfechterin der Unabhängigkeit und in ihrer Gegend eine Volksheldin. Soviel ich weiß, lebt sie, zu Jahren gekommen, noch immer dort; ihre Vergangenheit liegt hinter ihr, und nach den dortigen Maßstäben ist sie eine hochangesehene Dame. Übrigens versicherte man mir, daß ihr Gatte zwar verstorben ist, aber ein langes Leben hatte und eines natürlichen Todes starb.

Captain Josiah Cawdor hatte nicht solches Glück. Obwohl sein Urteil milder ausfiel, mußte er seine Zwangsarbeit auf Jamaika ableisten. Dort wurde er von jemandem gekauft, den er einst gekränkt hatte, und mit den schwarzen Sklaven auf die Felder geschickt. Unter ihnen waren, wie es der Zufall wollte, einige, die die Überfahrt auf der *Island Princess* mit ihm gemacht hatten. Wie ich hörte, überlebte er in ihrer Gesellschaft nur einen Monat.

Was Potter betrifft, so verschwand er in der Nacht der Aufklärung und ward nie wieder gesehen. Wie sich herausstellte, war er tatsächlich in den Plan eingeweiht gewesen – auch in dessen Ende –, und so muß er es wohl als seine Pflicht angesehen haben, England zu verlassen. Vielleicht reiste auch er in die Kolonien.

Dennoch war es ein merkwürdiger Prozeß, denn er fand in Abwesenheit des Hauptverschwörers und -angeklagten statt. Der Oberste Lordrichter erwähnte dies im Laufe des Verfahrens einige Male. Während nämlich seine Mittäter sich der Justiz stellen mußten, wartete Lord Goodhope in Newgate unter luxuriöseren Umständen, als ich dort je anzutreffen erwartet hätte. Er wartete und wartete, denn er hatte beantragt, daß seine Standesgenossen ihm den Prozeß machten – was von Gesetzes wegen mehr oder weniger zulässig war. In diesem Falle bedeutete das einen Prozeß vor dem Oberhaus. Dieser erlauchten Körperschaft von Aristokraten widerstrebte es selbstverständlich, einen der ihren derart zu verurteilen. Daher schob sie die Sache immer wieder auf, und Lord Goodhope wartete.

Doch ich greife ein wenig vor. Lassen Sie mich zunächst ein Gespräch mit Sir John wiedergeben, zu dem es einige Abende nach der Aufklärung des Falles in der Bibliothek der Goodhopes kam. Natürlich gab es viele Fragen, die ich gern gestellt hätte, doch dringende Ereignisse hielten Sir John in Atem, und so wartete ich den richtigen Augenblick ab. Zunächst einmal waren da die Verfahren gegen die drei Beschuldigten, die fast einen Tag in Anspruch nahmen. Nachdem diese in Haft waren – Lord Goodhope in Newgate, seine Mittäter im Fleet-Gefängnis –, schien Sir John sich etwas zurückzuziehen; er ging seinen Pflichten routinemäßig nach, widmete Lady Fielding die Aufmerksamkeit, die sie brauchte, und ruhte sich aus, so gut er konnte. Die letzten Tage waren eine schwere Belastung für ihn gewesen.

Mr. Donnelly kam weiterhin zu seinen morgendlichen Visiten und tat, was er konnte, um Lady Fielding die letzten Tage ihres Lebens zu erleichtern. Es war offensichtlich, daß sie nicht mehr lange standhalten würde. Und so breitete sich im Haus nach und nach die gedämpfte Atmosphäre einer Totenwache aus. Mrs. Gredge schlich nahezu lautlos durch die Zimmer und hob sich ihr schrilles Keifen für spätere Gelegenheiten auf. Ich erledigte alle Arbeiten, die man mir auftrug, und noch weitere, denn ich wollte beschäftigt sein. Und Sir John wartete einfach.

Die Nächte kamen mir besonders lang vor. Da ich nicht schlafen konnte, saß ich eines Abends, eine Woche nach den im vorigen Kapitel geschilderten Ereignissen, mit Sir John in der Küche. Während wir den Tee tranken, den Mrs. Gredge für uns bereitet hatte, diskutierten wir über dies und das, und schließlich sagte Sir John: »Sicher hast du noch Fragen in bezug auf den Fall von Lord Goodhope.«

»Ja, Sir, allerdings.«

»Jetzt wäre ein guter Zeitpunkt, sie zu stellen, Jeremy.«

Mich bedrängten so viele Fragen! Wo sollte ich anfangen? Doch dann sagte ich einfach: »Wann hatten Sie zum ersten Mal den Verdacht, daß der Leichnam in der Bibliothek nicht der von Lord Goodhope war?«

»Ach ja, das. Nun, mein erster Verdacht war tatsächlich nur ein Verdacht, denn er wurde mir als solcher mitgeteilt. Dieses arme Kind, Meg, möge der Herr sie schützen, fing im Garten an, mit mir zu sprechen, und sie erzählte mir eine Reihe interessanter Dinge. Das Wichtigste war, daß sie das Gefühl hatte, der Leichnam, den sie und das andere Mädchen gewaschen hatten, sei nicht der ihres Herrn. Gesicht und Hände hätten eine Farbe aufgewiesen, wie sie nur jemand hat, der wiederholt der Sonne ausgesetzt war; und dann erwähnte sie noch einen gewissen anatomischen Unterschied, den sie nicht näher erläuterte. Ich drängte sie auch nicht dazu.

Dann erzählte sie mir ein wenig von Lord Goodhopes Impromptus und seiner Liebe zum Theaterspielen. Anscheinend gefiel sich ihr Herr als Schauspieler und besaß eine gewisse Begabung, sich zu verstellen. Eine seiner Lieblingsnummern war anscheinend, seinen Halbbruder, Mr. Clairmont, zu parodieren – seine Stimme, seinen seltsamen Gang; diejenigen, die ihn kannten, sagten, er habe ihn großartig getroffen. Damals bedeutete mir das wenig, denn ich hatte, wie du dich erinnern wirst, an jenem Tag überhaupt erst von der Existenz des Halbbruders erfahren. Doch als ich später mit ihm sprach, hast du selbst seine glänzende Haut bemerkt und mir davon erzählt.

Er trug Theaterschminke, die ihm zweifellos seine Buhle Lucy Kilbourne aufgetragen hatte. Vielleicht hat sie ihm eingeredet, mit Hilfe ihrer Bühnenkunst könne seine Scharade gelingen. Doch er wurde sofort übermütig. Die falsche Nase und die Schminke, die seine Haut bräunte, reichten aus, um nach Einbruch der Dunkelheit ein paar Matrosen der *Island Princess* zu täuschen. Und später in jener Nacht, im Kerzenlicht des Spielclubs von Mr. Bilbo, taten sie auch ihre Wirkung. Aber er wurde so kühn, seine Verkleidung am nächsten Tag bei Helligkeit zu erproben. Erinnerst du dich, was Mr. Bilbo uns darüber sagte?«

Da fiel es mir wieder ein: »Er sagte, Mr. Clairmont sei geschminkt gewesen wie eine Frau.«

»Ganz recht. Ich fügte dies deiner früheren Bemerkung über den Glanz seiner Haut hinzu und zog einen vorläufigen Schluß. Hätte man ihm am Morgen seines Besuches bei Mr. Bilbo gestattet, Lady Goodhope seine Aufwartung zu machen, so hätte sie ihn sicher erkannt, so kurzsichtig sie auch sein mag. Das war der Grund, warum ich an dem Abend, an dem wir alle in der Bibliothek zusammenkamen, dafür sorgte, daß es so warm und so hell war wie möglich. Ich dachte, wenn die Nase aus Wachs wäre, würde sie vielleicht schmelzen, oder er würde so schwitzen, daß die Schminke zerlief. David Garrick hat mir inzwischen erklärt, daß das Zeug fester haftet, als ich angenommen hatte.«

»Aber wie hat er im Licht dieses Zimmers geglänzt!« sagte ich. »Und daß er so schwitzte, schien ihn sehr zu beunruhigen! Ich erinnere mich, daß er sich das Gesicht mit einem Taschentuch abtupfte und hinterher das Taschentuch musterte.«

»Ich war ziemlich sicher, daß Mr. Clairmont kein anderer war als Lord Goodhope in Verkleidung, und so sprach ich dieses kleine Mißgeschick mit der jungen Meg ab. Sie war nur zu froh, ihre Rolle spielen zu können. Vielleicht war ein solcher Streich etwas grob, aber er hat wunderbar funktioniert.«

»Und dann hat Dick Dillons Aussage alles bestätigt.«

»Ja, Dillon – ein überaus unglücklicher Mensch. Ich bezweifle, daß ich ihn vor dem Galgen hätte retten können, nachdem er sich so gut gegen den Angriff auf sein Leben verteidigt hatte – denn das war es natürlich, dieser angebliche Versuch, mitten in der Nacht zu fliehen. Hätte er mein Angebot gleich angenommen, hätte er viel bessere Aussichten gehabt. Das habe ich ihm in meinem Amtszimmer gesagt. Aber er war so wütend auf Lord Goodhope – denn er wußte, wer den Wärter bestochen hatte, ihn anzugreifen –, daß er seine Aussage trotz allem machen wollte. Vielleicht ist es am besten, daß Dillon so gestorben ist, wie er starb. Ich habe Schritte unternommen, damit dieser Wärter entlassen wird – Wilson, Larkin, wie immer er heißt. Aber ich zweifle daran, daß viel dabei herauskommen wird. Was in Newgate vor sich geht, bleibt uns Außenstehenden verschlossen.«

»Und Lord Goodhope erwartet seinen Prozeß vor dem Oberhaus. Ist das üblich?«

»So etwas kommt sehr selten vor, ich kann mich an keinen derartigen Fall erinnern.«

In den frühen Morgenstunden nach unserem Gespräch starb Lady Fielding. Mrs. Gredge, die mit Sir John zugegen war, sagte, sie sei ganz ruhig verschieden: »Eben war sie noch bei uns. Im nächsten Augenblick atmete sie irgendwie ruckartig, dann rasselnd, und dann war es vorbei. Sie sagte nichts. Sie war in diesem Zustand zwischen Wachen und Schlafen. Es war ein Segen, daß es so kam, nach all den Monaten.«

Mr. Donnelly traf kurz nach diesem Ereignis zu seiner üblichen Visite ein, nahm die sterblichen Überreste in Augenschein und beurkundete, was offensichtlich war. Sir John begab sich danach in sein Studierzimmer, wo er den größten Teil des Vormittags über blieb. Einmal rief er mich herein; er saß in dem abgedunkelten Zimmer und bat mich mit tonloser Stimme, Mr. Marsden zu holen, damit dieser Vorbereitungen für die Beisetzung treffe. »Ich kann es nicht«, sagte er. »Ich bin nicht dazu imstande. Er wird dir Besorgungen auftragen, dich Botengänge machen lassen. Ich vertraue darauf, daß ihr beide an meiner Stelle handelt.«

So wurde es ein geschäftiger Tag für mich, und ich war froh darüber. Sir John überraschte jedermann, indem er an diesem Tag das Gericht einberief und eine kurze Sitzung abhielt. Ich war zwar nicht anwesend, hörte aber hinterher, wie darüber geredet wurde, daß er sich an Milde selbst übertroffen habe. Er schickte niemanden zum Prozeß weiter, sandte auch keinen nach Newgate und regelte Streitigkeiten so gerecht, daß die betroffenen Parteien nichts einzuwenden hatten. Die Nachricht von seinem Verlust hatte sich schnell herumgesprochen.

Der Trauergottesdienst für Lady Fielding wurde in St. Paul's gleich gegenüber abgehalten. Ich erinnere mich kaum daran, am wenigsten an die Worte des Geistlichen. Doch ich weiß noch, daß eine große Menschenmenge anwesend war. Ich saß neben Mrs. Gredge in den vorderen Bankreihen – sorgfältig darauf achtend, daß ich aufstand, wenn sie sich erhob, niederkniete, wenn sie das tat, und mich nur dann hinsetzte, wenn auch sie Platz nahm – und bemerkte die vielen Menschen erst, als ich mich zufällig einmal umdrehte. Mir kam es so vor, als sei ganz Covent Garden da. Zum Schluß wurde der Sarg von sechs der Bow Street Runners, die ihre besten Anzüge trugen, angehoben, und wir folgten ihnen: Sir John ging hinter dem Sarg, ich an seiner Seite, wie er verlangt hatte, damit er keinen falschen Schritt tat, Mrs. Gredge hinter uns. Auf dem Weg durch das Kirchenschiff erkannte ich einige Personen, die ich vor Gericht gesehen hatte – Moll Caulfield, die Straßenhändlerin, und Peg Button, die er aufgefordert hatte, hinfort nicht mehr zu sündigen. Und es waren andere da, die ich aus diesem oder jenem Grund nicht erwartet hatte: Black Jack Bilbo, der ehemalige Pirat; Meg aus dem Haus der Goodhopes (bei dieser Gelegenheit sah ich sie wirklich zum letzten Mal), an ihrer Seite Mr. Donnelly; Mrs. Deemey, die Schneiderin, und Katherine Durham, die mir im Garden so freundlich bei meinen Einkäufen geholfen hatte. Doch es waren noch viele mehr – weit über hundert Personen, würde ich sagen, vielleicht sogar an die zweihundert.

Am Grab jedoch standen nur wenige. Außer uns drei Hausgenossen natürlich die Sargträger unter Mr. Baileys Führung sowie Mr. Marsden und der Geistliche. Lady Fieldings Angehörige wohnten so weit entfernt, in Hull, daß selbstverständlich keiner von ihnen hatte kommen können; vielleicht hatten sie die Nachricht von ihrem Tode gerade erst erhalten.

Als der Sarg in die Grube gelassen wurde, schaute ich in die Tiefe und hörte von dem Geistlichen die Worte »Hoffnung auf Auferstehung«; da wurde ich wieder zum kleinen Jungen und weinte wie Mrs. Gredge. Vielleicht weinte ich nicht so sehr um Lady Fielding, die gut gekannt zu haben ich nicht behaupten konnte, sondern vielmehr um meine Mutter, meinen Vater und meinen kleinen Bruder; um das Leben, das ich verloren hatte, und die Ungewißheit dessen, was vor mir lag. Sir John vergoß keine Tränen. Ich glaube, mit seinem Augenlicht hatte er auch die Fähigkeit zu weinen verloren. Er stand einfach da, feierlich und düster, und sein Gesicht unter dem schwarzen Band, das seine Augen bedeckte, war wie eine würdevolle Maske.

Die Zeremonie war schnell vorüber. Als wir zusammen zur Droschke gingen, die am Friedhofstor wartete, setzte ein leichter Regen ein.

»Wie passend«, sagte Sir John. »Tränen des Himmels.« Doch um keine Mißverständnisse aufkommen zu lassen, muß ich anmerken, daß er es in ironischem Ton sagte.

Die Zeit verging. Das Ende des Monats kam heran. Lady Goodhope verlor ihr Londoner Haus an Black Jack Bilbo. Er zeigte sich mehr als großzügig und setzte ihr eine lange Frist für den Auszug. Der Monat ging in den nächsten über, und noch immer wurde gepackt. Rollwagen kamen und gingen und transportierten Fracht nach Lancashire. Was Lady Goodhope schließlich zur Eile antrieb, war der bevorstehende Prozeß gegen Lord Goodhope. Das Oberhaus hatte endlich einen Termin dafür gefunden; es war die letzte Verhandlung vor der Sitzungspause. Während ganz London voller Erregung diesem Prozeß entgegenfieberte, wollte Lady Goodhope nur eines: die Stadt schnellstmöglich verlassen.

Ihre Situation war zu dieser Zeit, wie Mr. Martinez ihr darlegte, nicht annähernd so ernst, wie sie hätte sein können. Obwohl die Schulden ihres Gatten sich insgesamt auf nahezu hunderttausend Pfund beliefen, einschließlich derer bei Mr. Bilbo, konnte sie doch noch immer auf die Besitzungen von The Island Company zurückgreifen. Da Mr. Clairmont ohne Testament und Erben gestorben und der Tod ihres Gatten wahrscheinlich war, würde das ganze Unternehmen an ihren Sohn fallen. Sie als Vormund konnte es im Ganzen oder nach und nach verkaufen. Diese Aussicht hielt ihre Gläubiger im Zaum. Ein mildes Urteil oder eine Begnadigung hätte alles wieder durcheinandergebracht. Und so wartete sie mit besonderem Interesse auf den Ausgang des Prozesses, wenn auch in einer Entfernung von über hundert Meilen.

Ihre endgültige Abreise erfolgte gegen Mitte Juni. Mein Interesse daran bezog sich auf die Tatsache, daß sie Mistress Meg mit auf den Besitz in Lancashire nahm, obwohl sie, wie Mr. Donnelly uns sagte, »gar nicht sicher war, wie das Mädchen mit ihrem französischsprachigen weiblichen Personal auskommen würde«. Sir John schien über die Nachricht erfreut. »Endlich kommt sie aus London heraus«, sagte er.

Jetzt, da der Prozeß unmittelbar bevorstand, saß Lord Goodhope nicht mehr einfach müßig in Newgate herum, sondern bereitete seine Verteidigung vor. Ich fragte mich, worin diese wohl bestehen mochte, denn gegen ihn sollte nicht nur wegen des Mordes an Charles Clairmont verhandelt werden, sondern auch wegen des Mordes an Dick Dillon. Allein Dillons Aussage, vor Gericht vorgelesen, hatte ausgereicht, um Lucy Kilbournes Verurteilung sicherzustellen; der Mord an ihm jedoch hatte vor einem halben Dutzend oder mehr Zeugen stattgefunden, von denen jeder bereit war, auszusagen, was er gesehen hatte. Dennoch traf sich Lord Goodhope, wie ich von Sir John erfuhr, täglich mit seinem Anwalt und plante seine Verteidigung.

Für diesen Prozeß waren nicht viele Galerieplätze frei, doch Sir John stand immer einer zur Verfügung. Er war kein bloßer Zuschauer, sondern beteiligte Partei. Der erste Tag des Prozesses sei der bei weitem interessanteste gewesen, ließ er mich wissen. Er begann mit allem festlichen Gepräge, das man von einem solchen Ereignis erwarten konnte. Der Ordnungsbeamte verlas eine Schweigeproklamation. »Und dann«, sagte Sir John, »folgten eine Menge Hokuspokus vor dem Thron des Lord Chancellor, zahlreiche God save the Kings vom Ordnungsbeamten und die Verlesung der Namen aller anwesenden Richter. All dies, mußt du bedenken, bevor man meiner Anklageschrift irgendwelche Beachtung schenkte. Dann kamen sie endlich zur eigentlichen Arbeit, und der Prozeß begann. Dieser Teil war mir natürlich nur allzu vertraut.«

Das Verfahren dauerte nur drei Tage. Am Abend des zweiten Tages lud mich Sir John, der den Vormittag im Oberhaus und den Nachmittag in seinem eigenen Gericht verbracht hatte, zum Dinner im Cheshire Cheese ein. Ich ging bereitwillig mit, wenn auch nicht ohne gewisse üble Vorahnungen, denn dieser Ausflug erinnerte mich an unseren ersten, der damit geendet hatte, daß man Sir John in das Haus der Goodhopes rief. Es gab zwar keinen Grund, an diesem Abend etwas ähnliches zu erwarten, doch ich erinnerte mich auch daran, daß der erste Besuch im Cheshire Cheese dem Versuch hatte dienen sollen, für mich einen Platz im Druckgewerbe zu finden. Ich stellte Sir John auf unserem Weg in das Lokal zwar keine diesbezügliche Frage, hielt es aber für wahrscheinlich, daß wir diesen gemeinsamen Gang zu ähnlichen Zwecken unternahmen.

Wie sich herausstellte, war das richtig. Ohne mein Wissen war eine Verabredung getroffen worden. Ich war zwar dankbar, mit einer so herausragenden Persönlichkeit wie Wörterbuch-Johnson an einem Tisch sitzen zu dürfen, und fühlte mich sehr geehrt, daß er mir die Hand schüttelte, als ich ihm vorgestellt wurde, doch beschlichen mich gewisse Befürchtungen, als die beiden Männer sich unterhielten, denn ich ahnte, wohin das führen sollte. Warum konnte ich nicht einfach bei Sir John und Mrs. Gredge bleiben? Hatte ich mich nicht nützlich gemacht? Was fehlte mir außer Jahren und Körpergröße?

Es war ein Segen, daß wenigstens James Boswell nicht zugegen war. Sir John erkundigte sich höflich nach ihm und erwähnte das lange Gespräch, das er vor einigen Wochen mit ihm geführt hatte.

»Ach, ja«, sagte Dr. Johnson, »er ist nach Edinburgh zurückgekehrt. Er war nur nach London gekommen, um die Werbetrommel für sein Buch über Korsika zu rühren.«

»Ist es ein gutes Buch?« fragte Sir John.

Dr. Johnson dachte ein wenig länger nach, als es die Frage rechtfertigte. Endlich sagte er: »Es ist kein schlechtes Buch, wenn auch nicht halb so gut, wie er meint.«

»Sollte ich es mir vorlesen lassen?«

»Hegen Sie die Absicht, jemals nach Korsika zu reisen?«

»Nein, keineswegs«, sagte Sir John freimütig.

»Dann ist es nicht nötig.«

Obwohl beide, da bin ich sicher, es geleugnet hätten, bestand zwischen ihnen eine gewisse Ähnlichkeit. Dr. Johnson war der ältere und gesetztere der beiden Männer, doch beide sprachen mit großer Gewißheit, und keiner hätte auf seinem Gebiet die Argumente anderer gelten lassen. (Ich habe gehört, daß Boswell in seiner Biographie Johnsons geschrieben hat, der »Große Khan« habe eine juristische Karriere angestrebt, sei aber durch Armut daran gehindert worden.) Sir John war blind, aber Samuel Johnson war auch fast blind, so vernarbt und verunstaltet waren seine Augen durch die Skrofulose. Beide Männer waren korpulent, Dr. Johnson allerdings gewaltig, und beide hatten es zu dieser Leibesfülle gebracht, indem sie große Mengen Fleisch verzehrten. So geschah es auch an diesem Abend im Cheshire Cheese. Beide arbeiteten sich durch Rindfleischstücke, die leicht für zwei gereicht hätten; Sir John spülte sie mit Bier hinunter, Dr. Johnson mit Claret. Ich mit meinem kleineren Kotelett konnte ihnen nicht Paroli bieten und versuchte es auch gar nicht erst. Als sie fertig waren, aß ich noch immer. Sie beendeten ihr Mahl, rülpsten anerkennend und nahmen ihr Gespräch wieder auf.

»Ich erinnere mich, Sir«, sagte Dr. Johnson, »daß unsere letzte Begegnung gestört wurde, weil man Sie plötzlich abberief. Das war der Beginn der Goodhope-Affäre, nicht wahr?«

»Ja, das war es in der Tat. Ich wurde von meinem Chefkonstabler hier abgeholt, um den Selbstmord von Lord Goodhope zu untersuchen.«

»Und dieser Selbstmord erwies sich als Mord an seinem Halbbruder.«

»Ganz recht.«

»Sie haben den Prozeß besucht. Hat er eine Chance?«

»Ich sehe keine«, sagte Sir John. »Seine ganze Verteidigung scheint sich auf seine eigene Schwäche zu stützen. Er hat die Schuld gänzlich auf Lucy Kilbourne geschoben, die, wie Sie sicher wissen, bereits verurteilt worden ist. Es sieht so aus, als habe er sich wortwörtlich von ›*Macbeth*‹ inspirieren lassen. Er behauptet, sie habe die Intrige gesponnen, und er sei bei deren Ausführung nur ihr Werkzeug gewesen. Er legte großen Nachdruck auf die Tatsache, daß Mr. Clairmont von ihr vergiftet wurde, doch der Chirurg, der die Autopsie durchführte, war sich am Ende nicht sicher, ob das von Kilbourne verabreichte

Gift oder der von Goodhope abgefeuerte Schuß die eigentliche Todesursache war. Beide haben zu gleichen Teilen daran mitgewirkt.«

»Sich feige hinter Weiberröcken zu verstecken, wenn ich so sagen darf, scheint mir für einen Aristokraten keine würdige Haltung zu sein«, sagte Dr. Johnson.

»Gewiß nicht, und so sollte die Angelegenheit auch betrachtet werden. Aber vergessen Sie nicht, wie manche das tun, daß Lord Goodhope wegen zweier Morde der Prozeß gemacht wird. Den zweiten, den an seinem ehemaligen Diener, hat er vor vielen Zeugen begangen. Der Junge hier, Jeremy, hat ihn mit angesehen. Er packte Lord Goodhope, um ihn zurückzuhalten, doch da war der tödliche Stich schon erfolgt.«

»Tatsächlich? Ein tapferer Bursche.«

Ich errötete ein wenig unter Dr. Johnsons prüfendem Blick. Mir war gar nicht klargewesen, daß Sir John meine und Megs Rolle bei dem Kampf kannte. Mr. Bailey mußte ihm davon erzählt haben.

»Mr. Alfred Humber von Lloyds wurde als hervorragendste von den Persönlichkeiten aufgerufen, die Zeuge der Tat gewesen waren«, sagte Sir John. »Er schilderte sie auf klare und unwiderlegbare Weise. Vielleicht nimmt Lord Goodhope an, daß der Mord ihm verziehen wird, weil der Mann nur ein Dienstbote und an dem Komplott beteiligt war.«

»Wenn alles bekannt wäre«, sagte Dr. Johnson, »dann wären vielleicht einige seiner Standesgenossen vergleichbar schuldig. Vielleicht ist das die Strategie seiner Verteidigung.«

»Aber wenn man ihr Naturell berücksichtigt«, sagte Sir John, »wäre es gefährlich, wenn er von dieser Annahme ausginge. Es ist viel wahrscheinlicher, daß sie ihn zu ihrem Sündenbock machen.«

»Er soll ihre Sünden mit aufs Schafott nehmen – eine interessante Vorstellung.«

»Ach, Dr. Johnson«, sagte Sir John plötzlich, »ich möchte Sie um einen Gefallen bitten…«

Dann folgte, was ich gefürchtet hatte; Sir John fing an, mich nicht nur als tapferen Jungen zu loben, sondern auch als wohlerzogen und redegewandt. Ich wurde vor Verlegenheit feuerrot. Er erklärte, ich hätte von meinem verstorbenen Vater ein Gewerbe gelernt. »Dieses Gewerbe ist das Drucken«, sagte er. »Er kann Typen setzen und ist tüchtig in allem, was dazugehört. Da er nun einmal damit angefangen hat, würde ich es gern sehen, wenn er weitermacht. Sie kennen die meisten, wenn nicht alle Buchhändler, Verleger und Drucker dieser Stadt. Ich dachte, daß ein Wort von Ihnen ihn vielleicht bei einem unterbringen könnte.«

»Wenn er all das kann, was Sie sagen – und ich bin sicher, Sir, daß das der Fall ist –, dann läßt sich sicher ein Platz für ihn finden. Es wird mir ein Vergnügen sein, dazu beizutragen. Lassen Sie mir nur ein paar Tage Zeit, mich zu erkundigen, dann werde ich bei dem, der mir am geeignetsten erscheint, eine Verabredung vereinbaren.« Er beugte sich zu mir und betrachtete mich so genau, wie seine skrofulösen Augen es zuließen. »Wirst du einen guten Lehrling abgeben, junger Mann?«

»Ich werde es versuchen, Sir«, sagte ich und brachte irgendwie ein Lächeln zustande.

Als wir an diesem Abend in die Wohnung in der Bow Street Nummer vier zurückgekehrt waren, wünschte ich Sir John eine gute Nacht und schickte mich an, in meine Dachkammer zu gehen. Als ich die Kerze zur Hand nahm, um meinen Weg zu beleuchten, kam mir in den Sinn, daß ich ihn vielleicht nicht mehr oft zurücklegen würde. Doch entschlossen, nicht bei dieser traurigen Angelegenheit zu verweilen, wandte ich meine Gedanken anderen Dingen zu und setzte den Fuß auf die erste Stufe. In diesem Augenblick rief Sir John mich zurück.

»Bleib, Jeremy«, sagte er. »Ich denke, wir sollten ein Wort miteinander reden.«

Ich kehrte in die Küche zurück, und meine Kerze erhellte die Dunkelheit, in der er stand.

»Ich spüre, daß du enttäuscht bist.«

»Sir?« sagte ich, da ich die Gefühle, die in mir brannten, nicht eingestehen wollte.

»Vielleicht bin ich auch einfach nur der Ansicht, du hättest ein Recht, so zu fühlen«, fuhr er fort. »Du sollst nicht einen Moment lang denken, ich wüßte deine Qualitäten nicht zu schätzen oder würdigte nicht, wie nützlich sie im Falle Goodhope waren.«

»Und *warum* muß ich dann...« begann ich heftig, sprach aber nicht zu Ende, denn ich hatte mir geschworen, ihm keinen Grund zu der Annahme zu geben, daß ich in dieser oder irgendeiner anderen Angelegenheit an seiner Weisheit zweifelte.

Er wartete, und als er merkte, daß ich nichts mehr sagen würde, sprach er weiter: »Ja, warum? Das ist eine vernünftige Frage.« Er hielt inne und suchte offensichtlich nach den richtigen Worten, ehe er fortfuhr: »In meiner Eitelkeit, Jeremy, wäre es sehr einfach, dich zu bitten, in diesem Haus zu bleiben, meine Besorgungen zu erledigen und mir Dinge zu holen und zu tragen. Ich denke, das würde dir gefallen. Aber ich fürchte, es wäre falsch.«

»Falsch!« sagte ich und vergaß für einen Augenblick meinen Entschluß.

Er hob die Hand. »Aus zwei Gründen, Jeremy. Der erste bist du selbst. Bedenke deine Situation. Du bist jung, etwas mehr als ein Knabe, aber doch noch kein junger Mann, und du bist Waise. Normalerweise hätte jemand in deiner Situation wenig Grund, Hoffnungen in die Zukunft zu setzen, besonders hier in London. Aber für dein Alter bist du bemerkenswert scharfsinnig und gut erzogen. Wichtiger noch, du bist in einem nützlichen und wichtigen Handwerk geübt. Du wirst zwar als Lehrling beginnen, aber deine natürlichen Talente und deine frühere Übung werden die deiner Mitlehrlinge weit übertreffen. Du wirst glänzen. Und in diesem Stadium deines Lebens brauchst du solche Anerkennung. Dein Arbeitgeber, wer immer es sein mag, wird dich rasch befördern. Du wirst weit vor deiner Volljährigkeit Geselle und danach im Nu Meister sein. Du hast eine gute Zukunft vor dir. Zweifellos wirst du als Partner willkommen sein oder dein eigenes Unternehmen gegründet haben, während dein alter Freund noch immer auf der Richterbank hier in der Bow Street sitzt und sich die jammervollen Erzählungen der Menschen anhört, die vor ihm erscheinen.«

Er schloß mit einem hoffnungsvollen Lächeln und einem Nicken. Er schien ernstlich darum bemüht, mich zu überzeugen.

»Sie reden von sich selbst hier in der Bow Street?« Mir war noch nie die Möglichkeit in den Sinn gekommen, er könne eine Beförderung anstreben. Er ging so vollständig in dem auf, was er tat.

»Ja, das tue ich.«

»Sie sagten, es gebe noch einen zweiten Grund, Sir?«

Er seufzte tief. »Ja, Jeremy«, sagte er, »und dieser zweite Grund ist mein eigener Zustand. Ich fürchte, nach dem Tod meiner guten Frau und dem langen Sterben, das ihm vorausging, bin ich nicht in der Verfassung, dir das zu geben, was du dir wünschst und verdienst. Ich kann mir kaum selbst geben, was ich brauche.«

Einen Augenblick stand er schweigend da, in seine Gedanken versunken wie ich in meine. »Du bist ein guter Junge, Jeremy. Keine Angst, ich werde weiterhin auf dein Wohlergehen achten. Aber es ist an der Zeit, daß du in der Welt deinen eigenen Weg gehst.«

Die Gefühle rangen in meiner Brust mit der Vernunft, die am Ende siegte. Sir John hatte die Wahrheit gesagt.

»Ich verstehe, Sir. Ich akzeptiere Ihre Beurteilung«, sagte ich und fügte hinzu: »...und bin Ihnen dankbar dafür. Niemand war jemals so großzügig zu mir.«

Er streckte mir die Hand hin. »Dann laß uns Freunde sein.«

»Für alle Ewigkeit«, sagte ich und drückte sie fest.

Das Urteil lautete auf schuldig in beiden Mordfällen. Lord Goodhope würde hingerichtet werden, wie es Brauch und Gesetz für kriminelle Angehörige der Aristokratie zwingend vorschrieben: Sein Kopf würde durch das Schwert des Henkers vom Rumpf getrennt werden. Es würde keine Berufung geben. Seine einzige Hoffnung war die Milde des Königs.

Diese Möglichkeit war Gegenstand einer kurzen Diskussion, als Mr. Donnelly nur zwei Tage später eines Morgens vorbeikam, um sich von Sir John und Mrs. Gredge, die ihm als Lady Fieldings Pflegerin geholfen hatte, sowie von mir zu verabschieden. Er erklärte, er verlege seine chirurgische Praxis nach Lancashire, »wo es viel mehr Menschen meines Glaubens gibt. Wie man mir sagte, wird es mir dort gutgehen.«

»Und Sie werden reichlich Gelegenheit haben, Ihre Belange durchzusetzen, da bin ich sicher«, sagte Sir John mit einem wissenden Lächeln. »Nun, viel Glück dabei und bei allem anderen, Mr. Donnelly. Ein wohlwollendes Schicksal hat uns zusammengeführt. Ich bin sicher, daß Sie ab und an nach London zurückkehren werden. Ich möchte nicht, daß wir einander allzu lange nicht begegnen.«

»Ja«, stimmte Mr. Donnelly zu, »das Schicksal war wohlwollend mit mir – aber mit Lord Goodhope entschieden nicht. Es heißt, er schmachte in Newgate und bete um die Gnade des Königs. Früher war er einer seiner Favoriten.«

Sir John lachte bitter. »Aber jetzt nicht mehr«, sagte er. »Nein, er wird nicht begnadigt werden. Ich erinnere Sie daran, Mr. Donnelly, und das habe ich auch Jeremy schon gesagt, daß Lord Goodhope ein gewisses Talent zur Nachahmung besaß und zur Belustigung seiner Gäste oft Mr. Clairmont imitierte.«

»Ja, das weiß ich noch«, sagte Mr. Donnelly.

»Nun, ich habe aus derselben Quelle gehört, daß er gelegentlich auch den König nachgeahmt und ihn als tobenden Irren dargestellt hat. Seine Majestät muß davon erfahren haben, deshalb wurde Lord Goodhope aus dem Dunstkreis des Königs verbannt.«

Sowohl Mr. Donnelly als auch ich zeigten sich erstaunt.

»Können Sie sich das vorstellen?« fragte Sir John. »Seine Königliche Hoheit König George der Dritte – ein Verrückter?«

Am ersten August jenes Jahres, alle Aristokraten hielten sich zu dieser Zeit an Orten wie Bath, Paris oder Venedig auf, wurde Lord Richard Goodhope, vierter Earl of Tibble, aufs Schafott geführt und überantwortete seinen Kopf dem Henker. Niemand trauerte um ihn, am wenigsten der König.

Doch als dies geschah, steckte Sir John Fielding bereits tief in einer weiteren schwierigen Untersuchung, eines Verbrechens, das noch schockierender und blutiger war als das letzte. Vielleicht überrascht es Sie, Leser, wenn Sie erfahren, daß ich trotz des oben beschriebenen Abschieds an den Ermittlungen beteiligt war. Doch so spielt das Schicksal. Was beschlossen scheint, unterliegt häufig dem Zufall. Und das, was zufällig erscheint, ist manchmal sicherer, als wir jemals ahnen konnten. Das habe ich gelernt, und ich bin heute, da ich dies schreibe, fast so alt wie Sir John war, als er es erlebte.